RONALD H. BALSON

Ada, das Mädchen aus Berlin

atb aufbau taschenbuch

RONALD H. BALSON war ein renommierter Rechtsanwalt, dessen Fälle ihn um die ganze Welt führten. Heute lebt und schreibt er in Chicago.

Im Aufbau Taschenbuch liegen zwei weitere Romane mit Catherine Lockhart und Liam Taggart vor: »Karolinas Töchter« und »Hannah und ihre Brüder«.

GABRIELE WEBER-JARIĆ lebt als Autorin und Übersetzerin in Berlin. Sie übertrug u. a. Mary Basson, Kristin Hannah und Imogen Kealey ins Deutsche.

Um einem langjährigen Freund einen Gefallen zu tun, reisen Catherine Lockhart und Liam Taggart nach Italien, wo dessen betagte Tante Gabriella Vincenzo von einer mächtigen Gesellschaft von ihrem Weingut in der Toskana vertrieben werden soll. Doch alles, was helfen könnte, die Rechtmäßigkeit der Ansprüche Gabriellas zu beweisen, ist ein altes Manuskript, auf Deutsch verfasst, in dem die Geschichte einer jungen jüdischen Frau erzählt wird. Ada Baumgarten war im Berlin der dreißiger Jahre eine brillante Musikerin, doch weder die Fürsprache des berühmten Dirigenten Furtwängler noch der Mut ihrer Jugendliebe Kurt konnten sie vor der Verfolgung durch die Nazis schützen. Um Gabriella vor dem Verlust ihres Zuhauses zu bewahren, müssen Catherine und Liam herausfinden, was aus Ada geworden ist. Bei ihrer Suche stoßen sie auf die tragische Geschichte einer unerfüllten Liebe, auf ein Leben für die Musik – und auf einen grausamen Verrat.

RONALD H. BALSON

Ada, das Mädchen aus Berlin

ROMAN

Aus dem Amerikanischen
von Gabriele Weber-Jarić

atb aufbau taschenbuch

Die Originalausgabe unter dem Titel
The Girl from Berlin
erschien 2018 bei St. Martin's Press, New York.

FSC
www.fsc.org
MIX
Papier aus verantwortungsvollen Quellen
FSC® C083411

ISBN 978-3-7466-3627-6

Aufbau Taschenbuch ist eine Marke
der Aufbau Verlag GmbH & Co. KG

1. Auflage 2020

Umschlaggestaltung www.buerosued.de, München
unter Verwendung von Motiven von © mauritius images /
Julie g Woodhouse / Alamy und © Magdalena Russocka / Trevillion Images
Gesetzt in der Sabon durch die LVD GmbH, Berlin
Druck und Binden CPI books GmbH, Leck, Germany
Printed in Germany

www.aufbau-verlag.de

In liebender Erinnerung an Sara Titlebaum,
großartige Konzertpianistin, Lehrerin
und Solistin des Detroit Symphony Orchestra,
die mir ihre Liebe zur Oper vermacht hat.

Und für meine Frau,
aus so vielen Gründen,
dass ich sie gar nicht alle aufzählen kann.

Kapitel 1

Pienza, Juli 2017

Die Sonne brannte heiß über den sanft gewellten Hügelketten der Toskana. Selbst in Lenzinis silberfarbenem Alfa Romeo war es viel zu warm, die Klimaanlage kam schon seit Montalcino nicht mehr mit. Lenzini schob seine Sonnenbrille hoch, blinzelte im grellen Licht und wischte sich Schweißtropfen aus dem Gesicht. In Pienza hielt er an und besorgte sich ein kaltes Getränk, bevor er weiterfuhr.

Allerdings war das Wetter nicht das Einzige, was ihm zu schaffen machte. In seinem Aktenkoffer befand sich ein Räumungsbefehl, und er, Lorenzo Lenzini, seines Zeichens Rechtsanwalt, war auf dem Weg zur Villa Vincenzo, um ihn zuzustellen.

Einen anderen Menschen um Haus und Hof zu bringen war für ihn kein Problem, er hatte es oft genug getan. Auch dass die Bewohnerin in diesem Fall schon älter und nicht mehr bei bester Gesundheit war, berührte ihn nicht. Das Einzige, was ihm übel aufstieß, war, dass diese nervtötende Frau es irgendwie geschafft hatte, die hiesige Bevölkerung auf ihre Seite zu bringen. Er dagegen war seinem Mandanten verpflichtet und gezwungen, die Rolle des Bösewichts zu spielen. Dadurch war sein Ruf in Gefahr, sonst wäre ihm auch das einerlei gewesen.

Die Villa Vincenzo lag an einem Hang. Zu ihren Füßen erstreckten sich schattige Olivenhaine und Weingärten voll von saftigen Reben. Es war ein Anwesen, das für die Toskana typisch war – das Haus aus ockerfarbenem Naturstein, das Dach aus Terrakotta, grüne Fensterläden und auf der Terrasse üppig bepflanzte Blumentöpfe. Was andere daran so besonders fanden, war Lenzini unerfindlich. Für ihn waren diese Häuser eines wie das andere.

Er parkte seinen Wagen vor der Villa, griff nach seinem Aktenkoffer und setzte seinen Panamahut auf. Dann stieg er aus. Draußen zog er die Jacke seines cremefarbenen Anzugs glatt, straffte die Schultern und begab sich entschlossenen Schritts zur Eingangstür.

Bevor er den Türklopfer betätigte, ließ er seinen Blick über die Umgebung wandern, diesen fruchtbaren Landstrich aus sanften Grün- und Brauntönen. Beinah alles, was er sah, war im Besitz seines Mandanten, der VinCo S. p. A., einer der größten Weinproduzenten Italiens. Nur die Villa Vincenzo und das dazugehörige Land, auf dem er in diesem Moment stand, gehörte nicht dazu und stellte somit ein Problem dar.

Das Ganze war ein Störfaktor inmitten des VinCo-Gebiets, ein Schandfleck. Monatelang hatte Lenzini versucht, Signora Vincenzo zu einem Vergleich zu bewegen, ihr erklärt, wie umständlich es für seinen Mandanten sei, den Wein um ihr Land herum anzubauen, und dass sie die Symmetrie der ebenmäßigen Rebenreihen der VinCo störe. All das sei eine Anomalie, hatte er gesagt, und müsse deshalb fort.

Ein Dutzend Mal hatte er Signora Vincenzo das Angebot der VinCo unterbreitet, ein überaus faires Angebot, wie Lenzini fand. Es beinhaltete die kostenlose Umsiedlung in eine schöne, bequem zu erreichende Mietwohnung unten im Ort und einen ansehnlichen Geldbetrag. Signora Vincenzos Weigerung, das Angebot anzunehmen, war dumm und nicht nachvollziehbar. VinCo war immerhin die Eigentümerin des Lands und hätte im Grunde gar kein Entgegenkommen zeigen müssen.

Lenzini nahm an, dass die Signora sich diesem Fleck auf ungesunde Weise verbunden fühlte. Nur so konnte er sich erklären, dass eine alte, kranke Frau sich zwanghaft an ein Haus und ein Stück Land klammerte. Alles, was nun geschah, hatte sie sich selbst zuzuschreiben. Er hatte lediglich die rechtlichen Schritte unternommen und den Gerichtsbeschluss erwirkt, nach dem Signora Vincenzo Haus und Grundstück innerhalb der nächsten sechzig Tage zu räumen hatte. Pech für sie, aber so war der Lauf der Dinge.

Lenzini atmete tief durch und klopfte an die Eingangstür.

Floria, die junge Betreuerin von Signora Vincenzo, ebenso unfreundlich wie die alte Dame selbst, öffnete ihm und fragte: »Was ist jetzt schon wieder?«

»Bitte holen Sie die Signora. Ich habe einen Gerichtsbeschluss in der Tasche.«

»Das interessiert mich nicht, Signor Lenzini. Die Signora hat Ihnen und Ihrem raffgierigen Mandanten mehrfach erklärt, dass sie an Ihren Angeboten nicht interessiert ist. Dieses Land gehört ihr, und sie lebt hier seit vielen Jahren. Deshalb schlage ich vor, dass Sie kehrtmachen und verschwinden.«

Lenzini zog den Räumungsbefehl aus dem Aktenkoffer und schwenkte das Dokument vor der Nase dieser unverschämten Person. »Das ist ein Räumungsbefehl. Und der beinhaltet, dass Sie und die Signora diejenigen sind, die von hier verschwinden werden, nicht ich. Dazu steht Ihnen eine Frist von sechzig Tagen zu. Sollten Sie danach noch hier sein, komme ich mit der Polizei zurück und werde mit Freude zusehen, wie man Sie mit Gewalt vertreibt.«

»Gehen Sie, gehen Sie!«, ertönte es aus dem Haus. Es war die Stimme von Signora Vincenzo, die mit unsicheren Schritten näherkam. Das Alter hatte sie gebeugt, und es war offenkundig, dass ihr das Gehen Mühe bereitete. Sie drohte Lenzini mit ihrem Stock. »Machen Sie, dass Sie fortkommen. Los, verschwinden Sie von meinem Land!«

Lenzini wich zurück und hielt den Räumungsbefehl hoch. »Sie haben sechzig Tage, um auszuziehen. Keinen Tag länger.« Er warf das Dokument in den Flur und lief zu seinem Wagen.

Floria legte einen Arm um die Signora und führte sie wieder ins Haus.

Kapitel 2

Chicago, Juli 2017

Liam und Catherine waren auf dem Weg zu einem ihrer Lieblingsrestaurants. Kurz vor dem Eingang blieb Catherine stehen und fragte: »Was war noch mal der Grund, weshalb wir mitten in der Woche ins Sorrento essen gehen?«

»Ich habe Lust auf die *Piccata Milanese*«, antwortete Liam.

»Und deshalb musste ich von jetzt auf gleich einen Babysitter besorgen? Weil du heute Abend in Parmesan gebackene Kalbsschnitzel essen willst? Das glaubst du doch selbst nicht.«

»Also gut.« Liam zuckte mit den Achseln. »Tony hat uns eingeladen.«

»Ach.« Catherine zog die Brauen hoch. »Und wann war das?«

»Heute Nachmittag. Er hat mich angerufen.«

»Und warum lädt er uns ein?«

»Das weiß ich nicht. Kann sein, dass er etwas auf dem Herzen hat. So hörte er sich jedenfalls an.«

Catherines Blick wurde bohrend. »Was hat er auf dem Herzen?«

»Ich glaube, es ging um ein kleines Rechtsproblem.«

Catherine seufzte. »Ich dachte, für solche Probleme hätte ich eine Kanzlei. Seit wann bespreche ich Rechtsprobleme in Restaurants?«

Liam legte eine Hand auf Catherines Rücken und schob sie weiter. »Vielleicht dreht es sich nur um einen Strafzettel oder eine Frage hinsichtlich der Schankerlaubnis. Tony arbeitet von morgens bis abends in seinem Restaurant. Er hat keine Zeit, zu dir zu kommen.«

Liam öffnete die Eingangstür.

Im Vorraum des Restaurants standen die Leute Schlange, und im Gastraum schienen alle Tische besetzt zu sein. Liam wollte sich schon an den Oberkellner wenden, als Tony Vincenzo selbst mit ausgebreiteten Armen auf sie zukam. Er küsste Catherine auf beide Wangen und schüttelte Liams Hand. »*Buonasera* und danke, dass ihr gekommen seid.«

Unter den missmutigen Blicken der wartenden Gäste lotste er Liam und Catherine zu einem freien Tisch und nahm das Schild »Reserviert« herunter. »Bitte, nehmt Platz.« Den Kellner, der mit zwei Speisekarten herbeieilte, winkte er fort und erklärte: »Für euch habe ich mir ein ganz besonderes Menü ausgedacht.«

Nach dem Aperitif, der Vorspeise und zwei Gläsern sündhaft teurem Rotwein beugte Catherine sich zu Liam vor und flüsterte: »Es ist alles vom Feinsten. Wetten, dass es um mehr als ein kleines Rechtsproblem geht?«

Liam lachte. »Vielleicht hat Tony jemanden umgebracht.«

Gegen zweiundzwanzig Uhr, nach gegrilltem Seebarsch, Pecaneis, Kaffee und Grappa verabschiedete Tony die letzten Gäste. Wenig später setzte er sich zu Liam und Catherine, legte eine Aktenmappe auf den Tisch und fragte, ob es ihnen geschmeckt habe.

Liam lächelte glücklich und strich sich über den Bauch.

»Es war wundervoll«, antwortete Catherine.

»Das freut mich.« Tony schlug die Mappe auf und wandte sich Catherine zu. »Hat Liam dir gesagt, dass es in meiner Familie ein Riesenproblem gibt?«

Catherine warf ihrem Mann einen strafenden Blick zu. »Er hat es etwas anders ausgedrückt.«

Tony lehnte sich zurück. »Es geht um meine Tante Gabriella, die in Italien lebt. Eine liebe alte Dame, leider schon etwas gebrechlich. Aber sie ist ein wunderbarer Mensch, jeder, der sie kennt, wird das bestätigen.« Er nickte vor sich hin und schien sich in seinen Gedanken zu verlieren.

Liam wartete einen Moment, dann fragte er: »Und weiter?«

Tony straffte sich. »Und nun kommt so ein – ein *Stronzo* – daher und will sie aus ihrem Haus werfen. Eine Frau von achtundsiebzig Jahren, um deren Gesundheit es nicht zum Besten steht. Es ist nicht zu fassen.« Er schlug mit der Faust auf den Tisch. »Seit ich denken kann, hat meine Tante auf ihrem Grundstück und in ihrem Haus gelebt, und nun soll sie es innerhalb von sechzig Tagen räumen.«

»Mit welcher Begründung will dieser – *Stronzo* sie auf die Straße setzen?«, fragte Catherine.

»Pah.« Tony schnaubte. »Wenn es nur um ihn ginge, würde ich euch mit der Sache gar nicht erst behelligen. Das würde ich mit dem Scheißkerl von Mann zu Mann regeln. Doch er ist bloß der Anwalt. Hinter ihm verbirgt sich VinCo, ein großer Weinproduzent. Dort behauptet man, Eigentümer des Grundstücks zu sein.«

»Wie seltsam«, sagte Catherine. »Hat deine Tante diesem Unternehmen ihre Rechte an Haus und Grundstück abgetreten? Ist es denkbar, dass sie etwas in der Art unterschrieben hat?«

Tony schüttelte den Kopf. »Niemals. Sie ist körperlich nicht mehr ganz auf der Höhe, aber geistig ist sie topfit. Sie sagt, dass sie die Grundstücksurkunde besitzt, die auf ihren Namen ausgestellt wurde, und auf das, was sie sagt, ist Verlass.«

Tony winkte einen Kellner herbei, der den Tisch abräumte und darüberwischte. Dann breitete er eine Landkarte der Toskana aus und tippte auf einen Fleck in der Mitte. »Hier liegen die Villa Vincenzo und das beinah dreißig Hektar große Grundstück mit Olivenbäumen, Gemüsegärten und Weingärten. Das Gemüse meiner Tante ist ein Gedicht, solche Zucchini habt ihr noch nicht gegessen. Ich wünschte, so etwas gäbe es auch in Chicago.« Tony malte mit dem Finger einen großen Kringel auf die Landkarte. »Das Land ringsum gehört VinCo. Das Management dieses Unternehmens hasst Tante Gabriella. Ihr Stückchen Land ist ihnen ein Dorn im Auge. Seit Monaten versuchen sie alles Mögliche, um meine Tante zu verjagen, bieten ihr lächerliche Abfindungen an – behaupten, das Land gehöre ihr nicht. Aber sie bleibt standhaft. Und nun haben sie ihr einen ihrer zwielichtigen Anwälte auf den Hals gehetzt. Er soll dafür sorgen, dass sie verschwindet.«

»Hat deine Tante selbst keinen Anwalt engagiert?«, fragte Catherine.

»Doch, zwei sogar. Einen aus Pienza, das ist der Ort, zu dem die Villa Vincenzo gehört, und einen aus Siena. Für beide habe ich tief in die Tasche gegriffen.«

»Und, können sie ihr nicht helfen?«

Tony lachte auf. »Sie behaupten, das Recht stünde auf der Seite von VinCo.«

»Mit welcher Begründung?«, fragte Liam.

Tony entnahm der Aktenmappe Unterlagen. »Das sind die Dokumente, die man mir geschickt hat.«

Catherine griff danach und blätterte durch die Seiten. »Was steht da? Ich kann kein Italienisch.«

Tony zuckte mit den Schultern. »Keine Ahnung, für mich ist das bloß Kauderwelsch. So etwas verstehen nur Anwälte.« Er griff nach Catherines Hand. »Hilf du meiner Tante, Catherine, du bist die beste Anwältin, die ich kenne, du kannst es mit diesen Leuten aufnehmen.«

Catherine entzog ihm ihre Hand. »Dein Vertrauen ehrt mich, aber ich weiß nicht, ob es in diesem Fall angebracht ist. Mit italienischen Gesetzen kenne ich mich nicht aus, in Italien bin ich nicht zugelassen, und Italienisch kann ich auch nicht. Du brauchst einen guten italienischen Anwalt.«

Tony seufzte. »Damit VinCo den auch noch schmiert und er dasselbe wie seine Vorgänger behauptet?«

Catherine deutete auf die Unterlagen. »Wie soll ich dir helfen, wenn ich das nicht lesen kann?«

»Ich lasse die Seiten übersetzen. Und dann fliegst du nach Italien und redest mit den Anwälten. Zwing sie, Englisch zu sprechen.« Tony legte eine Hand auf sein Herz. »Du wirst meine Tante lieben.«

Catherine betrachtete ihren Freund kopfschüttelnd. »Schick mir die übersetzten Unterlagen in die Kanzlei. Ich sehe sie mir an, und dann sage ich dir, was ich von der Angelegenheit halte.«

Tony drückte ihr einen Kuss auf die Wange. »*Grazie*. Und dann fliegst du mit Liam nach Italien und sorgst dafür, dass meine Tante ihr Eigentum behält.«

»Eins nach dem anderen, Tony. Von einer Reise nach Italien kann noch nicht die Rede sein.«

»*Fantastico*.« Tony drehte sich zu dem Kellner um, der die Nachbartische abräumte. »Guido, drei Limoncelli, bitte.«

*

Catherines Kanzlei lag an der Clark Street im Chicagoer Viertel Lincoln Park. Vor fünf Jahren hatte sie sich selbstständig gemacht und vertrat die Bewohner von Lincoln Park und Umgebung in ihren Rechtsangelegenheiten. Im Vergleich zu früher, als sie als Anwältin einer großen Kanzlei täglich unter Hochdruck stand, verlief ihr Leben nun in ruhigeren Bahnen. Damals hatte ihr Chef sie vor die Wahl gestellt, einen Mandanten aus politischen Gründen fallen zu lassen oder zu gehen. Sie war gegangen und hatte es nicht eine Sekunde lang bereut.

Einige Tage nach dem Abendessen im Sorrento saßen sie und Liam frühmorgens im Besprechungszimmer der Kanzlei und warteten auf Tony Vincenzo. Wenig später wurde er von Catherines Empfangsdame hereingeführt.

Gleich nach der Begrüßung fragte er, ob Catherine gute Nachrichten für ihn habe.

Catherine schüttelte den Kopf. »Die Unterlagen sind zwar nicht so vollständig, wie ich es mir wünschte, aber soweit ich sehe, scheinen die italienischen Anwälte recht zu haben. Die Firma VinCo hat die Villa Vincenzo und die dazugehörigen dreißig Hektar im Jahr zweitausendfünfzehn aus einem Nachlass erworben. Der Vertrag wurde von einem Notar in Siena beglaubigt und aktenkundig gemacht.«

Tony sah sie perplex an. »Was für ein Nachlass? Meine Tante lebt doch noch.«

Catherine konsultierte ihre Unterlagen. »Vertragspartner der VinCo war der Nachlassverwalter einer Deutschen namens Gerda Fruhmann. Sie war die Eigentümerin der Firma Quercia, der die dreißig Hektar plus Haus gehörten.«

Tony schüttelte den Kopf. »Das muss ein Irrtum sein. Von einer Gerda Fruhmann und einer Firma Quercia habe ich noch nie gehört. Ich weiß nicht, wie oft ich bei meiner Tante zu Besuch war, aber diese Namen sind mir nie untergekommen.«

Catherine zog ein Dokument aus den Unterlagen hervor. »Das ist ein Gerichtsbeschluss, der die Firma VinCo zur Eigentümerin der Villa Vincenzo und des umliegenden Lands erklärt. Er wurde nach einer Anhörung ausgestellt. Es wurde vermerkt, dass weder deine Tante noch einer ihrer Anwälte zu dieser Anhörung erschienen ist.«

»Ihre Anwälte standen auf der Seite von VinCo. Meine Tante wird sie gefeuert haben.« Tony hob die Schultern. »Sie kann sehr impulsiv sein.«

Catherine seufzte. »Der Richter hat entschieden, dass der Anspruch deiner Tante ungültig ist. In der Rechtekette taucht ihr Name nicht auf.«

»Welcher Rechtekette?«

»Sie listet die Eigentümer einer Immobilie auf und belegt, wie diese von einer Hand in die andere gelangt ist. Die Rechtekette findest du im Grundbuch. Wie es aussieht, hat deine Tante ihre Urkunde von jemandem erhalten, dem weder Land noch Haus gehörte.«

»Und wer soll das gewesen sein?«

Wieder schaute Catherine in die Unterlagen. »Das war ein Carlo Vanucci, der deiner Tante die Immobilie im Jahr neunzehnhundertfünfundneunzig übertragen hat.«

»Kenne ich nicht.« Tony krauste die Stirn. »Aber das war immerhin zwanzig Jahre, bevor VinCo angeblich alles erworben hat.«

»Wenn das Gericht entschieden hat, dass diesem Vanucci das Land nicht gehörte, spielt der Zeitpunkt, wann VinCo gekauft hat, keine Rolle«, sagte Catherine bedauernd. »Falls es in Italien wie bei uns ist, wird bei einem Grundbucheintrag nicht geprüft, ob ein Anspruch berechtigt ist, sondern nur die Angaben zu Eigentum und Eigentümer. Kommt es später zu Streitigkeiten, entscheidet das Gericht. Und im Fall deiner Tante hat das Gericht gegen sie entschieden.«

Tony sprang auf. »Das ist alles ein einziger Betrug.« Er fuchtelte mit den Armen. »Meine Tante lebt seit ewigen Zeiten in der Villa Vincenzo. Schon als kleiner Junge habe ich sie besucht, und nie habe ich von einer Gerda Fruhmann, einer Firma Quercia oder einem Carlo Vanucci gehört. Das ist alles fingiert, dahinter steckt kein anderer als VinCo.« Er ließ sich wieder auf seinen Stuhl fallen und atmete aus. »Ihr müsst nach Italien fliegen und den Fall klären. Tante Gabriella darf ihr Land nicht verlieren, es wäre ihr Tod.«

»Tony«, sagte Liam in beschwichtigendem Tonfall, »Catherine kann in Italien nichts ausrichten. Du brauchst einen Anwalt, der sich vor Ort auskennt und …«

»Von der Sorte hatten wir schon zwei«, unterbrach Tony ihn. »Die haben sich auf die Gegenseite geschlagen.«

»Und was ist, wenn sie recht hatten und der Anspruch deiner Tante ungültig ist?«

»Unsinn.« Tony tippte auf seine Brust. »Du kennst mich, Liam, und wenn ich dir sage, das Ganze stinkt zum Himmel, dann ist das so. Ihr fliegt nach Italien und regelt das. Catherine sieht sich die rechtliche Seite an, und du findest heraus, wer Gerda Fruhmann, die Firma Quercia und dieser Vanucci sind. Ich komme für alles auf und zahle auch Catherines Honorar. Wohnen könnt ihr im Haus meiner Tante. Und selbst wenn ihr nichts erreichen solltet, habt ihr wenigstens ein paar schöne Tage in der Toskana verlebt.«

»Klingt verlockend«, sagte Catherine. »Ich habe bloß Angst, dass du dein Geld für nichts und wieder nichts ausgibst.«

»Es ist mein Geld, ich kann damit machen, was ich will.«

Catherine und Liam tauschten einen Blick und standen auf. »Liam und ich müssten uns kurz unter vier Augen unterhalten«, sagte Catherine zu Tony. »Bist du damit einverstanden?«

»Ich mache alles, was ihr wollt«, erwiderte Tony.

Liam und Catherine zogen sich in Catherines Büro zurück und sahen sich an.

»Sollen wir das wirklich tun?«, fragte Catherine. »Auch wenn es für nichts und wieder nichts ist?«

Liam nickte. »Ich möchte Tony nicht enttäuschen, er gehört zu meinen ältesten Freunden. Und was ist, wenn es tatsächlich um einen Betrug geht, den wir aufdecken können? Ein paar Tage in der Toskana wären auch nicht schlecht.«

»Und was ist mit unserem Kind?«

»Nehmen wir mit. Ben liebt italienisches Essen.«

»Liam, bitte, wir können doch kein zweijähriges Kind mitnehmen, wie stellst du dir das vor?« Catherine legte die Stirn in Falten. »Ich könnte höchstens meine Schwester fragen, ob er für ein paar Tage bei ihr bleiben darf. Deirdre würde sich freuen, und er wäre in guten Händen.«

Liam strahlte. »Wir fahren also.«

Catherine wirkte unschlüssig. »Wir sind schon seit Langem nicht mehr verreist ... aber einfach so in die Toskana fliegen, ohne zu wissen, ob wir dort etwas erreichen? Und ohne Kind?«

Liam gab ihr einen Kuss. »Ich bin sicher, dass wir etwas erreichen.«

Als sie ins Besprechungszimmer zurückkehrten, blickte Tony sie erwartungsvoll an. »Und, wie lautet das Urteil?«

»Wir fahren«, antwortete Catherine. »Aber ohne Erfolgsgarantie und frühestens in zwei Tagen. So lange brauche ich, um meine Termine zu verschieben.«

»*Grazie.*« Mit feuchten Augen schloss Tony zuerst sie und dann Liam in die Arme. »Meine Tante wird überglücklich sein.«

Kapitel 3

Pienza, Juli 2017

Vor über fünfhundert Jahren hatte Enea Silvio Piccolomini, der spätere Papst Pius II., die Gründung von Pienza in Auftrag gegeben und den Ort so anlegen lassen, dass man auf allen Seiten einen Blick über die liebliche Landschaft des Val d'Orcia hatte.

Nun lag im Zentrum des Ortes die große Piazza Pio II., umgeben von der Kathedrale Santa Maria Assunta, dem Palazzo Piccolomini und dem Bischofspalast oder Palazzo Borgia, den Papst Pius II. seinem engen Mitarbeiter Rodrigo Borgia errichten ließ, dem späteren Papst Alexander VI.

Auf der Piazza fand an jedem Sonntag ein Markt statt, ein kunterbuntes Gemisch aus Farben und Gerüchen. Touristen wie Einheimische drängten sich an den Ständen, wo Früchte, Gemüse, Wurst, Käse, Teigwaren, Kleidung und Kunsthandwerk angeboten wurden.

Gabriella Vincenzo wurde von Floria im Rollstuhl durch die Gassen des Markts geschoben. Sie kannte die Verkäufer seit vielen Jahren, befühlte die Früchte, kostete hier eine Erdbeere, da eine Kirsche.

Bei einem Mann namens Piero erstand sie schließlich eine Schale Erdbeeren und eine Tüte Aprikosen.

Piero schenkte ihr ein Lächeln und legte noch eine Handvoll Kirschen dazu. »Süß wie eine schöne Frau«, sagte er augenzwinkernd und reichte Floria den Einkauf. Dann beugte er sich zu Gabriella hinab. »Wie läuft es mit Lenzini und den Verbrechern, die er vertritt? Sind Sie ihn losgeworden?«

»Lenzini soll in der Hölle schmoren«, antwortete Gabriella. »Er hat mir einen Räumungsbefehl zugestellt, mit einer Frist von sechzig Tagen.«

»Wie bitte?« Piero fuhr zurück. »Das ist nicht wahr – das ist ein Skandal.« Er schüttelte den Kopf. »Unglaublich. Lenzini sollte man in eine Jauchegrube werfen, da gehört er hin.« Wieder beugte er sich vor. »Aber keine Sorge, sollte es wirklich dazu kommen, sind Sie und Floria herzlich eingeladen, bei mir zu wohnen.« Er breitete die Arme aus. »Jedes Haus in Pienza wird Ihnen offen stehen.«

»Danke, Piero«, sagte Gabriella, »aber noch hoffe ich, dass mein Neffe in Amerika mir hilft. Er kennt eine Anwältin, die mit allen Wassern gewaschen ist. In einer Woche kommt sie hierher.«

»Eine Italienerin?«

Gabriella schnaubte ein Lachen hervor. »Nein, eine Amerikanerin, die sich von VinCo nicht kaufen lassen wird. Sie hat sich den Fall angeschaut und weiß schon, warum der Richter gegen mich entschieden hat.«

Piero zog die Brauen hoch. »Und was war der Grund?«

Gabriella zuckte mit den Schultern. »Es hatte irgendetwas mit einer Rechtekette zu tun. Der Kuckuck mag wissen, was das bedeutet.«

Piero legte die Stirn in Falten. »Vielleicht, dass Sie Ihr Land und das Haus nicht vom rechtmäßigen Eigentümer erworben haben?«

Gabriella zog die Brauen zusammen. »Natürlich habe ich das Land rechtmäßig bekommen.«

Piero lächelte beruhigend. »Ihre amerikanische Anwältin wird sicherlich alles regeln. Und falls Sie meine Hilfe brauchen, sagen Sie Bescheid.«

Auf dem Weg zum Auto sagte Gabriella zu ihrer Betreuerin: »Mir ist gerade eine Idee gekommen. Wir holen die Ledermappe mit dem Manuskript aus meinem Schrank. Weißt du, welche ich meine?«

Floria nickte. »Adas Geschichte.«

»Richtig. Bring sie zu jemandem, der vom Deutschen ins Englische übersetzt. Und dann müssen wir alles per Express nach Amerika schicken.«

»Es ist eine lange Geschichte, und Ihr Neffe ist ein vielbeschäftigter Mann. Ich weiß nicht, ob er es schafft, die …«

»Nicht er soll die Geschichte lesen«, unterbrach Gabriella sie ungeduldig. »Die ist für die amerikanische Anwältin.«

Kapitel 4

Chicago, Juli 2017

Liam stand im Flur des Stadthauses, das er mit Catherine bewohnte, und kratzte sich am Kopf. Vor ihm türmten sich drei Koffer, eine Aktentasche und eine Computertasche auf. »Wie sollen wir das alles zum Flughafen schaffen?«, rief er die Treppe hinauf.

»Ich habe ein Großraumtaxi bestellt«, schallte es von oben zurück. »Weißt du, wo mein Pass ist?«

»Den hast du mir vor zehn Minuten gegeben. Hast du für Italien auch einen großen Wagen gemietet?«

»Ja.«

»Und einen kräftigen Gepäckträger, der die Sachen in Rom von der Gepäckausgabe zur Autovermietung schleppt?«

»Der bist du.«

Es klingelte an der Eingangstür. Liam umrundete den Gepäckberg und zog die Tür auf.

Tony trat ein, mit einer Tüte in der Hand und einer Ledermappe unter dem Arm. Als er die Koffer sah, fing er an zu lachen.

»Das ist deine Schuld«, sagte Liam.

»Du wirst ein gutes Werk tun«, antwortete Tony belustigt. »Sei froh, dass ich dir die Gelegenheit dazu biete.« Er schlängelte sich an dem Gepäck vorbei. »Ich habe etwas für dich und Catherine.«

»Großartig«, sagte Liam. »Noch mehr Zeug.«

»Stell dich nicht an. Meine Tante hat mir Unterlagen für ›die amerikanische Anwältin‹ geschickt, die wirst du ja wohl noch tragen können.«

Liam wollte nach der Ledermappe greifen, doch Tony schlug seine Hand fort. »Bist du die amerikanische Anwältin?«

Catherine kam die Treppe hinunter. »Sprecht ihr von mir?«

»Ja.« Tony umarmte sie und überreichte ihr die Mappe. »Das sind Unterlagen von meiner Tante, die du lesen sollst.«

»Sag nicht, dass sie auf Italienisch sind.«

Tony schüttelte den Kopf. »Es ist alles auf Englisch.«

Catherine schlug die Mappe auf. Ihr Blick fiel auf die Titelseite mit der Überschrift: *Meditation – Ein Stück für Solovioline.* »Ist das ein Manuskript?«

Tony zuckte mit den Schultern. »Ich habe es mir nicht angeschaut. Meine Tante hat nur geschrieben, dass du es lesen sollst.«

»Und warum?«

»Keine Ahnung. Es muss ihr aber wichtig sein, sie hat für eine Kuriersendung gezahlt.«

»Okay«, sagte Catherine mit einem Seufzer. »Und was ist in der Tüte?«

Tony lächelte. »Kleine italienische Spezialitäten für Liam. Er mag das Flugzeugessen nicht.«

Kapitel 5

02.00 Uhr, irgendwo über dem Atlantik

Als das Licht im Flugzeug ausgegangen war und nur noch eine kleine Notbeleuchtung brannte, schlief Liam ein. Catherine öffnete die Ledermappe, entnahm ihr das Manuskript, das Tonys Tante ihr geschickt hatte, und begann mit der Lektüre.

Meditation
Ein Stück für Solovioline

Mein Name ist Ada Baumgarten. In der Zeit, die mir noch bleibt, möchte ich all das aus meinem Leben niederschreiben, das von Bedeutung war. Das tue ich für jemanden, der mir sehr am Herzen liegt. Glücklicherweise sind meine Erinnerungen noch sehr lebendig. Ich sehe die Personen, die in meinem Leben eine Rolle spielten, vor mir, habe ihre Stimmen im Ohr und höre unsere Gespräche, als hätten sie gestern stattgefunden.

Trotz meiner Lebensumstände bedauere ich nichts. In vieler Hinsicht habe ich ein reiches und schönes Leben geführt. Doch ich muss von vorn anfangen …

Ich war noch ein kleines Kind, als mein Vater zum ersten Mal sagte, dass Gott mir eine besondere Gabe in die Wiege gelegt habe. Vielleicht hatte er recht. Auch ich kann mir mein musikalisches Talent nicht anders erklären. Ihm verdanke ich, dass ich in namhaften Orchestern mitwirken konnte, als Solistin auftreten durfte und von meinem Publikum verehrt wurde.

Darüber hinaus war es mir vergönnt, zu lieben und geliebt zu werden.

Alles, was Gott noch für mich vorgesehen hat, werde ich ertragen. Doch nun zu meiner Geschichte.

*

Berlin 1918

Ich wurde am 11. November 1918 in Berlin geboren. Es war der Tag, als nach dem Großen Krieg im Wald von Compiègne der Waffenstillstand unterzeichnet wurde.

Meine Eltern hießen Jakob und Friede Baumgarten. Mein Vater war Violinist, aber nicht irgendein x-Beliebiger: Jakob Baumgarten war der Konzertmeister eines der besten Orchester der Welt, sprich, des Berliner Philharmonischen Orchesters.

Als ich zur Welt kam, war Arthur Nikisch Chefdirigent der Philharmoniker, doch am Tag meiner Geburt musste er auf seinen Konzertmeister verzichten. Mein Vater lief im Flur eines Krankenhauses auf und ab und wartete auf die frohe Botschaft, dass sein erstes Kind das Licht der Welt erblickt habe. Er hatte mit einem Jungen gerechnet. War er enttäuscht, als sich herausstellte, dass es ein Mädchen war? Wenn ja, dann schlug dieses Gefühl so rasch in Stolz und Freude um, dass er die Zigarren, die er eigentlich für seine Musikerkollegen in der Philharmonie vorgesehen hatte, voller Überschwang schon im Krankenhaus verteilte.

Mein Vater war ein sanftmütiger und freundlicher Mann, der nichts so sehr liebte wie seine Familie und seine Musik. Die praktischen Dinge des Lebens überließ er meiner Mutter. Sie führte den Haushalt, überwachte die Dienstboten, kümmerte sich um unsere Geldangelegenheiten und entschied, mit wem wir verkehrten. Und sie sorgte für meine Erziehung. Aber ganz gleich, was sie beschloss, mein Vater war mit allem einverstanden.

Das Vorbild für unser Heim war das Elternhaus meiner Mutter. Meine Großeltern waren Ostjuden, zwar nicht reich, aber doch recht gut situiert.

Meinem Großvater gehörte ein Juweliergeschäft in der Oranienburger Straße nahe dem Hackeschen Markt in Berlin. Er war ein zartgebauter Mann mit einem großen Herzen, der mich über die Maßen liebte. Zu meinem zehnten Geburtstag schenkte er mir eine Kette mit einem von einer Kamee geschmückten Medaillon als Anhänger. Sie war mein kostbarster Besitz, zumal mein Großvater gesagt hatte, der Anhänger habe Zauberkraft.

Als Geschäftsmann wusste er sich durchzusetzen, doch in seinem Privatleben war es wie bei uns, dort hatte seine Frau das Sagen. Sie und meine Mutter hatten etwas Bestimmendes und gehörten zu den Menschen, die den Wert von Ordnung und festen Regeln betonten. Das Gefühlvolle innerhalb des Familienlebens überließen sie ihren Ehemännern.

Meine Mutter war eine schöne Frau, mit dunklen Augen und langem schwarzem Haar, das sie am Abend ausgiebig bürstete, um seinen Glanz zu bewahren. Obwohl sie sich nie als Dame der Gesellschaft betrachtete – den Begriff sogar als abwertend empfand –, fiel es ihr leicht, sich in den gehobenen Berliner Kreisen zu bewegen. Es machte ihr Freude, Gäste zu empfangen, ganz gleich, ob es sich dabei um ein elegantes Abendessen, ein Gartenfest oder meine Geburtstagsfeier handelte. Sie hatte auch ein sicheres Gespür für die Auswahl der Gäste und wusste, wen man nicht zusammen einladen sollte. Manche Menschen seien wie Feuer und Wasser, erklärte sie häufig, und wehe, man setzte die einen zu den anderen.

Ich wuchs zu Zeiten der Weimarer Republik auf. Damals war Berlin der glanzvolle Mittelpunkt von Kunst, Wissenschaft und Kultur in Deutschland. Für die deutschen Juden waren das die besten Jahre. Max Liebermann schuf seine wunderbaren Gemälde mit der lichten Farbgebung des Impressionismus, Otto Klemperer und Bruno Walter waren als herausragende Dirigenten bekannt, Erich Fromm galt als einflussreicher Denker auf dem Gebiet der Psychoanalyse, Arnold Schönberg und Kurt Weill waren wegweisende Komponisten. Und Albert Einstein war sicherlich der bedeutendste Physiker seiner Zeit. Fast alle waren sie bei uns zu Gast, nur Einstein kam nicht, obwohl meine Mutter ihn mehrmals eingeladen hatte.

Wir wohnten nicht weit vom Tiergarten entfernt, dem großen Berliner Stadtpark mit den kleinen Seen, Wasserläufen, Wiesen und Bäumen, in dem ich leidenschaftlich gern spielte, am liebsten zusammen mit meinem Pudel Mitzi.

Ich erinnere mich noch gut an die vorwurfsvolle Miene meiner Mutter, wenn ich abends zu spät nach Hause kam. Mit vor der Brust verschränkten Armen empfing sie mich dann und fragte, ob ich wisse, wie viel Uhr es sei, welche Sorgen sie sich gemacht habe und ob ich in Zukunft nicht ein wenig rücksichtsvoller sein könne. Ich gelobte jedes Mal Besserung, doch dann kam wieder ein schöner Tag, an dem ich bei Spielen im Park die Zeit vergaß und mich abends bei meiner Mutter entschuldigen musste.

Es war also meine Mutter, die dafür sorgte, dass ich zu einer halbwegs manierlichen Person heranwuchs, doch meinem Vater verdankte ich meine erste große Liebe – die zur Geige –, und sie währte mein Leben lang.

Es war immer klar gewesen, dass ich dieses Instrument spielen und mein Vater mein Lehrer sein würde, die Frage war höchstens, wann er mit dem Geigenunterricht beginnen würde.

Ich erhielt meine erste Geige, als ich fünf Jahre alt war. Zuvor, so hatte mein Vater erklärt, seien meine Finger noch nicht spielbereit.

Es geschah während eines Sonntagsessens, bei dem Wilhelm Furtwängler zu Gast war, der Arthur Nikisch nach dessen frühem Tod als Chefdirigent der Philharmoniker gefolgt war. Mein Vater und Furtwängler waren gute Freunde; ich mochte »Onkel Wilhelm« ebenfalls.

Als der Kaffee serviert wurde, überreichte mein Vater mir ein klobiges, in mehrere Lagen Papier eingeschlagenes Paket. Ich jauchzte, als ich es auspackte und feststellte, dass darin ein Geigenkasten samt Geige war. Die Geige war kleiner und leichter als die meines Vaters, aber wunderschön geformt und glänzend. Ein Geigenbauer hatte sie nach den Maßgaben meines Vaters angefertigt.

Mein Vater legte die Geige in meinen linken Arm, die Finger auf das Griffbrett und den Bogen in meine rechte Hand. Aufgeregt zog ich den Bogen über die Saiten und produzierte Töne, die man nur als Katzenmusik bezeichnen konnte.

Mein Vater applaudierte, und Furtwängler nickte wohlwollend. »Das ist eine wunderbare Geige, Ada«, sagte er. »Sie wird dir zeigen, was in ihr steckt.«

Als Furtwängler gegangen war, zog mein Vater mich zu sich heran und zeigte mir, wie man die Geige richtig hielt und den Bogen so führte, dass schöne Töne entstanden. »Ich werde dich unterrichten«, sagte er. »Und schon ganz bald wirst du mit deiner Geige eng befreundet sein.«

Von diesem Datum an hatte ich bei ihm jeden Tag eine Stunde Geigenunterricht, nur dann nicht, wenn die Philharmoniker auf

Konzertreise waren. Und es kam, wie er es gesagt hatte: Die Geige und ich wurden die besten Freunde.

*

Berlin, November 1929

In diesem Jahr war es vorzeitig Winter geworden. Bereits im November fiel der erste Schnee und bestäubte die Bäume mit einer feinen weißen Puderschicht.

Eines Morgens waren Mitzi und ich so früh im Tiergarten, dass wir auf den verschneiten Wiesen und Wegen die ersten Spuren hinterließen. Ich hatte vor Aufregung nicht mehr schlafen können, denn an diesem Tag würde ich mich um die Aufnahme im Jugendorchester der Philharmoniker bewerben, das hohes Ansehen genoss.

Normalerweise wurde man dort frühestens mit zwölf Jahren angenommen, und ich hatte Angst, dass ich mit meinen elf Jahren als zu jung abgelehnt werden würde. Doch mein Vater hatte dem Leiter – einem Mann namens Kritzer – erklärt, dass ich die Geige beherrschte, und ihn gebeten, es mit mir zu versuchen. Er erinnerte ihn daran, dass Nathan Milstein als Elfjähriger sein erstes Violinkonzert gegeben hatte und im Sankt Petersburger Konservatorium angenommen worden war. Und dass Yehudi Menuhin im Alter von sieben mit dem San Francisco Symphony Orchestra aufgetreten war und als Zwölfjähriger mit den Berliner Philharmonikern.

»Meine Tochter ist ein Naturtalent«, sagte mein Vater. Es war das Lob eines stolzen Vaters, doch darüber hinaus war er Konzertmeister der Philharmoniker, und Kritzer wusste, dass er sich auf sein Urteil verlassen konnte.

Kritzer erklärte lediglich, dass ich vermutlich noch mindestens ein Jahr brauche, um mit dem Orchester auftreten zu können. Mein Vater und ich waren sicher, dass ich auch in dem Punkt schon so weit war.

Vor sechs Jahren hatte mein Vater mir die erste Geige geschenkt und mich beinahe täglich unterrichtet. Darüber hinaus hatte ich im Stern'schen Konservatorium Geigenunterricht gehabt. Allerdings war mein Vater der beste Lehrer von allen gewesen. Bei ihm machte das Lernen Spaß, und am Ende einer jeden Stunde erklärte er mir, was mir gut gelungen war. Sein Lob war immer aufrichtig, abgesehen davon war er ein viel zu liebenswürdiger Mensch, um einen Schüler durch eine scharfe Kritik zu entmutigen.

Aber ich übte auch fleißig und ohne dass man mich dazu anhalten musste. Mitunter war es sogar mein Vater, der darauf bestand, dass ich die Geige zur Seite legte und nachmittags wie früher durch den Tiergarten tobte.

Meine Geige lockte mich jedoch immerzu, und die Fortschritte, die ich machte, beflügelten mich. Meine Mutter sagte stets, dass ich mich auf die Geige stürzte wie Mitzi auf ihr Fressen.

Alle, die sich um die Aufnahme ins Jugendorchester bewarben, mussten in den Probenräumen der Philharmonie in der Bernburger Straße vorspielen. Wir waren etwa dreißig Jugendliche und wurden nach unseren Instrumenten in Blechbläser, Streicher, Holzbläser und Schlagwerker unterteilt. Bei den Streichern waren wir zu neunt.

Da ich meinen Vater oft in die Philharmonie begleitet und bei den Proben zugehört hatte, war das Gebäude für mich wie ein zweites Zuhause. Die anderen Bewerber wurden jedoch von der Pracht der Räumlichkeiten eingeschüchtert und wirkten befangen.

Das Jugendorchester stand sowohl Jungen als auch Mädchen offen, im Gegensatz zu den Philharmonikern, zu denen nicht eine einzige Frau gehörte. Einmal fragte ich meinen Vater nach dem Grund und meinte, Frauen seien schließlich ebenso gute Musiker wie Männer, wenn nicht sogar die gefühlvolleren.

»Dafür gibt es keine vernünftige Erklärung«, antwortete mein Vater. »In den großen Orchestern der Welt findet man keine Musikerinnen, und das ist seit ewigen Zeiten so. Das bedeutet nicht, dass Frauen nicht gut genug sind, sie spielen in Streichquartetten, Musikensembles, Kammerorchestern, in kleinen Orchestern und Opernorchestern. Als Solistinnen sind Frauen in den namhaften Spielstätten der Welt aufgetreten. Denk an Clara Schumann, die in Europa mit allen großen Orchestern spielte, oder an Myra Hess im New Symphony Orchestra unter Beecham.«

»Aber sie sind unregelmäßig aufgetreten«, erwiderte ich. »Ich möchte eines Tages das feste Mitglied eines Orchesters sein.«

Mein Vater strich mir über den Kopf. »Die Zeiten werden sich ändern, und dann wirst du sicherlich zu einem guten Orchester gehören.«

»Ich möchte zusammen mit dir bei den Berliner Philharmonikern spielen«, antwortete ich fest. »Als erste Frau in diesem Orchester.«

Bei dem Aufnahmewettbewerb der Streicher spielte zuerst eine vielleicht sechzehnjährige Cellistin vor. Sie war so aufgeregt, dass sie zwei Mal ansetzen musste, und man sah, dass ihre Hände zitterten. Als sie abtrat, hatte sie Tränen in den Augen. Nach ihr kam ein groß gewachsenes Mädchen mit dem Kontrabass an die Reihe, dem mehrere Patzer unterliefen. Nach den beiden gab es eine kleine Pause. Der Junge, der neben mir saß und eine Geige dabeihatte, drehte sich zu mir um.

»Welches Stück wirst du vorspielen?«, fragte er, und man hörte, dass er im Stimmbruch war. Ich sah ihn mir etwas genauer an. Er trug eine Nickelbrille, und sein blondes Haar hing ihm in die Stirn. Seine Arme waren so lang und dünn, als wüchsen sie schneller als der Rest. Doch sein Gesicht gefiel mir, ohne dass ich hätte sagen können, warum.

»Ich werde eine Caprice von Paganini vortragen«, antwortete ich.

Er riss die Augen auf. »Etwa die Nummer vierundzwanzig? Die schwierigste von allen, mit den parallelen Oktaven, den Doppel- und Tripelgriffen und dem linkshändigen Pizzicato? Die willst du vorspielen? Bist du verrückt oder ein Genie?«

Ich musste lachen. »Die Nummer vierundzwanzig kann ich noch nicht. Ich spiele die Nummer neun, die ist nicht so kompliziert.«

»Nicht so kompliziert?« Der Junge schnaubte ein Lachen hervor. »Ich könnte Paganini üben, bis mir die Finger abfallen, trotzdem bekäme ich keine seiner Capricen gut genug hin, um mich beim Vorspielen daran zu wagen. Ich werde eine einfache kleine Sonate von Mozart vortragen, und die habe ich wie ein Irrer geübt.« Er betrachtete mich stirnrunzelnd. »Stimmt es, dass du Baumgartens Tochter bist?«

Ich nickte. »Aber ich bin erst elf Jahre alt.«

»Wenn du begabt bist, spielt dein Alter keine Rolle. Oder glaubst du, mir nützt es etwas, schon vierzehn zu sein?« Er lächelte scheu. »Mein Name ist übrigens Kurt – Kurt König.«

»Ich heiße Ada. Ist dein Vater auch Musiker?«

Kurt schüttelte den Kopf. »Er ist beim Militär. Oder besser, er war dort, inzwischen arbeitet er als Verkäufer. Alle Männer in meiner Familie waren beim Militär. Das wäre auch mein Schicksal gewesen, aber nun ist Deutschland ja nur noch eine kleine Berufsarmee erlaubt, und ich darf mir einen anderen Beruf aussuchen.«

Nach der Pause wurde ich aufgerufen. Ich trat vor, verneigte mich vor dem Aufnahmekomitee und kündigte an, dass ich Paganinis Caprice Nummer neun spielen würde. Einige Juroren zogen die Brauen hoch, doch einer sagte: »Sehr schön. Fang an, wenn du so weit bist, und hab keine Angst.«

Fast hätte ich gelacht. Mit der Geige unter dem Kinn kannte ich weder Angst noch Nervosität, und das Stück von Paganini fiel mir ohnehin leicht. Ich mochte die gefällige Melodie und die verspielte Art, Flöten und Hörner zu imitieren, die dazu geführt hatte, dass man die Caprice auch mit dem Untertitel »Die Jagd« bezeichnete.

Sowie ich begonnen hatte, bewegten meine Finger sich von allein. Ich vergaß meine Umgebung und spielte einfach das Stück, das ich liebte. Ehe ich mich versah, hatte ich meinen Vortrag beendet und verneigte mich wieder. Die Juroren nickten einander zu.

Vor dem Abendessen erfuhr ich von meinem Vater, dass ich angenommen worden war. Ich jubelte und tanzte um den Esstisch herum. Meine Mutter sah mir lachend und kopfschüttelnd zu.

Dann fiel mir etwas ein. »Weißt du, ob auch ein Junge namens Kurt die Aufnahmeprüfung bestanden hat? Kurt König? Ich habe ihn spielen hören. Er war ziemlich gut.«

Das wusste mein Vater natürlich nicht.

Meine Mutter, die vor mir von meinem Erfolg erfahren hatte, hatte ein kleines Festessen zubereitet. Und wie so oft hatten wir dazu einen Gast. Diesmal handelte es sich um den Bankier Alfred Gross.

Anfänglich durfte ich noch von meinem Vorspielen erzählen, doch dann begannen die Erwachsenen über die jüngsten wirtschaftlichen Entwicklungen zu reden. Sie sprachen über den Einbruch der New Yorker Börse, und ich verstand nicht, was das mit uns in Deutschland zu tun hatte. Ich wusste nur, dass es in Berlin viele Menschen gab, die Not litten, aber Gross erzählte, dass es noch viel schlimmer kommen werde. Mein Vater wirkte ebenfalls sorgenvoll und sagte, dass die harten Zeiten sich auch auf die Philharmoniker auswirken würden.

Kapitel 6

03.15 Uhr, irgendwo über dem Atlantik

Liam wurde wach und streckte sich. »Was liest du da?«, fragte er. »Warum schläfst du nicht?«

»Du weißt doch, dass ich im Flugzeug nicht schlafen kann«, antwortete Catherine. »Ich lese das Manuskript von Tonys Tante.«

»Steht darin, wem die Villa Vincenzo gehört?«

»Bisher nicht. Noch geht es um ein Mädchen namens Ada Baumgarten im Berlin der zwanziger Jahre. Anscheinend war sie so etwas wie ein musikalisches Wunderkind.«

»Und warum sollst du über dieses Mädchen lesen? Heißt Gabriella Vincenzo in Wahrheit Ada Baumgarten, oder was?«

»Nein. Ada wurde im Jahr neunzehnhundertachtzehn geboren und wäre heute neunundneunzig Jahre alt. Tonys Tante ist achtundsiebzig.«

»Vielleicht ist diese Ada ihre Mutter.«

Catherine zuckte mit den Schultern. »Ich bin erst an der Stelle, als sie elf Jahre alt ist und Geige spielt.«

»Und was ist daran so wichtig, dass Tante Gabriella alles mit einem Kurier geschickt hat?«

»Keine Ahnung.« Catherine drückte ihren Rücken durch. »Ich wünschte, wir hätten Tonys Angebot nicht angenommen. Ich habe mich von der Reise verlocken lassen, und das war falsch. Wenn sich herausstellt, dass ich Tonys Tante nicht helfen kann, werde ich mich ewig schuldig fühlen.«

Liam zog die Brauen hoch. »Und diese Bedenken kommen dir jetzt mitten über dem Atlantik?«

»Nein, die hatte ich von Anfang an. Wenn wir wenigstens selbst für unsere Flüge bezahlt hätten.«

»Wenn es dich beruhigt, geben wir Tony das Geld für die Flüge zurück.«

»Es geht nicht nur um das Geld. Tony und seine Tante setzen ihre Hoffnung auf uns und stellen sich vor, dass wir die Räumung verhindern werden. Ich wünschte, ich hätte Tony deutlicher gemacht, dass diese Hoffnung auf wackligen Beinen steht. Nun komme ich mir verantwortungslos vor.«

»Catherine, bitte.« Liam seufzte. »Tony hatte niemanden außer uns, an den er sich wenden konnte. Natürlich hofft er, dass wir Erfolg haben, aber wir haben ihm nichts versprochen, und das hat er auch so verstanden. Warum bist du plötzlich so pessimistisch? Es kann doch sein, dass du für seine Tante vor Gericht zumindest einen Vergleich herausholen kannst.«

Catherine schüttelte den Kopf.

Liam klopfte das kleine Kissen der Fluggesellschaft auf und gab seiner Frau einen Kuss. »Das Flugzeug wird nicht mehr umkehren, und wir werden sehen, was wir erreichen können.« Er schob das Kissen unter seinen Kopf und schloss die Augen.

Catherine starrte eine Zeitlang vor sich hin. Dann nahm sie ihre Lektüre wieder auf.

*

Berlin, November 1931 – Mai 1932

Es kam, wie Gross vorhergesagt hatte. Der Börsensturz in New York führte zu einer Weltwirtschaftskrise, die auch für Deutschland verheerende Folgen hatte. In wenigen Monaten verloren Millionen Menschen ihr Geld und ihre Arbeit, Banken brachen zusammen. Gross kam zu uns, um sich zu verabschieden. Seine Bank hatte im April schließen müssen und war von aufgebrachten Kunden mit Steinen beworfen und Hassparolen beschmiert worden. Gross hatte sich entschieden, zu Verwandten nach Philadelphia zu ziehen.

»Wenn du klug bist«, sagte er zu meinem Vater, »dann verlässt du Deutschland jetzt auch mit deiner Familie. Die Lage wird sich so schnell nicht bessern, und die Philharmoniker werden ihre Subventionen verlieren. Such dir drüben eine neue Stelle – in New York, Philadelphia, Boston oder Chicago.«

Mein Vater schüttelte den Kopf. »Wir werden weiterhin gefördert. Vielleicht sind unsere Konzerte nicht mehr so gut besucht, wie sie es einmal waren, aber das kann sich auch wieder ändern.«

Gross runzelte die Stirn. »Ich rede nicht nur von der wirtschaftlichen Lage. Das politische Klima ist ebenfalls dabei, sich zu verschlechtern. In schweren Zeiten bekommen rechtsgerichtete Kreise Oberwasser, du hast es im letzten Herbst bei der Reichstagswahl erlebt. Die NSDAP ist heute die zweitstärkste Fraktion im Parlament, und schon haben die ersten Übergriffe gegen uns Juden begonnen. Wie wird das erst aussehen, wenn Hitler bei der nächsten Wahl noch mehr Stimmen gewinnt?«

Mein Vater tat seine Worte mit einem Schulterzucken ab. Politik interessierte ihn nicht. »Ich glaube, das siehst du falsch. Die Nazis haben bei der Wahl gerade mal zwanzig Prozent erreicht.«

Gross betrachtete ihn kopfschüttelnd. »Und bei der Wahl davor hatten sie zwei Prozent. Sagt dir das nichts? Wir leben in schwierigen Zeiten, und die Menschen suchen nach einfachen Erklärungen. Die liefern die Nazis ihnen. Die Industrie steht auch hinter dieser Partei. Aber am schlimmsten ist, dass die Nazis die Juden hassen. Du solltest *Mein Kampf* lesen, da hat Hitler sich sehr unmissverständlich ausgedrückt. Denk darüber nach, Jakob, und informiere dich über deine Möglichkeiten in Amerika.«

Ich hörte ihnen zu und hoffte, dass wir in Berlin blieben. Ich war gerade dreizehn Jahre alt geworden und kannte nicht viel mehr als unsere Stadt. Außerdem gefiel es mir in unserem Haus und in meiner Schule. Ich liebte den Tiergarten und hing an den Freunden, die ich im Jugendorchester gefunden hatte. Gerade bereiteten wir ein Konzert vor, das wir im Winter aufführen wollten – Haydns Symphonie Nummer 82 und Mendelssohns Symphonie Nummer 4. Außerdem war ich im Orchester aufgestiegen, saß bei den ersten Geigen am ersten Notenpult, und Kurt hatte seinen Platz direkt hinter mir, was ich wunderbar fand.

Kurt war ein guter Geiger, aber wir waren auch Freunde geworden. Vor den Proben trafen wir uns in der Kantine der Philharmonie, plauderten und teilten uns mitunter eine Limonade. Lustig war Kurt außerdem. Wenn wir probten, stieß er mich manchmal leicht von hinten an, doch wenn ich mich umdrehte, setzte er eine Unschuldsmiene auf und fragte: »Ist was?« Dann versuchte ich, ihn böse anzusehen, aber meistens musste ich lachen.

Ende November erzählte Kurt, dass es bei ihnen zu Hause finanzielle Schwierigkeiten gebe. Sein Vater war arbeitslos geworden und hatte davon gesprochen, dass er das Geld für Kurts Busfahrten zu den Proben nicht mehr aufbringen könne. Ich sagte Kurt, dass mein Vater ihn vielleicht mitnähme, wenn er mich abends abholte.

Als ich meinen Vater fragte, ob er Kurt künftig nach Adlershof fahren könne, reagierte er verhalten und wies mich darauf hin, dass es ein großer Umweg sei. Ich fing an zu betteln, schilderte ihm, wie gut Kurt Geige spiele und dass er ohne unsere Hilfe das Orchester verlassen müsse. Und außerdem sei er mein Freund.

»Du willst mich einwickeln«, sagte mein Vater lächelnd, erklärte sich jedoch bereit, Kurt nach den Proben nach Hause zu fahren.

Ich erzählte Kurt, dass wir ihn abends mitnehmen würden, doch wie sich herausstellte, war sein Vater dagegen und ließ uns ausrichten, dass er sich nicht an den Benzinkosten beteiligen könne. Erst als er erfuhr, dass wir kein Geld erwarteten, gab er nach.

Doch als wir Kurt zum ersten Mal an dem Miethaus, in dem er wohnte, absetzten, kam sein Vater heraus und sah uns unfreundlich an.

»Wir haben nicht um Ihre Hilfe gebeten«, sagte er zu meinem Vater. »Meine Arbeitslosigkeit und unsere Geldsorgen sind nur vorübergehend. Für einen Konzertmeister sieht die wirtschaftliche Lage sicherlich anders aus, aber uns einfachen Arbeitern und Angestellten setzt die Krise zu.« Er warf einen Blick auf seinen Sohn, der verlegen zu Boden sah. »Trotzdem vielen Dank.«

»Es ist nicht der Rede wert«, antwortete mein Vater freundlich.

»Die Zeiten werden sich bald ändern«, schloss Kurts Vater und betrachtete uns stirnrunzelnd. »Dann nimmt mein Sohn wieder den Bus.«

»Wie Sie wünschen.« Mein Vater verabschiedete sich und setzte den Wagen in Gang.

Von da an saßen Kurt und ich nach den Proben auf dem Rücksitz unseres Wagens, redeten über Musik, über Techniken beim Geigenspielen und lästerten über die anderen Musiker des Orchesters. Nach einer Weile gingen wir dazu über, heimlich unsere kleinen Finger ineinanderzuhaken.

Ich war mir sicher, dass mein Vater nichts davon mitbekam, doch er musste auch hinten im Kopf Augen haben, denn es dauerte nicht lang, bis er mich bat, damit aufzuhören, und mich daran erinnerte, dass ich erst dreizehn war.

Im Januar 1932 erfuhr ich von Kurt, dass sein Vater in die SA eingetreten war und auf den Versammlungen und Parteikundgebungen der NSDAP für Ordnung und Sicherheit sorgte. Ich dachte mir nicht viel dabei oder wenn, dann höchstens, dass Herr König wahrscheinlich froh war, wieder eine Uniform tragen zu können.

Vor der Reichstagswahl im April trat die SA mit ihren Aufmärschen deutlicher als zuvor in Erscheinung, und es hieß, dass sie fast eine halbe Million Mitglieder gewonnen habe. Auch sonst war sie nun in den Straßen immerzu sichtbar und wirkte in ihren braunen Uniformen bald übermächtig.

Mein Vater und seine Freunde zeigten sich jedoch wenig beeindruckt. Sie lächelten über die vollmundigen Wahlversprechen der NSDAP, Deutschland erneut zu einer Großmachtstellung zu verhelfen und die Arbeitslosigkeit abzuschaffen, und hielten Hitler für einen aufgeblasenen Schwätzer, den Hindenburg in die Schranken weisen würde. Und dann, so ihre Überzeugung, werde auch die SA wieder verschwinden.

Ich traf im Februar mit einer Gruppe Braunhemden zusammen, an einem Nachmittag, als ich Mitzi im Tiergarten ausführte. Sie kamen uns entgegen und sangen ihr Kampflied »Die Fahne hoch«. Mitzi bellte sie an. Ein SA-Mann sprang aus der Reihe und tat, als wolle er sich meinen Hund schnappen. Mitzi wich zurück und quiekte vor Angst. Der Mann lachte und reihte sich wieder ein.

Ich erzählte meinem Vater davon. Er trug mir auf, mich von den Braunhemden fernzuhalten, es sei ein widerlicher, brutaler Verein. »Hitler wird die nächste Wahl verlieren, und dann werden diese Schläger verboten werden«, schloss er. »Aber bis dahin gehst du ihnen bitte aus dem Weg.«

Am selben Abend nahmen meine Eltern mich mit zu einem Konzert in die Philharmonie. Oskar Fried war Gastdirigent, und

Sergei Prokofjew trat als Solist auf. Gespielt wurde sein Klavierkonzert Nr. 3. Es war ein unglaubliches Erlebnis, und ich wunderte mich, dass es so viele freie Plätze gab.

Nach dem Konzert ging mein Vater mit mir hinter die Bühne, um mich Prokofjew vorzustellen.

»Das ist also der aufgehende Stern am Geigenhimmel, der zurzeit im Jugendorchester Furore macht«, sagte Prokofjew lächelnd. »Ich hoffe, dass du demnächst einmal mit mir in Moskau auftrittst.«

Ich errötete und wusste nicht, was ich antworten sollte. Mein Vater zwinkerte mir zu.

Kapitel 7

Berlin, Januar 1933

Bei keiner der Reichstagswahlen des Jahres 1932 war eine regierungsfähige Mehrheit zustande gekommen, und wir hatten in nur einem Jahr drei Kanzler – Brüning, von Papen und von Schleicher. Im Januar 1933 ernannte Hindenburg dann Hitler zum Reichskanzler. Und zum ersten Mal, seit ich denken konnte, regte mein Vater sich über eine politische Entwicklung auf und sagte, Hindenburg wisse offenbar nicht mehr, was er tue.

Auch Furtwängler war über Hindenburgs Entscheidung nicht glücklich. Er hatte Hitler als »Marktschreier« bezeichnet, und Hitlers Kampfgenossen waren für ihn eine rassistische Straßenbande. »Der Mann und seine Partei werden sich nicht lange halten«, erklärte er eines Abends bei uns. »Und sollte Hitler sich in die Belange der Philharmonie einmischen, trete ich zurück und nehme ein Dirigat im Ausland an. Das habe ich auch seinem Propagandaleiter Goebbels deutlich gemacht.«

Doch das Leben ging weiter. Im Januar durfte ich ein Konzert der Philharmoniker besuchen, bei dem Jascha Heifetz, einer der berühmtesten Geiger der Welt, als Solist auftrat. Mein Vater hatte sich seit Wochen auf diesen Abend gefreut und erzählte, dass Heifetz elf Jahre alt war, als er ihn zuletzt in Berlin gehört hatte. »Damals spielte er Tschaikowskys Violinkonzert dermaßen brillant, dass er von den Musikern, einschließlich Nikisch, stehende Ovationen erhielt. Georg Kreisler sagte damals, jetzt könnten alle anderen ihren Geigenbogen über dem Knie zerbrechen.« Mein

Vater tätschelte meine Wange. »Und heute Abend darfst du ihn erleben.«

Heifetz und die Philharmoniker gaben das Violinkonzert von Brahms, und ich konnte sehen, wie tief beeindruckt mein Vater und die anderen Streicher waren. Heifetz' technisches Können, seine Leidenschaft beim Spiel und seine persönliche Ausstrahlung waren einzigartig. Auch diesmal erhielt er stehende Ovationen. Nach dem Konzert durfte ich sogar an dem Empfang für ihn teilnehmen.

Mein Vater stellte mich Heifetz vor. Als er mich begrüßte, wunderte ich mich, wie weich seine Hand für einen Geiger war. Er lächelte freundlich und erkundigte sich nach meinem Geigenspiel, wollte wissen, wie viele Stunden am Tag ich ihm widmete, wer meine Lieblingskomponisten waren und wie oft ich die Tonleitern übte.

»Ich übe jeden Nachmittag. Sogar die Tonleitern.«

Meine Antwort schien ihn nicht zufriedenzustellen. »Du musst die Tonleitern aus dem Effeff beherrschen, das ist das Allerwichtigste, wenn du gut sein willst. Sie sind mehr als eine kleine Vorspeise vor dem großen Mahl. Tonleitern, Dreiklänge, Arpeggien, sie bilden deine Grundlage.« Sein Blick wurde durchdringend. »Du darfst nie mit dir zufrieden sein oder glauben, du seist über irgendetwas erhaben. Ein wahrer Künstler weiß, dass er selbst in den vermeintlich kleinen Dingen niemals auslernen wird.«

Ich hatte den Tonleitern nie viel Bedeutung beigemessen, doch ich versprach ihm kleinlaut, mich zu bessern.

»Wir haben etwas gemeinsam«, sagte Heifetz sanfter und mit einem Blick auf meinen Vater. »Auch ich wurde früher von meinem Vater unterrichtet.«

Anschließend unterhielt er sich mit meinem Vater, und ich hörte, wie er sagte: »Noch geht es Ihnen hier gut, aber man müsste schon blind sein, wenn man nicht sähe, wie sich Deutschland entwickelt. Hitler ist gefährlich und ein Feind der Juden. Das hat er schon Anfang der zwanziger Jahre verkündet, als er seine Reden noch vor zwanzig Gleichgesinnten im Münchner Bürgerbräukeller geschwungen hat.«

Mein Vater zuckte mit den Schultern. »Wir leben in Krisenzeiten. Wenn sie sich bessern, wird kein Hahn mehr nach ihm krähen.«

»Ich glaube, Sie irren sich«, antwortete Heifetz. »Überlegen Sie sich, ob Sie nicht nach Amerika übersiedeln möchten. Ich war mit sechzehn zum ersten Mal drüben und wusste sofort, dass ich dort leben wollte. Beruflich würden Sie sofort unterkommen, zumal sich die wirtschaftliche Lage drüben stetig bessert. Roosevelt ist ein fähiger Mann. Denken Sie an Ihre Tochter.«

Mein Vater schüttelte den Kopf. »Vielleicht wird Ada eines Tages in Amerika leben, aber ich bin und bleibe Berliner. Außerdem möchte ich Wilhelm und das Orchester nicht im Stich lassen. Abgesehen davon geht es uns Juden gut.«

Heifetz seufzte. »Ihre Treue ist lobenswert, aber ich fürchte, dass Sie die Richtung verkennen, die Deutschland eingeschlagen hat.«

*

An einem Tag im März betrat ich die Kantine, um mich vor der Probe mit Kurt zu treffen, und stellte fest, dass er nicht da war. Bei der Probe fehlte er ebenfalls. Zudem fiel mir auf, dass wir bei den Streichern einen Neuzugang hatten, statt Kurt saß nun ein anderer Junge hinter mir.

In der Pause fragte ich Kritzer, ob er wisse, warum Kurt nicht gekommen war. Ich erfuhr, dass Kurt das Orchester von einem Tag auf den anderen verlassen hatte. Den Grund kannte Kritzer nicht, er sagte jedoch, er sei ebenso enttäuscht wie ich.

Ich war nicht enttäuscht, sondern niedergeschmettert. Kurt war mein bester Freund, wie konnte er einfach sang- und klanglos verschwinden? Ich entschuldigte mich bei Kritzer und zog mich auf die Toilette zurück. Ich wollte allein sein. Nach der Pause war ich unkonzentriert, machte Fehler, vergaß, die Seite im Notenheft umzuschlagen. Kritzer sagte nichts dazu, schüttelte nur den Kopf. Er wusste, wo ich mit den Gedanken war.

Als mein Vater mich abholte, schüttete ich ihm mein Herz aus. »Irgendetwas muss passiert sein, sonst wäre Kurt nicht einfach ausgeschieden. Er hat das Orchester geliebt. Und er würde es auch nicht verlassen, ohne mir vorher etwas zu sagen. Vielleicht ist sein Vater schuld, er wollte ja früher schon, dass Kurt aufhört.« Ich fasste den Arm meines Vaters. »Bitte, sprich du mit Herrn König. Sag ihm, dass er Kurt im Jugendorchester lassen muss.«

Mein Vater strich mir über die Wange. »Das steht mir nicht zu, Ada, ich kann mich nicht in die Entscheidungen von Kurts Vater einmischen. Er wird seine Gründe gehabt haben. Vielleicht zieht die Familie aus Berlin fort.«

Ich fing an zu weinen und flehte meinen Vater an, mit mir zu Kurt zu fahren, um wenigstens zu fragen, warum er nicht mehr im Orchester spielen wolle.

Schließlich gab mein Vater nach. »Gut, wir fahren zu ihm. Aber wir müssen höflich bleiben, Ada. Komm nur ja nicht auf die Idee, ihm oder seinem Vater Vorwürfe zu machen.«

Ich umarmte ihn und sagte, er sei der beste Vater der Welt.

Wir klingelten bei den Königs. Kurts Vater öffnete uns in seiner

SA-Uniform. »Kurt kommt nicht mehr ins Jugendorchester«, erklärte er barsch. »Wir haben kein Telefon, sonst hätte er Ihnen Bescheid geben können. Danke, dass Sie ihn immer nach Hause gebracht haben.«

Mein letzter Hoffnungsfunke erlosch. »Aber warum? Kurt ist doch so gut. Warum tun Sie ihm das an? Warum denken Sie nicht an seine Zukunft?«

»Ada!«, sagte mein Vater in scharfem Ton. »Bitte, halte dich zurück.«

Herr König wirkte verärgert. »Um die Zukunft meines Sohns brauchen Sie sich keine Sorgen zu machen.« Er schloss die Tür.

Zwei Wochen später erhielt ich einen Brief von Kurt.

Liebe Ada,
bitte, verzeih mir, dass ich Dir nicht selbst gesagt habe, dass ich das Jugendorchester verlasse. Ich bin nicht dazu gekommen, mein Vater hat mir die Teilnahme an den Proben ganz plötzlich verboten. Er wünscht, dass ich einen anderen Weg einschlage. Er ist mittlerweile Sturmführer, betrachtet die SA als Volksheer und hofft, dass sie weiterwächst.

Demzufolge möchte er, dass ich der Familientradition treu bleibe und mich, wenn ich alt genug bin, der Reichswehr oder der SA anschließe. Er hat mich auch gezwungen, in die Hitlerjugend einzutreten. Ich trage nun ein braunes Hemd mit schwarzem Binder und eine schwarze kurze Hose. Wenn Du sehen könntest, wie albern ich aussehe! Du würdest dich schieflachen.

Mein Vater schwärmt von den Dingen, die ich in der Hitlerjugend lerne, und glaubt, Zelten, Wandern und Waffenübungen gefielen mir. Leider findet davon jeden Tag etwas statt, auch deshalb musste ich das Jugendorchester verlassen. Dabei wäre es mir viel lieber, ihm weiter anzugehören und mit Dir zusammen zu sein.

Ich übe jeden Tag auf der Geige, meistens jedoch erst spätabends, wenn mein Vater sich schlafen gelegt hat. Das Orchester fehlt mir, aber vor allem vermisse ich Dich. Meinst Du, wir könnten uns auch so treffen? Wird Dein Vater Dir das erlauben? Bitte frag ihn doch.

In ewiger Freundschaft

Dein Kurt

»Was genau meint der Junge mit ›auch so treffen‹«, fragte mein Vater.

Ich verdrehte die Augen. »Dass wir miteinander ausgehen. Beinahe alle meine Freundinnen haben einen Freund und unternehmen etwas mit ihm. Gehen tanzen und ins Kino. Und du hast immer gesagt, dass Kurt ein netter Junge ist.«

»Das war, bevor er in die Hitlerjugend eingetreten ist. Dort wird man aus ihm einen Nazi machen, und du bist Jüdin. Es würde mich wundern, wenn Kurts Vater ihm erlaubt, sich mit dir zu treffen. Ich hatte immer den Eindruck, dass es ihm nicht recht war, wenn ich seinen Sohn nach Hause brachte, und es unter anderem daran lag, dass wir Juden sind.«

»Von seinem Vater will ich ja auch nichts.«

Mein Vater zog die Brauen hoch. »Du bist vierzehn Jahre alt, ich hoffe, dass du auch von seinem Sohn nichts willst.«

»Papa, bitte«, bettelte ich. »Ich möchte mich nur ab und zu mit ihm treffen.«

Mein Vater wiegte den Kopf hin und her. »Also gut«, sagte er schließlich. »Aber nicht allein, nur im Beisein anderer.«

*

Ich glaube, Kurt war Protestant, doch dass er kein Jude war, hatte für mich nie eine Rolle gespielt. Falls in der Weimarer Zeit Rassenvorurteile geherrscht hatten, war ich nie mit ihnen konfrontiert worden. Als Kind hatte ich einen jüdischen Kindergarten besucht und danach jüdische Schulen. Von unserem Haus zur Synagoge – einer von siebzehn in Berlin – war es nicht weit. Ich hatte im Stern'schen Konservatorium zusammen mit anderen jüdischen Kindern Geigenunterricht gehabt, bis mein Vater entschieden hatte, dass ich dem, was sie mir boten, entwachsen war.

Wir wussten, dass einige der Geschäfte, in denen wir kauften, jüdische Besitzer hatten, aber ich hörte nie, dass meine Mutter beim Besuch eines Geschäfts hervorhob, welchem Glauben der Besitzer anhing. Ihre Einstellung schien mir typisch für Berlin zu sein.

Das änderte sich im Jahr 1933. Seitdem Hitler Kanzler war, behaupteten die Nazis, dass die deutschen Juden fremdländisch seien und in der ausländischen Presse Lügen verbreiteten, um dem Ruf der Deutschen zu schaden. Zur Strafe bestimmten sie einen eintägigen Boykott jüdischer Geschäfte. Der fand am 1. April statt. Überall in Deutschland las man den Aufruf »Deutsche, wehrt euch! Kauft nicht bei Juden!«.

Die jüdische Gemeinde reagierte entrüstet, allen voran mein Großvater. »Sie wollen mein Geschäft boykottieren? Wo sie seit fünfzig Jahren Eheringe, Uhren, Armbänder und Halsketten kaufen? Zu wem wollen sie denn gehen? Werden die Nazis anfangen, Schmuck zu verkaufen? Ich frage mich, was ich ihnen getan habe? Wie oft habe ich jungen Leuten Kredit gegeben und sie in Raten zahlen lassen, wenn sie nicht in der Lage waren, ihre Eheringe auf einen Schlag zu bezahlen. Ist das der Dank? Ich habe meinen Kunden vertraut und sie haben mir vertraut. Und nun will man mir Schwierigkeiten machen? Zum Teufel mit dem Nazipack!«

Am 1. April beschlossen meine Freundinnen und ich, den Boykott zu boykottieren. Zwar hatten unsere Eltern uns ermahnt, an jenem Tag vorsichtig zu sein, doch seit wann hören Jugendliche auf ihre Eltern? Da meine Freundin Rachel sich eine neue Handtasche kaufen durfte, liefen wir zum Kaufhaus Tietz am Alexanderplatz, das jüdische Eigentümer hatte. An den Eingängen standen SA-Männer und hielten Schilder hoch. Darauf stand: »Deutsche, wehrt euch gegen die jüdische Lügenpropaganda! Kauft nur in deutschen Geschäften!«

»Entschuldigung«, sagte Rachel mit unschuldig aufgerissenen Augen, »wussten Sie nicht, dass Tietz ein Kaufhaus in Deutschland ist?« Wir fanden das unglaublich lustig und lachten uns krumm.

Darüber hinaus freute es uns, dass zahlreiche Kunden die SA-Leute ignorierten und das Kaufhaus ebenso wie an allen anderen Wochentagen besuchten. Die Braunhemden hinderten sie nicht daran. Aber als wir hineingingen, riefen sie uns Beleidigungen nach. Auch das fanden wir unglaublich komisch und kamen aus dem Lachen nicht mehr heraus. Jedenfalls waren wir sicher, dass der Boykott ein Reinfall gewesen war.

Ich war so stolz auf unser rebellisches Verhalten, dass ich es am Abend meinem Vater erzählte.

»Was habt ihr gemacht?«, rief er aufgebracht. »Euch mit der SA angelegt? Wisst ihr nicht, dass sie die Leute demütigen und prügeln und dass die Polizei danebensteht und tatenlos zusieht? Komm bloß nicht auf den irrwitzigen Gedanken, so etwas noch mal zu tun.«

Ich verstand seine Aufregung nicht. »Sie haben nur vor dem Kaufhaus gestanden und dumme Bemerkungen gemacht. Niemand hat sich für sie interessiert, und bei Tietz waren so viele Kunden wie immer. Zu einem eintägigen Boykott aufrufen ist doch albern.«

»Ich kann nur hoffen, dass es dabei bleibt«, antwortete mein Vater.

Zu meiner Überraschung hielt meine Mutter zu mir. »Wir dürfen uns nicht einschüchtern lassen, Ada hat genau das Richtige getan. Mein Vater hat auch keine Angst gezeigt, sondern heute ein Schild in sein Schaufenster gehängt, auf dem stand: ›Ich bin Jude! Arier betreten mein Geschäft auf eigene Gefahr!‹ Und darunter hat er seinen Namen gesetzt.«

Mein Vater war entsetzt. »Ist dein Vater verrückt geworden? Will er, dass diese Schlägertruppen sein Geschäft zerstören? Ist er lebensmüde geworden?« Er fasste meinen Arm. »Du hältst dich von der SA fern, ganz gleich, was dein Großvater macht. Ist das klar?«

Zum ersten Mal in meinem Leben erkannte ich Angst in seinen Augen und begriff, dass es ihm ernst war.

»Ist das klar?«, wiederholte er.

Ich nickte.

Zwei Tage später stellte ich fest, dass mein Vater recht gehabt hatte. Die SA fiel über das Geschäft meines Großvaters her, zerschlug die Schaufensterscheiben und die Glasvitrinen und legte ein Feuer. Trotzdem schwor mein Großvater, sein Geschäft wieder zu eröffnen, sobald der Schaden beseitigt war.

*

Es war erstaunlich, wie schnell sich unser Leben in Berlin änderte. Am 7. April wurde ein Gesetz erlassen, nach dem alle jüdischen und politisch unerwünschten Beamten aus dem öffentlichen Dienst zu entfernen waren. Daraufhin verloren Tausende ihre Arbeit.

Am 25. April gab es ein Gesetz gegen die Überfüllung deutscher Schulen und Hochschulen. Weder die einen noch die anderen waren überfüllt, das Gesetz bezog sich hauptsächlich auf jüdische Schüler und Studenten, deren Zahl an Schulen und Hochschulen ab sofort begrenzt wurde.

Meine Freundin Eva musste die staatliche Schule, die sie besuchte, verlassen und kam auf das Jüdische Gymnasium in der Großen Hamburger Straße, auf das ich und etliche unserer Freundinnen gingen. Um ihre neuen Mitschüler kennenzulernen, erlaubten ihre Eltern ihr, alle aus unserer Klasse zu einem kleinen Begrüßungsfest einzuladen. Ich fragte meinen Vater, ob ich Kurt hinzubitten dürfe. Er wirkte unschlüssig und gestattete es erst, als ich erklärte, dass Evas Eltern den ganzen Abend dabei wären. Ich schickte Kurt die Adresse und schlug ihm vor, dass wir uns dort treffen.

Die Party begann um sieben Uhr abends. Eine Stunde lang wartete ich auf Kurt, dann gab ich auf. Doch er kam gegen halb neun, glücklicherweise nicht in der Uniform der Hitlerjugend. Da wir uns eine Zeitlang nicht gesehen hatten, setzten wir uns etwas abseits von den anderen zusammen und redeten ohne Unterlass. Nur manchmal stand Kurt auf, um sich etwas vom kalten Buffet zu holen.

Evas Eltern hatten ein Grammophon und im Wohnzimmer den Teppich zur Seite gerollt. Als eine flotte Schlagermelodie ertönte, zog ich Kurt vom Sofa herunter auf die Tanzfläche.

Anfangs war er unsicher und ungelenk, doch dann wurde er immer besser – bis plötzlich sein Vater auftauchte.

Herr König erschien zusammen mit zwei anderen Braunhemden und putzte Kurt vor uns allen herunter. »Ist das hier das vorbereitende Treffen für ein Zeltlager, von dem du mir erzählt hast?«, fragte er höhnisch. »Wo sind die anderen Hitlerjungen?« Sein Blick fiel auf mich. »Ach, und da ist ja auch das kleine Fräulein Baumgarten! Hatte ich dir nicht verboten, dich mit ihr und anderen Juden abzugeben? Es ist außerdem ein Verstoß gegen die Vorschriften der Hitlerjugend. Möchtest du, dass man dich dort ausschließt?« Er schlug Kurt ins Gesicht. Kurts Brille fiel herunter. Er bückte sich und setzte sie wieder auf. Sein Vater packte seinen Arm und zerrte ihn zur Tür. Kurt drehte sich zu mir um und formte »Tut mir leid« mit den Lippen.

Eigentlich sollte die Party bis elf Uhr dauern, doch mein Vater holte mich schon eine halbe Stunde früher ab. Ich wollte protestieren, dann erkannte ich an seiner Miene, dass etwas vorgefallen war. »Wir müssen ins Krankenhaus«, sagte er auf dem Weg zu unserem Wagen. »Großvater wurde zusammengeschlagen und kämpft um sein Leben. Deine Mutter und Großmutter sind schon bei ihm.«

»Wer hat ihn zusammengeschlagen?«, fragte ich und spürte, wie sich mein Magen vor Angst verkrampfte.

Mein Vater zuckte mit den Schultern. »Wir wissen es nicht. Niemand will etwas gesehen haben. Aber selbst wenn wir Zeugen hätten, was würde das nützen? Die SA kommt immer ungestraft davon.«

*

Meine Mutter und meine Großmutter saßen am Bett meines Großvaters. Meine Großmutter hielt seine Hand und weinte. Ich betrachtete den zarten alten Mann, dem SA-Männer mehrere Knochen gebrochen und innere Verletzungen zugefügt hatten. Er war ohne Bewusstsein, und sein Atem ging mühsam. Die Krankenschwester, die kam, um seine Vitalfunktionen zu messen, schüttelte den Kopf, als meine Mutter fragte, wie seine Aussichten stünden. Man könne noch nichts sagen, antwortete sie, doch er habe schwere Verletzungen erlitten.

Niemand außer mir glaubte, dass er mit dem Leben davonkommen würde, aber ich kannte den eisernen Willen meines Großvaters. Darüber hinaus trug ich immer die Kette mit dem Anhänger, von dem er gesagt hatte, dass er Zauberkraft besitze. Ich war bei ihm, als er die Augen aufschlug. Er sah meinen Anhänger, lächelte er und flüsterte: »Siehst du, der Zauber hat gewirkt.«

Er musste mehrere Wochen im Krankenhaus bleiben und erhielt starke Schmerzmittel. Als er entlassen wurde, saß er im Rollstuhl, und wir wussten, dass er nie mehr richtig würde gehen können.

Der Überfall auf meinen Großvater setzte uns allen zu, doch den größten Einfluss hatte er auf meine Mutter. Bisher hatte sie die Nazis nur als Ärgernis betrachtet, vergleichbar mit lästigen Fliegen, die man verjagte. Doch nun hatte sie Angst bekommen und weigerte sich, allein aus dem Haus zu gehen. Sie war ein anderer Mensch geworden und sollte auch für lange Zeit nicht mehr zu ihrem früheren Wesen zurückfinden.

Kapitel 8

Berlin, Juli 1933

Im Sommer hörte man immer wieder, dass die Berliner Philharmoniker finanzielle Probleme hätten und der Kartenverkauf nachgelassen habe. Die Konzertdirektion Wolff & Sachs, die sich um Werbung, Kartenverkauf, Gastauftritte und Verträge kümmerte, hatte unter der Weltwirtschaftskrise und der Hetzkampagne gegen jüdische Geschäftsleute gelitten; ihre Suche nach neuen Förderern blieb erfolglos. Mein Vater unkte schon, früher oder später würden die Nationalsozialisten das Orchester unter ihre Aufsicht stellen.

Darüber hinaus befürchtete sowohl mein Vater als auch Furtwängler, dass, sollte das Orchester verstaatlicht werden, die antisemitische Politik der Nazis zum Tragen käme und die jüdischen Musiker entlassen würden. Auch in anderen Berufsgruppen hatte der sogenannte »Arierparagraph« dazu geführt, dass Juden ausgeschlossen oder nur noch in geringer Zahl geduldet wurden. Furtwängler entschied, die Initiative zu ergreifen und einen Brief an Goebbels, den Reichminister für Volksaufklärung und Propaganda, zu schreiben.

In diesem Brief hieß es unter anderem:

»Nur einen Trennungsstrich erkenne ich letzten Endes an: den zwischen guter und schlechter Kunst. … Darum ist die Frage der Qualität für die Musik nicht nur eine ideale, sondern schlechthin eine Lebensfrage. Wenn sich der Kampf gegen das Judentum in der

Hauptsache gegen jene Künstler richtet, die – selber wurzellos und destruktiv – durch Kitsch, trockenes Virtuosentum und dergleichen zu wirken suchen, so ist das nur in Ordnung. Der Kampf gegen sie und den sie verkörpernden Geist, der übrigens auch germanische Vertreter besitzt, kann nicht nachdrücklich und konsequent genug geführt werden. Wenn dieser Kampf sich aber auch gegen wirkliche Künstler richtet, ist das nicht im Interesse des Kulturlebens. Schon weil Künstler, wo es auch sei, viel zu rar sind, als daß irgendein Land sich leisten könnte, ohne kulturelle Einbuße auf ihr Wirken zu verzichten. Es muß deshalb klar ausgesprochen werden, daß Männer wie Walter, Klemperer, Reinhardt usw. auch in Zukunft in Deutschland mit ihrer Kunst zu Worte kommen müssen.«

Dieser mutige Brief erschien zusammen mit Goebbels' erstaunlich entgegenkommender Antwort im *Berliner Tageblatt* und wurde von der Presse im Ausland aufgegriffen.

Meine Eltern und ich hatten große Angst, dass Furtwängler trotz allem dafür büßen würde, aber er sah das anders. Ihm war bekannt, dass Hitler ihn als herausragenden Vertreter deutscher Kultur betrachtete und es Goebbels überließ, mit ihm fertig zu werden.

Nach der Veröffentlichung der beiden Briefe kamen Furtwängler und drei jüdische Philharmoniker abends zu uns zum Essen, um zusammen mit meinem Vater über die Zukunft des Orchesters zu diskutieren. Ich saß nebenan im Wohnzimmer, verhielt mich still wie ein Mäuschen und spitzte die Ohren.

Theodor Goldberg, der Trompete spielte und seit vielen Jahren Mitglied des Orchesters war, fragte: »Was wird aus uns, wenn die Nazis das Orchester übernehmen?«

»Schwer zu sagen«, antwortete Furtwängler. »Es heißt, dass wir dann auf Kurs getrimmt werden und ihre sogenannten Werte und Prinzipien vertreten müssen. Und dann Gnade uns Gott. Goebbels hat mich angerufen, nachdem ich ihm den Brief geschrieben hatte. Er war verärgert, hielt sich mit seinen Gefühlen jedoch zurück und schlug ein Treffen vor. Ich habe ihm gesagt, dass wir eine Konzertreise vorbereiten und mein Terminkalender voll sei, aber er blieb hartnäckig. Wahrscheinlich will er, dass ich meine Ansichten öffentlich modifiziere, doch das werde ich nicht tun.«

»Wann trefft ihr euch?«, fragte mein Vater.

»Am kommenden Donnerstag, nach dem Konzert in Mannheim. Dann wird er mir hoffentlich mitteilen, was unser allmächtiger Führer für uns vorgesehen hat. Sobald ich es weiß, werde ich euch informieren. Trotzdem, ich bin sicher, dass wir uns auf unschöne Zeiten einstellen müssen.«

Daraufhin schwiegen alle.

Schließlich sprach Furtwängler weiter. »Falls ihr euch entscheidet, Deutschland zu verlassen, könnte ich euch das nicht verübeln. Auch anderen Orchestermitgliedern nicht. Ich würde sogar alles in meiner Macht Stehende tun, um für jeden einen Platz im Ausland zu finden. Ich werde nur nicht zulassen, dass jemand gehen muss, weil er Jude ist. In dem Punkt baue ich auf Hitlers Eitelkeit. Er rühmt uns als das beste Orchester der Welt und bezeichnet uns als ›gottbegnadet‹. Zumindest für den Moment dürfte er uns zufriedenlassen.«

»Warum treten wir eigentlich mit den Musikern des Mannheimer Nationaltheaters auf?«, fragte Goldberg. »Das ist ein so unbedeutendes Orchester, dass es nicht einmal ansatzweise an uns heranreicht. Hinzu kommt, dass die Musiker Nazis sind, die unter einer Hakenkreuzfahne spielen, vor dem Spiel den Hitlergruß zeigen und jede Aufführung mit der Nationalhymne beginnen.«

»Man hat uns zum fünfzigsten Todestag Richard Wagners eingeladen, und das ist Grund genug«, antwortete Furtwängler ruhig. »Abgesehen davon haben sie die gleichen finanziellen Schwierigkeiten wie andere Orchester, und wir werden ihrem Kartenverkauf förderlich sein. Ich werde den Intendanten bitten, auf die Nazipropaganda zu verzichten. Dann kann jeder erkennen, dass wir keine Nazis sind.«

»Ich bewundere deinen Mut«, sagte mein Vater, »aber wir alle wissen, wie rücksichtlos die Reichsregierung ihre Interessen durchsetzt. Bruno Walter hat bereits aufgegeben und das Gewandhausorchester verlassen. Es hat mich nicht einmal gewundert, Hitler hatte sich doch regelrecht auf ihn eingeschossen und ihn bei jeder Gelegenheit lächerlich gemacht. Oder ihn daran erinnert, dass sein Familienname nicht Walter, sondern Schlesinger lautet. Er findet ja ohnehin, dass es zu viele jüdische Dirigenten gibt.«

»Sicher, aber ich habe meinen Standpunkt deutlich gemacht«, erwiderte Furtwängler. »Sollte Goebbels oder Hitler auf die Idee kommen, unsere künstlerische Freiheit zu beschneiden, müssen sie sich für die Berliner Philharmoniker einen neuen Chef suchen.«

»Und wieder würden wir einen großartigen Dirigenten verlieren«, sagte Goldberg. »Es heißt, dass auch Otto Klemperer auf dem Weg nach Amerika ist.«

»Klemperer ist Katholik«, sagte mein Vater. »Warum sollte er sich Sorgen machen?«

»Er kommt aus einer jüdischen Familie«, antwortete Goldberg. »Im Übrigen bin ich der Ansicht, dass sich alle Deutschen Sorgen machen sollten, schließlich wird das Land von einem Wahnsinnigen regiert. Auch mir scheint ein Leben in Amerika zurzeit sehr verlockend. Wir alle sollten es in Betracht ziehen.«

Dann schien er sich meiner Mutter zuzuwenden. »Vielleicht

kannst du deinen Mann dazu überreden. Ihr habt eine talentierte Tochter. Sie sollte dort leben, wo sie sich frei entfalten kann.«

Als ich das hörte, errötete ich vor Freude.

Meine Mutter seufzte. »Das muss Jakob entscheiden, nicht ich.«

Bevor er sich verabschiedete, sagte Furtwängler: »Ich werde Goebbels nicht nachgeben, sondern auf dem künstlerischen Freiraum der Philharmoniker bestehen. Wenn er uns so schätzt, wie er behauptet, wird er uns gewähren lassen. Jedenfalls werden wir nicht zur Hauskapelle der Nazis werden.«

Diese Haltung konnte er bereits bei dem Konzert in Mannheim demonstrieren. Dort hatte man ihn bei der Ankunft gebeten, anstelle meines Vaters einen der nichtjüdischen Streicher als Konzertmeister einzusetzen. Förderer des Nationaltheaters und hohe Würdenträger der Stadt seien im abendlichen Publikum zu erwarten, hieß es, so dass es anstößig wäre, mit einem jüdischen Konzertmeister aufzutreten.

Furtwängler wandte sich daraufhin an seinen Assistenten, erklärte ihm, dass das gemeinsame Konzert ausfalle, und bat ihn, die Instrumente wieder einpacken und in den Bus laden zu lassen.

Der Vertreter des Nationaltheaters sei blass geworden, erzählte Furtwängler später, und habe ihn angefleht zu bleiben. »Nur wenn eines klar ist«, antwortete Furtwängler. »Bei dem Konzert gibt es weder Hakenkreuzfahnen noch nationalsozialistische Kampflieder, und keiner der Musiker zeigt den Hitlergruß. Wir spielen, um einen deutschen Komponisten zu ehren, und machen keine Propagandaveranstaltung für die Wochenschau.«

Alles geschah so, wie er es wünschte. Das Konzert endete mit Wagners »Ritt der Walküren«. Dass dieses Stück später immer dann im Radio ertönte, wenn die Deutschen eine Luftschlacht gewonnen hatten, konnte man noch nicht ahnen.

Nach dem Konzert fand ein Galadinner statt. Da das Konzert nun nicht mehr abgesagt werden konnte, erklärte einer der Mannheimer Würdenträger in der ersten Tischrede, es sei trotz allem bedauerlich, dass die Berliner Philharmoniker in der Besetzung ihres Orchesters den reinen deutschen Geist vermissen ließen. Furtwängler stand auf, fasste meinen Vater, der neben ihm saß, am Arm und sagte: »Komm, wir gehen. Mir ist der Appetit vergangen.«

Natürlich erfuhr Goebbels umgehend von dem Zwischenfall und bestellte Furtwängler noch vor dem vereinbarten Termin zu sich. Mein Vater befürchtete schon, dass Furtwängler seinen Hut nehmen müsse, doch ebenso wie viele andere unterschätzte er das Prestige, das sich für die Nazis mit Furtwängler verband.

Später erfuhren wir von Furtwängler, dass es ein angenehmes Treffen gewesen sei. Goebbels hatte offenbar erklärt, wie sehr sowohl er als auch Hitler die Philharmoniker schätze und dass sie weiterhin der Stolz Deutschlands seien. »Unser Führer ist ein großer Freund klassischer Musik«, sagte Goebbels. »Bisher war es ihm leider nur möglich, einige wenige Konzerte der Philharmoniker zu besuchen, das hofft er in Zukunft ändern zu können.« Und da Hitler auch Furtwängler verehrte, versprach Goebbels, das »wundervolle Zusammenspiel« der Musiker nicht zu stören.

*

Wenig später erhielt ich einen Brief von Kurt, der in Mannheim abgestempelt worden war.

Liebe Ada,
neulich abends durfte ich in Mannheim das Gedenkkonzert für Richard Wagner erleben. Ich war einer der Hitlerjungen, die zur

Ehrenwache gehörten. Ich habe Deinen Vater gesehen, hatte jedoch keine Gelegenheit, ihn zu begrüßen. Das Konzert war phantastisch, und ich malte mir aus, wie Du eines Tages mit den Berlinern auftreten wirst. Du wirst ihre erste Konzertmeisterin werden, davon bin ich fest überzeugt.

Ich hoffe, Du hast gemerkt, wie sehr ich mich geschämt habe, als mein Vater Dich auf Evas Party beleidigte. Auch mir gegenüber hat er seinem Zorn Ausdruck verliehen, ich hatte tagelang blaue Flecken. Darüber hinaus hat er mir die Geige weggenommen und erklärt, dass ich nicht mehr spielen darf. Aber ich würde auch eine weitere Tracht Prügel in Kauf nehmen, wenn ich Dich dadurch wiedersehen könnte. Du fehlst mir sehr.

Wir wohnen jetzt in Stuttgart. Mein Vater ist inzwischen Obersturmführer geworden und treibt mich an, dass auch ich in der Hitlerjugend aufsteige. Seit Kurzem darf ich mich Rottenführer schimpfen. Im Herbst soll ich an einem Lehrgang teilnehmen. Ich weiß nicht, ob wir uns jemals wiedersehen werden, aber ich denke oft an Dich.

Dein Freund
Kurt

P.S.: Schreib mir nicht zurück. Du kannst Dir sicher denken, warum.

Ich konnte es mir denken und brach in Tränen aus.

Kapitel 9

Irgendwo über den Schweizer Alpen

Im Flugzeug ging das Licht wieder an. Liam wachte auf, gähnte und reckte sich.

Catherine erzählte ihm, was sie bisher aus den Memoiren erfahren hatte.

»Klingt interessant«, sagte Liam. »Aber was hat das mit einer Immobilie in der Toskana zu tun? Meinst du, Ada ist in Wahrheit Gerda Fruhmann?«

»Nein, das glaube ich nicht.«

»Warum nicht?«

»Weil Tony den Namen Gerda Fruhmann noch nie gehört hatte und seine Tante es ihm gesagt hätte, wenn diese Frau Ada wäre. Nein, Ada war in der NS-Zeit eine jüdische Geigenschülerin. Welche Rolle sie in unserem Fall spielt, weiß ich noch nicht.« Catherine legte die Stirn in Falten. »Vielleicht erfahre ich im Weiterlesen, welche Bedeutung sie für Tonys Tante hatte.«

»Oder das Manuskript hat mit unserem Fall nichts zu tun«, sagte Liam.

Catherine wandte sich zu ihm um und zog die Brauen hoch. »Wie kommst du darauf?«

»Du hast gesagt, Ada lebte in der NS-Zeit als Jüdin in Berlin. Vielleicht hat Tony seiner Tante erzählt, dass wir Fälle bearbeitet haben, bei denen es um Überlebende des Holocaust ging, und sie dachte, Adas Geschichte könnte dich interessieren.«

»Das ist aber nicht dein Ernst, oder?« Catherine betrachtete

Liam kopfschüttelnd. »Warum sollte Tante Gabriella mir deshalb ein Manuskript schicken? Damit ich während des Flugs etwas zu lesen habe? Nein, Adas Geschichte wird mit Tante Gabriellas Besitzanspruch zusammenhängen und irgendwo die Informationen enthalten, die wir brauchen.«

»Ich habe noch eine Idee.« Liam nahm Catherines Hand und küsste sie. »Du hast gesagt, dass Ada vorhatte, als erste Musikerin in die Männerwelt der Berliner Philharmoniker vorzudringen. Demnach muss sie eine starke Frau gewesen sein. Vielleicht hat Tante Gabriella sich über dich informiert und erkannt, dass du ebenso ...«

Catherine ließ ihn nicht ausreden. »Hör auf, Liam, das wird jetzt echt peinlich.«

Liam schmollte. »Ich wollte nur nett sein.«

Catherine gab ihm einen Kuss. »Sieh mal, da kommt der Frühstückswagen.«

»Pah«, sagte Liam. »Als wäre ich auf das Frühstück im Flugzeug angewiesen.« Er holte Tonys Tüte aus seinem Handgepäck und schaute hinein. »Mhhh«, machte er. »Ich glaube, ich nehme das Tomaten-Mozzarella-Sandwich mit Basilikumpesto.«

»Gibst du mir was ab?«

»Das weiß ich noch nicht.«

»Bitte.«

Liam wiegte den Kopf hin und her. »Also gut, weil du es bist.« Er reichte Catherine die Hälfte des Sandwiches.

Kapitel 10

Berlin, 15. Dezember 1933

Zum Winterkonzert des Jugendorchesters wurde das prachtvolle Konzerthaus der Philharmoniker von außen angestrahlt, und auf beiden Seiten des Eingangsportals standen zwei hohe, weihnachtlich geschmückte Tannen. Livrierte Männer hielten den Besuchern die schweren Pforten auf, und festlich gekleidete Menschen strömten ins Foyer.

Für mich war es einer der aufregendsten Abende, die ich bisher erlebt hatte. Inzwischen war ich offiziell die erste Geige und Konzertmeisterin. Darüber hinaus würde ich als Solistin Mozarts Violinkonzert Nr. 3 in G-Dur spielen, das mein Vater seit Wochen mit mir geübt hatte. Mein Vortrag würde fünfundzwanzig Minuten dauern, und in der Zeit würde ich stehen und von allen gesehen werden.

Halb verborgen hinter einer der schweren Säulen, die die Bühne flankierten, sah ich mit klopfendem Herzen zu, wie sich der große Saal des Konzerthauses füllte und die mit rotem Samt bezogenen Stühle zunehmend von Männern und Frauen in Abendkleidung besetzt wurden. Ich erkannte Prominente aus Kultur, Politik und Gesellschaft, andere sahen mir wie Eltern meiner Musikerfreunde aus – und natürlich waren auch Nazis gekommen, sie erkannte man an den Parteiabzeichen oder an ihren Uniformen. Dann waren alle Plätze im Parkettsaal und in den Logen eingenommen.

Ein Gong ertönte, und das Licht wurde bis auf eine kleine Notbeleuchtung gelöscht.

Ich trat zurück und wartete, bis die anderen Musiker auf der Bühne Platz genommen hatten. Sie wurden mit Applaus empfangen.

Als Konzertmeisterin betrat ich die Bühne als Vorletzte – nach mir kam nur noch der Dirigent. Ich machte alles so, wie ich es mir von meinem Vater abgeschaut hatte, verneigte mich leicht vor dem Publikum und wartete, bis der Beifall verklang. Dann nickte ich dem Oboisten zu, der zum Einstimmen des Orchesters einen langgezogenen Kammerton a erklingen ließ. Es war gut, dass ich mich auf den gesamten Ablauf des Konzerts konzentrieren musste, sonst hätte ich wahrscheinlich nur noch an meinen Soloauftritt gedacht und wäre zu nervös geworden.

Schließlich kam Kritzer aus dem Seitenflügel, gab mir die Hand und verneigte sich vor dem Publikum. Dann trat er an sein Pult, sammelte sich einen Moment und hob den Taktstock.

Die ersten beiden Stücke, die wir spielten, waren kurz, doch der Beifall, den wir erhielten, war laut und anhaltend.

Danach war ich an der Reihe und trat vor. Ich spürte ein nervöses Kribbeln in der Magengrube und dachte, dass sich so Wettläufer fühlen mussten, bevor sie den Startschuss hörten. Dann sagte ich mir, dass ich das Violinkonzert so oft geübt hatte, dass ich es im Schlaf spielen konnte, und das machte mich ruhiger. Für einen Moment wanderten meine Gedanken zu meinem Aussehen, und ich hoffte, dass ich in meinem neuen langen, ärmellosen Kleid und dem Nackenknoten einen guten Eindruck machte und nicht zu kindlich wirkte, obwohl ich so dünn und nicht sonderlich groß war. Meine Eltern hatten jedenfalls erklärt, dass der dunkle Nackenknoten meine großen braunen Augen sehr schön zur Geltung brächte und ich sehr hübsch aussähe.

Kritzer warf mir einen Blick zu. Ich nickte. Er hob den Taktstock, und das Orchester begann mit dem ersten Satz. Mozarts drittes Violinkonzert gleicht einem Gespräch zwischen Solist und Orchester, doch zu Anfang gibt das Orchester den Ton an. Ich wartete, bis Kritzer mir zunickte, dann setzte ich zu meinem Solo an.

Der erste Satz trägt den Titel Allegro und verlangt ein schnelles Spiel. Zufrieden nahm ich wahr, wie leicht und beschwingt meine Töne tanzten – meine Finger wussten genau, was sie zu tun hatten.

Ebenso spürte ich den Rückhalt des Orchesters. Das waren meine Freunde, meine Mitspieler, junge Leute, die aus allen gesellschaftlichen Schichten stammten und durch ihre Liebe zur Musik vereint waren, ganz gleich, ob sie arm, reich, jüdisch oder christlich waren. Ich war unglaublich froh, Teil dieser Gemeinschaft sein zu dürfen.

Der zweite Satz ist langsamer und lieblicher als der erste und trägt den Titel Adagio. Nun musste ich ein gefühlvolles Gespräch mit den Flöten führen, bis zum Schluss, wo Mozart eine Kadenz eingefügt hatte. Sie ließ mir Raum für eine kleine kreative Einlage, an der mein Vater und ich lange gefeilt hatten. Als ich den Bogen sinken ließ, applaudierte das Publikum, obwohl es zwischen einzelnen Sätzen eigentlich keinen Beifall geben sollte. Ich errötete vor Freude, und Kritzer lächelte mir zu.

Bei dem letzten Satz handelt es sich um ein lebhaftes Rondo, bei dem ich die Töne mal übermütig, mal etwas härter akzentuierte und dabei von einem solchen Hochgefühl erfasst wurde, dass ich noch stundenlang hätte spielen können.

Dann war es vorüber. Ich stieß einen langen Atem aus, bevor ich mich inmitten des aufbrandenden Applauses verbeugte. Als ich mich aufrichtete, erhob sich das Publikum, und mir sprangen Tränen in die Augen. Kritzer schloss mich in die Arme. Ich wartete, bis er mich freigab, deutete auf das Orchester und verneigte mich vor den Musikern. Der Beifall wurde noch lauter, und ich dachte, dass dies der schönste Abend meines Lebens war und es nicht mehr besser werden konnte.

Nach dem Konzert feierten wir hinter der Bühne mit unseren Eltern und Freunden. Irgendwann trat Kritzer zu mir und fragte: »Hast du den Mann in der zweiten Loge rechts von der Bühne gesehen?«

»Der in der schwarzen Uniform? Der in Begleitung eines jüngeren rothaarigen Mannes und zweier Frauen war?«

Kritzer nickte. »Das ist SS-Standartenführer Heydrich. Er ist Chef des Sicherheitsdienstes und einer der mächtigsten Männer Deutschlands. Darüber hinaus ist er ein versierter Geiger. Sein Vater war ein recht ordentlicher Komponist und Opernsänger. Heydrich war von deinem Vortrag sehr angetan und möchte dir sein Lob aussprechen.«

Ich wandte mich meinem Vater zu. »Darf ich zu ihm gehen?«

Mein Vater runzelte die Stirn und wollte von Kritzer wissen, wer der junge Mann in Heydrichs Begleitung gewesen sei.

»Das ist Standartenjunker Herbert Kleiner, dessen Vetter in unserem Orchester spielt«, antwortete Kritzer. »Kleiner ist ein Ehrgeizling, der sich an Heydrichs Rockschöße hängt, um in der SS aufzusteigen. Sein Vater ist ein einflussreiches Parteimitglied. Ich mag weder den Vater noch den Sohn, aber ich finde, dass wir Heydrich nicht vor den Kopf stoßen sollten.«

Mein Vater überlegte, bevor er mit einem tiefen Seufzer nachgab.

Ich folgte Kritzer in den Zuschauerraum, wo Heydrich zusammen mit Kleiner auf mich wartete. Heydrich hatte sein helles Haar zurückgekämmt und gab in seiner Uniform eine imposante Erscheinung ab. Und doch ging von ihm etwas aus, bei dem mich ein kalter Schauder überlief. Er küsste meine Hand und sagte: »Ein eleganteres Geigenspiel als das Ihre habe ich bei diesem Violinkonzert noch nicht gehört. Ich kann kaum glauben, dass Sie erst fünfzehn Jahre alt sind, und bin sicher, dass Sie eine glänzende Karriere vor sich haben. Es wird mir ein Vergnügen sein, sie zu verfolgen.«

Ich wurde verlegen und wusste nicht, was ich antworten sollte, außer mich für seine Worte zu bedanken.

»Ich möchte Sie gern des Öfteren hören«, fuhr er fort. »Bitte geben Sie mir Bescheid, wenn Sie wieder einen Soloauftritt haben.«

Währenddessen musterte Kleiner mich mit einem abfälligen Lächeln. Als Heydrich geendet hatte, neigte er sich zu ihm und flüsterte ihm etwas ins Ohr. Ich hörte, dass er mein Judentum erwähnte und Heydrich riet, mit seinem Lob zurückhaltender zu sein.

Heydrich fuhr zu ihm herum. »Seit wann ist es an einem Standartenjunker, mir zu sagen, wen ich loben soll und wen nicht?«, fragte er verärgert. »Diese junge Dame ist eine begnadete Virtuosin, oder sind Sie anderer Meinung?«

Kleiner zuckte mit den Schultern. »Ich weiß nur, dass sie Jüdin ist«, entgegnete er verdrossen.

»Dann bedauere ich Ihre Einfalt«, erwiderte Heydrich kalt.

Kleiner murmelte etwas, dass Juden aus sämtlichen Orchestern entfernt würden und zumindest in Deutschland keine glänzenden Karrieren mehr vor sich hätten.

Heydrich errötete vor Zorn. »Mir scheint, es gibt noch jemanden, der keine glänzende Karriere mehr vor sich hat.« Mit einer herrischen Handbewegung winkte er Kleiner fort. Dann wandte er sich wieder zu mir um. »Verzeihen Sie den Zwischenfall«, sagte er und verabschiedete sich.

Kleiner stand am Rand des Parketts und starrte mich böse an.

Kapitel 11

Berlin, Dezember 1934

Ich musizierte weiter im Jugendorchester und hätte glücklich sein können, wenn das Leben in Berlin sich nicht zunehmend verschlechtert hätte. Wie überall in Deutschland wurde die offizielle Haltung gegenüber allem, was nicht der Parteilinie entsprach, unduldsamer und, wie ich fand, sogar bedrohlich. Auf Betreiben von Goebbels war nun auch eine Reichskulturkammer eingerichtet worden, um alle Bereiche des Kulturlebens kontrollieren zu können, darunter die Musik.

Alles wurde nach den Vorstellungen der Nazis ausgerichtet, ein Prozess, den man »Gleichschaltung« nannte. Goebbels, ein Mann, dessen eigene literarischen Versuche erfolglos geblieben waren, überwachte nun das Kulturgeschehen in Deutschland und entschied, welche Bücher auf den Index kamen, welche Musiker entlassen, welche Kunstwerke lächerlich gemacht oder verboten wurden.

Folglich war es kein Wunder, dass er irgendwann mit Furtwängler aneinandergeriet. Es kam zum »Fall Hindemith«.

Paul Hindemith war von den Nazis zunächst als »Kulturbolschewist« verschrien, dann als »Fahnenträger der Zukunft« in den Führerrat der Reichsmusikkammer gewählt worden. Zuletzt jedoch bezeichnete Goebbels ihn als »atonalen Geräuschemacher«, und Hindemith wurde wieder für untragbar erklärt. Dennoch wurde seine Sinfonie *Mathis der Maler,* an der sich der Streit um ihn entzündete, mehrfach mit großem Erfolg aufgeführt.

Wahrscheinlich rechnete Furtwängler deshalb auch nicht mit Widerstand, als er sich entschloss, die gleichnamige Oper in Berlin uraufzuführen und sich in der Presse für Hindemith stark zu machen. Sicherlich erwartete er, dass die NS-Führung daraufhin Hindemith gegenüber einlenken würde. Doch das geschah nicht. Stattdessen verlangte Hitler erzürnt Furtwänglers Rücktritt.

Mein Vater war entsetzt und konnte tagelang über nichts anderes mehr reden. Sein Freund hatte zu hoch gepokert und verloren.

Furtwängler war gekränkt und ließ auch nicht mehr mit sich reden. Er gab seine Ämter als Staatsoperndirektor, als Leiter des Berliner Philharmonischen Orchesters und als Vizepräsident der Reichsmusikkammer auf.

Die Folgen waren so, wie man es erwarten konnte. Aus den Philharmonikern wurde das »Reichsorchester«. Im Programm verschwanden die Werke jüdischer Komponisten, im Ensemble die jüdischen Musiker, unter ihnen auch mein Vater.

Allerdings hatten die Nazis Furtwänglers Beliebtheit unterschätzt. Nach seiner Abdankung stornierte nahezu ein Drittel des Philharmonie- und Opernpublikums sein Abonnement, und es wurden Unterschriften für seine Wiedereinsetzung gesammelt. Zudem erhielt er nun verstärkt Angebote aus aller Welt, und wir hatten Angst, dass er Deutschland für immer den Rücken kehren würde.

Auch mein Vater sprach nun des Öfteren davon, Deutschland zu verlassen. Allerdings schien er darauf zu warten, dass Furtwängler ihm vorausging, um ihm dann zu folgen.

*

Das nächste Winterkonzert des Jugendorchesters würde am 18. Dezember stattfinden. Wieder hatte Kritzer mich für einen Einzelauftritt vorgesehen, diesmal sollte ich Massenets »Meditation« aus der Oper *Thaïs* vortragen. Ich liebte dieses Stück, da es mir erlaubte, mit viel Gefühl zu spielen.

Anfänglich hatte ich mich jedoch gegen den Soloauftritt gewehrt. Es kam mir falsch vor, bei einem Konzert im Mittelpunkt zu stehen, wenn so viele jüdische Musiker – darunter auch mein Vater – aus Orchestern ausgeschlossen worden waren. Es erschien mir unsolidarisch.

Doch davon wollte mein Vater nichts wissen. »Kritzers Angebot ist eine Ehre, der du dich nicht entziehen wirst. Oder möchtest du, dass die Nazis auch dir verbieten, öffentlich zu musizieren? Sei froh, dass das Jugendorchester von ihren Schikanen verschont geblieben ist.« Er betrachtete mich kopfschüttelnd. »Wenn eine Jüdin die Gelegenheit erhält, trotz der Nazis vor einem Publikum zu glänzen, sollte sie für all die spielen, die es nicht mehr dürfen.«

Ich sah ein, dass er recht hatte, und wir begannen das Stück zu üben.

Das Konzert war rasch ausverkauft. Zwar waren wir nur das Jugendorchester der Philharmoniker, doch das Winterkonzert galt mittlerweile als gesellschaftliches Ereignis.

Mein Solo war das vorletzte Stück. Diesmal wandte Kritzer sich an das Publikum, als ich mich erhob, und sagte: »Sicherlich erinnern sich viele unter Ihnen noch an Mozarts Violinkonzert Nummer drei des letzten Jahres und an Ada Baumgartens Vortrag. Heute Abend wird sie uns mit Massenets ›Meditation‹ erfreuen.« Er lächelte mir aufmunternd zu.

Anders als das schnelle Spiel, das im ersten Satz von Mozarts Violinkonzert erforderlich war, wurde die »Meditation« weich und mit Vibrato gespielt. Massenets Angabe dazu lautete »poco a poco appassionato«, also »nach und nach leidenschaftlich«.

Die »Meditation« ist nur ein kurzes Stück, doch so wunderschön, dass es einem Tränen in die Augen treibt. Darüber hinaus hatte ich die Worte meines Vaters im Ohr und empfand eine Art stolzen Trotz, weil ich stellvertretend für all die jüdischen Musiker spielte, die es nicht mehr tun konnten.

Es mag sein, dass dieses Gefühl meinem Vortrag eine besondere Intensität verlieh, jedenfalls geschah nach meinem Spiel das, was sich jeder Musiker wünschte: Das Publikum verharrte einen Moment mucksmäuschenstill, bevor es in frenetischen Applaus ausbrach.

Ich verbeugte mich und entdeckte im Aufrichten Heydrich in derselben Loge, in der er vor einem Jahr gesessen hatte. Er war aufgestanden und wirkte ergriffen. Ich schenkte ihm ein Lächeln. Zwar hatte er den Ruf eines gewissenlosen Machtmenschen, doch in diesem Moment war er für mich jemand, den die »Meditation« berührt hatte, und das verband uns, auch wenn mir dieses Gefühl nicht recht geheuer war.

Nach dem Konzert kam Heydrich hinter die Bühne, um mich zu begrüßen. Auch meinem Vater nickte er zu.

Ich wusste, dass unter Heydrichs Chef, dem SS-Reichsführer Heinrich Himmler, in Dachau ein Lager errichtet worden war, in dem politisch Andersdenkende gefangen gehalten wurden, unter ihnen zahlreiche Juden.

Beklommen betrachtete ich den Mann, der eng mit Himmler zusammenarbeitete, und versuchte, die Brutalität, die zu seinem Wesen gehören musste, in seinem Gesicht zu erkennen. Doch da war nur diese gewisse Kälte, die mir schon bei unserer ersten Begegnung aufgefallen war, ansonsten hatte ich einen elegant aussehenden Mann in Uniform vor mir. Lächelnd reichte er mir die Hand und schwärmte von meinem Solo. Ich fühlte mich geschmeichelt und schämte mich dafür.

Noch nie habe er eine so gefühlvoll vorgetragene »Meditation« gehört, erklärte Heydrich. Das wunderte mich, erst vor wenigen Jahren hatte Yehudi Menuhin dieses Stück in der Philharmonie gespielt, und an ihn reichte ich nun wirklich nicht heran. Aber vielleicht hatte Heydrich ihn seinerzeit nicht gehört.

Dann wollte er wissen, ob ich in nächster Zeit noch einmal irgendwo auftreten würde. Ich dachte an meinen Vater und die anderen entlassenen jüdischen Musiker und antwortete: »Das hängt davon ab, wie lange man mich noch spielen lässt. Mein Vater hat seinen Posten als Konzertmeister der Philharmoniker verloren, weil er Jude ist. Vielleicht muss auch ich das Jugendorchester verlassen.«

Mein Vater sah mich entsetzt an, bevor er sich bei Heydrich entschuldigte und ihn bat, nachsichtig zu sein. »Wie so viele junge Menschen weiß Ada oft nicht, wie weit sie gehen darf.«

Heydrich winkte ab. »Sie müssen Ihre Tochter nicht entschuldigen. Sie drückt das aus, was sie empfindet, genau wie bei ihrem Geigenspiel. Das respektiere ich. Aber sie hat recht, ihre Karriere wird sich in Deutschland nicht entfalten können. Deshalb wäre mein Rat, dass Sie in einem anderen Land für Adas Zukunft sorgen. Und das so bald wie möglich, wenn Sie verstehen, was ich meine.« Er lächelte mir noch einmal zu und verabschiedete sich.

Ich sah ihm nach und war innerlich hin- und hergerissen. Auf der einen Seite war ich ein junges Mädchen, dem sein Lob schmeichelte, auf der anderen wusste ich, dass er ein fanatischer Nationalsozialist war und somit ein Feind der Juden.

Wenn ich heute auf jene Zeit zurückschaue und auf das junge Mädchen, das ich damals war, denke ich, dass meine Jugend seit dem Jahr 1933 nie mehr richtig unbeschwert war, sondern immer von der Bedrohung der Nazis überschattet wurde. Man könnte auch sagen, dass sie mir einen großen Teil meiner Jugendjahre geraubt haben.

Kapitel 12

Berlin, Februar 1935

Im Februar wurde Furtwängler erneut von Goebbels empfangen, und es kam zu einer Einigung, nach der Furtwängler versprach, sich nicht mehr mit öffentlichen Äußerungen in die »Reichskunstpolitik« einzumischen, und im Gegenzug die Zusage erhielt, in seiner Kunst unabhängig zu sein. Als Folge kehrte er zu den Berliner Philharmonikern zurück, jedoch nur als Dirigent der Philharmonischen Konzerte, ohne offizielle Ämter zu übernehmen. Bei diesen Konzerten bestand er darauf, meinen Vater wieder als Konzertmeister einzusetzen.

Im ersten Augenblick sah es aus, als wäre Goebbels ihm entgegengekommen, doch es war wohl eher so, dass sowohl Furtwängler als auch das Reichsorchester unter seinem Dirigat Hitler als Aushängeschild dienen sollte. In einem Jahr würden in Deutschland die Olympischen Spiele stattfinden, das Land sollte einen guten Eindruck machen.

Ich freute mich, dass bei den Philharmonikern beinahe wieder alles beim Alten war, doch mein Vater belehrte mich eines Besseren. Außer ihm kehrten nur wenige Juden ins Orchester zurück, die meisten hatten Deutschland bereits verlassen.

Dieses Glück hatte Josua Bern, der führende Kontrabass der Philharmoniker, nicht. Eines Tages, als er mit seiner kleinen Tochter eine Bäckerei betreten wollte, kam eine Truppe der SA vorbei. Sie hatten die Arme zum Hitlergruß gehoben und prüften mit Blicken, ob der Gruß von den Passanten erwidert wurde. Bern wollte ihn nicht erwidern. Er kehrte ihnen den Rücken zu und tat, als sähe er sich die Backwaren im Schaufenster an.

Daraufhin scherte einer der Braunhemden aus, fasste Berns Arm und zerrte ihn mit sich fort.

Berns Tochter fing an zu weinen und lief in die Bäckerei. Auch andere kamen hinzu. Berns Ehefrau wurde gerufen. Sie verständigte die Polizei, die versprach, sich um den Fall zu kümmern. Dabei blieb es.

Bern landete im SA-Gefängnis in der Papestraße. Nach einer Woche ließ man ihn wieder frei. Mein Vater besuchte ihn zusammen mit Furtwängler und kehrte tief erschüttert zurück. Um zu verhindern, dass er jemals wieder spielen konnte, hatten SA-Männer Berns Finger mit einem Hammer zerschlagen.

Ich musste meinem Vater mehrfach versprechen, alles zu tun, um der SA nicht unangenehm aufzufallen. »Wenn sie mit dem Hitlergruß an dir vorbeimarschieren, hebst du den Arm«, sagte er. »Wenn sie ›Heil Hitler‹ rufen, rufst du es auch. Wenn du einem von ihnen begegnest – im Park oder wo auch immer –, nimmst du Haltung an und entrichtest den deutschen Gruß.« Mein Vater sah mich beschwörend an. »Das bedeutet nicht, dass du feige bist oder eine Freundin der Nazis, sondern nur, dass du am Leben bleiben willst. Ist das klar?«

»Ja«, antwortete ich.

Meine Mutter brach in Tränen aus und zog sich einen ganzen Tag lang in ihr Zimmer zurück.

Kapitel 13

Pienza, Juli 2017

»Ich glaube, hier hätten wir nicht abbiegen dürfen«, sagte Catherine und warf einen Blick auf ihre Straßenkarte. »Hinter dem Kreisel mussten wir die zweite rechts nehmen, und du hast die dritte genommen.«

»Nein, die zweite. Das vorhin war eine Einfahrt.«

»Lass uns lieber noch mal umkehren. Ich möchte nicht, dass wir auf der falschen Straße weiterfahren.«

»Die Straße ist richtig«, erklärte Liam.

»Woher willst du das wissen?«, fragte Catherine. »Ich habe die Karte auf dem Schoß, du nicht.«

»Lass uns noch ein Stückchen weiterfahren.«

»Ich frage mich, warum wir ein Navi haben, wenn du es nicht benutzt.«

»Ich brauche kein Navi, ich kann mich auf meinen Orientierungssinn verlassen.«

Catherine lachte. »Seit wann?« Sie deutete geradeaus. »Schau mal, auf dem Schild da vorn steht *Strada Provinziale* achtzehn. Da müssen wir hin.«

»Na, siehst du.«

Die schmale Straße zog sich über sanft gewellte Hügel, durch grüne Täler, Olivenhaine und an einem See vorbei.

Schließlich kündigte ein kleines verwittertes Holzschild am Straßenrand die Zufahrt zur Villa Vincenzo an. Sie waren fast am Ziel.

Sie bogen in einen Feldweg ein, der an einem sonnenbeschienenen Hang zu dem Haus von Signora Vincenzo hinaufführte.

Oben angekommen, parkte Liam den Wagen im Schatten zweier Pinien. Er und Catherine stiegen aus und gingen auf die Villa zu.

Eine brünette junge Frau in einem einfachen blauen Kleid kam aus der Tür und trat auf die Terrasse hinaus. »*Buongiorno*«, rief sie und beschattete die Augen mit der Hand. »Sind Sie die Amerikaner?«

»Die sind wir.« Liam wischte sich Schweiß von der Stirn. Catherine zupfte an ihren Hosenbeinen, die an ihren Schenkeln klebten.

»Willkommen in der Villa Vincenzo.« Die junge Frau winkte sie eifrig zu sich.

»Liam Taggart«, sagte Liam, als sie bei ihr waren, und streckte die Hand aus. »Und das ist meine Frau Catherine Lockhart.«

Die junge Frau wirkte erfreut. »Mein Name ist Floria. Ich bin die Betreuerin der Signora.«

Sie ließen sich an dem Tisch auf der Terrasse nieder, doch Floria sprang gleich wieder auf. »Wo habe ich meine Gedanken? Sie müssen doch hungrig und durstig sein.« Sie verschwand im Haus.

Kurz darauf kehrte sie mit einem Tablett zurück, stellte Teller, Gläser und einen Krug Saft auf den Tisch. Als Nächstes brachte sie das Tablett beladen mit einem Brotkorb und einer Platte mit Schinken, Wurst, Käse und Tomaten. »Bitte, greifen Sie zu«, sagte sie mit einem liebenswürdigen Lächeln und wedelte mit der Hand in Richtung Auto. »Franco kümmert sich später um Ihr Gepäck.« Sie schenkte Liam und Catherine Saft ein.

»Danke.« Catherine betrachtete die Leckereien auf dem Tisch und nahm sich einen Teller. »Das sieht sehr verführerisch aus.«

Liam reckte den Hals und schaute durch die Terrassentür ins

abgedunkelte Innere des Hauses. »Ist Signora Vincenzo nicht da?«

»Wenn man so alt wie die Signora ist, braucht man seine Siesta«, antwortete Floria. »Trotzdem rate ich Ihnen, die Signora nicht zu unterschätzen.«

»Wie käme ich dazu«, antwortete Liam und belegte eine Scheibe Weißbrot mit Käse und Tomatenscheiben.

Catherine ließ ihren Blick über die Landschaft gleiten. »Wie schön es hier ist, wie auf dem Gemälde eines Impressionisten. Wie viel von dem gehört Signora Vincenzo?«

»Das ist die große Frage«, entgegnete Floria. »Ich würde sagen, dass ihr alles gehört. Lenzini wäre der Ansicht, dass ihr nichts gehört.«

»Lenzini«, sagte Catherine. »Der Name stand in den Unterlagen. Er ist der Anwalt von VinCo, nicht?«

»Leider.« Floria verzog das Gesicht. »Er kommt hierher, um die Signora zu ängstigen. Der Mann ist eine Ratte.«

»Leider hat er ein Räumungsurteil«, sagte Catherine.

Floria seufzte. »In fünf Wochen sollen wir fort sein, aber Signora Vincenzo weigert sich zu packen. Vielleicht hofft sie, dass Sie Wunder wirken und ihren Besitz für sie retten können.«

»Hoffen Sie das nicht?«, fragte Liam.

Floria zuckte mit den Schultern. »Ich bin realistisch. Wir hatten zwei Anwälte, die sämtliche Unterlagen studiert und sich mit VinCo auseinandergesetzt haben. Doch zuletzt sind sie zu dem Schluss gekommen, dass das Recht nicht auf unserer Seite ist.« Sie sah Catherine an. »Ich will Sie nicht beleidigen, aber noch ist mir nicht klar, warum Sie erfolgreicher als Ihre Kollegen sein sollten.«

»Ich kann nichts versprechen«, erwiderte Catherine. »Das habe ich auch Signora Vincenzos Neffen gesagt. Aber ich habe mir die

Unterlagen ebenfalls angeschaut und einige Ungereimtheiten entdeckt. Zum einen wundert es mich, dass Signora Vincenzo jahrelang hier gelebt hat, ohne dass jemand ihr den Besitz streitig gemacht hat. Hätte alles dieser Gerda Fruhmann oder der Firma Quercia gehört, hätte sich doch einer von ihnen irgendwann einmal melden müssen. Zum anderen verstehe ich nicht, warum ein so großes Unternehmen wie VinCo plötzlich auf ein Stück Land erpicht ist, das gerade mal dreißig Hektar umfasst. Warum ist es ihnen so viel wert, dass sie weder Kosten noch Mühen scheuen, um Signora Vincenzo von hier zu vertreiben? Auch aus PR-Gründen ist es kein kluger Zug, eine alte Frau aus ihrem Haus zu verjagen. Und warum ist die Besitzurkunde der Signora mit einem Mal ungültig? Ich kann mir kaum vorstellen, dass sie das Land von jemandem erworben hat, ohne sich zu vergewissern, dass es demjenigen auch gehörte. Woher kommen mit einem Mal Gerda Fruhmann und die Firma Quercia? Ich finde das alles reichlich suspekt.« Sie lächelte Floria aufmunternd an. »Vielleicht haben wir ja doch eine Chance.«

Florias Augen leuchteten auf. »Signora Lockhart, ich glaube, Sie gefallen mir.«

»Bitte nennen Sie mich Catherine. Und lass uns du sagen. Ist dir das recht?«

»Das ist mir sehr recht, danke.«

»Und ich bin Liam.« Liam schaute sich um. »Hättest du Zeit für einen Rundgang?«

Floria schüttelte den Kopf. »Das würde Signora Vincenzo mir nie verzeihen. Sie wird euch alles selbst zeigen wollen.« Sie warf einen Blick auf ihre Uhr. »In etwa einer Stunde können wir mit ihr rechnen.«

Als ein älterer Mann aus dem Haus kam, stellte sie ihn als Franco vor. Liam ging mit ihm zum Auto, um das Gepäck zu holen.

Die dicken, weiß gekalkten Steinmauern, die Terrakottaböden und die Ventilatoren an den Decken hielten das Haus angenehm kühl, stellte Liam fest, als sie über den Flur zu ihrem Gästezimmer geführt wurden. Und es roch auch gut. Genüsslich schnupperte er dem Aroma diverser Gewürze in der Luft nach.

Das Gästezimmer ging nach hinten hinaus zu einer zweiten, kleineren Terrasse und wurde von einem großen Himmelbett dominiert.

Catherine öffnete die Tür und blickte über Weingärten, Zypressen, Olivenbäume hinweg zu einer Hügelkette, die in der Ferne im bläulichen Himmelsdunst verschwamm.

»Fühlt euch bitte wie zu Hause«, sagte Floria. »Und scheut euch nicht, die Küche zu benutzen. Der Kühlschrank, die Speisekammer und das Weinregal stehen zu eurer Verfügung. Sollte etwas fehlen, bringt Franco es aus Pienza mit.«

»Hier gefällt's mir«, sagte Liam, als er und Catherine allein waren. Mit einem zufriedenen Seufzer streckte er sich auf dem Himmelbett aus. »Oder tut es dir noch immer leid, dass wir hierhergekommen sind.«

»Im Moment nicht.« Catherine machte sich daran, die Koffer auszupacken. Plötzlich hielt sie inne und warf einen Blick auf ihre Uhr. »Schade, es ist noch zu früh, um meine Schwester anzurufen.«

»Dem Kleinen geht es gut, Catherine.« Liam schloss die Augen. »Wie weit bist du mit dem Manuskript gekommen?«, murmelte er schläfrig.

»Ich bin noch nicht durch, aber ich weiß, dass Ada ihre Erinnerungen nicht nur für sich, sondern auch für jemand anders niedergeschrieben hat.«

»Für wen?«

»Keine Ahnung. Wenn ich fertig bin, musst du das Manuskript lesen.«

»Mir reicht es, wenn du es für mich zusammenfasst«, sagte Liam mit trägem Lächeln. »Hast du einen Bezug zur Villa Vincenzo entdeckt?«

Catherine schüttelte den Kopf. »Bisher dreht sich alles um Ada Baumgarten und ihr Leben in Berlin. Ich werde Signora Vincenzo fragen, was Adas Geschichte mit ihr und der Villa zu tun hat.«

An der Tür ertönte ein Klopfen. Liam rappelte sich hoch.

Als Catherine öffnete, kam eine alte Dame herein, die sich mithilfe eines Stocks fortbewegte.

»Ich freue mich so sehr, dass Sie gekommen sind«, sagte sie ohne große Einleitung. »Haben Sie alles? Sind Sie mit dem Zimmer zufrieden?«

»Wir danken Ihnen für die Einladung, Signora«, antwortete Catherine. »Es ist alles bestens.«

»Für Sie bin ich Gabriella oder Tante Gabriella, wenn Ihnen das lieber ist«, antwortete Tonys Tante und deutete mit dem Stock auf die Terrassentür. »Bei der Hitze sollten Sie die Tür geschlossen halten und die Jalousien herunterlassen.« Sie musterte Liam mit schiefgelegtem Kopf, schien mit dem Ergebnis zufrieden und lächelte charmant. »Wenn Sie möchten, können wir einen Spaziergang über mein Land machen.«

»Aber nur, wenn es Ihnen nicht zu viel wird«, antwortete Liam fürsorglich.

»Ich nehme meinen Golfwagen«, sagte Gabriella. »Geben Sie mir zehn Minuten, dann bin ich so weit.«

Wenig später dirigierte sie Catherine und Liam zu einem kleinen Steinschuppen, in dem der Golfwagen stand. Floria und Franco erwarteten sie bereits.

»Franco lebt seit seiner Geburt auf meinem Land«, erklärte Gabriella. »Ebenso wie seine Eltern und Großeltern es getan haben. Früher hat das Land in dieser Gegend entweder der Kirche oder einem Adligen gehört und wurde von Pächtern wie Francos Familie bewirtschaftet. Franco kann leider kein Englisch, wenn Sie mit ihm sprechen möchten, werden Floria oder ich für Sie dolmetschen.«

Gemeinsam folgten sie schmalen Wegen, die von Zypressen gesäumt wurden, durchquerten Obst- und Olivenhaine und kamen zu den Weingärten. Gabriella erklärte ihnen die Rebsorten, die Arbeit, die nötig war, um sie reifen zu lassen, und die Ernteverfahren. Zuletzt stießen sie auf Rebenreihen, die sich einen Hang hinaufzogen.

»Hier gewinne ich den besten Wein«, sagte Gabriella mit sichtlichem Stolz. »Vielleicht sogar den besten der Toskana. Für ihn habe ich zahlreiche Preise gewonnen. Ein Hang ist die ideale Lage für einen Weinberg, da hat die Sonne den besten Einfallwinkel.«

Sie machte eine weite Armbewegung. »Der Boden hier besteht aus Kalkmergel, auf dem die Sangiovese-Traube gedeiht.«

Gabriella pflückte eine Handvoll Trauben und reichte die prallen Früchte Liam und Catherine. Als Catherine hineinbiss, spritzte der Saft auf ihr Kinn. Sie wischte ihn ab und kostete die Trauben. »Das ist etwas anderes als das, was wir in Chicago im Supermarkt bekommen.« Sie ließ ihren Blick schweifen. »Es ist so unglaublich schön hier. Kein Wunder, dass Sie um Ihr Land kämpfen.«

»Eher erschieße ich mich, als dass ich es VinCo überlasse«, antwortete Gabriella grimmig. »Nicht zuletzt deshalb, weil sie meine Weine panschen werden.«

Franco schien sie verstanden zu haben. Er sagte etwas auf Italienisch.

Catherine schnappte die Wörter »Ada« und »Vigneto« auf. »Was hat er gesagt?«

»Dass dies Adas Weinberg war.«

»Hat Ada hier gelebt?«, fragte Catherine. »Ich habe das Manuskript leider noch nicht ganz gelesen.«

Gabriella lächelte geheimnisvoll.

»Wer war Ada? War sie Ihre Mutter oder Tante oder Schwester?«

»Wie weit sind Sie in den Erinnerungen gekommen?«

»Bis zu Beginn des Jahres 1935.«

»Dann lesen Sie weiter und üben Sie sich noch ein wenig in Geduld.«

Noch einmal versuchte Catherine, mehr aus Gabriella herauszubekommen, doch ihre Gastgeberin schüttelte stur den Kopf. »Lesen Sie weiter. Im Manuskript sind alle Antworten enthalten.« Sie wendete ihren Golfwagen. »Ich bin müde und muss zurückfahren. Bis später.« Und schon holperte sie über den Pfad, den sie gekommen waren, davon.

Liam legte einen Arm um seine Frau. »Frustriert dich die Signora?«

Catherine nickte. »Ich wünschte, sie würde mir wenigstens einen kleinen Hinweis geben. Stattdessen wird sie zur Sphinx.«

Floria lachte in sich hinein. »Morgen habt ihr einen Termin mit einem der Anwälte, die wir engagiert hatten. Von ihm erfahrt ihr mehr.«

»Weißt du, ob Franco jemals von Gerda Fruhmann gehört hat? Oder von der Firma Quercia?«

Floria schüttelte den Kopf. »Die Namen sagen niemandem von uns etwas.«

»Und Carlo Vanucci? Der Mann, von dem Gabriella das Land gekauft haben soll?«

Floria zuckte mit den Schultern. »Ich arbeite seit zehn Jahren für die Signora, und in dieser Zeit war er nie hier.«

Liam gähnte und entschuldigte sich bei Floria. »Ich leide unter Jetlag und muss mich hinlegen.« Er wandte sich Catherine zu. »Wie sieht es bei dir aus?«

»Ich bin nicht müde. Wenn ich meine Schwester angerufen habe, setze ich mich auf die Terrasse und lese weiter Adas Manuskript.«

Kapitel 14

Berlin, November 1935

Bis zu unserem Winterkonzert war es nur noch knapp einen Monat, und wir probten jeden Tag. Sogar an einem Sonntag kamen wir zusammen, von morgens neun Uhr bis nachmittags um zwei. Als ich danach zu Hause eintraf, war ich hungrig und erschöpft. Zu meinem Erstaunen entdeckte ich Kurt in unserem Salon.

Seit zwei Jahren hatten wir uns nicht mehr gesehen, und nach seinem Brief hatte ich auch nichts mehr von ihm gehört. »Was tust du hier?«, fragte ich verdattert.

Als er aufstand, sah ich, dass er sich verändert hatte. Er war nicht mehr der dünne, schlaksige Junge, sondern zu einem jungen Mann mit breiten Schultern und markantem Gesicht gereift, dem seine Wehrmachtsuniform fabelhaft stand.

»Meine Einheit ist in Berlin, und ich habe den Nachmittag frei. Ich musste dich einfach sehen.«

Auch seine Stimme war tiefer geworden und sein Lächeln selbstsicher. Ich wollte mich gern mit ihm allein unterhalten, doch ich wusste, dass meine Eltern im Haus waren und vermutlich jeden Moment erscheinen und bei uns bleiben würden. »Sollen wir einen Spaziergang durch den Tiergarten machen?«

Kurt war einverstanden.

Es war ein schöner, klarer Tag, doch der Wind kam von Norden und führte bereits den kalten Hauch des Winters mit sich. Kurt legte einen Arm um mich.

»Seit wann bist du in der Wehrmacht?«, fragte ich.

»Seit einem halben Jahr. Ich habe mich freiwillig gemeldet. Zwar wäre ich sowieso eingezogen worden, aber so habe ich meinen Vater ausnahmsweise einmal zufriedengestellt.« Er drückte mich an sich. »Ich habe gehört, wie erfolgreich du geworden bist. In der Zeitung stand eine begeisterte Kritik über deinen Auftritt beim letzten Winterkonzert. Du wirst einmal ein großer Star werden, Ada, habe ich das nicht immer gesagt?«

Ich errötete. »Doch.«

»Und die erste Konzertmeisterin des Berliner Philharmonischen Orchesters.«

Ich musste lachen. »Ja, das hast du mir geschrieben, aber dazu müsste ich zunächst einmal zu den Musikern des Orchesters gehören.«

»Das kommt noch«, sagte Kurt. »Die Welt ändert sich, und Frauen wie du werden dazu beitragen.«

»Wie hübsch du das gesagt hast. Willst du mich bezirzen?«

»Es ist die Wahrheit. Aber ich möchte dich auch bezirzen.«

»Und warum gibst du mir dann keinen Kuss?«

Kurt nahm mich in die Arme und küsste mich. Es wurde ein langer, inniger Kuss, den ich hingebungsvoll erwiderte.

»Ich wünschte, du wärst noch in Berlin«, sagte ich, als wir voneinander ließen. »Dann könnten wir uns viel öfter sehen.«

Wir gingen weiter. »Das wäre schön, aber meine Zukunft wird sich im Militär abspielen, und nach Berlin komme ich nur noch selten.«

Dabei hätte er ein so guter Musiker werden können, dachte ich betrübt.

An einem kleinen Kiosk kauften wir jeder einen Becher heißen Kaffee und einen Krapfen und ließen uns auf einer Bank nieder.

»Kannst du denn zu unserem Winterkonzert kommen?«, fragte ich. »Es findet am fünfzehnten Dezember statt.«

Kurt schüttelte den Kopf. »Im Dezember haben wir Manöver. Danach bin ich wieder in Frankfurt, wo meine Einheit stationiert ist. Dort bleibe ich bis Februar. Und wenn die Olympischen Winterspiele beginnen, werden wir nach Garmisch verlegt.«

Ich war enttäuscht. »Hast du nie frei? Nicht einmal für ein Wochenende?«

»Leider nicht.« Kurt seufzte. »Kleiner, unser Kommandant, ist ein scharfer Hund, der keine Gnade kennt. Uns bleibt nichts anderes, als seine Befehle zu schlucken und ›Jawohl Herr Unteroffizier‹ zu sagen.«

»Kleiner?«, fragte ich. »Nicht sehr groß, wie der Name schon sagt, und rothaarig?«

»Ja.« Kurt sah mich verblüfft an. »Woher kennst du ihn?«

»Er hat mit Heydrich das erste Winterkonzert besucht, bei dem ich ein Solo geben durfte. Nach dem Konzert hat Heydrich mich gelobt. Als Kleiner ihn darauf hinwies, dass ich Jüdin bin, ist Heydrich wütend geworden.«

»O Gott«, sagte Kurt bestürzt, »dann warst du das. Du bist die jüdische Geigerin, von der er immerzu redet.«

»Wer?«

»Kleiner. Er glaubt, dass du ihm seine Karriere ruiniert hast. Er war in der SS auf dem aufsteigenden Ast – bis zu dem Tag, als eine dreckige kleine Jüdin, wie er dich nennt, ihn vor Heydrich bloßgestellt hat.«

Ich glaubte meinen Ohren nicht trauen zu dürfen. »Wie bitte? Ich habe damals keinen Ton gesagt. Er hat sich vor Publikum mit Heydrich angelegt und hätte sich die Konsequenzen an fünf Fingern ausrechnen können.«

»Das sieht er anders. Geh ihm lieber aus dem Weg, falls ihr wieder einmal am selben Ort sein solltet.«

Eine Gruppe Braunhemden kam auf uns zu, hob die Arme zum Hitlergruß und blickte uns herausfordernd an. Wir standen auf und erwiderten den Gruß. Als sie an uns vorbeigezogen waren, wirkte Kurt bekümmert. »Ich hasse das. Aber nur so werden wir die kommende Zeit überstehen.« Er streichelte meine Wange. »Unsere Zukunft fängt an, wenn dieser Wahnsinn vorüber ist.«

Ich umschloss das Medaillon an meiner Kette, das laut meinem Großvater Zauberkraft besaß, und sprach einen stummen Wunsch aus. »Und wie können wir uns bis dahin sehen?«

Kurt zog die Schultern hoch. »Ich werde jede Gelegenheit nutzen, um nach Berlin zu fahren. Irgendwann werde ich wieder in eurem Salon sitzen, wenn du nach Hause kommst.« Er küsste mich noch einmal. »Aber jetzt muss ich gehen.«

Ich drückte seine Hand an meine Wange und wollte ihn nicht loslassen, doch er befreite sich mit sanftem Griff.

Ich sah ihm nach, als er zwischen den Bäumen verschwand, und betete, dass mein Medaillon tatsächlich Zauber wirken konnte.

*

Der Hitlergruß war nun Vorschrift geworden und wurde von jedem erwartet. Anfangs war es für viele eine ungewohnte Form des Grüßens, die mitunter sogar belacht wurde, doch dann wurde der gehobene Arm gepaart mit den Worten »Heil Hitler«, so selbstverständlich wie zuvor das Händeschütteln. Außer für uns Juden – für uns wurde dieser Gruß zu einem der vielen Zeichen, die uns daran erinnerten, dass wir unter dieser Regierung nicht mehr erwünscht waren.

In meinem nichtjüdischen Freundeskreis tat man sich mit dem Hitlergruß in meinem Beisein schwer. Es sei nur eine Formalität oder ein Ausdruck deutscher Solidarität, aber mitnichten ein Zeichen des Rassismus, hieß es. Und wenn ich es wagte, mich kritisch über die Nazis zu äußern, hörte ich häufig, dass die NS-Ideologie zwar verwerflich sei, ich jedoch zugeben müsse, dass es in Deutschland unter den Nazis wirtschaftlich wieder aufwärtsgehe.

Es traf zu, der Höhepunkt der Weltwirtschaftskrise war überwunden und die wirtschaftlichen Verhältnisse begannen sich zu bessern. Außer für uns Juden, für uns hatte sich das Leben spätestens seit den Nürnberger Gesetzen verschlechtert. Diese Gesetze waren im September 1935 anlässlich des 7. Reichsparteitags der NSDAP in Nürnberg verabschiedet worden. Zu ihnen gehörten das Reichsbürgergesetz, nach dem nur Staatsangehörige »deutschen oder artverwandten Blutes« öffentliche Ämter bekleiden konnten, ebenso das Blutschutzgesetz, das sowohl die Ehe als auch den außerehelichen Geschlechtsverkehr zwischen Juden und Nichtjuden verbot.

Seitdem diese Gesetze in Kraft waren, sprachen wir zu Hause immer wieder über die Möglichkeit, Deutschland den Rücken zu kehren. Meine Eltern hatten Freunde, die ihr Haus bereits verkauft und ihr Geld ins Ausland transferiert hatten, abzüglich der Abgaben, die sie als »Reichsfluchtsteuer« zu leisten hatten. Auch meine Großeltern hatten ihren Umzug nach New York in die Wege geleitet und würden demnächst aufbrechen.

Vor allem meine Mutter litt unter der Abwanderung der Menschen, die ihr lieb waren. Hinzu kam, dass sie sich von Christa trennen musste, der Frau, die seit vielen Jahren für uns gekocht, geputzt und sich um mich gekümmert hatte, nun jedoch als Reichsbürgerin nicht mehr für Juden arbeiten durfte. Ihr Weggang war, als hätten wir ein Familienmitglied verloren, und meine Mutter begann plötzlich auf unsere Ausreise zu drängen.

Ich dagegen wollte nach wie vor, dass wir in Berlin blieben, und zählte meiner Mutter die Gründe auf. Erstens war mein Vater noch immer ein angesehenes Mitglied der Philharmoniker. Zweitens wollte ich nicht auf eine neue Schule gehen. Drittens liebte ich das Jugendorchester und freute mich auf das Winterkonzert und meinen Soloauftritt. Diesmal würde ich de Sarasates *Carmen-Fantasie* spielen, fünf Sätze, für die ich wochenlang geübt hatte. Und natürlich wollte ich Kurt wiedersehen, doch das sagte ich meiner Mutter nicht. Aber ein Leben ohne ihn, ohne das Jugendorchester und ohne meine Freunde konnte ich mir nicht vorstellen. Darüber hinaus redete ich mir ein, dass der Nazispuk bald vorüber sein würde.

Ich lief zu meinem Vater, um ihn zum Bleiben zu überreden. »Es ist mir egal, dass ich keine Reichsbürgerin bin und nicht wählen darf, und Beamtin will ich auch nicht werden. Aber ich möchte weiter mit dem Jugendorchester musizieren und du doch bestimmt auch mit den Philharmonikern. Außerdem sind all meine Freunde und Freundinnen in Berlin, und Deutschland ist meine Heimat. Vielleicht ist hier im Moment nicht alles ideal für uns Juden, aber vor den Nazis haben die Juden sich in Deutschland wohlgefühlt.«

Mein Vater sah mich bekümmert an. »Lass uns morgen einen Ausflug machen, Ada. Ich möchte dir etwas zeigen.«

*

Am nächsten Morgen fuhren wir los. Zwar verriet mein Vater mir nicht, wohin die Reise gehen sollte, doch es musste ein größerer

Ausflug sein, denn er packte zwei Flaschen Limonade und belegte Brote ein.

Wir verließen Berlin in Richtung Süden. Sobald wir die Stadtgrenze hinter uns gelassen hatten, wurde die Gegend ländlich, und entlang der Straße erstreckten sich Felder, Weiden, kleine Wälder und Seen.

»In Deutschland leben etwa eine halbe Million Juden«, sagte mein Vater. »Oder haben vielmehr hier gelebt, inzwischen sind es weniger geworden. Deutschland ist unsere Heimat, genau wie du gesagt hast. Wir haben geholfen, das Land aufzubauen, haben hier gearbeitet und in den Kriegen auf deutscher Seite gekämpft. Aber nun will man uns nicht mehr.«

»Nur die Nazis sind gegen uns«, entgegnete ich bockig. »Die anderen nicht.«

Mein Vater lächelte gequält. »Welche anderen? Die Nazis und Deutschland sind eins geworden. Spätestens seit den Nürnberger Gesetzen sollte dir das klar sein. Wir müssen aufhören, die Realität zu verdrängen, Ada. Hitler und seine Anhänger sind auf ein Deutschland ohne Juden aus und werden alles tun, um uns zu verjagen. Damit haben sie vor zwei Jahren begonnen, und so werden sie weitermachen. Du kennst die jüdischen Läden, die geschlossen wurden, und du weißt, dass Juden ihre Arbeit verloren haben. Du hast die Schilder mit der Aufschrift ›Juden unerwünscht‹ gesehen. Du kannst nicht länger die Augen verschließen und dir einreden, alles wäre nur halb so wild. In Deutschland haben wir weder Rechte noch Wert.«

»Wie kannst du das sagen?«, fragte ich verdrießlich. »Du bist Konzertmeister der Philharmoniker. Seit wann ist das nichts mehr wert?«

»Das bin ich nur, wenn Furtwängler Dirigent ist. Sollte er sich entschließen, Deutschland zu verlassen, oder Hitler seiner überdrüssig werden, bin ich meinen Posten los. Die anderen jüdischen Musiker sehen ihre Lage ähnlich. Die meisten haben sich bereits entschieden, aus Deutschland fortzugehen.«

Wir kamen an ein Dorf. Mein Vater hielt den Wagen am Ortseingang an und deutete auf das Transparent, das die Straße überspannte. »Juden sind hier unerwünscht«, war darauf zu lesen.

»Wie du siehst, möchte man uns nicht einmal mehr als Besucher dulden«, sagte mein Vater. »Führen wir noch weiter, würdest du viele solcher Transparente sehen. Wir gelten nicht mehr als Deutsche, wir sind zu Feinden geworden.«

Auch in Berlin gab es in Schaufenstern Schilder, auf denen stand, dass wir unerwünscht seien oder dass man uns nicht bedienen werde. Ich kannte auch Schilder an Lokalen, deren Betreten man uns – in einem Atemzug mit Hunden – verbot. Meine jüdischen Freunde und ich hatten uns darüber lustig gemacht und uns über Geschäftsleute gewundert, die bereit waren, auf einen recht zahlungskräftigen Teil der Bevölkerung zu verzichten. Wir hatten mit den Schultern gezuckt und verkündet, dann würden wir eben woanders einkehren und einkaufen. Aber vielleicht hatten wir uns nur Mut machen wollen, es war ja nicht zu übersehen, dass man uns in diesem Land nicht mehr wollte.

Auf der Rückfahrt bremste mein Vater und zeigte auf ein Gebilde jenseits eines großen Kornfelds. »Was siehst du da?«

Ich konnte eine riesige, halbfertige Halle erkennen. »Keine Ahnung. Von der Größe her könnte man meinen, hier würde ein Flugzeughangar entstehen.«

»Richtig, die Wege durch die Felder sind bereits asphaltiert worden. Und warum lässt Hitler mitten auf dem Land einen solchen Hangar bauen?«

»Woher soll ich das wissen?«

»Denk nach, Ada.«

Ich dachte nach, aber mir fiel kein Grund ein. Erst als auf der Weiterfahrt noch mehr neue Gebäude inmitten der Felder auftauchten – sie sahen wie Fabriken und Baracken aus – und ich an ihrer Seite militärische Mannschaftswagen und Panzer entdeckte, ahnte ich etwas. »Rüstet Hitler etwa auf?«

»Bravo«, sagte mein Vater.

»Aber das ist gegen den Vertrag von Versailles«, sagte ich verwirrt. »Kriegerische Maßnahmen sind verboten. Wie will Hitler damit durchkommen?«

»Er wird davon ausgehen, dass man ihn gewähren lässt. Die Wiedereinführung der Wehrpflicht ist ihm ja auch gelungen. Ich bin gespannt, wie lange es dauert, bis er Gebietsansprüche jenseits der Grenzen anmeldet. Vor allem dort, wo es deutschstämmige Bevölkerungsgruppen gibt.«

»Sprichst du von den Sudetendeutschen in der Tschechoslowakei?«

»Von ihnen, von ehemals deutschen Gebieten in Polen und von Elsass-Lothringen. Hitler redet davon, alle Deutschen wieder in einem Land zu vereinen, der Vertrag von Versailles schert ihn nicht im Geringsten. Er wird seine Interessen durchsetzen, wahrscheinlich auf militärischem Weg. Nur wird das auf lange Sicht nicht gutgehen, was ein weiterer Grund ist, Deutschland zu verlassen.«

»Aber wohin sollen wir gehen?«

»Das weiß ich noch nicht.«

»Und wann soll das geschehen?«

»Auch das muss ich mir noch überlegen.«

Kapitel 15

Berlin, 15. Dezember 1935

Zehn Tage vor Weihnachten und kurz vor unserem Winterkonzert erfuhren wir, dass unser Jugendorchester bei der Eröffnungsfeier der Olympischen Winterspiele in Garmisch-Partenkirchen auftreten würde, und gerieten völlig aus dem Häuschen. Für mich traf das ganz besonders zu, schließlich hoffte ich, auf die Weise Kurt wiedersehen zu können, an den ich seit seinem letzten Besuch ständig denken musste.

Kritzer erklärte, vielleicht dürften unsere Harfenistin und ich bei diesem Anlass sogar die Soli vortragen, die zu unserem Winterkonzert gehörten.

Die Aussicht tröstete mich über die personellen Verluste in unserem Orchester hinweg. Dabei handelte es sich zum einen um meine jüdischen Musikerfreunde, die Deutschland mit ihren Eltern verlassen hatten, und zum anderen um die nichtjüdischen Jungen, die das Jugendorchester gegen die Hitlerjugend getauscht hatten.

Auch im Publikum zeigten sich Veränderungen, wie ich am Abend des Winterkonzerts feststellte. Fast alle Besucher waren nun in Uniform oder trugen Parteiabzeichen, und für Juden war nur noch ein kleines Kartenkontingent zur Verfügung gestellt worden.

Heydrich schien nicht gekommen zu sein, in seiner Loge saßen andere. Ich war erleichtert, denn inzwischen wäre mir die Begegnung mit ihm extrem unangenehm gewesen.

Meine Eltern saßen in einer der ersten Reihen und trugen ein stolzes Lächeln zur Schau. Zu meinem Erstaunen entdeckte ich

Furtwängler an ihrer Seite. Einen Moment lang fragte ich mich, ob er gekommen war, um mich zu hören, doch dann tat ich den Gedanken als größenwahnsinnig ab.

Ich wusste nicht, warum Kritzer sich bei meinem Solo für de Sarasates *Carmen-Fantasie* entschieden hatte, doch mir war es nur recht, ich hatte dieses Stück schon geliebt, als ich mich zum ersten Mal daran gewagt hatte. Später, als ich es für den Soloauftritt probte, hatte ich mir immer Bizets *Carmen* vorgestellt und versucht, wie eine freiheitsliebende und heißblütige Spanierin zu empfinden. Für ein so behütetes Mädchen wie mich war das kein leichtes Unterfangen.

Zu Beginn der *Carmen-Fantasie* stimmte das Orchester den Flamenco an, der zu meinem Solo führte. Im ersten Satz klang die Szene in der Stierkampfarena an. Der zweite Satz variierte Carmens berühmte Arie, in der sie erklärt, dass die Liebe ein »wilder Vogel« sei und sich an kein Gesetz halte. Im dritten Satz spürte man, wie Carmen Don José umgarnte. Der vierte Satz griff die Seguidilla auf, die Carmen mit kokett geschürztem Rock in der Taverne tanzte. Der fünfte und letzte Satz endete kraftvoll, doch mit einem melancholischen Unterton.

Als ich meinen Vortrag beendete, wusste ich, dass ich alle fünf Sätze fehlerlos gespielt hatte und verneigte mich glücklich vor meinem Publikum.

Doch es sollte mein letztes Winterkonzert sein.

*

Garmisch-Partenkirchen, 4. Februar 1936

Zwei Tage vor Beginn der Olympischen Winterspiele bestiegen wir den Nachtzug nach Garmisch-Partenkirchen, wo wir am Morgen ankamen. Wir hatten mehrere Waggons für uns reserviert, aber die wilde Party, von der wir geträumt hatten, kam nicht zustande, wir wurden von sechs Elternpaaren begleitet.

Meine Eltern waren nicht mitgekommen, auch keine anderen jüdischen Eltern. Karl von Halt, Mitglied der NSDAP und Präsident des Organisationskomitees der Olympischen Winterspiele, hatte es sich zur Aufgabe gemacht, Juden von den Veranstaltungen fernzuhalten, und das betraf auch das Berliner Jugendorchester. Er verbrämte seine Anweisungen mit der Sorge um die antisemitische Stimmung in Garmisch und erklärte, es handele sich nur um eine Schutzmaßnahme.

Mein Vater hatte gelacht, als ich es ihm erzählte. »Es wird keine sichtbaren antijüdischen Bekundungen geben«, sagte er. »Auch die antijüdischen Schilder in Geschäften und Gaststätten werden während der Spiele entfernt werden. Offenbar will man nicht einmal die Diskriminierung jüdischer Eltern des Berliner Jugendorchesters riskieren.«

Ich verstand es noch immer nicht. »Wer hätte sie denn diskriminiert?«

Mein Vater zuckte mit den Schultern. »In Süddeutschland sind die antisemitischen Umtriebe noch stärker ausgeprägt als bei uns.« Er schüttelte den Kopf. »Sogar an den Skihängen gab es Schilder, auf denen ›Juden unerwünscht‹ stand. Die sind inzwischen wieder weg, schließlich wollen die Nazis vor den ausländischen Gästen einen guten Eindruck machen. Und die Nachrichten über den Antisemitismus in Deutschland beunruhigen das Ausland. Es hieß sogar, im Olympischen Komitee der Amerikaner hätte man an Boykott gedacht. Und was, wenn dem andere Länder gefolgt wären?« Er strich über mein Haar. »Sei trotzdem vorsichtig.«

»Aber die Spiele werden doch nicht boykottiert.«

»Nein, trotzdem muss nach außen alles schön friedlich und harmonisch wirken. In Berlin sollen ja auch noch die Sommerspiele stattfinden. Auch deshalb wird von Halt nicht wollen, dass in Garmisch Juden beschimpft oder angegriffen werden.«

Tatsächlich sah ich in Garmisch nicht eine einzige antijüdische Propaganda. Nicht einmal in den Parteizeitungen war irgendetwas in der Art zu lesen. Überall aber wehten Hakenkreuzfahnen.

Es hieß, dass über eine halbe Million Besucher zu den Spielen gekommen waren, sehr viel mehr, als man erwartet hatte. In Garmisch schoben sich wahre Menschenmassen durch die Straßen, unter ihnen berühmte Sportler aus aller Welt.

Ich war noch nie in Bayern gewesen und konnte mich an den Alpen kaum sattsehen, ganz gleich, ob sie im Sonnenschein glänzten oder als Schatten durch Nebel und Schnee hervorschimmerten.

Bis kurz vor Beginn der Spiele hatte es nur selten geschneit, und der Reicharbeitsdienst hatte Schnee aus den höheren Gebirgslagen herunterschaffen müssen. Doch bei unserer Ankunft am 4. Februar fiel wie auf Bestellung dichter Schnee.

Gleich nach unserer ersten Probe lief ich durch die Straßen, um nach Kurt Ausschau zu halten. Als mir zu kalt wurde, setzte ich mich in ein Café und spähte durch die Fenster hinaus, immer in der Hoffnung, ihn irgendwo zu entdecken.

Aber ich fand ihn nirgends und dachte niedergeschlagen daran, dass wir nur drei Tage in Garmisch sein würden und ich ihm vielleicht überhaupt nicht begegnen würde. Unser Programm sah ja lediglich vor, dass wir bei der Eröffnungsfeier auftraten und am selben Abend ein Konzert gaben.

*

Garmisch-Partenkirchen, 6. Februar 1936
Die Eröffnungsfeier im Stadion am Gudiberg begann am 6. Februar gegen Mittag unter heftigem Schneetreiben. Hitler traf mit einem Sonderzug ein und wurde beim Betreten der Ehrentribüne mit frenetischem Beifall empfangen. Ihm folgten Militärs, Mitglieder des olympischen Komitees und Regierungsvertreter, unter denen ich Hitlers Stellvertreter Rudolf Heß erkannte.

Wir vom Jugendorchester standen in einer Ecke des Stadions und warteten frierend auf den Einzug der Sportler, den wir mit Marschmusik begleiten würden. Hitler nahm die Parade mit nahezu unbewegter Miene ab. Mich wunderte, dass nicht nur die deutschen, sondern auch etliche der ausländischen Sportler ihm den deutschen Gruß entboten, doch dann sagte ich mir, woran hätten sie sich denn auch stören sollen? Garmisch-Partenkirchen glich einer wundervollen riesigen Schneekugel, in der junge Sportler zum Wettkampf antreten, Freundschaft schließen und gemeinsam ihre Siege feiern würden. Alles Schlechte, das über die Nazis geschrieben worden war, machte nun einen unglaubwürdigen Eindruck.

Bei unserer Abendveranstaltung in einem Musiksaal des Orts gehörten Hitler, seine Freundin Eva Braun, Heß, von Halt und Würdenträger, deren Namen mir nichts sagten, zum Publikum. Ich trug erneut Massenets »Meditation« vor und erntete höflichen Beifall. Hitler und seine Entourage verschwanden gleich nach dem Konzert. Zwar kränkte mich das ausgebliebene Lob, andererseits war ich froh, dass ich weder Dankbarkeit noch Unterwürfigkeit heucheln musste.

Nach dem Konzert fand in unserem Hotel ein kleines Festessen statt und anschließend eine Tanzparty, natürlich unter den Augen unserer Aufpasser.

Ich war zutiefst unglücklich, weil ich Kurt nicht gefunden hatte. Doch dafür fand er mich.

Wir hatten gerade angefangen zu tanzen, da erschien er im Türrahmen des Saals und sah sich suchend um.

»Kurt«, rief ich und lief zu ihm. »Woher wusstest du, wo ich bin?«

Lächelnd warf er sich in die Brust. »Der deutschen Wehrmacht entgeht nichts.« Dann beugte er sich zu mir herab und flüsterte: »Kannst du von hier fort?«

Ich nickte.

»Dann zieh dich warm an und sei in fünf Minuten vor dem Hotel.«

*

Ich bat die Mädchen, mit denen ich mir ein Zimmer teilte, dichtzuhalten, falls ich erst spät in der Nacht zurückkehren sollte. Sie versprachen es. Trotzdem stopfte ich in meinem Bett das Kopfkissen unter die Bettdecke, so dass es aussah, als läge jemand darunter. Dann streifte ich meinen Mantel über, setzte meine Mütze auf und rannte hinaus zu Kurt.

Hand in Hand liefen wir die Straße hinunter.

»Weißt du, wohin wir gehen?«, fragte ich. »Ist überhaupt noch etwas offen?«

»Während der Olympiade haben die Lokale lange geöffnet. Die Frage ist höchstens, ob wir irgendwo noch einen Platz finden.«

Wir betraten ein Lokal, das sich »Bräu-Stüberl« nannte. Es war brechend voll. Laut war es auch, doch Kurt entdeckte eine freie Ecke und bestellte für uns Bier.

Er wollte wissen, was es im Jugendorchester Neues gab. Ich

beschrieb ihm unser Winterkonzert. »Sonst war Heydrich immer im Publikum. Diesmal nicht.«

Kurt führte seinen Mund an mein Ohr. »Sei froh, dass er nicht da war. Er ist ein sadistischer Karrierist, der seine Spitzel überall hat.«

Ich versuchte, mir Heydrichs Gesicht ins Gedächtnis zu rufen, doch ich erinnerte mich nur noch an die Kälte, die von ihm ausgegangen war. »Bist du noch immer in Kleiners Einheit?«

Kurt nickte. »Er versucht vergeblich, es wieder in die SS zu schaffen.«

»Und dass es ihm nicht gelingt, ist nach wie vor meine Schuld?«

Kurt nickte und warf einen Blick auf seine Uhr. »Es ist schon spät. Wann musst du zurück im Hotel sein?«

Ich lachte. »Ich hätte gar nicht fort sein dürfen. Warum fragst du?«

»Wenn es dir draußen nicht zu kalt ist, könnten wir einen Spaziergang machen. Bei dem Lärm hier versteht man sein eigenes Wort nicht.«

Ich rechnete nach. Um sechs Uhr ging unser Bus zum Bahnhof, und vorher musste ich mich beim Frühstück blicken lassen. »Um fünf muss ich wieder im Hotel sein. Spätestens.«

Kurt legte einen Arm um mich, und wir liefen los. Als wir den Ortskern hinter uns gelassen hatten, führte er mich in einen Hofeingang und küsste mich.

Ich schlang meine Arme um ihn. »Darfst du mich überhaupt küssen oder fällt das auch schon unter Rassenschande?«

»Sollen sie mich doch festnehmen«, murmelte Kurt an meinen Lippen. »Dann kann ich ihnen erzählen, dass ich mich ganz schrecklich in eine junge jüdische Frau mit wunderschönen Rehaugen verliebt habe und nicht von ihr lassen werde.« Er küsste mich erneut.

Schließlich sagte ich: »Mir wird kalt.«

»Trotz unserer heißen Küsse?«

Zu guter Letzt flüchteten wir uns in die Wärme eines der Gästehäuser für die Olympiateilnehmer und taten, als wäre es das Natürlichste der Welt, dort händchenhaltend in dem großen Aufenthaltsraum zu sitzen und uns verliebt in die Augen zu schauen.

Kurt erzählte, wie sehr ihm sein Leben in der Wehrmacht missfalle. Ebenso wie mein Vater glaubte er fest daran, dass Hitler die durch den Großen Krieg verlorengegangenen Gebiete zurückerobern wolle und ihn der Vertrag von Versailles nicht einmal im Ansatz interessiere.

Irgendwann leerte sich der Aufenthaltsraum, und wir hörten laute Stimmen, die von der Straße kamen. Ich warf einen Blick auf meine Uhr und sprang entsetzt auf. Es war kurz vor fünf Uhr. »O Gott, ich muss los.«

»Warte.« Kurt fasste meinen Arm. »Ich erkenne die Stimmen draußen. Das sind Kameraden von mir. Kleiner ist auch darunter.« Er wollte mich wieder auf meinen Platz ziehen.

Ich wurde panisch. »Ich muss fort, Kurt. Wenn ich um sechs nicht abfahrbereit vor unserem Hotel stehe, ist der Teufel los.«

Wir horchten nach draußen. Es klang, als wäre die Gruppe vor dem Haus stehen geblieben.

Kurt erhob sich. »Ich sehe nach, ob wir uns an ihnen vorbeischmuggeln können.«

Als er zurückkehrte, zuckte er mit den Schultern. »Sie stehen da wie angewachsen und lassen eine Flasche kreisen.«

»Egal.« Ich setzte meine Mütze auf. »Im Orchester darf niemand erfahren, dass ich über Nacht fortgeblieben bin.«

Kurt reichte mir seinen Schal. »Wickel dir den so um, dass man dich nicht erkennt. Wenn Kleiner mich mit einer Frau zusammen sieht, wird er annehmen, ich hätte jemanden aus dem Ort aufgegabelt, und nichts dazu sagen.«

»Das sind ja schöne Sitten.« Ich wand seinen Schal um Mund und Wangen.

Draußen versuchten wir, an Kleiner und seinen Leuten vorbeizukommen.

»Heh«, rief einer. »Stehen geblieben.«

»Geh einfach weiter«, murmelte Kurt.

»Heh, ihr da, ihr sollt stehen bleiben, habe ich gesagt.« Die Stimme war lauter geworden.

»Lass uns zufrieden.« Kurt drehte sich halb um. »Erkennst du mich nicht. Ich bin es, Kurt. Kurt König.«

»Lass ihn laufen«, meldete sich eine neue Stimme zu Wort. Sie gehörte Kleiner. »Wenigstens einer von uns, der einen Treffer gelandet hat.« Dann lauter: »Ich hoffe, sie taugt was.«

*

In der Straße zu unserem Hotel verabschiedete ich mich rasch von Kurt und rannte los. Doch es war nichts mehr zu retten, als ich ankam, wurden bereits die Instrumente in den Bus geladen.

Frau Lindner, eine der Mütter, die uns begleitet hatte, schoss auf mich zu. »Ich bin außer mir«, fauchte sie. »Sie haben die Nacht mit einem jungen Mann verbracht.«

Ich schaute zu Boden. »Wir haben nur einen Spaziergang gemacht?«

»Die ganze Nacht und bei dieser Kälte? Schämen Sie sich, Fräulein Baumgarten.«

Ich wollte mich verteidigen, aber sie ließ mich nicht zu Wort kommen. »Sie wollten die anderen Mädchen aus Ihrem Zimmer zum Lügen anstiften, doch eines war so anständig, mir auf meine Nachfrage die Wahrheit zu sagen. Herr Kritzer weiß auch schon Bescheid«, schloss sie triumphierend. »Und in Berlin wird es Ihr Vater erfahren.«

In Berlin stand mein Vater auf dem Bahnsteig, um mich abzuholen. Frau Lindner stürzte sich auf ihn und schilderte ihm mein schändliches Betragen. Mit einem Soldaten sei ich gegen Mitternacht verschwunden und stundenlang fortgeblieben, habe andere zum Lügen animiert und dem Ruf des Orchesters geschadet.

Mein Vater gab ihr keine Antwort.

»Und«, fragte Frau Lindner. »Was werden Sie jetzt unternehmen?«

»Wenn Sie gestatten, werde ich meine Tochter begrüßen, sie fragen, wie die Auftritte des Orchesters waren, und sie nach Hause fahren.«

Mein Vater wartete, bis wir im Auto saßen. Dann sagte er: »Ich nehme an, du hast dich mit Kurt getroffen.«

Ich nickte.

»Und das musste unbedingt nachts stattfinden?«

»Kurt hat mich erst spätabends gefunden. Wir haben nichts gemacht, Papa, uns nur unterhalten und dabei die Zeit vergessen. Du weißt, wie selten wir uns sehen.«

»Sicher, aber Frau Lindner weiß das nicht, und sie war für euch verantwortlich. Kein Wunder, dass sie sich aufgeregt hat.«

»Ich hatte gehofft, dass mir niemand auf die Schliche kommt.«

»Wahrscheinlich wird sich dein kleiner Ausflug im Orchester herumsprechen. Falls Kritzer etwas dazu sagt, wirst du dich bitte entschuldigen.«

»Ja.«

Mein Vater lächelte. »Und wie geht es Kurt?«

»Gut, aber er ist nicht gern in der Wehrmacht. Und er glaubt wie du, dass der Vertrag von Versailles Hitler nichts bedeutet.«

Das Lächeln meines Vaters erlosch.

Kapitel 16

Pienza, Juli 2017

Catherine schloss die Augen und reckte ihr Gesicht in die Morgensonne. »Frühstück auf einer Terrasse in der Toskana. Frische Erdbeeren, eine noch ofenwarme Brioche und eine große Tasse Kaffee. Was will man mehr?« Sie atmete tief durch. »Sogar die Luft riecht gut.«

»Die Luft in Chicago riecht auch gut«, entgegnete Liam, der Lokalpatriot. Er stand auf und sang die ersten Zeilen von »My kind of town«, dem Lied, das Sinatra der Stadt Chicago gewidmet hatte. Anschließend verneigte er sich nach allen Seiten. »Danke, danke für den Applaus.«

»Himmel, hilf«, sagte Catherine. »Und so jemanden habe ich geheiratet.« Sie griff nach ihrem Handy.

»Wen willst du anrufen?« Liam zerteilte eine zweite Brioche.

»Deirdre, oder weißt du noch, ob ich ihr die Zäpfchen für Ben mitgegeben habe?«

Liam verdrehte die Augen. »Ja, hast du. Außerdem ist es in Chicago jetzt drei Uhr morgens.«

Catherine starrte auf ihr Telefon. »Ben fehlt mir. Vielleicht hätten wir ihn doch mitnehmen sollen.«

Liam streichelte ihre Hand. »Wir sind doch bald wieder zu Hause.«

Catherine stieß einen Seufzer aus. »Gut, dann rufe ich jetzt den Anwalt an, mit dem wir heute einen Termin haben, und mache die Uhrzeit mit ihm aus.« Sie konsultierte ihre Unterlagen und wählte eine Nummer.

Liam konzentrierte sich auf sein Frühstück und hörte mit halbem Ohr, dass Catherine sich für elf Uhr verabredete.

»Avvocato Giangiorgi hat seine Kanzlei im Zentrum von Pienza«, sagte sie, als sie aufgelegt hatte. »Und er möchte, dass Gabriella ihm in schriftlicher Form bestätigt, dass wir zu dem Gespräch mit ihm berechtigt sind.«

»Kommt Gabriella nicht mit?«

Catherine schüttelte den Kopf. »Floria befürchtet, dass es ihr zu viel werden könnte.«

*

Auf der kurzen Fahrt nach Pienza ließ Catherine den Blick über die malerische Landschaft wandern.

»Ist die Gegend nicht wie aus der Zeit gefallen? Es würde mich nicht wundern, wenn gleich die Reiterei irgendeines mittelalterlichen Herzogs auf den Hügeln erschiene – oder eine Abteilung römischer Legionäre auf dem Weg Gott weiß wohin.« Sie wandte sich zu Liam um. »Ich glaube, hier könnte ich leben.«

»Und was würdest du hier tun?«

»Gut essen und trinken und mit Ben spazieren gehen.«

»Okay, ich frage anders: Von was würdest du hier leben?«

Catherine zog die Stirn in Falten. »Warum musst du immer so prosaisch sein? Hättest du nicht einfach sagen können: ›Und abends würden wir eine wunderbare Flasche Sangiovese trinken.‹«

»Und wovon würden wir die wunderbare Flasche bezahlen?«

Catherine warf die Hände hoch. »Ich geb's auf. Du bist zu sehr Ire, um von einem Leben in der Sonne träumen zu können.«

»Richtig, wir träumen von alten Burgen auf verregneten, grauen Klippen am Meer.«

*

Giangiorgis Kanzlei befand sich in einem kleinen Geschäftshaus hinter der Piazza Pio II. Die Einrichtung war nicht viel anders als die in Catherines Kanzlei – ein Schreibtisch, auf dem sich Unterlagen stapelten, und Wandregale voller Gesetzestexte und Akten.

Giangiorgi, ein Mann um die vierzig, begrüßte Liam und Catherine herzlich, bedeutete ihnen, auf den Besucherstühlen am Schreibtisch Platz zu nehmen, und fragte, ob er ihnen etwas zu trinken anbieten könne.

Liam entschied sich für ein Mineralwasser, Catherine für eine Bitterlimonade, deren grellrote Farbe es ihr angetan hatte.

Nach den umfänglichen Höflichkeitsfloskeln – Giangiorgi erkundigte sich nach dem Wetter in Chicago, ihrem Flug, ihren ersten Eindrücken von Italien – kam Catherine auf den Grund ihres Besuchs zu sprechen und fragte Giangiorgi, wie es sein könne, dass Signora Vincenzo ein Anwesen räumen solle, das seit so langer Zeit ihr Eigentum sei.

Giangiorgis Gesicht zeigte Kummer. »Ein sehr trauriger Fall. Aber die Antwort auf Ihre Frage ist einfach, dieses Anwesen gehört ihr nicht.«

»Signora Vincenzo ist anderer Ansicht. Sie hat mir Unterlagen gezeigt, aus denen hervorgeht, dass sie Haus und Land von einem Carlo Vanucci gekauft hat.«

Giangiorgi schüttelte den Kopf. »Sie hat es nicht gekauft, es war eine Schenkung. Auf die Weise blieb ihr die Grunderwerbssteuer erspart.«

Catherine sah ihn verständnislos an. »Aber so oder so würde ihr die Immobilie doch gehören. Oder werden hier Schenkungen nicht im Katasteramt eingetragen?«

Giangiorgi wirkte pikiert. »Natürlich werden sie eingetragen. Ich wollte sie lediglich darauf hinweisen, dass die Signora die Immobilie nicht gekauft hat. Und die Rechtmäßigkeit eines Eintrags kann jederzeit vor Gericht angefochten werden, oder ist das bei Ihnen in Amerika anders?«

»Der ganze Prozess ist anders, aber wie dem auch sei. Die Firma VinCo stellt also die Rechtmäßigkeit der Schenkung infrage, verstehe ich das richtig?«

Giangiorgi nickte. »Ein sehr angesehenes, erfolgreiches Unternehmen, außerdem einer der größten Arbeitgeber und Steuerzahler unserer Gegend.«

»Ein Unternehmen, das diese Immobilie jedoch erst seit zwei Jahren beansprucht.«

Giangiorgi hob die Schultern. »Und? Der Anspruch der VinCo ist berechtigt.«

»Ich verstehe es immer noch nicht«, sagte Catherine mit einem Anflug von Ungeduld. »Was gibt es an der Schenkung auszusetzen?«

Giangiorgi lächelte nachsichtig. »Wieder ist die Antwort ganz einfach. Signor Vanucci gehörte die Immobilie nicht, sprich, er konnte sie auch niemandem schenken. Als der Fall vor Gericht kam, wurde entschieden, dass die Immobilie im Jahr zweitausendfünfzehn der Firma Quercia gehörte, deren Alleineigentümerin eine Frau namens Gerda Fruhmann war, die inzwischen verstorben ist. Ihr Nachlassverwalter hat die Villa und das Land, vom dem wir reden, dann an VinCo verkauft.«

Catherine atmete laut durch die Nase aus.

Liam kannte dieses Geräusch. Es war ein Zeichen, dass seine Frau genervt war.

»Signor Giangiorgi«, sagte Catherine betont ruhig, doch mit einer leichten Röte im Gesicht. »Wem gehörte die Immobilie im Jahr neunzehnfünfundneunzig? Das ist das Jahr der Schenkung, und das scheint hier von zentraler Bedeutung zu sein.«

»Paolo, bitte, für Sie bin ich Paolo. Und natürlich haben Sie recht, die Frage ist tatsächlich von Interesse. Die Antwort lautet, dass die Immobilie seinerzeit der Firma Quercia gehörte. So ist es im Grundbuch nachzulesen.«

»Haben Sie den Eintrag im Grundbuch selbst gesehen?«

»Selbstverständlich.« Giangiorgi schien gekränkt und warf einen Blick auf seine Armbanduhr. »Ich fürchte, langsam muss ich zum Ende …«

Catherine unterbrach ihn. »Einen Moment. Sagen Sie mir bitte noch, wann Quercia die Immobilie gekauft hat.«

Giangiorgi zuckte mit den Schultern. »Das weiß ich nicht.«

»Aber Sie sagten doch gerade, dass Sie sich das Grundbuch angeschaut haben.«

Giangiorgi wirkte ungehalten. »Es reicht nur zum Jahr neunzehnhundertachtzig zurück, doch auch da war Quercia bereits die Eigentümerin.«

»Und was ist mit dem vorherigen Grundbuch, das bis zum Jahr neunzehnhundertachtzig reicht?«

»Das weiß ich nicht«, antwortete Giangiorgi ärgerlich. »Aber wenn dort ein anderer Eigentümer verzeichnet gewesen wäre, hätte man ihn in das nächste Grundbuch übertragen. Unsere Ämter arbeiten zuverlässig.«

»Das bezweifle ich nicht«, erwiderte Catherine. »Trotzdem wüsste ich gern, wo ich die alten Grundbücher einsehen kann.«

»Im Grundbuchamt von Siena. Da jedenfalls finden Sie das Grundbuch, das mit dem Jahr neunzehnhundertachtzig beginnt. Die älteren werden dort im Archiv zu finden sein.«

»Und Sie haben nie darum gebeten, dass man sie Ihnen heraussucht?«

»Wozu?« Giangiorgi stand auf. »Der Fall ist vor Gericht entschieden worden. Und nun müssen Sie mich leider entschuldigen.« Wieder warf er einen Blick auf seine Uhr. »Rufen Sie mich an, wenn ich noch etwas für Sie tun kann«, verabschiedete er sich frostig.

»Tony hatte recht«, sagte Catherine auf der Rückfahrt. »Der Fall stinkt zum Himmel.«

Kapitel 17

Berlin, April 1936

An diesem Abend sollte Furtwängler wieder einmal zum Essen kommen, seit Mittag war meine Mutter schon mit den Vorbereitungen zugange. Darüber hinaus hatte sie erklärt, Furtwängler habe eine Überraschung für mich. Ich wollte natürlich Näheres wissen, aber sie ließ nicht mit sich reden. Sie sagte nur, dass ich nach meinen Schwierigkeiten eine kleine Freude verdient hätte.

Meine »Schwierigkeiten«, wie sie es nannte, hatten mit dem Abend zu tun, den ich mit Kurt in Garmisch verbracht hatte. Kritzer hatte mir sowohl eine mündliche als auch schriftliche Rüge erteilt. Frau Lindner war das nicht genug, sie erklärte, als Konzertmeisterin des Jugendorchesters sei ich nicht mehr tragbar.

Kritzer setzte sich zwar für mich ein, doch Frau Lindner schien sich auf eine Art Rachefeldzug begeben zu haben und brachte Sponsoren des Orchesters auf ihre Seite, die damit drohten, ihre Finanzhilfen einzustellen, sollte ich meinen Posten behalten. Statt meiner sollte Liesel Prechtel, eine andere erste Geige, Konzertmeisterin werden. Den Verlust der Einnahmen konnte Kritzer sich nicht leisten, also gab er nach.

Daraufhin verkündete ich, dass ich das Jugendorchester verlassen werde. Kritzer lud meinen Vater und mich zu einem Gespräch ein und erklärte uns die Lage. Er bat mich, im Orchester zu bleiben, und versprach mir weitere Soloauftritte.

Ich schüttelte den Kopf. »Es ist nicht richtig, dass Frau Lindner ihren Willen durchsetzt, nur weil sie reiche Sponsoren kennt. Ich bin ein einziges Mal zu spät ins Hotel gekommen, dafür habe ich mich inzwischen hundertmal entschuldigt. Mein Verhalten war falsch, das gebe ich zu, aber ich habe nichts Unmoralisches getan. Wenn meine Entschuldigungen nicht ausreichen, möchte ich nicht mehr im Jugendorchester sein.«

Zu meinem Erstaunen sagte mein Vater: »Ich möchte nicht, dass du das Orchester verlässt, Ada. Bald beginnen die Olympischen Sommerspiele und bieten dir erneut die Gelegenheit, vor einem internationalen Publikum aufzutreten. Im November wirst du achtzehn, dann wirst du das Jugendorchester ohnehin verlassen, aber bis dahin bitte ich dich durchzuhalten.«

»Es ist so demütigend«, erwiderte ich. »Ich habe nichts Schlimmes gemacht, nur mit einem Jungen, den wir kennen, ein Bier getrunken. Und ich war rechtzeitig zur Abfahrt zurück. Trotzdem werde ich degradiert und muss die Gerüchte ertragen, die Frau Lindner über mich ausstreut. Wie soll ich den anderen im Orchester noch ins Gesicht schauen können?«

»Das kannst du, indem du stark bist und dem Orchester zuliebe ausharrst. Ich könnte auch alles hinwerfen und die Philharmoniker verlassen. Aber ich bleibe meinen Kollegen und Furtwängler treu. Und im Jugendorchester wird jeder wissen, dass du deinen Posten verlierst, weil du nicht gut genug, sondern weil du das Opfer einer rachsüchtigen Frau geworden bist.«

»Du bist die beste Musikerin, die ich jemals hatte«, sagte Kritzer. »Ich möchte dich nicht verlieren.«

Als wir wieder zu Hause waren, ging ich in mein Zimmer und weinte vor Kummer und Wut. Irgendwann kam meine Mutter. Sie war über meine Freundschaft mit Kurt nie glücklich gewesen, erst recht nicht, als er in die Hitlerjugend eingetreten war. Nun wartete ich darauf, dass sie sagte, das komme davon, wenn man sich mit dem falschen Jungen einlasse, doch sie nahm mich in die Arme und drückte mich an sich.

»Papa möchte, dass ich im Jugendorchester bleibe«, sagte ich trübsinnig. »Aber wozu, wenn man mich dort beleidigt hat und ich im Herbst ohnehin aufhöre, weil ich dann zu alt bin.« Ich begann wieder zu weinen. »Danach ist meine Musikkarriere sowieso zu Ende, es gibt ja kein Orchester, in dem Frauen spielen können.«

Meine Mutter strich über mein Haar. »Du hat eine große Begabung, Ada. So etwas ist auch eine Verpflichtung. Du kannst nicht einfach die Hände in den Schoß legen, nur weil man dir unrecht getan hat.«

»Aber wo soll ich denn spielen, wenn es in den großen Orchestern keinen Platz für mich gibt? Soll ich bei Hauskonzerten auftreten? Als Jüdin kann ich ja nicht einmal in einem Konservatorium unterrichten.«

Meine Mutter streichelte meine Wange. »Es gibt doch auch noch Streichquartette und Kammerorchester. Oder vielleicht tut sich etwas ganz anderes für dich auf.«

»Und was soll das sein?«, fragte ich mürrisch. »Soll ich einen netten jüdischen Mann heiraten und Hausfrau werden?« Der Satz war kaum heraus, als ich ihn auch schon bereute.

Meine Mutter ließ mich los und wirkte gekränkt.

Ich griff nach ihrer Hand. »Entschuldige, Mama, ich wollte dich nicht beleidigen. Du bist mein Vorbild, bist es immer gewesen, ich bin nur noch nicht so weit, um an eine Ehe zu denken. Ich möchte einfach eine großartige Violinistin werden.«

»Dann hör auf deinen Vater und bleib im Jugendorchester. Freu dich über die Soli, die Kritzer dir ermöglichen will.«

»Es sind nur noch acht Monate.«

»In acht Monaten kann viel geschehen.«

Als sie aufstand, lächelte sie, doch ich wusste nicht, ob sie mir meine taktlose Bemerkung verziehen hatte.

Bei der nächsten Probe weigerte Liesel sich, die Rolle der Konzertmeisterin zu übernehmen. »Ich weiß, dass ich gut bin«, sagte sie zu Kritzer, »aber Ada ist besser.«

»Das entscheidest nicht du«, antwortete er. »Es wird das gemacht, was für das Orchester das Beste ist.«

Ich überwand mich und blieb im Jugendorchester, doch meinen Platz als Konzertmeisterin bekam ich nicht zurück.

*

Als Furtwängler abends zu uns kam, wirkte er gutgelaunt wie immer. Auch er hatte Schwierigkeiten gehabt, doch die schien er vergessen zu haben. Ich wusste nicht genau, worin sie bestanden hatten, doch es hieß, dass er sich öffentlich abfällig über die Nazis geäußert und Goebbels ihm daraufhin gedroht hatte, ihm die Dirigate bei den Berliner Philharmonikern zu entziehen. Als Folge davon hatte Furtwängler erwogen, ein Angebot der New Yorker Philharmoniker anzunehmen und Toscaninis Nachfolge anzutreten, und musste dann erfahren, dass ihn amerikanische Nazigegner vehement ablehnten, wohingegen man ihm in Deutschland Abtrünnigkeit vorwarf. Schließlich erklärte er sich bereit, für die Spielzeit 1936/37 zusätzlich zu seiner Arbeit mit den Philharmonikern Gastdirigate an der Preußischen Staatsoper zu übernehmen. Doch er litt darunter, im Ausland als Nazi zu gelten. Er war kein Nationalsozialist, auch wenn er es geschehen ließ, dass die Nazis ihn als Aushängeschild ihrer Politik benutzten.

*

Als Furtwängler bei uns erschien, wollte ich von ihm wissen, welche Überraschung er für mich habe.

Er lächelte und antwortete: »Wenn ich es dir verrate, wäre es doch keine Überraschung mehr, oder?«

»Nein«, sagte ich, »aber wenn niemand es verrät, ist es auch keine.«

Er und meine Eltern versprachen mir, das Geheimnis nach dem Essen zu lüften.

Während des Essens tauschten sie ständig vielsagende Blicke und amüsierten sich sichtlich darüber, dass ich immer kribbeliger wurde. Als der Nachtisch aufgetragen wurde, platzte mir der Kragen. »So«, sagte ich, »jetzt reicht es. Könnte mir nun bitte jemand sagen, wie die Überraschung aussieht.«

Furtwängler lachte schallend. »Also gut. Hast du in der Zeit vom dreizehnten bis einundzwanzigsten Mai schon etwas vor?«

Ich überlegte. »Noch nicht, aber bis dahin sind es ja auch noch vier Wochen. Warum fragen Sie?«

»Weil ich in der Zeit in Berlin die Oper *Thaïs* dirigiere.«

»Und ich bekomme eine Karte?«

»Nein.«

Ich sah Furtwängler und meine Eltern verwirrt an. »Ist das die Überraschung? Ich darf in dieser Zeit nicht in die Staatsoper gehen?«

»Nein, Ada.« Furtwängler beugte sich zu mir vor. »Ich möchte, dass du als eine der ersten Geigen dabei bist und darüber hinaus die ›Meditation‹ als Solo gibst.«

Ich starrte ihn an. Hatte ich richtig gehört? Ich als eine der ersten Geigen und als Solistin der Staatskapelle? Das konnte ich nicht glauben. »Aber in dem Orchester gibt es keine Frauen.«

»Vom dreizehnten bis zum einundzwanzigsten Mai doch, falls du einverstanden bist.«

Ich spürte, wie ich vor Freude errötete. »Darf ich wirklich?«

Furtwängler zog die Brauen hoch. »Ja, meinst du, ich sage so etwas zum Spaß?«

»Und es ist auch in Ordnung, dass ich Jüdin bin?«, fragte ich leise.

»Es ist mein Dirigat«, antwortete Furtwängler. »Da spielen die, die ich auswähle, und niemand mischt sich ein.«

Kapitel 18

Berlin, 13. Mai 1936

Mit elf Jahren hatte ich mich um die Aufnahme im Berliner Jugendorchester beworben. Ich war vierzehn Jahre alt, als ich als Solistin Mozarts Violinkonzert Nr. 3 vortrug. Ein Jahr später kam Massenets »Meditation« an die Reihe und wieder ein Jahr später de Sarasates *Carmen-Fantasie*. Vor keinem dieser Auftritte hatte ich mich gefürchtet, ich war nicht einmal übermäßig nervös gewesen.

Aber an dem Abend, als ich zum ersten Mal mit der Staatskapelle spielen sollte, war mir vor Lampenfieber übel. Nun war ich nicht mehr Mitglied eines Jugendorchesters, das mit Milde beurteilt wurde, sondern musste neben erfahrenen Musikern bestehen und das für mehrere Abende hintereinander.

Ein ums andere Mal sagte ich mir, dass ich gut genug sei, doch in Wahrheit war ich nicht einmal sicher, ob mir diese Oper lag. Inhaltlich ging es dabei um die Geschichte der griechischen Hetäre Thaïs, die im Alexandria der Spätantike ein ausschweifendes Leben führte, jedoch von einem Mönch zum Christentum bekehrt wurde. Die »Meditation« steht für ihre Überlegungen, ob sie bei ihrer alten Lebensweise bleiben oder dem neuen Weg folgen solle. Ich fand, es war eine schwülstige Geschichte, und Thaïs' Entscheidung für ein Dasein in christlicher Askese konnte ich nicht nachvollziehen. Doch die Musik war überwältigend schön, und die »Meditation« liebte ich von ganzem Herzen.

Ein wenig zittrig nahm ich am ersten Abend meinen Platz im Orchestergraben ein, hörte die Schritte der Operngäste im Zuschauerraum, die klappenden Sitze, das Gemurmel. Wir stimmten unsere Instrumente. Ich saß neben einem älteren Violinisten, der mich während der Proben freundlich behandelt hatte. Andere Musiker hatten mich schief angesehen. Gesagt hatten sie nichts, doch mir war, als nähmen sie mich nicht für voll. Wahrscheinlich konnten sie auch nicht fassen, dass mit einem Mal eine Frau unter ihnen war, und sagten sich, dass ich meinen Platz nur der Freundschaft meiner Eltern mit Furtwängler verdankte. Vielleicht hatten sie auch etwas gegen mich, weil ich Jüdin war.

Schließlich war es so weit. Das Licht wurde gedämpft, und Furtwängler wurde von tosendem Beifall empfangen. Bis zu diesem Abend hatte ich ihn nur vom Zuschauerraum aus dirigieren sehen, nun saß ich vor ihm und konnte nur hoffen, dass ich in seinen Augen gut genug war.

Es war bekannt, dass Furtwängler Wert auf eine gute Kondition legte, er fuhr Ski, schwamm, wanderte und achtete auf sein Gewicht. All das kam ihm beim Dirigieren zugute, verlieh ihm seine unglaubliche Energie und den Schwung, die sowohl seine Musiker als auch sein Publikum mitrissen.

Als er den Taktstock hob, war meine Nervosität mit einem Mal verflogen, ich fühlte mich nur noch als Teil eines wundervollen Klangkörpers, der von diesem genialen Dirigenten geleitet wurde.

In der Pause nach dem ersten Akt kam Furtwängler zu mir und wollte wissen, ob alles in Ordnung sei. Ich nickte. »Heydrich ist im Publikum«, fügte er hinzu. »Mit ein paar anderen Parteigrößen.«

Der Gedanke setzte mir zu, und ich wünschte, er hätte nichts gesagt.

Doch als der zweite Akt begann, vergaß ich Heydrich und konzentrierte mich nur auf das Bühnendrama. Der Akt endete, als

Thaïs lachend verkündete, sie bleibe ihrem alten Leben treu, und dann in Schluchzen ausbrach. Dem folgte die »Meditation«.

Inzwischen kannte ich dieses Stück so gut, dass ich den richtigen Ausdruck und die passenden Klangfarben hineinlegen konnte. Ich sah Furtwängler nicken und mit ruhigen Gesten die Musiker führen, die den Hintergrund der »Meditation« schufen.

Danach spielte ich mit geschlossenen Augen.

Und dann war es auch schon vorüber. Benommen hörte ich den Applaus und vereinzelte Bravorufe. Als die anderen Geiger mir lächelnd zunickten, übermannte mich ein solches Glücksgefühl, dass ich gegen die Tränen kämpfen musste.

Nach der Oper kamen auch andere Musiker zu mir, um mich zu beglückwünschen und zu fragen, wie mir die Aufführung gefallen habe. Ich antwortete, für mich sei es wie ein wunderbarer Traum gewesen, der in Erfüllung gegangen war.

Dann traten zwei Männer in den Uniformen der SS zu Furtwängler und sprachen leise auf ihn ein. Hier und da glitten ihre Blicke zu mir hinüber. Furtwängler wirkte verärgert, runzelte die Stirn und schüttelte den Kopf. Ich hörte, dass das Wort »Jüdin« fiel.

*

Als die SS-Leute verschwunden waren, ging ich zu Furtwängler und fragte ihn, was die beiden gewollt hatten. Er machte eine wegwerfende Handbewegung und wollte nicht darauf eingehen. Ich sagte ihm, dass ich das Wort »Jüdin« gehört, und außerdem das Gefühl hätte, dass es auch im Orchester Musiker gebe, die etwas gegen mich hatten.

»Ada, bitte.« Furtwängler seufzte schwer. »Wenn du in einem Orchester spielen willst, darf dich das Geschwätz deiner Kollegen nicht stören. Natürlich gibt es in der Staatskapelle einige, die glauben, die ›Meditation‹ müsse vom Konzertmeister vorgetragen werden oder wenigstens von einem Mann. Ich habe versucht, ihnen klarzumachen, dass *ich* diese Entscheidungen treffe und sie auf dem Talent eines Musikers oder einer Musikerin beruhen und nichts anderem. Natürlich haben sich auch einige zu Wort gemeldet, die nicht einverstanden sind, dass ich die ›Meditation‹ von einer Jüdin spielen lasse. Sie sorgen sich, dass wir mit einer jüdischen Solistin bei den Nazis in Ungnade fallen könnten.«

Ich senkte den Kopf. »Das verstehe ich.«

Furtwängler fasste meinen Arm. »Ich möchte nicht, dass du das verstehst. Der Unmut der Musiker sollte sich gegen diejenigen richten, die die Rassengesetze erlassen haben, nicht gegen die Menschen, die davon betroffen sind. Du hast niemandem einen Platz weggenommen, sondern einen Mann namens Rosenberg ersetzt, der auf Betreiben der Nazis aus dem Orchester ausscheiden musste. So, und nun Schluss mit der Diskussion.«

Aber ich war noch immer nicht beruhigt. »Und was wollten die beiden SS-Männer.«

Furtwängler seufzte. »Was für eine Nervensäge du bist! Sie wollten, dass ich dich aus dem Orchester entferne. Bist du jetzt zufrieden?«

Also doch. »Ich möchte nicht anecken«, antwortete ich niedergeschlagen. »Lieber verzichte ich darauf, die ›Meditation‹ vorzutragen.«

Furtwängler zog die Brauen hoch. »Und dann? Soll ich das Stück morgen Abend summen?«

Ich musste lachten. »Nein, aber der Konzertmeister könnte das Solo übernehmen.«

»Ich glaube es nicht.« Furtwängler richtete seinen Blick himmelwärts. »Hast du deinen Applaus und die Bravorufe nicht gehört? Warum sollte ich jemanden einsetzen, der das Publikum nicht wie du begeistern kann? Die Wünsche der Nazis interessieren mich nicht. Inzwischen dürfte ich ihnen schon hundertmal erklärt haben, dass sie mich entweder gewähren lassen oder sich einen neuen Dirigenten suchen müssen. Und Letzteres werden sie ganz bestimmt nicht so kurz vor den Olympischen Sommerspielen tun.«

»Danke«, sagte ich. »Danke für alles.«

Furtwängler legte eine Hand auf meine Schulter. »Was nach den Spielen kommt, können wir nicht wissen. Im Moment wollen die Nazis vor dem Ausland einen guten Eindruck machen, aber nach den Spielen wird es wieder anders werden, Ada. Mein Rat wäre, dass du dich nach Auftrittsmöglichkeiten außerhalb Deutschlands umtust.«

»Allein?«, fragte ich erschrocken. »Was ist mit meinen Eltern?«

»Eine Zeitlang kann ich die Hand noch über deinen Vater halten, doch auf Dauer wird es mir nicht gelingen. Das weiß auch dein Vater. Ich hoffe, deine Eltern werden den Sommer nutzen, um eure Zukunft in einem anderen Land zu planen.«

*

»Wilhelm hat recht«, sagte mein Vater, als wir nach dem Konzert wieder über die Ausreise sprachen.

»Aus Berlin fortzugehen und unser Haus aufzugeben wird mir schwerfallen«, antwortete meine Mutter. »Andererseits ist Deutschland mir schon seit dem Überfall auf meinen Vater verleidet.«

»Nicht alle Deutschen sind Nazis«, warf ich ein.

Meine Mutter wandte sich meinem Vater zu. »Wärst du denn jetzt bereit, die Philharmoniker zu verlassen? Es würde bedeuten, dass Wilhelm in sehr kurzer Zeit einen Ersatz für dich finden muss. Und wer sollte das sein?«

»Ich werde mit ihm reden, vielleicht fällt uns eine Lösung ein. Oder ich bleibe noch für eine weitere Saison. Aber ich möchte nicht, dass ihr hier immer angreifbarer werdet. Ihr solltet so bald wie möglich aus Deutschland weggehen.«

»Ohne dich?«, fragte ich.

Meine Mutter schüttelte den Kopf. »Ohne dich gehe ich nirgendwohin.«

Kapitel 19

Berlin, 1. August 1936

Die XI. Olympischen Sommerspiele fanden in Berlin statt. Sie waren perfekt inszeniert und boten Hitler erneut die Gelegenheit, der Welt zu zeigen, dass Deutschland nach dem verlorenen Krieg wieder auf dem Weg zur Größe war. Zum ersten Mal in der Geschichte der Spiele wurde die olympische Fackel in Griechenland entzündet und von zahllosen Läufern von Olympia nach Berlin getragen.

Die Straßen der Stadt waren blumengeschmückt, überall wehten olympische Flaggen und Hakenkreuzfahnen. Auf bunten Plakaten wurde die Verbindung zwischen dem antiken Griechenland und Deutschland hergestellt, und auf den Straßen fand man junge, weißgekleidete Helfer, die den ausländischen Besuchern bei Fragen zur Seite standen. Deutschland zeigte sich aufstrebend, friedliebend und gastfreundlich. Rassendiskriminierungen schien es nicht zu geben.

Hinter den Kulissen sah es jedoch anders aus. Bereits vor zwei Jahren war jüdischen Sportlern der Zutritt zu deutschen Sportvereinen untersagt worden. Demzufolge hatten sie auch keine Möglichkeit gehabt, sich für die Spiele zu qualifizieren. Um jedoch Gleichheit zu simulieren, wurden zwei jüdische Wettkämpferinnen zunächst zugelassen, die Hochspringerin Gretel Bergmann und die Florettfechterin Helene Mayer. Doch zwei Wochen vor der Olympiade war Bergmann die Nominierung wieder entzogen worden. Helene Mayer durfte teilnehmen, da sie nur Halbjüdin war.

Auch diesmal sollte das Jugendorchester die Eröffnungsfeierlichkeiten begleiten und eine Woche später ein Nachmittagskonzert geben.

Am Eröffnungstag, dem 1. August, versammelten wir uns in einer Kurve des gigantischen, neu errichteten Olympiastadions. Unter Fanfarenklängen, einem Meer von zum Hitlergruß erhobenen Armen und Sieg-Heil-Rufen aus unzähligen Kehlen zogen Hitler und Mitglieder des Olympischen Komitees in das Stadion ein und nahmen in der Führerloge Platz.

Ihnen folgte der Einzug der Wettkämpfer, unter denen Deutschland das größte Kontingent stellte. Wir begleiteten die Sportler erneut mit Marschmusik. Währenddessen kreiste über den Besuchern der bisher größte Zeppelin der Welt mit Namen »Hindenburg«. Und dann wurden diese Spiele offiziell von Hitler eröffnet. Richard Strauss dirigierte die von ihm komponierte Olympische Hymne. Bei den Musikern handelte es sich um das Olympische Symphonie-Orchester, das aus den Berliner Philharmonikern und dem Landesorchester Berlin bestand. Hinzu kam ein gewaltiger Chor, der aus mehreren Ensembles zusammengesetzt worden war.

Furtwängler dirigierte während der Sommerspiele nicht. Wie es hieß, hatte er sich wieder einmal mit den Nazis überworfen. Mein Vater glaubte, dass es während der Bayreuther Festspiele geschehen war, die Furtwängler musikalisch geleitet hatte, so jedenfalls hatte es ihm Friedelind Wagner erzählt, die, anders als der Rest ihrer Familie, keine Freundin der Nazis war. Nach ihren Worten hatte Furtwängler sich geweigert, in einem Propagandafilm der Nazis aufzutreten, und Hitler auf die Weise verärgert.

»Immer gerät er mit den Nazis aneinander«, sagte ich bekümmert. »Ich habe Angst, dass er eines Tages dafür büßen muss.«

»Wenn Wilhelm unterwürfig wäre, gäbe es bei den Philharmonikern keinen einzigen jüdischen Musiker mehr«, antwortete mein Vater.

Das Konzert des Jugendorchesters sollte auf einer Freilichtbühne stattfinden. Es war geplant, dass ich erneut die »Meditation« vortrug. Diesmal sollte auch die internationale Presse im Publikum sein und das gesamte Konzert gefilmt werden.

Zwei Tage vor dem Konzert bat Kritzer mich nach der Probe zu sich und sagte, es tue ihm leid, aber er sei gezwungen, die »Meditation« aus dem Programm zu nehmen.

Ich sah ihn erschrocken an. »Warum? Habe ich etwas falsch gemacht?«

Kritzer wich meinem Blick aus. »Es ist ein Wunsch von ganz oben, Ada. Man möchte nicht, dass eine Jüdin den deutschen Geist dieser Olympischen Spiele verunreinigt.«

Im ersten Moment dachte ich, ich hätte mich verhört, dann wollte ich protestieren. Doch dann erkannte ich, dass es vergeblich wäre, und war am Boden zerstört. Das hätte Furtwängler sich nicht bieten lassen, fuhr es mir durch den Kopf. Aber Kritzer war nicht Furtwängler, ihm fehlte die Reputation, um sich gegen die Nazis durchsetzen zu können.

»Dann möchte ich am Sonntag auch nicht im Orchester spielen«, sagte ich.

Kritzer schien aufzuatmen. Vielleicht hätte er mich als Nächstes von sich aus darum bitten müssen. »Es tut mir leid, Ada.«

»Mir auch.«

Ich sollte nie mehr im Jugendorchester spielen.

Kapitel 20

Pienza, Juli 2017

Liam wälzte sich auf die andere Seite und streckte den Arm nach Catherine aus. Sie war nicht da. Er setzte sich auf und knipste die Nachttischlampe an. Seine Frau stand an der Terrassentür.

»Catherine, was machst du da? Es ist drei Uhr morgens.«

»Entschuldige, dass ich dich geweckt habe. Ich konnte nicht mehr schlafen.«

»Du hast mich nicht geweckt. Ich habe einfach gespürt, dass du nicht neben mir lagst. Warum bist du aufgestanden?«

»Hast du es nicht gehört?«

»Was?«

»Die Musik.«

»Welche Musik?«

»Das weiß ich nicht. Wahrscheinlich hältst du mich für verrückt, aber es war, als würde jemand Geige spielen.«

Liam stand auf und umarmte seine Frau von hinten. »Du hast geträumt. Wahrscheinlich spukt dir Adas Geschichte im Kopf herum.«

Catherine schüttelte den Kopf. »Ich war hellwach. Irgendjemand hat definitiv Geige gespielt.«

»Weißt du, welches Stück es war?«

»Nein. Zuerst war es, als würde der- oder diejenige Tonleitern üben. Und dann erklang eine ganz wunderbare Melodie.«

»Vielleicht war es der Wind.«

Catherine drehte sich zu ihm um und schenkte ihm einen niederschmetternden Blick. »Ich erkenne den Unterschied zwischen dem Wind und einem Musikinstrument.«

Liam zuckte mit den Schultern. »Vielleicht spielt Gabriella nachts auf der Geige. Oder Floria.«

»Eine von beiden muss es gewesen sein.«

Liam lachte. »Oder es war Adas Geist.« Er nahm Catherines Hand. »Komm, leg dich wieder schlafen. Morgen früh müssen wir um neun in Siena sein.«

*

Am Morgen hatte Floria den Frühstückstisch erneut auf der großen Terrasse gedeckt. Liam und Catherine saßen kaum, als sie mit einer Kanne Kaffee aus dem Haus kam. »Was habt ihr heute vor?«, fragte sie und ließ sich am Tisch nieder.

»Wir fahren nach Siena und treffen uns mit Signor Santi.«

»Silvio Santi«, sagte Floria mit einem spöttischen Lächeln. »Aalglatt, redegewandt und teuer. Und eine absolute Null.«

Catherine schenkte sich Kaffee ein. »Spielt Signora Vincenzo eigentlich ein Instrument?«

»Ja, aber nur selten. Warum fragst du?«

»In der Nacht habe ich jemanden Geige spielen hören.«

»Aber nicht bei uns.« Floria zuckte mit den Schultern. »Vielleicht war es der Wind.«

»Ganz meine Meinung«, sagte Liam.

Catherine schüttelte den Kopf. »Es war nicht der Wind.«

*

Auf der Fahrt ließ Catherine ihr Seitenfenster herunter und die Haare im Wind flattern. Floria hatte ihnen erklärt, dass die Fahrt nach Siena etwa eine Stunde dauerte, doch Catherine bat Liam ständig, kurz am Straßenrand zu parken, damit sie Fotos von Zypressen, Bauernhöfen, Weingärten und dem Panorama der Hügellandschaft machen konnte.

»Halte noch ein einziges Mal an«, sagte sie, nachdem Liam sichtlich ungeduldig geworden war. »Ich möchte nur noch die knorrigen Olivenbäume da hinten aufnehmen.« Sie seufzte entrückt. »Die Landschaft hat etwas Friedliches, findest du nicht?«

»Ich finde, dass wir weiterfahren sollten, wenn wir es halbwegs pünktlich nach Siena schaffen wollen. Falls Signor Santi so teuer ist, wie Floria sagt, wird er uns jede Minute berechnen.«

*

Pienza war ein verschlafener kleiner Ort, Siena dagegen der Sitz der Provinzregierung, eine Stadt voller Geschäfte und Touristen. Der historische Kern war von einer Mauer umgeben, sie diente unter anderem dazu, den mittelalterlichen Charakter dieser einzigartigen Stadt zu bewahren. Die Kanzlei von Avvocato Silvio Santi lag nicht weit von der Altstadt entfernt.

Als Catherine und Liam sein Büro betraten, begrüßte er sie überschwänglich und führte sie in einen Besprechungsraum, von dem aus man einen Blick auf den berühmten Dom von Siena hatte.

Liam musterte den elegant gekleideten Mann mit der protzigen goldenen Armbanduhr mit zusammengezogenen Brauen.

»Wie geht es der lieben Signora Vincenzo?«, fragte Santi, als sie Platz genommen und jeder eine Tasse Kaffee vor sich hatte. »Bedauerlicherweise konnte ich ihr nur bedingt helfen. Die Immobilie, die sie ihr Eigentum nennt, gehört ihr leider nicht.« Er nahm einen Schluck Kaffee. »Dennoch habe ich mich bei Signor Mastroviani für sie verwendet. Er ist der Vizepräsident der VinCo und einer meiner Freunde. Ich habe ihn überredet, sich entgegenkommend zu zeigen, immerhin geht es auch um das Image seines Unternehmens. Wie Sie sicherlich wissen, ist VinCo bereit, Signora Vincenzo eine Wohnung in Pienza und eine Abfindungssumme zukommen zu lassen.« Er lächelte selbstgefällig und lehnte sich zurück.

»Warum sagen Sie, dass Signora Vincenzo nicht die Eigentümerin ihrer Villa und des umliegenden Landes ist?«, fragte Catherine.

Santi zuckte mit den Schultern. »Weil sie es nicht ist. Die Immobilie gehört VinCo. Die Besitzurkunde der Signora ist ein wertloses Stück Papier.«

»Was wissen Sie über die Firma Quercia?«, fragte Liam.

»Nur, dass sie vor VinCo die Eigentümerin der Immobilie war. Es handelte sich um eine italienische Firma, die inzwischen stillgelegt wurde. Dort hat man sich nie für die Villa und das dazugehörige Land interessiert. Offenbar hatte man auch nichts dagegen, dass Signora Vincenzo sich auf ihrem Land niederließ und von den landwirtschaftlichen Erträgen profitierte.« Er setzte eine bedauernde Miene auf. »Hätte die Signora sich früher mit der Angelegenheit befasst, hätte sie die Immobilie vielleicht erwerben können.«

»Mir ist noch immer nicht klar, warum ein großes Unternehmen wie VinCo so versessen auf diese Immobilie ist«, sagte Catherine. »Unterm Strich geht es um nicht mehr als dreißig Hektar Land und ein Haus.«

Wieder hob Signor Santi die Hände. »Das Land befindet sich inmitten des VinCo-Besitzes. Es ist ein Ärgernis. Darüber hinaus weiß man das Land in einem großen Unternehmen besser zu nutzen, als eine alte, kranke Frau es vermag.«

»Wie hoch ist der Marktwert dieses Ärgernisses?«, fragte Liam.

Santi zuckte mit den Schultern. »Etwa eine Million Euro.«

»Und wie behauptet VinCo, in den Besitz der Besitzurkunde gekommen zu sein?«

Santi runzelte die Stirn. »VinCo muss nichts behaupten. Das Unternehmen hat die Immobilie ganz legal aus dem Nachlass von Gerda Fruhmann erworben. Sie war die Alleineigentümerin der Firma Quercia.«

»Und wie ist diese Frau Fruhmann oder ihre Firma Quercia daran gelangt?«

»Das weiß ich nicht«, erwiderte Santi irritiert. »In dem Grundbuch, das mit dem Jahr neunzehnhundertachtzig beginnt, sind beide als Eigentümer verzeichnet.«

»Und davor.«

»Davor wird es genauso gewesen sein.«

»Wie kommen Sie darauf?«

Santi seufzte. »Wenn ein neues Grundbuch begonnen wird, werden die Eigentümer aus dem alten übertragen. Davon abgesehen sind die Eigentumsrechte von Quercia nie infrage gestellt worden.«

Catherine lächelte spöttisch. »Warum auch? Dazu hätte man ja auch die Grundbücher heranziehen müssen.«

»Die Grundbücher sind für jedermann einsehbar.« Santi warf Catherine einen genervten Blick zu. »Ich verstehe nicht, warum wir darüber diskutieren. Der Fall ist erledigt.«

Catherine zog die Brauen hoch. »Säße ich hier, wenn der Fall erledigt wäre?«

Santi zuckte mit den Schultern. »Sie verschwenden Ihre und meine Zeit.« Er machte Anstalten aufzustehen.

»Einen Moment noch«, sagte Catherine. »Wer hat die Immobilie an Quercia verkauft?«

»Die Antwort wird in einem der archivierten Grundbücher zu finden sein.«

»Die Sie nicht eingesehen haben.«

»Ich habe das frühere Grundbuch bestellt, die Sache aber nicht weiter verfolgt«, antwortete Santi gereizt. »Es ist doch auch vollkommen irrelevant. Warum hätte ich Signora Vincenzo für ein so nutzloses Unterfangen Stunden berechnen sollen? Die Höhe meiner Rechnung war ja ohnehin ein Problem.«

»Vielleicht hätten Sie herausgefunden, ob die Besitzurkunde von Quercia Gültigkeit besaß«, antwortete Catherine.

Santi stand auf. »Der Richter hat gegen Signora Vincenzo entschieden und das mit vollem Recht. Für alles Weitere wenden Sie sich bitte an Avvocato Lenzini, der VinCo vertritt. Er ist ein sehr fähiger Mann und ein guter Freund von mir.«

»Das passt«, murmelte Liam.

»Ich habe noch eine Frage«, sagte Catherine. »Haben Sie jemals mit Signor Vanucci gesprochen, der Signora Vincenzo die Villa und das Land geschenkt hat?«

Santi lachte. »Ich weiß ja nicht einmal, wo er zu finden ist. Aber selbst wenn ich mit ihm gesprochen hätte, was würde das ändern?«

Catherine erhob sich. »Könnten Sie uns freundlicherweise erklären, wie wir von hier zum Katasteramt kommen?«

*

Vor ihrem Besuch des Katasteramts beschlossen Catherine und Liam, sich in ein Café an der Piazza del Campo zu setzen. Die Cafés waren alle gut besucht, doch schließlich fanden sie noch einen

Tisch im Freien, mit Blick auf die eindrucksvolle Fassade des Palazzo Pubblico.

Catherine begnügte sich mit einem Kaffee und einem kleinen Mandelgebäck, Liam bestellte einen großen Latte Macchiato und aß dazu ein Stück Erdbeertorte. »Hier könnte ich leben«, sagte er, lehnte sich zurück und hielt sein Gesicht in die Sonne.

»Ach, nun also doch?« Catherine stippte einen Gebäckkrümel mit dem Finger auf. »Warum verkaufen wir unser Haus in Chicago nicht?« Sie deutete über den Platz. »Ich würde in einem der hübschen Geschäfte da drüben arbeiten und Italienisch lernen. Irgendwann würde ich versuchen, eine Zulassung als Anwältin zu bekommen, und eine Kanzlei aufmachen. Schlechter als die Herren Santi und Giangiorgi wäre ich bestimmt nicht.« Sie drehte sich zu Liam um. »Hast du gehört, dass Santi den Vizepräsidenten der VinCo als Freund bezeichnet. Vielleicht hat Tony recht, und er hat sich tatsächlich kaufen lassen.«

Liam schloss die Augen. »Zumindest hat er sich für Signora Vincenzo kein Bein ausgerissen.«

»Ich fasse es nicht, dass weder er noch Giangiorgi sich das Grundbuch von vor neunzehnhundertachtzig angesehen hat.« Catherine nahm ihren Finger, wischte Sahne von Liams Teller und leckte sie ab.

»Ich sehe alles«, sagte Liam. »Auch wenn ich die Augen geschlossen habe.«

Catherine lachte. »Wir müssen diesen Carlo Vanucci finden, Liam. Vorausgesetzt, er lebt noch. Er muss uns erklären, was es mit der Schenkung auf sich hatte.«

»Heißt das, ich soll ihn finden?«

»Das dachte ich.«

*

Am Empfang des Katasteramts fragte Catherine, ob ihnen jemand helfen könne, der Englisch spreche.

Kurz darauf erschien ein älterer Mann. »Ich kann einigermaßen Englisch«, erklärte er freundlich. »Aber es darf nicht zu kompliziert werden.« Er führte Catherine und Liam in ein kleines Büro.

Catherine reichte ihm die Besitzurkunde von Signora Vincenzo und schilderte ihm den Fall. »Wir würden gern das Grundbuch einsehen, in dem dieser Besitz eingetragen ist. Und das Grundbuch davor.«

Der Mann verschwand und kehrte wenig später mit einem schweren, in Leinen gebundenen Band zurück. Er blätterte durch die Seiten. Plötzlich hielt er inne und runzelte die Stirn. »Irgendetwas stimmt hier nicht. Nach Ihrer Urkunde wurde die Immobilie Signora Vincenzo von einem Carlo Vanucci geschenkt, aber hier steht, dass es sich bei der Voreigentümerin der VinCo um die Firma Quercia handelte. Ihre Urkunde scheint nicht Teil der Rechtekette zu sein.« Er sah Catherine mitfühlend an.

»Dürfen wir das vorherige Grundbuch sehen? Wir würden gern wissen, von wem Quercia die Immobilie erworben hat.«

»Das befindet sich in einem anderen Gebäude in unserem Archiv. Ich könnte es kommen lassen, aber eigentlich muss das über den Antrag eines Rechtsanwalts laufen.«

Catherine schenkte ihm ihr schönstes Lächeln. »Ich bin Rechtsanwältin, und wir möchten uns nur einen einzigen Eintrag ansehen.«

Der Mann erwiderte ihr Lächeln mit vergnügt funkelnden Augen. »In dem Fall werde ich das Grundbuch für Sie bestellen. Die Gebühr beträgt zwanzig Euro, und es wird einige Tage dauern. Ist Ihnen das recht?«

»Das ist perfekt«, antwortete Catherine.

Kapitel 21

Berlin, November 1936

Nach den Olympischen Spielen erlosch der schöne Schein und die antijüdischen Hetzkampagnen flammten wieder auf. Streichers Schmierblatt *Der Stürmer*, das man während der Spiele eingestellt hatte, war wieder überall zu haben und zeigte die üblichen antijüdischen Karikaturen.

Auch der *Völkische Beobachter* zog erneut über die Machenschaften jüdischer Bankiers und das angeblich unlautere Geschäftsgebaren jüdischer Kaufleute her. Lobend erwähnt wurden das harte Durchgreifen der Regierung im Fall »jüdischer Korruption« und die Entlassung der noch übriggebliebenen Juden aus Wissenschaft und Kultur.

Den Mitgliedern der Nationalsozialistischen Partei wurde der Umgang mit Juden verboten, das schloss geschäftliche Transaktionen mit ein. Verstöße wurden bestraft.

Hinzu kamen die Reden von Hitler und Goebbels mit dem Ziel, uns Juden immer mehr zu brandmarken und zu isolieren. Außer dem Schrecken, den sie verbreitete, zog die Propaganda allerdings auch Lächerliches nach sich, etwa indem hebräische Begriffe wie »Zion« und »Halleluja« aus christlichen Texten gestrichen und durch deutsche Umschreibungen ersetzt werden mussten.

»Habt ihr schon gepackt?«, lautete nun die Frage, die in jüdischen Kreisen immer wieder gestellt wurde. Von der Auswanderung nach Palästina war die Rede, nach England, Amerika, in die Türkei und nach Lateinamerika. Allerdings nahmen die meisten

Länder nur wenige Flüchtlinge auf. Selbst die USA, die eine größere Anzahl jüdischer Einwanderer zuließ, verlangte für sie finanzielle Bürgschaften von in den USA lebenden Verwandten und legte Quoten fest, die ihrerseits zu Wartezeiten führten.

Ein weiteres Problem stellte die Reichsfluchtsteuer dar, die jüdische Auswanderer vor der Ausreise aufbringen mussten, und der Umstand, dass sie häufig gezwungen waren, ihr Eigentum in Deutschland weit unter Wert zu verkaufen. Und natürlich musste jeder, der gehen wollte, im Ausland eine Arbeit finden, um dort überhaupt existieren zu können.

Ich konnte nicht fassen, dass auch die Deutschen, die wir kannten, die antijüdische Politik mitmachten. Immer weniger Nichtjuden nahmen unsere Einladungen an, niemand aus dem »arischen« Kreis meiner Eltern trat für uns ein. Das Höchste, was uns zuteilwurde, war, dass uns jemand bedauerte. Ich wurde kaum noch eingeladen oder kurz vor einem Fest wieder ausgeladen, weil jemand an meinem Kommen Anstoß genommen hatte.

Ich musste auch nicht mehr überlegen, ob ich ab September noch für eine Saison im Jugendorchester spielen wollte, denn auch dort waren Juden ab sofort unerwünscht. Kritzer ließ mir ausrichten, es tue ihm leid.

Allerdings besuchte ich nach wie vor das jüdische Gymnasium, nur, dass es mir auf dem Hin- und Rückweg inzwischen mulmig zumute war und ich immerzu nach Braunhemden Ausschau hielt. Zwar hatte die SA mit dem Aufstieg der SS an Macht verloren, trotzdem konnte sie auf den Straßen weiter ihr Unheil treiben.

Eines Nachmittags, als ich gerade einen jüdischen Lebensmittelladen betreten hatte, kamen fünf von ihnen herein. Ich versuchte, mich so klein wie möglich zu machen. Lachend und lärmend rafften sie Zigarettenpackungen aus dem Regal hinter der Theke und stopften ihre Taschen voll.

Plötzlich fuhr einer zu mir herum und fragte: »Was guckst du so? Ist es dir nicht recht, dass man uns Zigaretten schenkt?« Er deutete auf den Ladenbesitzer, der zitternd an der Wand lehnte. »Frag ihn, ob die Zigaretten ein Geschenk sind.«

Starr vor Angst stand ich da und brachte keinen Ton hervor.

»Du sollst ihn fragen, habe ich gesagt.« Das Gesicht des Manns war hassverzerrt.

Ich sah den Ladenbesitzer an. »Sind die Zigaretten ein Geschenk?«

Er schluckte schwer und nickte.

Der SA-Mann stierte mich an. »Ich glaube, dir passt es nicht, dass er uns Zigaretten schenkt, oder?«

Ich wusste nicht, welcher Teufel mich ritt, denn ich antwortete: »Sie haben recht, es passt mir nicht.«

Er taxierte mich mit halb zusammengekniffenen Augen. »Du miese kleine Judenschlampe«, sagte er mit bösem Lächeln. »Dann wirst du jetzt für die Zigaretten zahlen.«

Mir fehlte der Mut, ihn weiter zu provozieren. Mit hämmerndem Herzen ging ich zur Theke und leerte mein Portemonnaie.

»Auch das betrachte ich als Geschenk«, sagte der SA-Mann, strich das Geld ein und verließ das Geschäft mit seinen Kumpanen.

Sein höhnisches Gelächter hatte ich noch tagelang in den Ohren.

*

Jeden Tag schien es eine neue Vorschrift zu geben, die uns Juden das Leben erschwerte und dazu führte, dass die Gespräche bei uns zu Hause nun unentwegt um die Auswanderung kreisten.

Eines Tages kehrte mein Vater von der Bank zurück und hatte erfahren, dass die Kredite jüdischer Kunden sofort fällig werden sollten, um zu verhindern, dass jemand ausreiste, ohne seinen Zahlungsverpflichtungen nachgekommen zu sein.

Als meine Mutter das hörte, schlug sie mit der Faust auf den Tisch und sagte: »Jetzt reicht es!« Meine Eltern hatten bei der Deutschen Bank eine Hypothek auf unser Haus aufgenommen, die noch nicht ganz abbezahlt war. »Der Wert unseres Hauses ist weitaus höher als das, was wir der Bank schulden, und niemand kann sein Haus mitnehmen. Würden wir bei Nacht und Nebel verschwinden, hätte die Bank ein Geschäft gemacht.«

»Es geht nicht um uns«, entgegnete mein Vater. »Es ist einfach eine weitere Schikane.«

»Verkauft ihr unser Haus jetzt?«, fragte ich beklommen.

Mein Vater streichelte meine Hand. »Keine Sorge, Ada, wir bleiben hier, bis du dein Abitur gemacht hast. Und danach gehst du zur Universität oder zur Musikhochschule.«

»Wo denn?«, fragte ich verzweifelt. »Wer nimmt denn noch Juden an?«

»Es muss ja nicht in Deutschland sein«, antwortete mein Vater. »In Paris gibt es ein hervorragendes Konservatorium, auch in London und in Brüssel. Lass dir von dort die Bewerbungsunterlagen schicken.«

*

Im Dezember kam Furtwängler abends wieder zu uns zum Essen und zwinkerte meinem Vater bei der Begrüßung zu. Mein Vater lächelte erfreut, sagte jedoch nichts.

Während des Essens musste ich Furtwängler berichten, bei welchen Musikhochschulen ich mich beworben hatte. Ich hatte Paris,

London und Brüssel gewählt. Doch bisher hatte ich noch keine Antwort erhalten und fühlte mich entmutigt. Vielleicht war ich nicht gut genug, oder aber man legte auch dort keinen Wert auf Juden.

»Kein Grund, den Kopf hängen zu lassen«, sagte Furtwängler. »Ich habe mich selbst ein wenig umgehört und überlegt, wo es für dich eine Möglichkeit geben könnte.«

Ich sah sein Lächeln und spürte einen ersten Anflug von Hoffnung.

»Unter anderem habe ich mit Stefano Vittorio gesprochen«, sprach Furtwängler weiter. »Er ist der Direktor der Oper von Bologna und sucht eine Violinistin. Es ist nur eine Vertretung für ein Jahr, doch Vittorio ist ein anspruchsvoller Mann und möchte selbst für diese Zeit jemanden, der wirklich gut ist.«

Ich legte mein Besteck ab und starrte Furtwängler an. Konnte er tatsächlich mich meinen?

»Ich habe dich empfohlen, Ada. Nein, nicht empfohlen, sondern in den höchsten Tönen gelobt. Vittorio wird dich zum Vorspielen einladen. Wenn alles klappt, würdest du bei ihm im Juli mit den Proben beginnen und die nächste Saison in Bologna verbringen. Die Bezahlung ist auch nicht schlecht. Und wer weiß, vielleicht hast du Glück und aus der Vertretung wird eine Festanstellung. Jedenfalls hat Vittorio nichts gegen Frauen in seinem Orchester.«

Einen Moment lang verschlug es mir einfach die Sprache. Dann fragte ich: »Und was soll ich Vittorio vorspielen?«

Furtwängler zog die Brauen hoch. »Das fragst du noch? Ich dachte, du hättest bereits ein Lieblingsstück.«

»Die ›Meditation‹«, antwortete ich leise.

»Nebenbei könntest du an der Universität von Bologna Musik studieren«, sagte mein Vater.

Ich drückte eine Hand auf mein aufgeregt schlagendes Herz. »Und was muss ich dazu tun?«

Furtwängler lachte. »Wie wär's, wenn du anfangen würdest, Italienisch zu lernen.«

Meine Mutter schien weniger begeistert. »Auch in Italien sind die Faschisten an der Macht, und das Land wird von einem Diktator regiert. Ich weiß zwar nicht, wie dort die Juden behandelt werden, aber ich möchte nicht, dass Ada allein nach Bologna geht.«

»Die Juden in Italien sind gleichberechtigt«, sagte mein Vater. »Niemand verfolgt sie, niemand versucht, sie zu verjagen. In Italien ist Ada sicher.«

»Ich dachte, Hitler und Mussolini sind Freunde.«

Mein Vater machte eine abwehrende Handbewegung. »Ja, es gibt die Achse Berlin-Rom, aber die Juden haben in Italien nichts zu befürchten. Ada wird in Bologna glücklich sein, wir sollten uns mit ihr freuen.«

Kapitel 22

Berlin, April 1937

Am 20. April feierte Hitler Geburtstag, er wurde achtundvierzig. In Berlin sah man an diesem Tag überall Soldaten, und es hieß, dass Hitler eine Truppenparade abnehmen werde. Zu den Geburtstagsfeierlichkeiten gehörte auch die Eröffnung der ersten Adolf-Hitler-Schule, deren Aufgabe es sein sollte, eine eigene nationalsozialistische Führungsschicht heranzubilden. Natürlich überschlug man sich in der Presse mit Schmeicheleien und guten Wünschen für den Führer, durchsetzt von der üblichen antisemitischen Propaganda.

Es gab jüdische Eltern, die ihre Kinder an diesem Tag nicht in die Schule schickten, doch zu meinem Erstaunen ließen meine Eltern mich gehen.

Auf dem Weg musterte ich jede kleine Gruppe Soldaten, um zu sehen, ob Kurt vielleicht darunter war. Seltsamerweise fürchtete ich mich nicht vor Soldaten, sondern nur vor Braunhemden, was keinen rechten Sinn ergab, schließlich zählte auch jemand wie Kleiner zur Wehrmacht.

Als ich nach der Schule nach Hause kam, fand ich in unserem Briefkasten einen Zettel, auf dem »Königin Luise, heute Abend, halb sieben« stand. Ich erkannte Kurts Handschrift und wusste, dass er das Denkmal der preußischen Königin im Großen Tiergarten meinte. Mein Herz machte Luftsprünge.

Ich lief zu meiner Mutter und fragte, ob ich mich am Abend mit Kurt im Tiergarten treffen dürfe. Sie gestattete es, doch es war offenkundig, dass ihr bei dem Gedanken unwohl war. Der Tiergarten gehörte zu den Orten, an denen sich abends SA-Leute herumtrieben. Ich musste ihr schwören, vorsichtig zu sein.

Punkt halb sieben stand ich mit Mitzi an der Leine am Denkmal, doch von Kurt war weit und breit nichts zu sehen. Auch eine halbe Stunde später, als es bereits dämmerte, war er noch nicht da. Allerdings war der Park noch immer gut besucht, überwiegend von Soldaten, so dass ich keine Angst hatte.

Dann sah ich Kurt endlich und winkte ihm aufgeregt. Er eilte zu mir, schloss mich in die Arme und küsste mich. »Ich kann nicht lange bleiben«, sagte er und löste sich von mir.

»Warum nicht?«, fragte ich enttäuscht.

»Weil wir nicht lange Ausgang haben. Aber ich wollte dich vor Kleiner warnen. Er ist immer noch darauf aus, sich an dir zu rächen.«

Ich erschrak. »Der Zwischenfall mit Heydrich liegt doch schon Jahre zurück.«

»Das spielt keine Rolle. Heydrich ist Chef der Sicherheitspolizei, und Kleiner hatte gehofft, mit ihm aufzusteigen. Stattdessen ist er ein Unteroffizier der Wehrmacht geblieben.«

»Ich habe ihm nichts getan«, sagte ich niedergeschlagen. »Ich habe an dem Abend nur Geige gespielt.«

»Kleiner sieht das anders, Ada. Vor Kurzem hat er erneut versucht, in der SS Fuß zu fassen, und sich auf seine Zeit als Heydrichs Standartenjunker bezogen. Das war vermutlich falsch. Heydrich selbst hat dafür gesorgt, dass er abgelehnt wird. In Kleiners Augen bist du auch daran schuld.« Kurt streichelte meine Wange. »Bitte, sieh dich vor, Ada. Kleiner kennt deinen Namen und kann mit Sicherheit herausfinden, wo du wohnst. Vielleicht solltest du mit deinen Eltern die Stadt für ein paar Tage verlassen. Am Freitag muss Kleiner wieder zurück in die Kaserne.« Er nickte zu einer kleinen Gruppe Soldaten hinüber. »Die gehören zu meiner Einheit, ich muss los.«

Ich hielt ihn fest. »Bleib doch noch ein bisschen.«

Kurt küsste mich so leidenschaftlich, dass mir beinah die Sinne schwanden, doch dann machte er sich los und schloss sich den Soldaten an.

Ich sah ihm nach, als er sich mit ihnen entfernte, und kehrte mit Mitzi zurück nach Hause.

Als ich meinen Eltern von Kleiners Rachegelüsten und Kurts Rat, die Stadt zu verlassen, erzählte, zog mein Vater die Brauen zusammen. »Das fehlte noch, dass ich wegen so jemandem die Flucht ergreife«, sagte er übellaunig. »Im Notfall mache ich von meinem Gewehr Gebrauch.«

»Eine hervorragende Idee«, entgegnete meine Mutter. »Ein Jude, der einen Angehörigen der Wehrmacht erschießt. Ich bin sicher, jedes Gericht würde dir recht geben.«

»Wohin sollen wir denn fliehen?«, fragte mein Vater aufgebracht. »In einen der vielen Orte, an deren Eingang ›Juden unerwünscht‹ steht?«

»Wir können Freunde besuchen. Die Steins haben uns schon oft zu sich eingeladen. Ihr Haus in Rheinsberg ist groß genug.«

Aber mein Vater blieb stur.

»Dann gehen wir bis Freitagabend nicht vor die Tür«, befahl meine Mutter. »Und falls jemand bei uns läutet, öffnen wir nicht.«

Mein Vater schüttelte den Kopf. »Ich habe morgen Abend ein Konzert. Falls es dich beruhigt, schlage ich vor, dass ihr mich in die Philharmonie begleitet, dort werden genügend Leute sein, die einen Angriff auf uns verhindern können.«

*

Nach dem Konzert warteten meine Mutter und ich in der Eingangshalle der Philharmonie auf meinen Vater. Als er schließlich kam, waren die anderen Konzertbesucher schon verschwunden. Wir nahmen eine Droschke zu unserem Haus.

Kurz vor unserer Haustür sprangen Kleiner und zwei andere Männer hinter den Bäumen unseres Vorgartens hervor, und ich dachte, mein Herz bliebe stehen. Jeder von ihnen hatte einen Schlagstock in der Hand.

»Es wird Zeit, das Konto auszugleichen«, sagte Kleiner mit einem widerlichen Lächeln.

»Verschwinden Sie.« Mein Vater stellte sich vor mich. »Sonst rufe ich die Polizei.«

Kleiner beachtete ihn nicht. »Wo ist denn die kleine Geigenvirtuosin? Bist du zu feige, mir gegenüberzutreten?«

»Ada, du bleibst hinter mir«, sagte mein Vater.

Als meine Mutter zu weinen begann, trat ich hervor. Ich wollte nicht, dass einer von uns weinte und der andere sich versteckte.

»Einfältig hat Heydrich mich damals genannt. Seitdem zeigt er mir die kalte Schulter. Dafür möchte ich mich heute Abend bedanken.«

»Wenn Sie an jenem Abend geschwiegen hätten, wäre das alles nicht passiert«, sagte mein Vater.

Kleiner packte meinen Vater am Kragen. »Du hältst die Schnauze, wenn ich rede, ist das klar?« Er stieß meinen Vater zu Boden. »Noch einen Ton, und ich breche dir sämtliche Knochen.« Er wandte sich zu seinen Kumpanen um, die nicht recht zu wissen schienen, wie sie sich verhalten sollten. »Wenn er noch einen Mucks von sich gibt, nehmt ihr ihn euch vor.«

Meine Mutter bückte sich, um meinem Vater aufzuhelfen.

Ich wusste nicht, was ich tun sollte, und verfolgte das Geschehen wie gelähmt.

Kleiner lachte. »Und nun machen wir alle einen schönen Ausflug ins KZ Sachsenhausen. Leider wird unser jüdischer Konzertmeister auf dem Weg einen kleinen Unfall haben.«

Mir wurde vor Angst schwindelig. Mit halbem Ohr hörte ich noch, dass meine Mutter um Hilfe rief, im nächsten Moment stürzte ich mich auf Kleiner. »Lassen Sie meinen Vater zufrieden«, schrie ich. »Er hat Ihnen nichts getan.« Kleiner stieß mich von sich. Ich trat nach ihm. Ich konnte nicht mehr denken, wusste kaum noch, was ich tat, aber meine Eltern leiden zu sehen, war mir unerträglich.

»Du kleine Ratte«, zischte Kleiner, umschloss meinen Hals mit beiden Händen und drückte zu. Ich versuchte, mich aus seinem Griff zu befreien, und hörte, wie meine Mutter schrie.

Plötzlich wurden wir von Scheinwerferlicht erfasst, und zwei Wagentüren schlugen zu. Kleiner ließ mich los.

Ich krümmte mich röchelnd. Meine Mutter nahm mich in die Arme.

In unserem Vorgarten tauchten zwei Männer in Wehrmachtsuniform auf, einer mit den Rangabzeichen einer der oberen Dienstgrade und ein jüngerer, der sein Adjutant zu sein schien. »Was geht hier vor?«, fragte der ältere scharf.

Kleiner salutierte, seine Begleiter standen wie erstarrt.

»Keine Sorge, Herr Major«, sagte Kleiner. »Wir haben alles unter Kontrolle.«

Der Major und sein Begleiter warfen einen Blick auf meinen Vater, der auf die Eingangstreppe gesunken war und sein Gesicht in den Händen barg.

»Ich habe gefragt, was hier vorgeht«, sagte der Major.

Kleiner gab sich Mühe, Haltung zu bewahren. »Wir waren auf dem Weg ins KZ Sachsenhausen. Zu einer Vernehmung.«

Der Major streckte die Hand aus. »Zeigen Sie mir den Befehl.«

Für einen Moment geriet Kleiner aus dem Tritt, doch er fing sich sofort wieder. »Wir gehorchten nur unserem Pflichtgefühl. Die Familie Baumgarten hat sich des volksschädigenden Verhaltens schuldig gemacht.«

Der Blick des Majors wanderte über die Schlagstöcke. »Mit anderen Worten, Sie haben keinen Befehl.«

Kleiner errötete vor Zorn.

Das war eines seiner Probleme, dachte ich. Kleiner begriff nicht, wann es besser war, den Rückzug anzutreten.

»Ihre Namen bitte.«

Kleiners Gesichtsfarbe vertiefte sich. »Die Familie Baumgarten widersetzt sich den Vorschriften des Führers, und ich war im Begriff, sie vernehmen zu lassen.«

Jeder konnte sehen, dass die Geduld des Majors sich dem Ende zuneigte. Kleiner erkannte es nicht, sondern wiederholte seine Anschuldigungen, bis der Major mit einer herrischen Geste abwinkte. »Ich kenne Herrn Baumgarten als Philharmoniker und habe auch seine Tochter spielen gehört.« Er blickte meinen Vater an. »Entschuldigen Sie den unverzeihlichen Vorfall, Herr Baumgarten. Furtwängler hat mich gebeten, bei Ihnen vorbeizuschauen. Er muss irgendetwas geahnt haben.«

Mein Vater stand auf und bedankte sich bei ihm.

Der Major notierte sich die Namen von Kleiner und seinen Begleitern, ebenso die Bezeichnung ihres Regiments.

»Es wundert mich, dass Oberstleutnant Martin seinen Unteroffizieren gestattet, Zivilisten zu terrorisieren«, sagte er. Dann wandte er sich zu dem Adjutanten an seiner Seite um und bat ihn, einen Termin mit besagtem Oberstleutnant auszumachen.

Ich begegnete Kleiners Blick. In seinen Augen stand der blanke Hass.

Der Major reichte meinem Vater die Hand. »Ich bitte noch einmal um Entschuldigung. Ein bedauerlicher Vorfall, aber wenigstens bietet er mir die Möglichkeit, Ihnen zu sagen, wie sehr ich das Konzert heute Abend genossen habe.«

Kapitel 23

Pienza, Juli 2017

In der Nacht rüttelte Catherine an Liams Schulter. »Liam wach auf.«

Liam murmelte eine Antwort.

»Hörst du es nicht.«

»Was?«

»Die Musik.«

»Nein.« Stöhnend wälzte Liam sich auf die andere Seite.

»Sag bloß, du hörst die Geige nicht.«

»Doch.« Liam kroch tiefer unter die Decke.

»Liam!«

»Da ist nichts, Catherine, bitte schlaf weiter.«

Catherine stand auf, öffnete die Terrassentür und machte einen Schritt nach draußen. Für einen Moment stand sie da und horchte. »Es kommt nicht von draußen.« Sie schloss die Tür wieder. »Es muss jemand im Haus sein.«

»Catherine, wenn jemand mitten in der Nacht so leise Geige spielt, dass ich es nicht hören kann, sollten wir ihn lassen. Leg dich wieder hin.«

Sie streifte ihren Morgenmantel über. »Ich will wissen, woher die Musik kommt.« Sie schlüpfte aus dem Zimmer.

Leise durchquerte sie den Flur. Unter der Tür von Gabriellas Schlafzimmer war Licht. Mit angehaltenem Atem blieb Catherine stehen. Und dann hörte sie es. Die Geigenmusik kam aus dem Zimmer ihrer Gastgeberin. Eine spanisch anmutende Melodie, so leise, dass sie kaum zu vernehmen war. Zudem schien Gabriella mit jemandem zu reden. Dann brach die Musik ab. Gleich darauf ging das Licht aus. Einen Moment lang stand Catherine noch verdutzt auf der Stelle, dann kehrte sie in ihr Zimmer zurück.

»Und?« fragte Liam schläfrig. »Hast du den Geiger entdeckt?«

»Nein, aber die Musik kam aus Gabriellas Zimmer.«

»Vielleicht spielt sie nachts Geige.«

»Das glaube ich nicht. Sie hat sich mit jemandem unterhalten. Leider auf Italienisch, ich habe kein Wort verstanden.« Catherine streifte ihren Morgenmantel ab und setzte sich auf die Bettkante. »Vielleicht war Ada die Geigerin.«

»Du hast gesagt, sie wäre heute neunundneunzig.«

Catherine legte sich zurück. »Das, was sie gespielt hat, war wundervoll.«

Liam lachte leise. »Glaubst du im Ernst, dass in diesem Haus eine fast Hundertjährige versteckt wird, die nachts Geige spielt?«

»Ja. Und wenn man danach fragt, heißt es, es war der Wind.«

»Ich geb's auf«, sagte Liam. »Gute Nacht.«

*

Am Morgen wurden sie von Schreien geweckt.

»Das ist Gabriella.« Liam sprang aus dem Bett, zog sich Hose und T-Shirt über und stürzte aus dem Zimmer. Catherine streifte ihren Morgenmantel über und folgte ihm.

Auf der Terrasse vor dem Haus schrie Signora Vincenzo einen rundlichen Mann in einem hellen Leinenanzug an und drohte ihm mit dem Stock. Floria versuchte, sie zu beschwichtigen, und führte sie zu einem Stuhl.

»Was um alles in der Welt ist hier los?«, fragte Liam.

Floria deutete auf den Mann. »Das ist Signor Lenzini, der Anwalt der VinCo, der uns von hier verjagen will. Er hat Arbeiter mitgebracht, die in den Weingärten graben.«

Catherine trat zu Lenzini. »Gibt das Räumungsurteil Ihnen das Recht, auf Signora Vincenzos Land graben zu lassen?«

Lenzini verschränkte die Arme vor der Brust und schwieg.

»Natürlich nicht«, antwortete Floria. »Bis zum Tag der Räumung gehört alles Signora Vincenzo.«

»Bin gleich wieder da.« Catherine kehrte ins Haus zurück.

»Okay«, wandte Liam sich Floria zu. »Wie heißt ›Hau ab!‹ auf Italienisch.«

»*Va' via*!«

Liam drehte sich zu Lenzini um. »Also, *va' via*, Kumpel, und nimm die Arbeiter gleich mit.«

Lenzini betrachtete Liam mit hochgezogenen Brauen. »*Scusa*, aber wer sind Sie?«

Liam lächelte vergnügt. »Das geht Sie zwar nichts an, aber ich bin ein Freund der Signora. Und nun *arrivederci*.«

Catherine kehrte mit dem Räumungsurteil zurück und schwenkte es triumphierend. »Bis zum zehnten September haben Sie hier nichts zu suchen, Signor Lenzini.«

»Und wer sind Sie?«

»Mein Name ist Catherine Lockhart. Ich bin die Anwältin von Signora Vincenzo.«

»Aus Amerika?«

»In der Tat.«

Lenzini überreichte ihr eine Visitenkarte. »Ich vertrete VinCo.« Er machte eine ausgreifende Armbewegung. »Das ist das Unternehmen, dem dieses Land gehört. Und somit habe ich auch das Recht, hier zu sein.«

Catherine hielt ihm den Räumungsbefehl hin. »Zeigen Sie mir, wo das steht.«

»Das muss dort nicht stehen. Es ergibt sich aus der Rechtslage.«

Catherine faltete den Räumungsbefehl zusammen. »Wir werden die richterliche Entscheidung anfechten, Signor Lenzini. Vielleicht stellen Sie sich schon einmal darauf ein. Diesmal wird die Anhörung nicht in Abwesenheit von Signora Vincenzo stattfinden. Es ist also durchaus denkbar, dass sie ihr Grundstück nicht einmal zum zehnten September verlassen muss. Und nun bitte ich Sie zu gehen.«

»Die Anfechtung wird Ihnen nichts nützen«, antwortete Lenzini mit einem überlegenen Lächeln. »Im Übrigen haben die Arbeiter der VinCo hier heute nicht gegraben, sondern nur Erdproben entnommen. Ab dem zehnten September wird VinCo das Land hier neu bebauen. Und dann heißt es für Sie alle *arrivederci!*«

»Freuen Sie sich nicht zu früh«, sagte Catherine.

»Sie sind Amerikanerin«, entgegnete Lenzini verächtlich. »Was glauben Sie, wie viel Sie in Italien ausrichten können?«

»Sie werden staunen, wie viel Ärger sie Ihnen bereiten wird«, sagte Liam.

»Lass ihn, Liam«, sagte Catherine. »Das lohnt sich nicht.«

Doch Lenzini war in Fahrt gekommen. »Eine dumme kleine Amerikanerin kann mir gar nichts.«

Liam trat dicht an ihn heran. »Jetzt passen Sie mal auf, Sie Komiker, Ms Lockhart ist meine Frau, und wenn Sie sie noch einmal beleidigen, werde ich Ihnen zeigen, wo der Hammer hängt.«

Lenzini runzelte die Stirn und schien über Liams Formulierung nachzudenken. Dann schüttelte er den Kopf und sagte noch einmal: »Sie kann mir gar nichts.«

»Sie sind noch dümmer, als ich dachte.« Liam hob die Fäuste.

»Liam, bitte!«, sagte Catherine.

Lenzini trat einen Schritt zurück. »Ich lasse mir nicht drohen. Weder von Signora Vincenzo noch von Ihrer Frau, noch von einem amerikanischen Gangster. Das nächste Mal komme ich mit der Polizei.« Er wandte sich ab und ging zu seinem Wagen.

»Vergessen Sie nicht, Ihre Arbeiter mitzunehmen«, rief Floria ihm nach.

Catherine drehte sich zu ihrem Mann um. »Musste das mit den Fäusten sein, du amerikanischer Gangster?«

»Wenn er wiederkommt, werden diese Fäuste fliegen«, antwortete Liam stolz.

Sie setzten sich zu Gabriella an den großen Terrassentisch, den Floria bereits zum Frühstück gedeckt hatte.

»Ich danke Ihnen«, sagte die alte Dame. »Ich bin froh, dass mein Neffe Sie geschickt hat. Jetzt wird alles gut.« Mit zittrigen Händen schenkte sie Catherine und Liam Kaffee ein.

»Ich weiß noch nicht, wie die Sache ausgeht«, erwiderte Catherine. »Zunächst einmal müssen wir sehen, wie wir dieses Räumungsurteil aufheben können.«

Floria kam mit einem großen Tablett und stellte Marmeladentöpfe, einen Korb Weißbrotscheiben und eine Schale Obst auf den Tisch.

Liam nahm einen Schluck Kaffee. »Spielen Sie nachts manchmal Geige, Gabriella?«

Signora Vincenzo zog die Augenbrauen hoch. »Wie kommen Sie denn darauf?«

»Ich habe in der Nacht Geigenmusik gehört«, antwortete Catherine. »Und da habe ich mich gefragt, ob es vielleicht Ada ist, die hier nachts musiziert.«

»Über Ada sprechen wir, wenn Sie ihre Erinnerungen zu Ende gelesen haben«, entgegnete Gabriella.

»Aber wenn Ada hier wäre, dann –«

»Nein.« Gabriella stand auf und griff nach ihrem Stock. »Entschuldigen Sie mich, aber ich werde mich noch mal hinlegen.«

Catherine sah ihr nach, als sie ins Haus verschwand.

Liam schluckte einen Bissen Brot mit Marmelade hinunter. »Warum will sie nicht über Ada sprechen?«, fragte er Floria.

Floria seufzte. »Adas Geschichte ist für Signora Vincenzo mit einem Trauma verbunden. Sie kann nicht darüber sprechen.«

»Was für ein Trauma?«

»Es hat etwas mit Signora Vincenzos Kindheit zu tun.« Floria zuckte mit den Schultern. »Die Einzelheiten sind auch mir nicht bekannt, und selbst wenn, würde ich hinter dem Rücken der Signora nicht darüber sprechen. Im Moment ist nur wichtig, dass sie ihr Haus und ihr Land behalten kann. Und um ihr dabei zu helfen, müsst ihr offenbar Adas Geschichte kennen. Mehr kann ich dazu nicht sagen.« Sie stand auf und griff nach der Kaffeekanne. »Ich mache uns noch einmal Kaffee.«

Liam wartete, bis sie im Haus war. Dann sagte er zu Catherine: »Gabriella muss mit uns über Ada sprechen. Wir wissen nicht genug, um ihr helfen zu können. Was ist, wenn die ganze Eigentumsfrage, um die es hier geht, mit dieser Ada zusammenhängt.«

»Du hast gesehen, wie sie reagiert, wenn man in sie dringt«, antwortete Catherine leise. »Sie hat mich an die Zeit erinnert, als ich mit dem Fall Lena Woodward beschäftigt war. Lena konnte auch lange nicht über die verlorenen Kinder sprechen. Nicht einmal mit ihrem Ehemann. Es gibt solche Blockaden, vor allem bei Menschen, die etwas Schreckliches erlebt haben. Sie verdrängen ihre Erinnerungen, weil sie nur so funktionieren können.«

»Lena war eine Überlebende des Holocaust. Wenn Gabriella das auch wäre, hätte Tony es uns gesagt.«

»Auch Ada und ihre Familie haben unter den Nazis gelitten.«

Liam gab einen Löffel Erdbeermarmelade auf eine Scheibe Weißbrot. »Ich glaube ja immer noch, dass Ada Gabriellas Mutter war.« Er leckte einen überlaufenden Tropfen ab. »Warum liest du das Manuskript heute nicht zu Ende?«

Stirnrunzelnd sah Catherine zu, wie er das Marmeladenbrot mit zwei genüsslichen Bissen verschlang, sich die Hände an einer Serviette abwischte und Floria anlächelte, die mit einer frischgefüllten Kaffeekanne aus dem Haus kam.

»Ich weiß etwas Besseres«, sagte Catherine. »Ich werde das Manuskript unten im Ort kopieren lassen. Und dann lesen wir alle beide.«

Kapitel 24

Bologna, Mai 1937

An einem sonnigen Vormittag brachte mein Vater uns zum Anhalter Bahnhof. Von dort würden meine Mutter und ich über München nach Bologna reisen. Ich war aufgeregt, denn ich war erst zweimal in meinem Leben außerhalb Deutschlands gewesen, ein Mal in Paris und ein anderes Mal in Wien. Beide Male hatten meine Mutter und ich meinen Vater auf einer Konzertreise begleitet. Doch das waren nur kleine Wochenendausflüge gewesen, wohingegen ich diesmal auf dem Weg zum Teatro Comunale di Bologna war, um den Grundstein für meine Zukunft zu legen.

Mein Vater hatte darauf bestanden, dass meine Mutter mit mir fuhr, und erklärt, sie werde nicht nur auf mich aufpassen, sondern mir auch innere Sicherheit geben. Der wahre Grund war wohl eher, dass es meiner Mutter guttun würde, eine Zeitlang aus Berlin herauszukommen. Seit dem Zwischenfall mit Kleiner war sie nervlich am Ende.

Früher, vor den Übergriffen der Nationalsozialisten, war meine Mutter eine sprühende, lebensbejahende Frau gewesen, die sich furchtlos in Berlin bewegte und ihren Haushalt versah. Nun wagte sie sich kaum noch aus dem Haus, aus Angst, irgendwo auf Kleiner zu treffen, oder, wenn nicht auf ihn, dann auf seinesgleichen.

»Wohin sollte ich auch gehen?«, sagte sie. »An jedem Geschäft und jedem Café steht doch, dass Juden dort unerwünscht sind.«

Falls sie sich doch einmal bereiterklärte, eine ihrer Freundinnen zu besuchen, musste mein Vater sie dorthinfahren und später wieder abholen. Auch unsere Synagoge suchte sie allein nicht mehr auf.

Vielleicht würde sie in Italien wieder zu ihrem früheren Wesen zurückfinden.

Einen Monat vor unserer Abreise hatten meine Mutter und ich begonnen, Italienisch zu lernen, und versucht, in dieser Sprache kleine Unterhaltungen zu führen. Es machte uns großen Spaß. Natürlich reichte das Wenige, was ich gelernt hatte, nicht einmal ansatzweise aus, um in Italien zurechtzukommen. Sollte ich in Bologna tatsächlich angenommen werden, würden die Proben in zwei Monaten beginnen, und dann musste ich mehr verstehen als kurze Begrüßungen, Uhrzeiten und Fragen nach meinem Befinden.

Auf Furtwänglers Rat hatte mein Vater für uns ein Zimmer im noblen Hotel Baglioni gebucht, wo wir fünf Tage lang residieren würden. Von dort bis zum Opernhaus lief man nur wenige Minuten. Vor unserem Aufbruch hatte er mich zu sich gerufen und gesagt: »Deine Mutter hat eine schwere Zeit hinter sich. Schau, dass sie sich ein paar schöne Tage macht, sich etwas Hübsches kauft, ins Museum geht, gut isst – was immer sie sich wünscht. Wenn sie Lust hat, soll sie sich meinetwegen auch abends betrinken.«

»Mama doch nicht.« Ich musste lachen.

Mein Vater blieb ernst. »Versprich mir, dass sie es sich gutgehen lässt. Sie braucht etwas, um wieder auf andere Gedanken zu kommen.«

»Essen, sich betrinken, einkaufen gehen«, sagte ich. »Ich glaube, das schaffen wir.«

Als wir in Bologna ankamen, stiegen wir in eine Droschke. Meine Mutter zeigte sich mutig. »*Vogliamo mangiare hotel Baglioni*«, trug sie dem Fahrer auf.

Ich prustete los. »Mama, das heißt, dass wir das Hotel essen wollen.«

Der Fahrer lächelte meine Mutter an und fädelte sich in den Verkehr ein.

»Was du immer hast«, sagte meine Mutter. »Der Mann hat mich doch verstanden.«

*

Im Hotel stellten meine Mutter und ich nur rasch unser Gepäck ab, denn es war ein so wundervoller, warmer Tag, dass wir es kaum erwarten konnten, die Stadt zu erkunden.

Überglücklich liefen wir durch die Gassen der Altstadt. Etwas so Schönes hatte ich bisher nur auf Bildern gesehen: Bauwerke des Mittelalters wechselten sich mit denen der Renaissance ab, Arkaden säumten großzügig angelegte Plätze, und alles leuchtete in dem Rotton, der für die Stadt typisch und ganz anders war als die grauen Mauern Berlins. Wir bewunderten die schiefen Türme degli Asinelli und della Garisenda, besuchten die phantastische Basilika San Petronio, liefen an Bauten vorüber, die aussahen, als hätte man die Fassade mit Zimt oder Muskat bestreut, und ließen uns schließlich erschöpft in eines der vielen Straßencafés fallen.

In dieser Stadt hatte Mozart bei Giovanni Batista Martine Kontrapunkt studiert und war in die Academia Filarmonica aufgenommen worden. Hier hatte Rossini das Licea Musicale besucht und Donizetti im Liceo Filarmonica Kirchenkomposition gelernt, und ich stellte sie mir in den Straßen vor und fragte mich, ob sie hier das Gleiche wie ich empfunden hatten.

Am zweiten Morgen erklärte ich meiner Mutter, dass ich mir das Teatro Comunale vor meinem Vorspielen ansehen wolle; sie war einverstanden. Ich nahm meine Geige mit, nur für den Fall, dass man uns auch den großen Konzertsaal betreten ließe und ich die Akustik testen konnte.

Wie sich herausstellte, war die Eingangspforte offen, doch niemand schien in dem Gebäude zu sein. Meine Mutter und ich durchwanderten dunkle Flure, bis wir schließlich den schwach beleuchteten Konzertsaal betraten. Er erinnerte mich ein wenig an den des Berliner Konzerthauses, er war nur um einiges pompöser und hatte, wie ich fand, etwas Italienisches.

Auch dort war niemand. Meine Mutter und ich sahen uns an. Meine Mutter zuckte mit den Schultern und ließ sich in einer Sitzreihe nieder. Ich baute mich vor der ersten Reihe auf. Zwar war die Akustik eines leeren Saals eine andere als die eines voll besetzten, und mein Spiel würde heller klingen, doch das war in diesem Moment nicht von Bedeutung.

Zum Aufwärmen ging ich einige Tonleitern und kleine Übungsstücke durch. Dann begann ich mit dem letzten Teil der »Meditation«. Trotz des großen Saals spielte ich sie so leise, wie es ihr gebührte, zog den letzten Ton in die Länge und ließ ihn verklingen. Meine Mutter strahlte.

Gerade als ich zu ihr gehen wollte, öffnete sich eine Seitentür, und ein fülliger Herr mit abstehenden weißen Haarbüscheln trat heraus. Er applaudierte. »Wunderbar«, rief er mit starkem italienischem Akzent und küsste die Fingerspitzen einer Hand. Dann breitete er die Arme aus. »Willkommen in Bologna, Signorina Baumgarten.«

Ich verneigte mich und sagte »Grazie, Maestro«, denn ich war mir sicher, dass ich Signor Vittorio vor mir hatte.

Er begrüßte meine Mutter, setzte sich zu ihr und rief mir etwas auf Italienisch zu, was ich nicht verstand.

Er wiederholte das Gesagte etwas langsamer. Ich verstand noch immer nichts, aber ich hatte »Carmen« und »Fantasia« aufgeschnappt, und schloss daraus, dass er etwas Feuriges hören wollte.

Ich entschied, den vierten Satz der »Fantasie« zu spielen, in dem Carmens hinreißende, übermütige Seguidilla anklingt. Die Musik war ansteckend und fuhr mir in die Beine, so dass ich beim Spielen am liebsten getanzt und gejauchzt hätte. Ich hielt mich zurück und endete mit einem schwungvollen Bogenstrich.

»Brava«, rief Vittorio, sprang auf und applaudierte erneut. Anschließend erklärte er mir halb auf Italienisch, halb auf Deutsch, dass sein Konzertmeister und einige andere seiner Musiker mich ebenfalls kennenlernen wollten. »*A domani*«, verabschiedete er sich.

»*A domani*«, stammelte ich. Meine Mutter stand auf und zog mich in ihre Arme.

*

»Ich glaube, Signor Vittorio mag dich«, sagte meine Mutter, als wir das Opernhaus verließen.

»Und was ist, wenn mich der Konzertmeister und die anderen Musiker morgen nicht mögen?«

Meine Mutter legte einen Arm um mich und drückte mich an sich. »Du bist eine wunderbare Violinistin. Warum sollten sie etwas gegen dich haben?«

»Warum wohl?« Ich befreite mich von meiner Mutter. »Vielleicht bin ich ihnen noch zu jung. Oder sie möchten keine Frau im Orchester. Oder sie sind Antisemiten oder gegen Ausländer. Ich kann ja nicht einmal richtig Italienisch.«

Meine Mutter sah mich mit hochgezogenen Brauen an. »Seit wann bist du so unsicher, Ada? Meinst du, der Maestro wäre so freundlich gewesen, wenn seine Musiker gegen Ausländer wären und nur diejenigen dulden, die fließend Italienisch sprechen?« Sie nahm meine Hand. »Komm, ich spendiere dir ein Eis.«

Ich gab ihr einen Kuss. »*Un gelato,* wolltest du sagen.«

*

Als meine Mutter und ich am nächsten Tag den Konzertsaal betraten, erwarteten uns Signor Vittorio, sein Konzertmeister und zehn seiner Musiker. Er machte uns miteinander bekannt, doch in meiner Aufregung behielt ich nicht einen einzigen Namen.

Einer der Musiker führte mich auf die Bühne und lächelte mir so freundlich zu, dass ich ein wenig ruhiger wurde. Drei Stücke musste ich vorspielen – die Chaconne in d-Moll für Solovioline von Johann Sebastian Bach, den Slawischen Tanz Nummer 2 von Antonín Dvořák und die »Meditation«.

Schon nach den ersten Klängen war meine Aufregung verflogen, und ich gab mich ganz meinem Geigenspiel hin. Die Gesichter meiner Zuhörer konnte ich nicht erkennen, denn nun war die Bühne beleuchtet, und ich blickte vom Hellen ins Dunkle, aber der Applaus nach den Stücken klang aufrichtig.

Als ich geendet hatte, kam Vittorio mit einem Notenheft auf die Bühne und sagte etwas auf Italienisch, das ich wieder nicht verstand.

Verlegen zuckte ich mit den Schultern.

Vittorio deutete auf seine Augen und dann auf die Noten, und ich begriff, dass ich etwas vom Blatt spielen sollte. Ich nickte; was blieb mir auch anderes übrig.

Vittorio winkte acht Musiker auf die Bühne und verteilte die Noten. Ich stellte fest, dass es sich um »Der Frühling« aus Antonio Vivaldis *Vier Jahreszeiten* handelte und Vittorio vorhatte, selbst zu dirigieren. Sofort wurde ich wieder nervös, dieses Stück hatte ich noch nie gespielt.

Schon als wir begannen, merkte ich, wie gut die anderen Musiker waren, und gab mir große Mühe, um mithalten zu können. Einmal setzte ich jedoch zu früh an, und im letzten Satz war ich ein wenig zu langsam, aber Vittorio schien zufrieden. In seiner ureigenen Mischung aus Deutsch und Italienisch erklärte er, dass im Programm der nächsten Saison der *Barbier von Sevilla* vorgesehen sei. Er wollte wissen, ob ich mich in der Oper auskenne.

Ich musste ihm gestehen, dass ich die Oper kannte, die Noten jedoch noch nie gesehen hatte.

Meine Hoffnung war, dass ich mich nun verabschieden konnte, doch Vittorio bat auch die restlichen beiden Musiker auf die Bühne. Dann verteilte er die Noten der Ouvertüre des *Barbiers von Sevilla*. Mir fiel das Herz in die Schuhe, doch dann zwinkerte mir einer der Violinisten mit einem solch liebenswürdigen Lächeln zu, dass ich gar nicht anders konnte, als ebenfalls zu lächeln, und plötzlich voller Zuversicht war.

Nach dieser Ouvertüre war mein Vorspielen beendet. Vittorio schüttelte meine Hand und dankte mir für mein Kommen. Er und die anderen würden meinen Vortrag gemeinsam bewerten, und in spätestens drei Wochen würde ich von ihm hören. Zum Abschied wünschte er mir noch schöne Tage in Bologna. Dann bat er meine Mutter um ein Gespräch.

Als ich die beiden beobachtete, die sich außerhalb meiner Hörweite unterhielten, wurde ich wieder mutlos. Zwar hatte Vittorio mir applaudiert, aber der förmliche Abschied hatte mich verunsichert. Und warum sprach er mit meiner Mutter? Sollte sie mich nachher schonend darauf vorbereiten, dass ich nicht gut genug war?

Vittorio schüttelte meiner Mutter die Hand und verschwand durch eine Seitentür.

»Mach nicht so ein unglückliches Gesicht«, sagte meine Mutter auf dem Weg aus dem Opernhaus. »Du hast deine Sache gut gemacht.«

»Ich hätte sie besser machen müssen.«

»Signor Vittorio war zufrieden, und auf ihn kommt es an.«

»Und warum hat er mich einfach weggeschickt und mir noch ein paar schöne Tage in Bologna gewünscht. So etwas macht man doch nur, wenn man jemanden loswerden will.«

Meine Mutter lachte schallend. »Oh, Ada, manchmal bist du einfach zu köstlich. Was hast du denn erwartet? Dass er dir sofort einen Vertrag zur Unterschrift vorlegt und darum bittet, dir die Stadt zeigen zu dürfen?«

Wir traten auf den großen Vorplatz hinaus. »Und warum durfte ich bei eurem Gespräch nicht dabei sein?« Ich blieb stehen. »Was hat er dir gesagt?«

»Ach herrje«, sagte meine Mutter, »wenn ich das noch wüsste.«

»Mama!«

Meine Mutter schloss mich in die Arme. »Er hat gesagt, du seist sehr begabt. Und dann hat er mich gefragt, ob er sich schon einmal nach einer Unterkunft für dich umhören solle.«

Ich wollte etwas sagen, doch ich brachte keinen Ton hervor. Und dann fing ich vor Freude an zu weinen.

*

Die restliche Zeit in Bologna verbrachte ich in einem Zustand absoluter Glückseligkeit. Auch meine Mutter war wie ausgewechselt. All das Unschöne, was sie in Berlin niedergedrückt hatte, verschwand in diesen sonnigen Tagen, sie war gutgelaunt, lustig und großzügig. Sie kaufte für jeden von uns eine Handtasche, dazu Modeschmuck und noch zig andere hübsche Kleinigkeiten, die man in Berlin nicht bekam. Auch wenn wir essen gingen, war nichts zu teuer, ich durfte sogar ein Glas Wein zu den Mahlzeiten trinken.

»Hier könnte ich leben«, sagte sie am letzten Abend verträumt. »Oder irgendwo hier in der Nähe, in einem Häuschen auf dem Land, wo ich Wein und Olivenöl anbauen würde.«

»Olivenöl baut man nicht an«, erwiderte ich. »Oder hast du irgendwo Flaschen an den Bäumen gesehen?«

Meine Mutter hörte mir nicht zu, sie war mit den Gedanken ganz woanders. »Ich würde lernen, wie man Wein anbaut, und die elegantesten Flaschenetiketten entwerfen … und mich dann in die Sonne setzen und den Wein selbst trinken.« Sie lachte in sich hinein. Dann griff sie nach meiner Hand. »Was für eine wunderschöne Reise das war, Ada.«

Kapitel 25

Berlin, Mai 1937

Für meine Mutter war die Rückfahrt nach Berlin eine Reise vom Tag in die Nacht. Vom Himmel in die Hölle. Als wir, umspült vom Lärm des Anhalter Bahnhofs, ausstiegen, sahen wir wieder überall SS-Männer und Braunhemden; wie Ratten auf einer Müllhalde liefen sie herum. Jeder war in Bewegung, und doch wirkten die Gesichter steinern, und man spürte, dass bei ihnen nur Befehl und Gehorsam zählten. Mit argwöhnischen Blicken verfolgten sie, wie die Passagiere den Zug verließen, beäugten das Gepäck, das sie über den Bahnsteig trugen.

Diese Atmosphäre schlug sich sofort in der Stimmung meiner Mutter nieder. Es war, als hätten ihre Depressionen in Berlin geduldig auf sie gewartet, um sie nach ihrer Rückkehr mit Macht zu überfallen. Ich konnte förmlich sehen, wie die Angst von ihr Besitz ergriff und sie erneut schwermütig wurde. Sie war zurück auf feindlichem Gebiet und ließ auf dem Bahnhof furchtsame Blicke umherwandern, um festzustellen, ob Kleiner irgendwo auf uns lauerte.

Mein Vater holte uns ab, schloss uns überglücklich in die Arme und bombardierte uns mit Fragen. *Wie war mein Vorspielen gewesen? War ich mit mir zufrieden? Wie hatte uns Italien gefallen?*

Auf der Fahrt zu unserem Haus erzählte ich ihm von Bologna, von Maestro Vittorio und dass er mich wahrscheinlich auffordern würde, im Sommer in sein Orchester einzutreten. Mein Vater schien sich gar nicht sonderlich zu wundern, es war, als hätte er mit nichts anderem gerechnet. Auch hatte ich den Eindruck, dass ihn das, was wir in Bologna unternommen hatten, weitaus mehr interessierte. *Hatten wir gut gegessen und Wein getrunken? Hatten wir Geschäfte besucht? War meine Mutter glücklich gewesen?* Ich antwortete, dass ich meine Mutter seit Langem nicht mehr so fröhlich erlebt hatte.

»Hört auf, über mich zu reden, als wäre ich nicht da«, sagte meine Mutter. »Ich habe ein paar wundervolle Urlaubstage verbracht, da ist jeder fröhlich. Abgesehen davon ist Italien ein schönes Land und ganz anders als Deutschland. Ich wünschte, die Deutschen würden auch etwas südländischer werden – weniger kalt und hartherzig.« Sie blickte aus dem Seitenfenster auf die Hakenkreuzfahnen an den grauen Gebäuden.

»Sicher«, antwortete mein Vater, »aber mir scheint, die Lage hier hat sich ein wenig beruhigt. Zumindest gibt es seit Wochen keine neuen antijüdischen Gesetze mehr. Wir müssen einfach versuchen, an die Deutschen zu glauben. Vielleicht wird es gar nicht mehr lange dauern, bis sie Hitlers Tiraden und den ganzen Schwulst der Naziideologie leid sind. Außerdem steht uns im Herbst eine wunderbare Konzertsaison bevor. Sir Thomas Beecham hat zugesagt, die erste Schallplattenaufnahme der *Zauberflöte* mit den Berliner Philharmonikern einzuspielen. Die ganze Oper auf neunzehn Schallplatten. Unglaublich! So etwas hat es noch nie gegeben.«

Meine Mutter lächelte. »Dann ist wenigstens die Musikwelt noch in Ordnung.«

Vittorios Zusage kam am 10. Juni.

Liebes Fräulein Baumgarten,

ich freue mich, Ihnen für die Opernsaison 1937–1938 eine Position als Violinistin anbieten zu können. Am 3. Juli erwarten wir Sie zu einer ersten Besprechung der organisatorischen Abläufe. Die

Proben beginnen am 5. Juli in unserem Konzertsaal in Bologna. Ich habe mir erlaubt, Ihnen für die erste Zeit eine Unterkunft in einem Studentenwohnheim reservieren zu lassen.

Mit besten Grüßen

Stefano Vittorio

Sofort begann meine Mutter ein Festessen zu planen. Natürlich wurde Furtwängler dazu eingeladen, ebenso zwei Ehepaare, die mit meinen Eltern befreundet waren und mich seit meinen Kindertagen kannten. Für kurze Zeit war meine Mutter wieder Friede Baumgarten, die geschliffene und versierte Gastgeberin von früher. Den größten Teil der Vorbereitungen übernahm sie selbst, wir durften ja keine deutschen Aushilfskräfte einstellen und hatten in unseren Reihen so rasch keine Hilfen gefunden. Doch am Abend des Festessens blitzte unser Haus vor Sauberkeit, auf den Tischen standen Blumen, und in den Fenstern brannten Kerzen. Meine Mutter trug ein elegantes Seidenkleid und war in ihrem Element. Sie war der Star, auch wenn das Essen mir zu Ehren stattfand.

Nach der Begrüßung betraten die Gäste unseren Salon, wo Häppchen bereitstanden. Mein Vater schenkte Champagner aus. Wir waren bester Laune und stießen auf meine Zukunft an. Diesen Augenblick habe ich in meinem Gedächtnis bewahrt, denn danach begann der allmähliche Untergang meiner Familie.

Bevor meine Mutter das Essen auftragen konnte, hörten wir, dass vor unserem Haus Autos mit kreischenden Bremsen hielten. Wagentüren schlugen zu, Männerstimmen wurden laut. Wir sahen uns erschrocken an, versuchten jedoch, den Lärm mit einem Achselzucken abzutun. Dann brüllte jemand »Juden« und »Judensäue«. Wir liefen zur Haustür und erkannten dunkle Gestalten, die in ihre Autos sprangen und davonrasten. An unserer Hausmauer stand in großen gotischen Lettern »TOD DEN JUDENSÄUEN«, und auf unserer Haustür prangte ein blutrotes Hakenkreuz. Meiner Mutter versagten die Knie.

Mein Vater rief die Polizei, die jedoch nicht erschien. Meine Mutter brauchte eine Weile, bis sie sich ein wenig gefasst hatte, doch die festliche Stimmung war natürlich dahin. »Widerliche Schmierfinken«, sagte Furtwängler. Die anderen Gäste boten an, am nächsten Tag zu kommen und die Farbe abzuwaschen.

Meine Mutter saß bleich und starr am Tisch. »Das war Kleiner«, sagte sie.

Mein Vater griff nach ihrer Hand. »Kleiners Einheit ist doch gar nicht mehr in der Stadt.«

Meine Mutter schüttelte den Kopf, zuerst langsam, dann immer schneller. »Es gibt Millionen Kleiners«, schrie sie meinen Vater an. »Die Kleiners sind überall.« Sie brach in hysterisches Schluchzen aus, und mein Vater führte sie ins Schlafzimmer. Ich verabschiedete unsere Gäste. Jeder von ihnen versicherte, wie leid es ihm tue, dass meine Mutter sich so sehr aufgeregt habe, und bot an, ihr auf jede erdenkliche Weise zu helfen.

*

In den nächsten drei Tagen hütete meine Mutter das Bett. Dr. Grün, unser Hausarzt, kam und verschrieb ihr ein Beruhigungsmittel. Mein Vater entfernte die Schmiererei an unserem Haus mit einigen seiner Musikerfreunde, doch der seelische Schaden blieb, den der Vorfall bei meiner Mutter angerichtet hatte. Innerhalb weniger Wochen war der Schutz, den unser Haus darstellte, zweimal verletzt worden. Zuerst hatte meine Mutter erlebt, wie Kleiner kurz davor gewesen war, meinen Vater zu prügeln und uns alle in ein Konzentrationslager zu schaffen. Nun war nicht einmal mehr ihr Haus sicher, und falls sie noch einen letzten Funken Hoffnung gehabt hatte, die Lage hätte sich tatsächlich beruhigt, war dieser erloschen.

Eines Abends bat mein Vater mich zu sich. Er wusste nicht mehr weiter. »Ich möchte, dass deine Mutter mit dir nach Bologna zieht«, sagte er. »Sie ist mit den Nerven am Ende, und es ist nur eine Frage der Zeit, bis wieder etwas geschieht – ein antijüdischer Erlass, ein Angriff oder ein weiterer Akt des Vandalismus. Das wird sie nicht mehr verkraften, ganz gleich, wo es dazu kommt, in einem Geschäft, auf der Straße oder bei uns zu Hause. Sie ist zu verletzlich geworden. Ich hoffe, es ist dir recht, wenn sie mit dir kommt.«

»Natürlich ist es mir recht. Aber wird sie dazu bereit sein?«

»Wir werden mit ihr reden.«

»Gut, ich werde ihr sagen, dass ich sie brauche und Angst habe, allein nach Bologna zu ziehen. Und dass ich ohne sie nicht gut Geige spielen werde.«

Mein Vater lächelte und gab mir einen Kuss. »Das ist lieb von dir, aber deine Mutter wüsste, dass du ihr etwas vormachst. Wir bleiben besser bei der Wahrheit.«

*

Am nächsten Abend setzten wir uns zu dritt zusammen. Meine Mutter taxierte den Mann, mit dem sie seit dreißig Jahren verheiratet war, und wusste, dass etwas im Busch war. »Na«, fragte sie, »was hast du mit deiner Tochter wieder ausgeheckt?«

Mein Vater sah sie eindringlich an. »Ada verlässt uns in zwei Wochen, und ich möchte, dass du sie begleitest.«

Meine Mutter wirkte verwundert. »Ada kann das zwar allein, aber wenn du sichergehen willst, dass sie in Bologna gut ankommt, fahre ich mit.«

Mein Vater seufzte. »Das meine ich nicht. Ich möchte, dass du Berlin verlässt – für immer – und mit Ada nach Bologna ziehst.«

Meine Mutter sah ihn verwirrt an. Dann runzelte sie die Stirn. »Und was ist mit dir?«

Mein Vater wandte den Blick ab. »Ich kann im Moment noch nicht fort.«

»Nein, Jakob«. Meine Mutter schüttelte den Kopf. »Ohne dich gehe ich nicht.« Tränen traten in ihre Augen. »Warum können wir Berlin nicht gemeinsam verlassen? So wie unsere Freunde – die Schwartzens, die Seligmanns, die Rothschilds und die Bergers? In diesen Familien ist niemand zurückgeblieben.« Sie griff nach der Hand meines Vaters. »Wir sind seit dreißig Jahren zusammen, ich kann nicht einfach weggehen und irgendwo ohne dich leben.«

»Aber ich kann nicht fort. Es würde bedeuten, Wilhelm und das Orchester einen Monat vor Saisonbeginn im Stich zu lassen. Auch das Geld spielt eine Rolle. Wenn ich bleibe, wird Wilhelm dafür sorgen, dass ich für die gesamte Saison ein Gehalt bekomme, egal, welche Gesetze erlassen werden. Und ich könnte sicher sein, dass dir und Ada nichts zustößt.«

Meine Mutter ließ sich jedoch nicht beschwichtigen. »Ich kann es nicht.«

»Es wäre doch nur vorübergehend. Bloß bis zum Ende der Saison. Bis dahin wird Wilhelm einen Ersatz für mich gefunden haben. Sieh es doch von der positiven Seite: Wir werden finanziell abgesichert sein, und du wirst Ada in ihrem Fortkommen unterstützen. Wir sind glücklicher dran als die Freunde, die du aufgezählt hast.«

Meine Mutter schlug die Hände vors Gesicht. »Ohne dich kann ich das nicht, bitte schick mich nicht fort. Bald wird es mir auch wieder bessergehen, das verspreche ich dir, und dann musst du dir um mich keine Sorgen mehr machen.«

Mein Vater zog sie an sich. »Bitte, hör auf zu weinen, Liebling. Ich schicke dich nicht fort, ich will doch nur dein Bestes. Und wenn ich bleibe, tue ich das für dich und mich.« Er küsste meine Mutter und strich ihr über das Haar. »Du wirst nur eine Tagesreise von mir entfernt sein, und ich werde euch so oft wie möglich besuchen. Und wenn die Saison vorüber ist, habe ich vielleicht schon einen neuen Posten – in Wien oder sogar Amerika –, und dann werden wir wieder vereint sein. Bis dahin wird Ada dir beistehen. Eine wird der anderen Kraft geben.«

Meine Mutter stand auf und verließ den Raum. Gleich darauf hörten wir die Tür des Schlafzimmers gehen. Mit einem schweren Seufzer stand mein Vater auf und folgte meiner Mutter.

Danach verschlimmerten sich die Depressionen meiner Mutter. Sie war nicht bereit, sich von ihrem geliebten Mann zu trennen, und verstand nicht, was aus ihrem Leben geworden war, sie spürte nur, dass ihr nun auch der letzte Rest Boden unter den Füßen weggezogen wurde. Sie weinte, lief durchs Haus und nahm Gegenstände in die Hand, um sie zu betrachten, als sähe sie alles zum letzten Mal. Mein Vater und ich wussten nicht, wie wir sie trösten sollten. Trotzdem blieb mein Vater hart und bestand darauf, dass meine Mutter in zwei Wochen mit mir nach Bologna zog.

Kapitel 26

Pienza, August 2017

Erneut hörten Catherine und Liam morgens laute Schreie. Gleich darauf platzte Floria in ihr Zimmer, gab einen Schwall Italienisch von sich, durchsetzt von einigen Wörtern auf Englisch, und stürzte wieder davon. Liam hatte nur »Gabriella – Lenzini – Gewehr – Polizei« verstanden. Catherine steckte für alle Fälle ihre Kopie des Räumungsbefehls ein, dann folgten sie und Liam Floria aus dem Haus bis zu dem Stück Land, das Gabriella als »Adas Weinberg« bezeichnet hatte.

Dort stand Lenzini mit vor der Brust verschränkten Armen und lächelte triumphierend. Bei ihm waren zwei Arbeiter mit Schubkarre und Arbeitsgerät, ebenso ein Polizist. Gabriella war ebenfalls da, hatte einen Morgenmantel über ihr Nachthemd gestreift und ein Gewehr angelegt. Ihr Zeigefinger war zwar noch ein gutes Stück vom Abzug entfernt, doch sie war außer sich vor Zorn und rief etwas auf Italienisch.

Der Polizist, auf dessen Namensschild »Foresta« stand, bat sie, ihm das Gewehr auszuhändigen.

»Was ist hier los?«, wandte Liam sich an ihn und nahm Gabriella das Gewehr mit sanftem Griff ab.

»Ich kann Ihnen sagen, was los ist«, antwortete Lenzini. »Die Polizei ist da, um mich vor Ihren Attacken zu schützen und vor der verrückten Alten mit dem Gewehr. Heute werden Sie hier nicht mehr den großen Zampano spielen, heute entnehmen wir Bodenproben und schneiden Triebe von den Rebstöcken, und niemand wird uns daran hindern.«

Gabriella wollte wieder nach dem Gewehr greifen, doch Liam schüttelte den Kopf. Die alte Frau wandte sich an Foresta. »Die Männer dürfen hier nichts anfassen, bitte, diese Rebstöcke sind äußerst wertvoll.«

Catherine überreichte dem Polizisten den Räumungsbefehl. »Lenzini hat kein Recht, hier zu sein. Vor dem zehnten September hat VinCo auf diesem Grundstück nichts zu suchen. Erdproben und Triebe mitzunehmen sind unzulässige Besitzhandlungen.«

Foresta studierte den Räumungsbefehl.

»Irrtum.« Lenzini öffnete seine Aktenmappe und zog ein Dokument heraus. »Es gibt einen neuen Gerichtsbeschluss. Er wurde gestern von Richter Riggioni erlassen und gibt VinCo das Recht, dieses Land jederzeit zu betreten und zu entnehmen, was und wie viel wir wollen. Wenn ich Lust dazu hätte, könnte ich den ganzen Weinberg umgraben.«

Foresta las auch diesen Beschluss, zuckte mit den Schultern und reichte ihn Catherine, die ihn überflog.

»Wusste Signora Vincenzo, dass Sie vor Gericht gehen?«, fragte sie Lenzini.

Lenzini lächelte hämisch.

»Sie haben sie nicht benachrichtigt, nicht wahr? Sie haben einen gerichtlichen Antrag gestellt, um auf dem Land von Signora Vincenzo Erdproben und Triebe entnehmen zu können, ohne dass die Signora davon auch nur den Hauch einer Ahnung hatte. Ist das richtig?«

Lenzini lachte. »Es ist nicht das Land der Signora, sondern das der VinCo. Und da es Gerüchte gibt, nach denen die Reben einiger toskanischer Weingärten von Mehltau befallen sind, müssen wir feststellen, ob das auch hier der Fall ist. Im Übrigen steht der Signora gar keine Benachrichtigung zu. Da sie selbst nie vor Gericht erscheint, gilt sie als säumig.«

»Hier gibt es keinen Mehltau«, rief Gabriella. »Hat es noch nie gegeben.«

»Um das zu prüfen, werden wir die Triebe untersuchen«, sagte Lenzini.

Foresta wandte sich an Catherine. »Tut mir leid, aber gegen den Gerichtsbeschluss kann ich nichts machen.«

»Geben Sie mir zwei Tage«, bat Catherine. »Ich trage den Fall Richter Riggioni vor. Lenzini hat das alles hinter dem Rücken der Signora in die Wege geleitet, und der Richter weiß nicht, was Sache ist. Sobald er darüber im Bild ist, kann es gut sein, dass er sein Urteil aufhebt. Nur zwei Tage, die können VinCo doch nicht schaden.«

Foresta schüttelte den Kopf. »Nichts zu machen.«

»Dann einen Tag.«

Der Polizist hob die Hände. »Tut mir leid, aber ich kann Ihnen nicht helfen.«

Lenzini rief den Arbeitern zu, sie sollen anfangen.

»Nein!«, rief Gabriella außer sich. »Basta! Niemand fasst meine Rebstöcke an!«

Lenzini tat, als hätte er nichts gehört.

Floria fasste den Arm des Polizisten. »Wissen Sie, dass ein falscher Schnitt dazu führen kann, dass ein Rebstock eingeht? Diese Reben sind einzigartig, mit ihnen hat die Signora Preise gewonnen. Wenn jemand daran herumschneidet, ist es, als würde man der Signora ins Fleisch schneiden. Bitte lassen Sie Miss Lockhart mit dem Richter sprechen.«

Foresta wirkte betreten, doch er schüttelte den Kopf. »Es tut mir aufrichtig leid, aber mir sind die Hände gebunden.«

Einer der Arbeiter brach den Zweig eines Rebstocks ab und warf ihn in die Schubkarre.

Gabriella schrie auf und wollte zu ihm laufen. Lenzini stieß sie mit einem Hüftschwung aus dem Weg, und Gabriella ging zu Boden. »Ach herrje«, sagte Lenzini. »Wie ungeschickt ich bin. Bitte tausendmal um Verzeihung.«

Mit einem Satz war Liam bei ihm, warf ihn nieder und drückte das Gesicht des Anwalts auf die Erde. »Na, Drecksack, wie gefällt dir das?«, zischte er ihm ins Ohr. »Fass diese Frau noch mal an, und ich schlage dich windelweich.«

Foresta packte Liam und zog ihn hoch. »Sie kommen besser mit mir, Signore.« Er deutete auf den nicht weit entfernt stehenden Streifenwagen.

»Du amerikanischer Angeber!« Lenzini stand auf und klopfte Erde von seinem Anzug. »Jetzt wird man es dir zeigen. Willkommen in Italien.«

Als der Arbeiter den nächsten Zweig abbrach, begann Gabriella zu schwanken. Floria legte rasch einen Arm um sie.

»Wenn ihr hier fertig seid«, rief Lenzini den Arbeitern zu, »macht ihr dahinten weiter.«

Catherine und Floria halfen Gabriella in ihren Golfwagen.

»Im Moment können wir nichts unternehmen«, sagte Catherine, »doch ich werde zusehen, dass der Richter den Fall wiederaufnimmt.« Sie blickte zu Liam hinüber, der mit Foresta am Streifenwagen stand. »Aber vorher muss ich herausfinden, wie ich meinen Mann vor einer Festnahme bewahren kann.«

Sie trat an den Streifenwagen. »Werden Sie meinen Mann mitnehmen?«, fragte sie den Polizisten.

Foresta schüttelte den Kopf. »Er hat die alte Dame verteidigt. Ein Fall von Nothilfe, würde ich sagen. Trotzdem schien es mir klüger, ihn wegzuschaffen.« Er nickte Liam zu und öffnete die Wagentür. Dann drehte er sich noch einmal um. »Lenzini ist ein widerlicher

Zeitgenosse, aber er hat Freunde. Einflussreiche Freunde. Sie haben sich einen Mann mit Beziehungen zum Feind gemacht. Das nur zur Warnung.« Er stieg in seinen Wagen.

Liam und Catherine kehrten zum Haus zurück.

»Lenzini wird keinen Rückzieher machen«, sagte Liam. »Du musst mit diesem Richter sprechen und dafür sorgen, dass das Verfahren wiederaufgenommen wird.«

»Das weiß ich. Aber ich habe in Italien keine Zulassung und brauche einen italienischen Kollegen, der den Antrag für mich stellt. Gabriellas bisherige Anwälte kommen dazu nicht infrage, bei ihnen hatten wir ja beide den Verdacht, dass sie bestochen wurden.« Catherine blieb stehen. »Du musst diesen Carlo Vanucci finden, Liam. Selbst wenn er das Land Gabriella geschenkt hat, dürfte ein Anwalt involviert gewesen sein, der geprüft hat, ob Vanucci das Land gehörte.«

Liam legte einen Arm um sie. »Immer zu Diensten, Frau Anwältin.«

Als sie das Haus betraten, hörten sie, dass Gabriella weinte.

Catherine klopfte an ihre Zimmertür und fragte, ob sie etwas tun könne.

»Komm herein«, rief Floria von innen.

Gabriella lag im Bett. Floria saß auf der Bettkante und streichelte die Hand der alten Frau.

»Ich werde jemanden finden, der uns Zugang zu Richter Riggioni verschafft«, versprach Catherine.

»Den brauchen wir nicht mehr«, antwortete Gabriella. »VinCo hat gewonnen.«

Kapitel 27

Bologna, August 1937

Bevor im Juli die Proben begannen, zogen meine Mutter und ich in eine Wohnung in der Altstadt von Bologna, nicht weit vom Teatro Comunale entfernt. Sie lag im ersten Stock eines zweihundert Jahre alten Gebäudes und bestand aus drei Zimmern, Küche und einem winzigen Bad. Für mich war es die erste eigene Wohnung, und ich fand sie wundervoll. Für meine Mutter war die Umstellung schwieriger und die Wohnung im Vergleich zu ihrem Haus in Berlin nicht mehr als eine Schuhschachtel.

Auch die Universität von Bologna mit ihrer großen Studentenschaft war nicht weit von uns entfernt, und die Gassen der Altstadt waren von morgens bis spät in die Nacht belebt. Ich mochte den Trubel und genoss es, von so vielen Menschen in meinem Alter umgeben zu sein. Sie bevölkerten die Bars und Cafés, saßen palavernd auf den Treppenstufen der Plätze oder flanierten in lärmenden Gruppen durch die Straßen.

Anfangs schien dieses Milieu auch meiner Mutter zu gefallen, doch dann fingen die Leute an, sie zu stören. Sie hatte einfach zu viel mitgemacht – die antijüdische Hetze der vergangenen Jahre, die Angst, die Trennung von ihren Eltern und nun auch von meinem Vater – und ihre Nerven lagen bloß. Zwar bemühte sie sich, zuversichtlich in die Zukunft zu blicken, drohte jedoch immer wieder in Depressionen zu versinken.

Bei unserer Ankunft hatte uns eine junge Frau namens Francesca Denardo abgeholt. Sie war in der Oper für Werbung und

Öffentlichkeitsarbeit zuständig, eine umtriebige Person, die rasch zu meiner Freundin wurde. Sie empfahl uns Geschäfte, half bei der Einrichtung unserer Wohnung, gab uns Tipps bezüglich des Lebens in Bologna und begleitete uns zur Polizei, wo wir Aufenthaltsgenehmigungen beantragten.

Anders als in den meisten Ländern wurde in Italien kein Visum verlangt, um dort leben zu können. Selbst eine staatenlose Person ohne Pass kam in das Land hinein. Meine Mutter und ich mussten uns nur in den ersten drei Tagen nach unserer Ankunft auf dem für uns zuständigen Polizeirevier melden und nachweisen, dass wir einen festen Wohnsitz hatten. Ich brauchte darüber hinaus eine Arbeitsgenehmigung. Auf den Formularen, die wir ausfüllen mussten, wurde auch nach unserer Religionszugehörigkeit gefragt, doch ich hatte nicht den Eindruck, dass Juden in Italien diskriminiert wurden. Es gab weder antijüdische Gesetze noch Geschäfte mit Schildern, auf denen es hieß, Juden seien unerwünscht.

Zudem führte Francesca mich in die Gepflogenheiten des Opernbetriebs ein und erklärte mir, was ich anziehen sollte, worüber ich reden konnte und vor allem worüber nicht. Als wir uns ein wenig besser kannten, ließ sie auch durchblicken, was sie von den einzelnen Musikern hielt – wer nett oder scheu oder eingebildet war, wer trank oder bei Frauen die Hände nicht bei sich behalten konnte, wem man nicht trauen durfte und so weiter.

Es dauerte nicht lang, bis ich zum großen Kreis ihrer Freundinnen gehörte und mit ihnen ausging. Einer von ihnen, Natalia Romitti, schloss ich mich enger an. Sie war ebenso zierlich wie ich, hatte einen wilden dunklen Lockenkopf und fast schwarze, feurig blickende Augen. Darüber hinaus war sie unglaublich intelligent und Doktorandin im Fach Politologie. Über die politischen Entwicklungen in Europa war sie bestens informiert und wollte von mir alles über die nationalsozialistischen Auswüchse in Deutschland erfahren. Sie war ebenfalls Jüdin und sorgte sich um die Zukunft der Juden in Italien.

»Aber hier gibt es keine antijüdischen Gesetze«, sagte ich.

»Wir sind eine kleine Minderheit«, antwortete Natalia. »Fünfzigtausend Juden hat Italien, mehr nicht. Und daher sind wir verletzlich. Bisher haben die Faschisten noch keine antijüdischen Gesetze erlassen, und sogar in ihrer Partei gibt es Juden, doch Mussolini sucht Hitlers Freundschaft. Mit dem Überfall Italiens auf Abessinien hat Mussolini die europäischen Regierungen verprellt, selbst wenn sie nichts dagegen unternommen haben. Aber Hitler steht auf seiner Seite, und Mussolini wird dafür sorgen, dass das so bleibt. Deshalb müssen wir Juden auf der Hut sein.«

»Seid ihr denn nicht ein fester Bestandteil der italienischen Gesellschaft?«

Natalia lächelte. »Waren die deutschen Juden das bei euch nicht auch?«

»Doch«, antwortete ich bekümmert.

»Glücklicherweise haben wir noch keinen Joseph Goebbels mit einem riesigen Propagandaapparat. Und solange es keine öffentlichen Kanäle gibt, auf denen die Juden verunglimpft werden, wird man die Italiener nicht aufhetzen können.«

*

Die Probenarbeit in Bologna war intensiver als alles, was ich bisher erlebt hatte. Als erste Oper der neuen Saison würden wir *La Traviata* aufführen, anschließend den *Barbier von Sevilla* und danach *Tosca*. Ich hatte meinen Platz inmitten der zweiten Geigen und teilte mir die Noten mit einem älteren Violinisten, der mein kümmerliches Italienisch geduldig ertrug.

In der ersten Zeit probten wir ohne die Sänger, von morgens halb neun bis zur Mittagszeit; die Sänger probten am Nachmittag mit einem Pianisten und Maestro Vittorio. Am Nachmittag übte ich für mich, studierte die Libretti und die Noten, lernte Italienisch. Am Abend aß ich mit meiner Mutter und ging früh zu Bett. Am Wochenende traf ich mich dann und wann mit Francesca und Natalia.

Vittorio dirigierte mit großem Schwung und expressiven Gesten, ähnlich wie Furtwängler, aber ganz anders als Kritzer, dessen Bewegungen verhalten gewesen waren. Von seinen Musikern erwartete Vittorio Bestleistungen und wurde nur selten enttäuscht. Auch bei mir machte er keine Ausnahme, da konnte ich hundertmal die Jüngste von allen und die einzige Frau sein. Doch das war mir nur recht, ich wollte ja ein gleichberechtigter Teil des Ganzen sein.

Allerdings wurde mir bald klar, dass mich nicht alle Musiker so sahen. Als wären wir noch in der Schule, gab es welche, die mir abfällige Blicke schenkten, die kalte Schulter zeigten oder in der Kantine erklärten, der Platz, den ich hatte einnehmen wollen, sei reserviert.

Ein Mann namens Fortis stiftete sie an. Er gehörte zu den Schlagwerkern, ein übellauniger Mensch, der offen erklärte, dass er nichts von Frauen in einem Orchester hielt. »Wir sind kein kunterbunt zusammengewürfelter Haufen«, sagte er zu Vittorio. »Wir haben eine jahrhundertealte Tradition, gegen die Sie verstoßen, indem Sie eine Frau bei uns spielen lassen.«

»Tut mir leid, dass Sie das bemängeln«, entgegnete Vittorio ruhig. »Glücklicherweise kleben Sie nicht an Ihrem Platz und können als guter Schlagwerker ohne Weiteres eine neue Position in einem Orchester nach Ihrem Geschmack finden. Ebenso wie ich ohne Weiteres einen guten neuen Schlagwerker finden kann.«

Ich hätte ihm um den Hals fallen können.

Dennoch gelang es Fortis, mir Zutritt zu dem »grünen Zimmer« zu verwehren, dem Aufenthaltsraum der Musiker neben dem Orchestergraben. Er behauptete, die Musiker kleideten sich dort um und meine Anwesenheit sei daher unangemessen.

Vittorio bekam das mit und riet mir, mich nicht in Grabenkämpfen zu verzetteln. Manchmal sei es besser, einen Löwen brüllen zu lassen, als ihn in die Enge zu treiben. Abgesehen davon sei so etwas nur ein kleines Hindernis auf meinem Weg als Musikerin. Ich solle mich als Vorreiterin betrachten, die erste, aber gewiss nicht letzte Frau, die um einen Platz in einer Männerdomäne kämpfe.

Einen kleinen Einblick in die Aufgaben eines Operndirigenten hatte ich ja bereits bei Furtwängler gewonnen, doch nun begriff ich langsam, wie viel umfangreicher als die eines Konzertdirigenten sie waren. Vittorio hatte alles im Auge, die Sänger wie die Musiker, und hielt beide Gruppen im Gleichgewicht, so dass nicht eine die andere dominierte und doch jeder alles gab, was in ihm steckte.

Mein Vater hatte einmal bemerkt, falls Furtwängler krank würde, könnten die Berliner Philharmoniker eine Symphonie zur Not auch ohne ihn aufführen. Bei einer Oper war das undenkbar, da hielt der Dirigent Musiker und Sänger zusammen, kontrollierte sie mit Handgesten, Mienenspiel und Körperbewegungen, denn das Orchester musste sich nach dem Geschehen auf der Bühne richten, und das fand über und hinter dem Orchestergraben statt.

*

Ich fühlte mich in Bologna zunehmend wohler, doch bei meiner Mutter war das genaue Gegenteil der Fall. Sie tat ihr Bestes, um sich unserem neuen Leben anzupassen, doch es wollte ihr einfach nicht gelingen. Sie vermisste meinen Vater, ihr Haus, ja sogar Berlin, wie mir schien. Und obwohl ihr Bologna bei unserem ersten Besuch so gut gefallen hatte, wollte oder konnte sie sich nicht einleben. Daher fühlte ich mich schuldig, wenn ich morgens zu den Proben aufbrach oder am Wochenende etwas mit Francesca oder Natalia unternahm. Ich wusste, dass meine Mutter in der Zeit tatenlos in der Wohnung saß. Manchmal las sie etwas oder hörte Radio, ging einkaufen und führte Mitzi aus, doch meistens saß sie am Fenster und schaute teilnahmslos hinaus.

Mein Vater schrieb uns jede Woche mindestens zweimal. Auch er war mit Proben beschäftigt, versprach jedoch, uns Ende Oktober zu besuchen. Meine Mutter hob alle seine Briefe in ihrem Nachttisch auf und las sie ein ums andere Mal. In manchen klang er unbeschwert und berichtete das Neueste aus der Philharmonie und von den verbliebenen Freunden meiner Eltern, dann wieder spürte man seine Beunruhigung angesichts der politischen Lage. In Buchenwald bei Weimar war ein neues Konzentrationslager errichtet worden, und mein Vater schrieb, wie traurig es sei, dass dort, wo die erste demokratische Verfassung Deutschlands beschlossen worden war, nun politisch Andersdenkende gefangen gehalten wurden.

Nun ist mit Buchenwald wieder ein Konzentrationslager eröffnet worden, wo politische Gegner der Nazis ebenso wie Juden und sogenannte Asoziale inhaftiert werden. Es ist also noch gefährlicher geworden, sich abfällig über die Nazis zu äußern, und es geht das Gerücht, dass Juden von der Straße weg in ein Lager geschafft werden, angeblich, um sie zu vernehmen, der Geier weiß, über welches Thema. Deshalb bin ich froh, dass die beiden Menschen, die ich wie keine anderen liebe, in einem besseren Land in Sicherheit sind. Es heißt, dass im vergangenen Jahr über tausend deutsche Juden nach Italien emigriert sind und es in diesem Jahr noch mehr sein werden. Vielleicht begegnet ihr ja sogar einigen von ihnen.

In Liebe
Papa

Meine Mutter beantwortete jeden seiner Briefe umgehend, schilderte ihm in glühenden Farben, welche Fortschritte ich im Orchester machte und wie unser Leben in Bologna aussah. Doch ich glaubte nicht, dass sie meinen Vater täuschen konnte. Wenn sie ihm schrieb, dass sie in der Stadt weder jüdische Emigranten noch sonst jemanden kennengelernt habe, sich sehnlichst wünsche, nach Berlin zurückzukehren und seinen Besuch kaum erwarten könne, ahnte er wohl, dass sie unglücklich war.

Zu guter Letzt schaltete ich mich ein und schrieb meinem Vater, dass ich mir Sorgen um meine Mutter mache. Unsere schöne Wohnung empfinde sie als beengend, nie habe sie Lust, etwas zu unternehmen, und sie leide an Appetitlosigkeit. Sie schwärme von typischen Berliner Gerichten, und das angesichts der kulinarischen Köstlichkeiten, die es in Italien gab. Oder sie klage, dass ihr von den mit Kopfstein gepflasterten Gassen die Füße schmerzten, die Studenten zu laut seien und sie nachts nicht schlafen könne. Wenn ich sie aufmuntern wolle, stieße ich auf taube Ohren. Sie sehne sich nach ihm und ihrem Haus, so schlecht sie sich in Berlin auch gefühlt habe. Ich flehte meinen Vater an, uns zu besuchen, und wenn es nur für ein Wochenende sei, und fragte, ob meine Mutter alternativ nicht vielleicht für einige Tage nach Berlin kommen könne.

Mein Vater antwortete mir sofort und schrieb, ihm fehle die Zeit, uns kurzfristig zu besuchen, er und die Philharmoniker seien tagein, tagaus mit der Vorbereitung auf die neue Saison beschäftigt.

Aber vielleicht gibt es Hoffnung. Furtwängler liebäugelt mit dem Gedanken, zu den Wiener Philharmonikern zurückzukehren und ganz nach Wien umzusiedeln. Vielleicht schon im nächsten Sommer. Dann würde er mich als Konzertmeister mitnehmen und Deine Mutter und ich wären wieder zusammen. Ich hoffe, diese Aussicht wird sie froh stimmen.

Leider wird es mir nicht möglich sein, euch vor Ende Oktober zu besuchen, und dass Deine Mutter nach Berlin kommt, lehne ich strikt ab. Die Nazis kontrollieren die Züge, und Du weißt, wie nervös Deine Mutter in ihrer Nähe wird. Stell Dir vor, einer dieser Kontrolleure nähme sie in die Mangel! Das würde Deine Mutter nicht überstehen. Auch in Berlin verschlimmern sich die Zustände täglich, zudem sind ihre Eltern und der Großteil ihrer Freunde nicht mehr da. Die Stadt wäre ihr noch unerträglicher als zuvor. Sie muss in Bologna bleiben.

Wir sehen uns im Oktober.

Alles Liebe

Papa

Kapitel 28

Pienza, August 2017

Seit drei Tagen hatte Gabriella ihr Zimmer nicht verlassen und außer Floria niemanden sehen wollen.

Schließlich wandte Liam sich an Floria. »Ich muss Signora Vincenzo sprechen«, sagte er. »Wenn ich Carlo Vanucci finden soll, brauche ich Anhaltspunkte.«

Floria schüttelte den Kopf. »Der Signora geht es nicht gut. Auch zu den Mahlzeiten verlässt sie ihr Zimmer nicht. Schuld ist der verdammte Lenzini. Er hat die Signora mitten ins Herz getroffen.«

Liam hob die Hände. »Dann weiß ich nicht, wo ich anfangen soll.«

Floria seufzte. »Gut, ich rede mit ihr.«

Wenig später bat sie Catherine und Liam in Gabriellas Zimmer, wo Tonys Tante im Bett lag und einen kraftlosen Eindruck machte.

Catherine setzte sich zu ihr. »Wie fühlen Sie sich, Gabriella?«

»Wir können nichts mehr tun«, antwortete Gabriella kaum hörbar. »VinCo und Lenzini nehmen sich einfach, was sie wollen. Sie haben die Seele meines Weinbergs zerstört.«

»Ach woher«, sagte Liam. »Lenzini hat nur Theater gemacht und ein paar Triebe eingesteckt. Angesichts der dreißig Hektar, die Ihnen gehören, ist das doch kaum der Rede wert.«

Gabriella zog die Brauen zusammen. »Sie irren sich. Lenzini wusste genau, was er tat. Das war kein Theater. Und der angebliche Mehltaubefall war nur ein Vorwand, tatsächlich wollte er die

Triebe aus Adas Weinberg, damit VinCo seine Rebsorten mit ihnen veredeln kann.«

»Aber es dreht sich doch nur um eine Handvoll Zweige.«

»Sie verstehen es nicht. Ich gewinne mit diesem Wein Preise. VinCo dagegen, einer der größten Weinproduzenten Italiens, hat noch nie einen Preis gewonnen. Deshalb wollen sie mein Land, insbesondere Adas Weinberg. Sie möchten das Prestige eines der besten Weine der Toskana.«

»Gut, ich kenne mich in der Materie nicht aus«, sagte Liam. »Aber ich nehme an, es dauert eine Weile, bis man eine Rebsorte veredelt hat, und mit dem, was Lenzini mitgenommen hat, wird VinCo wohl noch keinen Preis gewinnen.«

Gabriella lächelte. »Nein, das schafft man nicht.«

»VinCo hat auch noch nicht gesiegt«, fuhr Liam fort. »Doch wenn wir sie aufhalten wollen, müssen Sie mir helfen und mir sagen, wer Carlo Vanucci ist und wo ich ihn finden kann.«

»Aber das weiß ich nicht«, antwortete Gabriella niedergeschlagen. »Wirklich nicht.«

»Er hat Ihnen das Land und das Haus geschenkt«, schaltete sich Catherine ein. »Können Sie uns nicht wenigstens sagen, wer er ist?«

»Leider nein. Ich bin ihm ja nur ein einziges Mal begegnet.«

»Und seit wann leben Sie hier?«

»Beinahe mein ganzes Leben lang.«

Catherine runzelte die Stirn. »So lange haben Sie auf Signor Vanuccis Land gelebt?«

»So habe ich das nie gesehen. Ich wusste ja nicht einmal, dass es einen Signor Vanucci gab. Bis dann ein Notar mit ihm erschien und wir zu dritt die Schenkungsurkunde unterschrieben haben. Was glauben Sie, wie überrascht ich war, als ich erfuhr, wie es um die Eigentumsverhältnisse dieses Anwesens bestellt gewesen war. Der Notar erklärte, wir müssten die Schenkung noch im Katasteramt eintragen lassen, und dann gehöre alles mir.«

»Und sonst hat er nichts gesagt?«

Gabriella überlegte. »Doch. Er riet mir, den Eintrag sofort vornehmen zu lassen, da Signor Vanucci sehr krank sei. Und dann hat er die Schenkung in Siena eintragen lassen. Alles war in Ordnung, bis VinCo mit einem Mal einen Anspruch anmeldete.«

»Erinnern Sie sich noch, wie der Notar hieß?«, fragte Liam.

Gabriella furchte die Stirn. »Mein Gedächtnis ist nicht mehr so gut, aber ich meine, der Name wäre Hernandez gewesen oder so ähnlich. Er war halb Italiener, halb Spanier. Ein sehr netter Mann.« Ihr Blick richtete sich auf Catherine. »Lesen Sie Adas Geschichte zu Ende.«

»Steht darin etwas über die Schenkung?«

Gabriella ließ sich tiefer in die Kissen sinken. »Ich bin müde und kann nicht mehr reden.«

Kapitel 29

Bologna, September 1937

Nun war es nur noch eine Woche bis zur Premiere von *La Traviata*. Als wir zum ersten Mal mit den Sängern probten, spürte man deutlich, wie gespannt die Musiker diesem Zusammenspiel entgegensahen. Licia Albanese, die großartige italienische Sopranistin, würde die Partie der Violetta Valéry singen, der zarten, tuberkulösen Kurtisane, die im Mittelpunkt der Oper stand. Jung, schlank und schön, wie sie war, schien ihr die Rolle wie auf den Leib geschneidert. Auch die notwendige körperliche Kraft besaß sie, denn in *La Traviata* ist die Violetta in allen drei Akten auf der Bühne und kann sich zwischendurch nicht ausruhen.

Erst vor drei Jahren hatte Licia Albanese an der Mailänder Scala debütiert und das italienische Opernpublikum im Sturm erobert, und es war auch nicht zu übersehen, wie begeistert Vittorio von ihr war.

Ebenso wie in anderen Opern Verdis spielen die Geigen in *La Traviata* eine große Rolle, beinahe könnte man sagen, dass sie ebenso wichtig wie die Sänger sind. Man hört sie bereits, bevor sich der Vorhang hebt. Sie schaffen den weichen, sinnlichen Auftakt und lassen die kommende Tragödie anklingen. Das Orchester fällt erst nach und nach ein.

Wenn sich dann der Vorhang hebt, sieht man den Salon der Violetta in Paris, wo sie für reiche Gönner und Freunde ein Fest gibt. Nach langer Krankheit, von der sie sich fälschlicherweise genesen glaubt, möchte sie ihre Rückkehr in die Pariser Gesellschaft feiern. Sie wird mit einem jungen Mann namens Alfredo bekanntgemacht, der von ihr hingerissen ist und ihr seine Liebe gesteht. Sie entmutigt ihn, doch dann kommt es zu der berühmten Arie »*È strano*«, in der Violetta sich fragt, ob sie nicht doch zum ersten Mal in ihrem Leben verliebt sein könne.

Ich musste dabei an Kurt denken, den ich seit dem Abend, als er mich vor Kleiner gewarnt hatte, nicht mehr gesehen hatte. Er hatte mir auch nicht geschrieben, doch das verzieh ich ihm. Meine neue Adresse kannte er nicht, und einen Brief an meine Berliner Adresse zu senden könnte für ihn gefährlich werden. Was, wenn Kleiner diesen Brief durch irgendeinen dummen Zufall in die Hände bekäme? Doch ich dachte oft an Kurt und sehnte mich danach, ihn wiederzusehen. Dabei wusste ich nicht einmal, ob er überhaupt noch etwas für mich empfand.

Bei den Proben stellte sich heraus, dass uns die erste Szene des dritten Akts Schwierigkeiten bereitete. Sie beginnt mit einer düsteren Geigenmelodie, die bereits auf das schmerzliche Ende hinweist. Man sieht die todkranke Violetta auf ihrem Lager. Ihre Zofe Annina sorgt für sie. Das Zimmer ist ärmlich und wird nur von einer Kerze erhellt. Um Violettas Verzweiflung angesichts ihres nahenden Todes Ausdruck zu verleihen, spielt die Geige ein ergreifendes Solo, das Violetta begleitet, als sie sich mühsam von ihrem Lager erhebt, um am Fenster vergeblich nach Alfredo Ausschau zu halten, und danach zu einem schwermütigen Duett mit ihr wird. Diese Szene steht und fällt mit dem Gefühl, das die Geige in ihr Spiel legen kann.

Immer wieder probten wir diese Szene, doch Vittorio war sichtlich unzufrieden und schüttelte jedes Mal den Kopf, bis er den Taktstock schließlich mit solcher Wucht auf sein Pult knallte, dass er zerbrach. »*Quante volte?*«, rief er aufgebracht. »Wie oft müssen wir das noch durchgehen?« Wütend starrte er Rico Lassoni an, seinen ersten Geiger und Konzertmeister.

»Diese Szene braucht Gefühl, aber bei Ihnen spüre ich nichts. Ich will etwas spüren.«

Lassoni war blass geworden.

»Also noch mal von vorn!«

Wir begannen erneut. Lassoni begleitete Licia Albanese, die sich von ihrem Bett erhob … »Nein, nein, nein!«, rief Vittorio. Alle sahen ihn an. »Bitte noch einmal.«

Lassoni setzte wieder an, doch seine Hand zitterte. Es war ein Wunder, dass er überhaupt noch spielen konnte.

Vittorio verzog das Gesicht, er ließ die Szene jedoch weiterlaufen.

Nun reicht Annina Violetta einen Brief von Alfredos Vater, den diese mit versagender Stimme liest. Die Geige ist gehalten, zart und klagend zu spielen, dabei jedoch im Zeitmaß von Violettas Lektüre des Briefs zu bleiben. Mit diesem Zeitmaß hatte Lassoni ebenfalls ein Problem.

Vittorios Gesicht rötete sich, er schlug mit der Faust auf sein Pult. »Haben Sie gesehen, was Verdi als Zeitmaß angibt?«, schrie er Lassoni an. Lassoni nickte. »Lesen Sie es noch einmal – nein, lesen Sie es für uns alle vor.«

Lassoni schluckte krampfhaft. »*Con voce bassa senza suono ma a tempo.*«

»Richtig«, sagte Vittorio höhnisch. »Leise, tonlos, aber *a tempo*. Hören wir *a tempo*, wenn Sie spielen, Signor Lassoni?«

Lassoni senkte den Kopf. »Nein, Maestro.«

»Nein, Maestro, nein, Maestro«, wiederholte Vittorio spöttisch. »Violetta ist *a tempo*, Sie sind es nicht.« Er deutete auf

Signor Ayers, der seinen Platz neben Lassoni hatte. »Signor Ayers bitte, ab Takt sechshundertzwanzig.«

Eingeschüchtert griff Ayers nach seiner Geige und spielte den Part. Auch er hinkte Licia Albanese hinterher.

Vittorios Miene blieb finster, bis er Ayers mit einer ungeduldigen Armbewegung unterbrach. »Aufhören!«

Dann blickte er mich an und klopfte mit einem Ersatztaktstock auf das Pult. »Jetzt Sie bitte, Signorina Baumgarten. Ab Takt sechshundertzwanzig.«

Ich zählte nicht zu den ersten Geigen und dachte zuerst, ich müsste mich verhört haben. Doch Ayers wandte sich um und reichte mir die Noten.

Vittorio nickte Licia Albanese zu, die nun zum x-ten Mal ihr Lager verließ.

Als ich sah, wie Vittorio den Taktstock hob, zog sich mein Magen vor Nervosität zusammen. *Du musst ihrem Seelenschmerz gerecht werden*, befahl ich mir und hörte, wie Licia Albanese die ersten Zeilen des Briefs zu singen begann, lauschte ihrem Atem, achtete auf die Betonung der Wörter – und dann verwob ich damit mein Geigenspiel.

Vittorio unterbrach mich nicht. Nur ein Mal ermahnte er mich leise *»a tempo«*. Ich spielte immer weiter. Und dann sang Violetta ihre letzten Worte und starb.

Vittorio stieß den Atem aus und verneigte sich vor dem Orchester und mir. *»Perfetto«*, sagte er zu mir. Licia Albanese bedachte mich mit einem Lächeln.

Vittorio deutete auf Lassonis Platz. »Signorina Baumgarten, bitte tauschen Sie Ihren Platz mit Signor Lassoni.«

Ich sah ihn verwirrt an. Lassoni war der Konzertmeister und ich eine zweite Geige von achtzehn Jahren, die gerade erst mit dem Orchester zu spielen begonnen hatte.

Vittorio zog die Brauen hoch. »Schlafen Sie, Signorina Baumgarten?«

Benommen nahm ich meine Geige und setzte mich zu den ersten Geigen auf den Platz am ersten Notenpult außen. Ich konnte es kaum glauben.

»So, und nun noch einmal den dritten Akt. Von Anfang an«, sagte Vittorio.

*

Nach der Probe fühlte ich mich beklommen und hatte Angst, dass die Musiker – vor allem Lassoni und die anderen Streicher – mir die Beförderung übelnahmen. Oder dass sie mich für die Demütigung Lassonis verantwortlich machten. Einige von ihnen liefen auch gleich zu Vittorio und redeten auf ihn ein. Andere kamen jedoch zu mir und lobten mich, sogar Lassoni nickte mir zu. Er tat mir leid. Ayers, mit dem ich künftig das Notenpult teilen würde, erklärte, er sei froh, dass Vittorio nicht ihn für den Schleudersitz ausgewählt habe. Wieder andere bedachten mich mit unfreundlichen Blicken. Vielleicht waren sie der Meinung, dass ich mich hätte weigern sollen, als Vittorio mich bat, anstelle des älteren und erfahreneren Violinisten zu spielen.

Doch als ich das Opernhaus verlassen hatte, merkte ich, wie sehr ich mich freute, und konnte es kaum erwarten, meiner Mutter von meinem Erfolg zu berichten.

Ich rannte nach Hause. Sowie ich die Wohnungstür geöffnet hatte, rief ich nach meiner Mutter. Doch niemand antwortete, nur Mitzi kam bellend angesprungen. Ich nahm an, dass meine Mutter einkaufen war, und betrat die Küche. Und da sah ich den Zettel auf dem Tisch.

Meine liebe Ada,
ich bin auf dem Weg nach Berlin.

Ich bin sehr stolz auf Dich und Deinen Erfolg an der Oper, doch Bologna ist nichts für mich. Ich fühle mich hier nicht wohl, es ist eine Stadt für junge Leute. Für Dich ist sie ideal, aber ich passe nicht hierher. Hinzu kommt, dass mir Dein Vater auf schmerzlichste Weise fehlt.

Ich weiß, dass Du ohne mich zurechtkommen wirst und im Kreis Deiner Freundinnen gut aufgehoben bist.

Natürlich ist Berlin für uns Juden gefährlich geworden, auch deshalb möchte ich an der Seite Deines Vaters sein. Er hat niemanden, der ihm beisteht.

Vielleicht kommen wir Dich bald besuchen, doch das wird vom Zeitplan der Philharmoniker abhängen.

Bitte sei mir nicht böse, aber ich möchte zu Hause und bei meinem Mann sein, dahin gehöre ich.

Sei weiter so fleißig wie bisher. Du bist die Größte.

In Liebe
Mama

Mir wurde schwindlig, und ich ließ mich am Küchentisch nieder, um den Brief immer wieder aufs Neue zu lesen. Dann begann ich mir Vorwürfe zu machen und sagte mir, wäre ich nicht nach Bologna gegangen, wäre das nicht geschehen.

Früher wäre meine Mutter ohne Weiteres in der Lage gewesen, allein zu reisen, doch nun waren die Züge ab der deutschen Grenze voller Nazis. Meine Mutter würde kontrolliert werden, vielleicht würde man ihr Fragen stellen, die sie in ihrem labilen Zustand aus dem Gleichgewicht werfen würden. Und natürlich würde sie überall Kleiner vermuten. Ich fragte mich, ob ihr das bei ihrem Aufbruch klar gewesen war.

Dann überlegte ich, ob sie die Reise schon seit einer Weile geplant oder sich ganz plötzlich entschieden hatte. Sie hatte sich jedenfalls nichts anmerken lassen. Ob sie meinem Vater überhaupt Bescheid gesagt hatte?

Ich lief zur Post, um ihm ein Telegramm zu schicken, das ihn noch vor der Ankunft meiner Mutter erreichen würde. Falls er von der Reise nichts wusste, sollte er wenigstens darauf vorbereitet sein.

Zu meiner Verwunderung hörte ich nach dem Telegramm weder etwas von ihm noch von meiner Mutter.

Zwei Tage später traf ein Brief meines Vaters ein, der an mich und meine Mutter gerichtet war. Die Post von Berlin nach Bologna brauchte eine ganze Woche, demnach hatte er den Brief einige Tage vor meinem Telegramm geschrieben. Er enthielt nicht mehr als kleine Anekdoten über sein Leben in Berlin und die Arbeit mit den Philharmonikern.

Ich antwortete noch am selben Tag, adressierte den Brief an ihn und meine Mutter. Ich erkundigte mich nach ihrer Reise, fragte, wie ihr Garten ihre Abwesenheit überstanden hatte, berichtete von meinem Aufstieg im Opernorchester. Ich schloss mit der Frage, ob sie nun beide Ende Oktober nach Bologna kämen, und gab den Brief auf.

Am Abend erhielt ich ein Telegramm meines Vaters, der mein Telegramm aus unerklärlichen Gründen verspätet empfangen hatte. »MUTTER NICHT ANGEKOMMEN STOP WANN IST SIE ABGEFAHREN STOP RUF MICH AN.«

Ich erschrak und rannte zur Post, um ein Telefonat nach Berlin anzumelden. Die Verbindung kam erst am späten Abend zustande, mein Vater meldete sich.

»Ist Mama da?«, rief ich panisch.

»Nein«, antwortete mein Vater. »Wann ist sie denn abgereist? Und mit welchem Zug?«

Ich fing an zu weinen. »Das weiß ich nicht. Sie ist seit zwei Tagen fort und hat mir bloß einen Zettel hinterlassen. Auf dem stand nur, dass sie zu dir fährt.«

Mein Vater schwieg.

»Soll ich nach Hause kommen?«, fragte ich.

»Nein«, antwortete mein Vater. »Hier kannst du nichts ausrichten. Ich werde mich bei der Bahn erkundigen. Vielleicht gab es irgendwo ein Problem, und die Reise hat sich verzögert.«

»Als wir von Bologna zurück nach Berlin gefahren sind, hat die Polizei uns zweimal kontrolliert. An der Grenze nach Deutschland und als wir in München umgestiegen sind. Meinst du, es könnte etwas passiert sein? Du weißt, wie sehr Mama sich vor den Nazis fürchtet.« Ich merkte, dass ich hysterisch wurde, und versuchte, mich ein wenig zu beruhigen. »Ich möchte irgendetwas tun, Papa.«

»Im Moment unternimmst du bitte nichts. Zuerst werde ich versuchen, mehr herauszufinden. Vielleicht ist sie in den falschen Zug gestiegen und Gott weiß wo gelandet. Ich werde auch mit Wilhelm sprechen, er hat überall Kontakte. Bleib du in Italien, hier in Berlin gibt es für dich nichts zu tun.«

Kapitel 30

Pienza, August 2017

»Ich weiß nicht mehr weiter«, sagte Liam. »Niemand scheint jemals von einem Notar mit Namen Hernandez gehört zu haben, der hier angeblich einmal tätig war.«

»Das verstehe ich nicht«, entgegnete Catherine. »Er muss doch irgendwo aufgeführt sein.«

Liam seufzte. »Ich habe das amtliche Verzeichnis der Anwälte und Notare durchgesehen und das Mitgliederverzeichnis der Anwaltskammer. Auch den Urkundsbeamten im Rathaus von Pienza habe ich gefragt. Nirgends ein Hernandez.«

»Womöglich heißt er gar nicht Hernandez und hat einen anderen spanischen Namen«, sagte Floria. »Das Gedächtnis der Signora ist nicht mehr das beste, sie hat es selbst zugegeben. Vielleicht müssen wir nach einem Notar suchen, der halb Spanier, halb Italiener ist.«

»Und wie viele von denen wird es hier geben?«, fragte Liam.

»Viele, die Spanier waren hier einst sehr einflussreich. Denkt nur an die Borgias, nach denen bei uns Straßen und Plätze benannt worden sind.«

»Ich fahre noch einmal nach Pienza und höre mich in dem Ort um«, erklärte Liam. Er wandte sich Catherine zu. »Hast du einen Anwalt gefunden, der dir hilft?«

Seine Frau schüttelte den Kopf. »Bisher habe ich mit sechs Anwälten gesprochen. Aber sowie sie ›VinCo‹ und ›Lenzini‹ gehört haben, war es vorbei. Mit denen will sich keiner anlegen. Foresta hatte recht, Lenzini hat Beziehungen. Er scheint auch in der hiesigen Anwaltschaft tonangebend zu sein.«

»Das verstehe ich nicht«, sagte Floria. »Er ist doch bloß ein aufgeblasener Wicht. Wie können andere Anwälte Angst vor ihm haben?«

»Wenn er gut verdrahtet ist, wird man gegen ihnen nicht so ohne Weiteres gewinnen können. Und man wird ihn nicht zum Feind haben wollen.«

»Und warum haben Santi und Giangiorgi den Fall der Signora angenommen?«, fragte Floria. »Sie hatten keine Angst.«

»Und was haben sie erreicht, außer dass sie ein Honorar einstreichen konnten? Wenn es nach Santi gegangen wäre, hätte Signora Vincenzo sich abfinden lassen und ihr Grundstück geräumt.«

»Nicht alle Anwälte werden vor Lenzini kuschen«, sagte Catherine. »Heute Nachmittag treffe ich mich mit einem in Siena. Floria wird mich fahren. Zwar ist sein Englisch nicht sehr gut, aber vielleicht kann er mir Zugang zu Richter Riggioni verschaffen.«

Liam stand auf. »Und ich werde in Pienza weiter nach unserem Hernandez suchen. Wenn ich Glück habe, stolpere ich dabei über einen Anwalt, der Lust hat, seine Kräfte mit Lenzini zu messen.«

»Dann geh auch in die kleine Konditorei am Marktplatz und bring uns ein bisschen von dem guten Kuchen mit.«

*

Die engen Gassen im jahrhundertealten Zentrum von Pienza waren in Fußgängerzonen umgewandelt worden, wo man Cafés, Geschäfte und eine Reihe kleiner Firmen fand. Als Liam auf ein Schild mit der Aufschrift »G. Romano, *Servizi Legale*« stieß, zuckte er mit den Schultern und öffnete die danebengelegene Tür.

Er betrat einen kleinen Empfangsraum, wo eine junge Frau an einem Tisch saß.

Liam hielt inne, um den Moment zu würdigen. Er befand sich in einem reizvollen, mittelalterlichen Städtchen in der Toskana, war über hübsche, mit Kopfstein gepflasterte Gassen spaziert, die mit üppig blühenden Blumenkübeln geschmückt waren, und hatte eine Anwaltskanzlei entdeckt, in der eine umwerfend schöne Frau am Empfang saß. Für die Arbeit einer Stunde war das nicht schlecht.

Die Frau dürfte Mitte bis Ende zwanzig sein, schätzte er. Sie trug ein leichtes, grünes Sommerkleid und um den Hals ein Tuch mit Blumenmuster. Das dunkle Haar hatte sie im Nacken zusammengefasst. »*Buongiorno, Signore*«, begrüßte sie ihn lächelnd und deutete auf den Besucherstuhl. »*Come posso aiutarti?*«

Liam ließ sich nieder. Und obwohl er den zweiten Teil nicht verstanden hatte, lächelte er ebenfalls, hob die Schultern und sagte: »*Sorry.*«

»Soll ich Englisch sprechen?«, fragte die Frau.

»Das wäre wunderbar.«

»Wie kann ich Ihnen helfen?«

»Ich wollte mit Signor Romano sprechen – falls das machbar ist.«

»*Signor* Romano?«

»Ja, mit dem Anwalt.«

Die Frau verdrehte die Augen.

»Ach so«, sagte Liam verlegen. »Sie sind G. Romano, oder?«

»Sind Sie jetzt enttäuscht?«

Liam lachte. »Nein, ganz und gar nicht.«

Sie erhob sich halb und reichte ihm die Hand. »Giulia ist mein Name.«

»Liam – Liam Taggart. Bitte entschuldigen Sie meinen Patzer.«

Giulia machte eine wegwerfende Handbewegung. »*Nessun problema*! Sagen Sie mir, was ich für Sie tun kann.«

»Ich suche einen Anwalt oder Notar namens Hernandez. Kennen Sie ihn vielleicht?«

Giulia zog die Stirn in Falten. »Nein, leider nicht. Soll er in der Provinz Siena praktizieren?« Sie lächelte entschuldigend.

Liam betrachtete sie entzückt. »Ja, vor zweiundzwanzig Jahren.«

»Dann kann ich Ihnen nicht helfen, ich habe meine Kanzlei erst seit drei Jahren. Gibt es sonst vielleicht etwas, das ich für Sie tun kann?«

»Na ja, wenn Sie so nett fragen, könnten Sie mir vielleicht verraten, was für eine Anwältin Sie sind – ich meine, worauf Sie spezialisiert sind ...« Liam errötete. »Entschuldigung, normalerweise drücke ich mich weniger tölpelhaft aus.«

Giulia lachte. »Pienza ist eine kleine Stadt, was bedeutet, dass ich auf allen Gebieten tätig bin. Familienrecht, Erbrecht, Vermögensrecht, Immobilienrecht.«

Liam räusperte sich. »Vertreten Sie auch die Firma VinCo? Ich frage das nur, um eventuelle Interessenskonflikte zu vermeiden.«

Sie schüttelte den Kopf. »Schön wär's, die VinCo würde mich wahrscheinlich gut bezahlen. Aber soweit ich weiß, werden die juristischen Interessen des Unternehmens von Avvocato Lenzini vertreten.«

»Leider.« Liam überlegte, ob er die nächste Frage stellen sollte, doch dann sagte er sich, warum nicht? »Schätzen Sie Lenzini?«

»Nein.« Die Antwort kam wie aus der Pistole geschossen. »Nicht im Entferntesten.«

»Sehr schön. In dem Fall könnten wir tatsächlich Ihre Hilfe brauchen.«

»Ah«, machte Giulia. »Ich glaube, ich ahne etwas. Sind Sie mit Ihrer Frau aus Amerika gekommen, um Signora Vincenzo zur Seite zu stehen?«

»Ja, woher wissen Sie das?«

»So etwas spricht sich bei uns herum.«

»Gut, dann ist Ihnen sicherlich auch bekannt, um was es geht. Wir möchten verhindern, dass VinCo sich das Haus und das Grundstück der Signora aneignet, doch bislang treten wir auf der Stelle. Wir brauchen einen Anwalt – oder eine Anwältin –, die hier praktiziert. Lenzini erwirkt Gerichtsbeschlüsse, ohne die Signora rechtzeitig über die richterlichen Termine zu informieren, und lässt sie dann als säumig erklären. Seit Kurzem taucht er auch mit Arbeitern auf ihrem Land auf und macht sich an den Rebstöcken zu schaffen. Ich hatte bereits einen Zusammenstoß mit ihm, aber Lenzini reagiert wie ein Wahnsinniger. Und meine Frau, die in Chicago als Anwältin arbeitet, ist in Italien machtlos. Daher wäre es wirklich schön, wenn Sie uns helfen könnten.«

»Verstehe.«

»Und, machen Sie mit?«

Wieder lächelte Giulia ganz bezaubernd. »Wenn Sie mit meinem Honorar einverstanden sind, ja.«

Liam sagte sich, dass sein Freund Tony dafür aufkommen würde. »Ich bin sicher, das lässt sich regeln.«

»Ist Ihre Frau auch in Pienza?«

»Nein, aber heute Nachmittag wird sie wieder im Haus von Signora Vincenzo sein. Dort wohnen wir zurzeit.«

Giulia überreichte ihm eine Visitenkarte. »Wenn es Ihnen recht ist, bin ich heute Nachmittag um fünf Uhr bei Ihnen.«

»Das ist mir sehr recht«, antwortete Liam mit seinem charmantesten Lächeln und stand auf.

*

Catherine kehrte um drei Uhr aus Siena zurück und fand ihren Mann auf der Terrasse der Villa Vincenzo vor, die Füße hochgelegt, in der Hand eine Flasche Bier, auf den Lippen ein selbstzufriedenes Lächeln.

»Das war ein Schuss in den Ofen«, sagte Catherine. »Als der Name ›Lenzini‹ fiel, hat auch dieser Anwalt gekniffen.« Sie griff nach der Bierflasche und nahm einen Schluck. »Hast du an den Kuchen gedacht?« Sie musterte Liam. »Warum grinst du so?«

»Weil ich was Besseres als Kuchen habe.«

»Was?«

»Eine furchtlose Anwältin namens Giulia Romano. In zwei Stunden ist sie hier.«

»Ach. Und wie hast du das geschafft?«

»Mithilfe meines irischen Charmes.«

Kapitel 31

Bologna, September 1937

Sosehr die Ungewissheit über den Verbleib meiner Mutter mich auch belastete, nahm ich doch am nächsten Morgen an den Proben teil. Zu Hause war ich niemandem etwas nutze, und die Probentermine musste ich einhalten, um meine Stelle im Orchester nicht zu gefährden, erst recht, da wir an diesem Tag mit Rossinis *Barbier von Sevilla* beginnen würden.

Ich fragte mich, ob der Maestro Signor Lassoni für den *Barbier* seinen alten Platz zurückgeben würde. Die Antwort erhielt ich, als Vittorio mich bei meiner Ankunft im Teatro in sein Büro bat.

»Das ist ein vertrauliches Gespräch«, begann er. »Ich möchte nicht, dass davon etwas nach draußen dringt. Ist das klar?«

Ich nickte.

Vittorio lehnte sich zurück und musterte mich. »Furtwängler hatte recht, Ada. Ihr Talent, Ihre Fertigkeit, Ihre Leidenschaft und Ihr Gefühl für die Geige sind erstaunlich. Bereits jetzt sind Sie mindestens ebenso gut wie die anderen Violinisten des Orchesters. Das Einzige, was Ihnen fehlt, ist Erfahrung, aber die kommt noch. Trotzdem kann ich Sie nicht bei den ersten Geigen behalten.«

Mir rutschte das Herz in die Hose. Genau das hatte ich befürchtet, als sich die Musiker am Vortag um Vittorio geschart hatten. Wieder nickte ich.

»Es ist eine rein politische Entscheidung, Ada. Den Musikern hat Ihre Beförderung nicht behagt. Sie haben sie als Demütigung Lassonis empfunden, obwohl das nicht meine Absicht war. Mir war nur daran gelegen, dass Signorina Albanese so begleitet wird, wie es diese überaus gefühlvolle Szene verlangt, aber die Musiker sehen das anders. Dass ich Lassoni durch eine neue und noch sehr junge Musikerin ersetzt habe, betrachten sie als Affront.«

»Wahrscheinlich stört es sie auch, dass ich eine Frau bin.«

Vittorio wirkte erleichtert. »Wir verstehen uns also. Mir scheint, der Tausch hatte trotz allem sein Gutes. Wettbewerb treibt die Leute an, und jeder konnte sich von Ihren Fähigkeiten überzeugen. Aber Ihre Anstellung ist nur vorübergehend, und wenn Sie uns verlassen, werde ich auf die Musiker angewiesen sein, die seit Jahren für mich spielen. Auf Männer wie Rico Lassoni.«

Ich war enttäuscht, sah jedoch ein, dass er recht hatte. Ich hatte kein Anrecht auf die Rolle einer Konzertmeisterin.

»Wenn wir heute mit dem *Barbier* beginnen, kehren Sie also zu den zweiten Geigen zurück. Und wer weiß, was die Zukunft bringt.« Er lächelte. »Es geht doch nichts über einen kleinen Konkurrenzkampf. Das Erste, was ich bei meiner Ankunft heute früh gehört habe, war Lassoni, der für den *Barbier* übte.«

*

Die Proben für den *Barbier* und die Aufführungen von *La Travatia* nahmen meine ganze Zeit in Anspruch, mitunter von morgens halb neun bis elf Uhr abends. Doch ich war nur mit halbem Herzen bei der Sache, die andere Hälfte sorgte sich um meine Mutter. Wenn ich abends in meine Wohnung zurückkehrte, hoffte ich, dass ein Telegramm durch den Briefkastenschlitz geworfen worden war, und wurde jedes Mal enttäuscht. Ich hatte noch einmal mit meinem Vater telefoniert, doch er hatte nichts gehört, wusste nur, dass es keine Zugausfälle gegeben hatte. »Vielleicht wurde sie aus dem

Zug geholt und wird irgendwo festgehalten«, sagte er. »Wilhelm nutzt seinen ganzen Einfluss, um etwas herauszufinden, sogar Goebbels hat er um Hilfe gebeten. Aber es gibt keinen Bericht über eine Festnahme ... auch nicht über Schlimmeres, Ada, deshalb lass den Mut nicht sinken.«

Ich musste meinem Vater versprechen, zuversichtlich zu bleiben und keine beängstigenden Gedanken zuzulassen. Er war dabei, die Krankenhäuser auf der Strecke von Bologna nach Berlin durchzutelefonieren. »Glaub fest daran, dass alles gut wird«, beschwor er mich. »Dieser Glaube ist alles, was wir haben.« Er weigerte sich stur, von einem Unglück auszugehen, was ich einfach nicht nachvollziehen konnte. Ich weinte nach unserem Telefonat.

*

Am Montagabend fand keine Aufführung statt. Francesca und Natalia hatten mich eingeladen, mit ihnen essen zu gehen, doch dazu fühlte ich mich nicht in der Lage. Sie wussten, dass meine Mutter verschwunden war, und ich hatte ihnen erklärt, dass ich die Wohnung fast nur noch zu den Proben und den Aufführungen verließ. In der freien Zeit führte ich Mitzi aus, ging einkaufen und übte zu Hause – ich tat alles, um mich abzulenken, damit ich mir nicht immerzu das Schlimmste ausmalen musste. Ich dankte dem Himmel für die Musik, ohne sie hätte ich den Verstand verloren und wäre wahrscheinlich auf gut Glück herumgeirrt, um meine Mutter zu suchen.

Um acht Uhr erschienen Francesca und Natalia, um mich abzuholen. Als ich nicht mitkommen wollte, ließen sie mir die Wahl, sie entweder freiwillig zu begleiten oder mich mit Gewalt aus der Wohnung schleifen zu lassen. Ich gab nach.

Es war ein warmer Septemberabend, und die ganze Stadt schien auf den Beinen. Ich versuchte, die heitere Atmosphäre auf mich wirken zu lassen, doch es gelang mir nicht, immer wieder traten Tränen in meine Augen. Ich entschuldigte mich bei meinen Freundinnen für meine bedrückte Stimmung. »Das ist doch ganz natürlich«, meinte Francesca und legte einen Arm um mich.

»Am Donnerstag ist Rosch ha-Schana«, sagte Natalia. »Sollen wir zusammen in die Synagoge gehen?«

Natürlich, der jüdische Neujahrstag stand vor der Tür. Ich lachte verlegen. »Fast hätte ich vergessen, dass ich Jüdin bin. Das wäre mir in Deutschland nie passiert, dort sorgen allein die Gesetze dafür, dass wir immerzu wissen, wer wir sind. Hier scheint das keine Rolle zu spielen. Wenn ich ein Restaurant betrete, fragt mich keiner, ob ich Jüdin bin. Ihr habt Glück, dass euch der Schrecken antijüdischer Politik erspart geblieben ist.«

»Wirklich?« Natalia zog die Brauen hoch. »Und wie heißt die Straße da hinter der Eisbude?«

Ich spähte über die Straße. »Ich glaube, es ist die Via Inferno.«

»Richtig. Und warum nennt man sie Höllenweg?«

Ich zuckte mit den Schultern.

»Weil dahinter einst das jüdische Ghetto begann. Mitte des sechzehnten Jahrhunderts hat die katholische Kirche den Talmud als gotteslästerlich bezeichnet und in ganz Italien Exemplare konfisziert und verbrannt. Und im Jahr fünfzehnhundertfünfundfünfzig zwang Papst Paul IV. die Juden im Kirchenstaat, ihre Häuser zu verkaufen und in einen separaten Teil der Städte zu ziehen, der von einer Mauer umgeben wurde und dessen Tore abends zugesperrt wurden.«

»Also auch in Bologna.«

Natalia nickte. »Man glaubt, dass ›Ghetto‹ von *borghetto*

kommt, also Viertel bedeutet. Am Tag konnten die Juden sich überall frei bewegen, doch am Abend mussten sie in ihrem Ghetto sein. Knapp vierzig Jahre später wurden sie aus dem Kirchenstaat vertrieben, nur Rom bildete eine Ausnahme. Erst im neunzehnten Jahrhundert ließ man sie zurückkehren, gestattete ihnen, Synagogen zu bauen und Geschäfte zu eröffnen. Du siehst, dass Italien nicht immer so duldsam wie heute war.«

»Das ist lange her«, entgegnete ich. »In Deutschland werden die Juden in unserer Zeit diskriminiert, und es wird immer schlimmer. Das sehe ich in Italien nicht.«

Natalias Miene trübte sich. »Aber auch hier wird seit Kurzem gemunkelt, dass die Faschisten antijüdische Gesetze planen.«

Ich blieb stehen. »Es ist nur ein Gerücht, oder?«

»Vielleicht.« Natalia zog mich mit sich. »Komm am Donnerstag mit mir in die Synagoge. Dann beten wir für deine Mutter.«

Ich versprach es.

Natalia steuerte das alte Ghetto an, um mir die Synagoge zu zeigen, die erst vor einigen Jahren erbaut worden war. Ich fragte, wo sie und ihre Familie vorher gebetet hatten.

»Meine Eltern wohnen auf dem Land. In einer kleinen Stadt der Toskana, in der nie etwas passiert. Mir war das zu langweilig, deshalb bin ich vor fünf Jahren nach Bologna gezogen. Wenn du magst, komm mit, wenn ich meine Eltern das nächste Mal besuche.«

»Das wäre schön. Wie heißt denn die Stadt, wo sie wohnen?«

»Pienza.«

Kapitel 32

Pienza, August 2017

Um fünf Uhr nachmittags hielt ein feuerroter Fiat 500 vor der Villa Vincenzo an, aus dem Giulia Romano stieg. Sie ließ ihren Blick über das Haus und seine Umgebung wandern. »Wie schön es hier ist«, sagte sie, als Catherine zu ihr trat.

»Ganz meine Meinung.« Catherine nannte ihren Namen, reichte Giulia die Hand und fragte gleich, ob es für sie in Ordnung sei, sich zu duzen. Giulia nickte und wirkte erfreut.

»Dann also danke, dass du gekommen bist.« Catherine winkte ihre Kollegin mit sich zur Terrasse, wo Floria und Liam saßen. »Meinen Mann kennst du ja schon.« Liam lächelte verschmitzt. »Und das ist Floria, Signora Vincenzos Betreuerin.«

»Wir müssen alles tun, um Lenzini zu bremsen«, sagte Floria, die offenbar nicht gewillt war, sich mit Höflichkeitsfloskeln aufzuhalten. »Er hat schon begonnen, sich an den Rebstöcken zu vergreifen, und wie ich ihn kenne, wird er wiederkommen und damit weitermachen.«

Sie gruppierten sich um den großen Tisch auf der Terrasse.

Catherine wandte sich Giulia zu. »Liam hat mir erzählt, dass du den Fall, um den es geht, bereits kennst.«

Giulia lächelte. »Den kennt in dieser Gegend jeder, in Pienza bleibt kaum etwas verborgen. Ich wüsste aber gern, was ihr von mir erwartet.«

»Im Endeffekt möchten wir, dass der Fall wiederaufgenommen und bewiesen wird, dass dieses Haus und das umliegende Land

Signora Vincenzo gehören«, erwiderte Catherine. »Doch zuvor brauchen wir dringend einen richterlichen Termin, um Lenzini daran zu hindern, hier erneut mit Arbeitern zu erscheinen. Dazu muss ein Urteil aufgehoben werden, das es VinCo erlaubt, dem Land Erdproben zu entnehmen und Triebe von den Rebstöcken zu entfernen.«

»Der zuständige Richter heißt Riggioni«, warf Liam ein. »Kennst du ihn?«

Giulia zuckte mit den Schultern. »Nicht allzu gut. Aber er gilt als fähig. Ich hatte bisher nur in einer Sache mit ihm zu tun. Da ging es um einen Grenzkonflikt zwischen zwei Grundbesitzern. Riggioni hat die Akte sorgfältig gelesen und ein gerechtes Urteil gefällt. Das kann man nicht über jeden Richter sagen.«

»Unser Auftraggeber ist ein guter Freund von uns in Chicago und der Neffe von Signora Vincenzo«, sagte Liam. »Er ist der Ansicht, dass VinCo den ersten beiden Anwälten seiner Tante Bestechungsgelder gezahlt hat. Ist vielleicht auch Richter Riggioni hin und wieder bereit, die Hand aufzuhalten?«

Giulia wirkte schockiert. »Ihr wollt doch wohl nicht, dass ich zu ihm gehe und ihm Geld …«

»Nein, natürlich nicht«, fiel Liam ein. »Aber könnte Lenzini dem Richter etwas zugeschoben haben?«

Giulia lachte. »So etwas vermuten die Leute oft, wenn sie einen Fall verloren haben. Aber ich glaube nicht, dass Riggioni korrupt ist. Was, wenn ein Fall vor ein Berufungsgericht käme. Dort sieht man ganz genau hin und wenn etwas nicht korrekt war, wird das Urteil aufgehoben. Dann hätte der Richter ein Problem, und die Bestechungssumme wäre rausgeworfenes Geld.«

»Und doch gilt Lenzini als jemand mit Einfluss, gegen den andere nicht gern antreten.«

»Das liegt daran, dass er ein reiches Unternehmen wie VinCo vertritt. Mit den Mitteln, die Lenzini zur Verfügung stehen, kann er bis zum Jüngsten Gericht prozessieren. Deshalb stellt er immer wieder neue Anträge, zieht jedes Verfahren in die Länge und erschöpft die Gegenpartei finanziell. Aber lasst uns lieber überlegen, wie wir in eurem Fall vorgehen wollen, statt uns wegen Lenzini den Kopf zu zerbrechen.«

»Ganz recht.« Catherine reichte Giulia ihre Unterlagen. »Hier ist der jüngste Gerichtsbeschluss, der es VinCo erlaubt, auf dem Land von Signora Vincenzo zu graben und Triebe von den Rebstöcken zu schneiden. Wir brauchen also dringend einen Termin bei Richter Riggioni, entweder um dieses Urteil aufzuheben oder es bis zum Räumungstermin am zehnten September auszusetzen.«

»Ich könnte eine Notanhörung beantragen«, erklärte Giulia. »Aber was wäre die Notsituation? Welchen Schaden richten die Arbeiter an, wenn sie Erdproben und Triebe mitnehmen? Erst recht, wenn es einen Räumungsbefehl gibt, dem Signora Vincenzo in einem Monat Folge leisten muss?«

»Das kann ich Ihnen sagen.« Gabriella war aus dem Haus gekommen, ließ sich schwer auf einen Stuhl sinken und schilderte Giulia sowohl den denkbaren Schaden an ihren Rebstöcken als auch ihren Verdacht, dass VinCo die Triebe nutzen wolle, um eigene Rebstöcke zu veredeln.

»Etwas wundert mich«, sagte Liam. »Warum hat VinCo es plötzlich so eilig, Triebe und Erdproben zu entnehmen?«

»Das verstehe ich auch nicht«, entgegnete Giulia nachdenklich. »Aber wie auch immer, es wird ein Problem sein, Richter Riggioni dazu zu bringen, ein Urteil, das er gefällt hat, aufzuheben. Ich weiß nicht, wie es in Chicago ist, aber bei uns sind die Richter selten geneigt, ihre Entscheidungen zu revidieren. Und wenn, brauchen sie einen guten Grund, etwa neue Beweise, die sie bei ihrer ersten Entscheidung nicht in Betracht ziehen konnten. Haben wir so etwas, um den Arbeitern der VinCo den Zutritt zu verwehren? Das Argument, die Triebe zu schützen, ist ziemlich schwach, schließlich werden die Weingärten laut Richter Riggionis Urteil in einem Monat ohnehin VinCo gehören. Gut wäre, wenn wir den Richter überzeugen könnten, dass VinCo keinen Anspruch auf das Land hat. Wenn die Eigentümerschaft fraglich ist, könnte er bereit sein, den jüngsten Beschluss rückgängig zu machen.«

»Ich bin beeindruckt«, sagte Catherine. »Seit wann praktizierst du schon?«

Giulia lachte. »Lange genug, um das ein oder andere auf die harte Tour gelernt zu haben.«

Catherine entnahm ihren Unterlagen die Kopien der strittigen Urkunden. »Riggioni hat auf der Grundlage dieser Urkunden entschieden. Danach wird eine Firma Quercia seit neunzehnhundertachtzig als Eigentümerin aufgeführt, und Signora Vincenzos Schenkungskurkunde aus dem Jahr neunzehnhundertfünfundneunzig ist hinfällig. Allerdings hat er dabei nicht das Grundbuch vor neunzehnhundertachtzig zu Rate gezogen, und wir wissen nicht, woher der Anspruch der Quercia stammt.«

»Und was ist mit diesem Hernandez, den Liam heute Morgen erwähnt hat?«

»Er hat Signor Vanucci vertreten, als er mir Haus und Grundstück geschenkt hat«, antwortete Gabriella.

»Aber der Name Hernandez scheint niemandem etwas zu sagen«, bemerkte Liam.

»Wobei die Frage auftaucht, warum die Herren Hernandez und Vanucci sich solche Mühe gemacht haben, wenn nachher der entscheidende Eintrag im Grundbuch fehlt«, sagte Giulia.

Catherine nickte. »Signora Vincenzo hatte Pech mit ihren Anwälten. Wärst du denn interessiert, uns weiterzuhelfen.«

Giulia schenkte ihr ein bezauberndes Lächeln. »Sehr gern. Dann kann ich schon morgen die Gerichtsakten prüfen und feststellen, ob bei der Verhandlung etwas übersehen wurde. Trotzdem fehlen uns noch Beweise. Ohne die wird Richter Riggioni den Fall nicht wiederaufnehmen.«

»Und was ist mit dem Urteil, das VinCo erlaubt, hier zu graben und zu schneiden?«, fragte Liam. »Von dem Antrag dazu hat Signora Vincenzo nie etwas erfahren.«

»Ich kümmere mich darum«, versprach Giulia. »Wenn die Signora nicht benachrichtigt wurde, kann es sein, dass Riggioni dieses Urteil aufhebt.« Sie wandte sich Catherine zu. »Sollen wir den entsprechenden Antrag gemeinsam aufsetzen?«

»Herzlich gern.«

»Außerdem müssen wir Einsicht in das Grundbuch vor neunzehnhundertachtzig beantragen.«

»Das haben Liam und ich vor einigen Tagen getan.«

»Gut, dann müsste es inzwischen aus dem Archiv gekommen sein. Aber auch weitere Beweise, dass Signora Vincenzo Haus und Boden gehören, wären nicht schlecht. Und natürlich müssen wir mehr über Vanucci und Hernandez erfahren.«

Kapitel 33

Bologna, Oktober 1937

Nun war es schon zwölf Tage her, dass meine Mutter verschwunden war. Mein Vater und ich tauschten fortwährend Telegramme und telefonierten miteinander, doch noch immer hatten wir nichts von ihr gehört. Auch Furtwängler, der seine Regierungskontakte angezapft hatte, wusste nichts Neues zu berichten. Meine Mutter war wie vom Erdboden verschluckt.

Ich machte mir die bittersten Vorwürfe und sagte mir, dass ich mehr Zeit mit ihr hätte verbringen und ihr bei der Eingewöhnung in die fremde Umgebung hätte zur Seite stehen müssen. Vielleicht hätte ich auch mehr tun können, um ihr aus ihren Depressionen herauszuhelfen. Stattdessen hatte ich zugelassen, dass sie sich isoliert fühlte und unglücklich war.

Ich fühlte mich entsetzlich, und meine Hoffnung, dass sie noch lebte, wurde zunehmend schwächer. Nur wenn ich mit meinem Vater telefonierte oder ihm telegrafierte, gab ich mich zuversichtlich. Es war das, was er erwartete, und wenn er erklärte, dass wir sie finden würden, stimmte ich ihm zu.

In der Oper führten wir inzwischen den *Barbier von Sevilla* auf und hatten mit den Proben für *Tosca* begonnen. Ich saß erneut bei den zweiten Geigen, doch seitdem klar war, dass ich Signor Lassoni nicht von seinem Platz verdrängen wollte, ließen die feindseligen Blicke meiner Kollegen nach. Nach meinem Intermezzo als erste Geige hatte Vittorio mir gezeigt, wohin ich gehörte, und alles hatte wieder seine Ordnung.

Natürlich kam mein Vater nun Ende Oktober nicht nach Bologna. Für den Fall, dass es Informationen über den Verbleib meiner Mutter gäbe, wollte er in Berlin zu erreichen sein. Allerdings musste er mit den Philharmonikern für einige Tage zu einem Gastspiel nach Brüssel reisen, ließ mich jedoch wissen, wo und unter welcher Telefonnummer ich ihm eine Nachricht hinterlassen konnte.

Und dann – ich wollte mich gerade auf den Weg machen, um mit Francesca und Natalia essen zu gehen – erhielt ich sein Telegramm. »WILHELM HAT SIE GEFUNDEN STOP RUF MICH AN.«

Während ich zur Post rannte, um ihn anzurufen, wurde mir vor Aufregung übel, und ich wünschte, mein Vater hätte mir auch telegrafiert, wo meine Mutter war und ob es ihr gutging.

Glücklicherweise bekam ich meinen Vater noch vor seinem Konzert zu fassen. »Geht es Mama gut?«, rief ich und hörte selbst, wie schrill und aufgelöst ich klang.

»Na, wie man's nimmt. Sie sitzt in München im Gefängnis. Wilhelm hat es herausgefunden.«

»Im Gefängnis? Warum, was hat sie denn verbrochen?«

»Genau kann ich dir das nicht sagen. Offenbar hat sie auf dem Hauptbahnhof in München die Fassung verloren, ist umhergelaufen und hat Soldaten angeschrien. Man hat sie für geistesgestört gehalten und ins Gefängnis gebracht.«

»So etwas Ähnliches hatte ich schon befürchtet«, sagte ich und zwang mich, nicht zu weinen. »Menschen in Uniform ängstigen sie einfach. Wahrscheinlich ist sie panisch geworden.«

»So muss es gewesen sein. Anscheinend hat ein SS-Offizier sie angesprochen und wollte ihren Ausweis sehen. Und da ist sie hysterisch geworden und hat geschrien, Kleiner sei hinter ihr her.«

»Und dann?«

»Dann wurde sie ins Gefängnis der Gestapo im Wittelsbacher Palais in München gebracht. Als vermeintlich Geistesgestörte kam sie in Einzelhaft. Und dann hat auch Heydrich über irgendwelche Kanäle von Wilhelms Suche und der Festnahme deiner Mutter erfahren.«

»Meinst du Reinhard Heydrich?«

»Ja, seines Zeichens Chef der Sicherheitspolizei und ein Bewunderer deiner Geigenkunst. Er hat Wilhelm selbst angerufen, um ihm mitzuteilen, dass eine gewisse Friede Baumgarten in München einsitze. Ich will nicht daran denken, was ihr in diesem Gefängnis zugestoßen wäre, hätte Wilhelm uns nicht geholfen.«

»Und wo ist Mama jetzt?«

»Noch immer im Wittelsbacher Palais. Ich fahre morgen Nachmittag von hier aus nach München und kann übermorgen dort sein.«

»Nein«, antwortete ich. »Ich fahre sofort los. Mit dem Nachtzug bin ich morgen früh in München. Mama darf nicht eine Minute länger als nötig in einem Gestapo-Gefängnis bleiben.«

»Bist du sicher? Was ist mit deinen Proben?«

»Natürlich bin ich sicher. Und Vittorio wird Verständnis haben, wenn ich ihm erkläre, warum ich Bologna für ein paar Tage verlassen muss.«

Stille.

Dann sagte mein Vater: »Sei vorsichtig, Ada. Heydrich hat Wilhelm zwar zugesagt, dass sie freigelassen wird, aber was heißt das schon, wenn es um die Gestapo geht.« Er seufzte. »Also gut, ich sage Wilhelm Bescheid. Er wird dafür sorgen, dass man dich statt meiner im Wittelsbacher Palais erwartet.«

*

Als ich Francesca und Natalia erzählte, dass meine Mutter seit zwei Wochen in einem Gefängnis der Gestapo saß und ich hoffte, sie am nächsten Tag abholen zu können, boten sie an, mich nach München zu begleiten. Doch ich wollte nicht warten, bis sie ein Reisevisum für Deutschland hatten, und da Furtwängler involviert war, hatte ich auch keine Angst, mein Glück allein zu versuchen. Ich bat Francesca nur, sich in meiner Abwesenheit um Mitzi zu kümmern.

Vor meinem Aufbruch dachte ich noch einmal über die große Rolle nach, die Kleiner im Leben meiner Mutter spielte. Der Zwischenfall vor unserem Haus musste sie regelrecht traumatisiert haben, denn inzwischen war sie eindeutig von ihm besessen und vermutete ihn offenbar in jedem Nazi. Doch dann fragte ich mich, ob sie ihn auf dem Hauptbahnhof in München womöglich gesehen hatte? Vielleicht gehörte er nicht mehr der Wehrmacht an, sondern hatte es trotz Heydrich in die Gestapo oder die SS geschafft. Ich spürte, wie es mich kalt überlief, und schüttelte den Gedanken ab.

*

Während der Fahrt nach München tat ich kein Auge zu, sondern starrte aus dem Fenster hinaus in die Nacht und auf die vorbeifliegenden Lichter der Dörfer und Städte, die wir durchfuhren.

In den frühen Morgenstunden erreichten wir die deutsche Grenze. Grenzpolizisten stiegen zu und kontrollierten die Ausweise der Reisenden. Nach ihnen betrat eine Gruppe SS-Männer den Zug. Einige ließen sich in meinem Abteil nieder. Sofort verstummten die leisen Unterhaltungen der Fahrgäste, und ich umschloss den Anhänger an meiner Kette mit der Hand, in der Hoffnung, dass sein Zauber mich vor diesen schwarzgekleideten Männern schützte.

*

Wie erwartet, wimmelte es im Münchener Hauptbahnhof von Uniformierten. Ich konnte mir lebhaft vorstellen, wie meine Mutter vor Angst den Kopf verloren hatte und schreiend umhergeirrt war.

Der Weg vom Hauptbahnhof zum Wittelsbacher Palais war nicht allzu weit, ich legte ihn zu Fuß zurück.

Aus dem Schulunterricht erinnerte ich mich vage, dass das Palais eine wechselhafte Geschichte hinter sich hatte. Einst hatte es bayerischen Königen als Wohnstätte gedient, dann Vertretern der Räterepublik als Versammlungsort, danach der Gestapo als Hauptquartier und nun als ihr Gefängnis.

Schon als ich in die Brienner Straße einbog, sah ich, dass die Gegend rings um das Palais in einem großen Umkreis abgesperrt worden war und nur offiziell aussehende Fahrzeuge heranfahren konnten. Das Palais selbst war ein mächtiges, klobiges Backsteingebäude im gotischen Stil, mit Türmen an den Ecken und zwei steinernen Löwen, die das schwere Eingangsportal bewachten.

Als ich mich dem Portal näherte, trat ein Polizist in Kurts Alter auf mich zu und fragte barsch nach meinem Anliegen.

»Ich möchte eine Frau namens Friede Baumgarten abholen«, sagte ich. »Maestro Furtwängler hat veranlasst, dass sie freigelassen wird.«

Als er nicht wusste, wer Furtwängler war, erklärte ich es ihm.

Der Polizist wirkte belustigt. »Dirigenten haben in diesem Haus nichts zu sagen. Ich schlage vor, dass Sie wieder verschwinden.«

»Aber Friede Baumgarten ist hier nur, weil sie geistig verwirrt war. Sie hat sich nichts zuschulden kommen lassen. Bitte sprechen Sie mit Ihrem Vorgesetzten, ich bin sicher, dass er informiert ist.«

»Kommt nicht infrage«, antwortete er und schien ungehalten zu werden. »Vielleicht haben Sie etwas missverstanden, aber wir übergeben unsere Gefangenen nicht an Privatpersonen, die vorbeikommen und ihre Freilassung verlangen.«

Ich zwang mich zur Ruhe und sagte mir, dass meine Bitte auf ihn tatsächlich absonderlich wirken musste. Dann überlegte ich, ob mein Vater sich geirrt haben konnte oder es nicht geschafft hatte, diejenigen, die hier das Sagen hatten, auf mein Erscheinen vorzubereiten. Ich versuchte es noch einmal.

»Maestro Furtwängler hat von Reinhard Heydrich die Nachricht erhalten, dass Friede Baumgarten freikommt und abgeholt werden kann.«

»Natürlich, der Chef des Sicherheitsdienstes in Berlin hat die Freilassung angeordnet.« Der Polizist lachte. »Ich glaube, Sie sollten jetzt gehen.«

»Ich habe mir das nicht ausgedacht.« Ich spürte, dass mir Tränen aufstiegen, und blinzelte sie fort. »Bitte, sprechen Sie mit demjenigen, der für die Entlassungen zuständig ist. Ich kann mir nicht vorstellen, dass Sie oder sonst jemand in diesem Gebäude gegen Heydrichs Anweisungen verstoßen möchte.«

Er runzelte die Stirn und zögerte, doch dann betrat er das Palais. Als er zurückkehrte, nickte er unwillig. »An Ihrer Geschichte scheint was dran zu sein. Ihren Ausweis bitte.«

Ich reichte ihm meinen Ausweis, den er ausgiebig studierte. »Offenbar ist auch ein Unteroffizier Kleiner auf dem Weg, um

Friede Baumgarten abzuholen. Während ihrer Inhaftierung hat sie seinen Namen immer wieder genannt, niemand weiß, warum.«

Ich schluckte nervös. »Nein, niemand außer mir ist berechtigt, sie abzuholen. Ich nehme an, der Befehl des Chefs des Sicherheitsdienstes war eindeutig.«

Der Polizist hob die Schultern. »Davon weiß ich nichts, aber ich möchte nicht, dass es nachher heißt, ich hätte Kleiner umsonst herkommen lassen. Warum warten Sie nicht und klären die Angelegenheit mit ihm?«

Mir brach Angstschweiß aus, und für einen Moment wusste ich nicht weiter. Dann fragte ich: »Möchten Sie, dass der Chef des Sicherheitsdienstes erfährt, dass Sie seinen Befehl ignoriert haben, um auf einen Unteroffizier zu warten?«

Der Polizist seufzte. »So oder so scheine ich schlechte Karten zu haben. Also gut, ich sage drinnen Bescheid, dass man die Gefangene holt.« Er verschwand.

Wieder musste ich warten. Mit hämmerndem Herz spähte ich zu jedem Fahrzeug, das vorfuhr, und betete, dass meine Mutter aus dem Haus kam, bevor Kleiner hier aufkreuzte. Sobald jemand in einer Wehrmachtsuniform aus einem Wagen stieg, verkrampfte sich mein Magen, und ich wandte mich ab, um mein Gesicht zu verbergen.

Dann endlich öffnete sich das Portal, und meine Mutter wurde herausgeführt.

Das Kleid, das sie trug, war eines ihrer besten, ein cremefarbenes Leinenkleid, das nun verschmutzt und zerknittert war. Einen Koffer und eine warme Jacke hatte sie nicht mehr, nur noch ihre Handtasche. Und wie dünn und blass sie geworden war, wie stumpf ihr Haar und wie glasig ihr Blick. Der Anblick brach mir fast das Herz.

»Mama«, sagte ich und nahm ihre Hand. Sie fing an zu weinen.

»Wir müssen ein paar Schritte gehen. Schaffst du das?«

Sie nickte. »Es tut mir leid, Ada. Ich hätte nicht –«

»Später, Mama, jetzt müssen wir nur sehen, dass wir hier wegkommen.« Ich reichte ihr meine Jacke, die sie unbeholfen überstreifte. Dann legte ich einen Arm um sie und sprach beim Gehen beruhigend auf sie ein.

Meine Mutter bewegte sich langsam und mit unsicherem Schritt, doch ich wollte sie nicht unter Druck setzen und hetzen. Aber sie blieb immer wieder stehen, um Kraft zu sammeln, und ich atmete erst auf, als wir die Brienner Straße hinter uns hatten.

Ich erkundigte mich, wann sie zuletzt etwas gegessen hatte. Sie wusste es nicht. Ich deutete auf ein Café vor uns und fragte, ob sie dort etwas essen wolle. Sie war einverstanden.

Im Café bestellte ich uns Kaffee und für meine Mutter eine große Portion Rührei mit Butter und Brot. Sie aß hungrig und bekam wieder etwas Farbe ins Gesicht.

Ich wartete, bis ich merkte, dass ihr Blick klarer wurde. Dann sagte ich: »Wir gehen von hier aus zum Bahnhof und nehmen einen Zug nach Berlin, Mama. Im Bahnhof werden Männer in Uniform sein, aber du wirst über sie hinwegsehen. Wenn du jemanden anschauen möchtest, dann schaust du mich an. Ich werde die ganze Zeit bei dir sein, und niemand wird dir etwas tun. Das musst du dir immer wieder sagen. Wichtig ist, dass du die Nerven behältst. Meinst du, das gelingt dir?«

Meine Mutter nagte an ihrer Unterlippe. Dann nickte sie.

»Du darfst nicht schreien, Mama. Wenn du spürst, dass du schreien willst, klammerst du dich an meinen Arm. Du darfst meinen Arm so fest drücken, wie du magst, aber du darfst nicht schreien. Versprichst du mir das?«

»Ja.« Meine Mutter sah mich mit feuchten Augen an. »Was für ein liebes Kind du bist, Ada.«

Von dem Café war es zum Bahnhof nicht mehr weit. Vor dem Eingangsportal blieb meine Mutter stehen. »Ich möchte nicht nach Berlin«, sagte sie. »Ich weiß jetzt, dass ich nicht mehr in Deutschland leben kann.« Sie musterte mich scheu. »Darf ich wieder mit dir nach Bologna kommen?«

»Oh, Mama.« Ich nahm sie in die Arme, spürte ihre zarten Knochen und schluckte meine Tränen hinunter. »Das musst du doch nicht fragen. Was glaubst du, wie froh ich bin, wenn du wieder bei mir bist.«

Kapitel 34

Pienza, August 2017

Giulia rief Catherine bereits am nächsten Morgen an und bestätigte ihr, dass Gabriella über den Antrag der VinCo, ihren Weingärten Erdproben und Triebe zu entnehmen, nicht informiert worden war.

»Weißt du auch, warum?«, fragte Catherine. »Liegt es daran, dass sie als säumig gilt?«

»Das tut sie nicht. Zwar ist sie bei der letzten Anhörung nicht erschienen, aber Riggioni hat sie nicht als säumig erklärt. Avvocato Santi steht noch immer als ihr offizieller Vertreter in den Akten, allerdings war er bei der Anhörung ebenfalls nicht anwesend.«

»Aha«, sagte Catherine. »Also hat Lenzini ihn informiert und ihm eine Ausfertigung seines Antrags zukommen lassen.«

»Dann müsste eine Kopie der Benachrichtigung in den Akten sein, doch das ist nicht der Fall. Ich habe Santi angerufen. Er sagt, dass er nie etwas von Lenzinis Antrag erfahren hat.«

»Wie schnell können wir die Angelegenheit Richter Riggioni vortragen?«

»Ich fahre noch heute nach Siena und beantrage eine Notanhörung. Ich hoffe, Riggioni kann uns noch einen Termin für Freitagmorgen geben.«

*

Der Gerichtssaal, in dem sie am Freitagmorgen zusammenkamen, lag im zweiten Stock des Zivilgerichts von Siena, das wiederum in einem riesigen Verwaltungskomplex der Regionalregierung untergebracht war.

Lenzini traf als Letzter ein, legte Unterlagen auf seinen Tisch und zupfte die Ärmel seines Anzugs glatt. Dann warf er Catherine, Liam und Giulia einen mitleidigen Blick zu und schüttelte den Kopf, als könne er die Dummheit ihres Vorgehens nicht fassen.

Nach ihm betrat Richter Riggioni den Saal, ein schmalschulteriger Mann mit dem ersten Grau an den Schläfen. Er nickte den beiden Anwälten zu, setzte eine Brille auf und überflog seine Unterlagen.

»Bitte erläutern Sie den Grund für diese Notanhörung, Frau Rechtsanwältin. Warum soll ich meine Entscheidung revidieren?«

»Sie wurde getroffen, ohne dass die Beklagte über den Antrag des Klägers informiert wurde. Folglich ist diese Entscheidung aufhebbar.«

Riggioni fixierte Lenzini über den Rand seiner Brille hinweg. »Herr Rechtsanwalt, haben Sie die Beklagte nicht rechtzeitig informiert?«

»Das war nicht erforderlich, Herr Vorsitzender. Signora Vincenzo gilt als säumig.«

Riggioni blätterte in einer Akte, schüttelte den Kopf. »Ich sehe hier keinen Vermerk dieser Art.«

»Sie hat ihren Anspruch aufgegeben, als weder sie noch ihr Anwalt bei der ersten Verhandlung erschienen ist«, erwiderte Lenzini. »Das bedeutet so viel wie säumig zu sein und muss in den Akten nicht ausdrücklich vermerkt werden.«

Riggioni sah Giulia an. »In den Akten steht Avvocato Santi als Vertreter von Signora Vincenzo. Ist er das nicht mehr?«

»Er hat den Fall abgegeben.«

»Aha.« Riggionis Blick richtete sich wieder auf Lenzini. »Nicht zu erscheinen bedeutet nicht, einen Anspruch aufzugeben. Es ist lediglich ein Verzicht auf das Recht, Beweise vorzulegen und den eigenen Standpunkt vorzutragen. Insofern ist Signora Vincenzo nicht säumig und hatte das Recht, von Ihrem Antrag zu erfahren, Avvocato Lenzini. Da Sie Signora Vincenzo nicht benachrichtigt haben, ist mein Urteil, ihr Land zu Untersuchungszwecken zu betreten, aufgehoben.«

Lenzinis Gesicht rötete sich. »In dem Fall werde ich den Antrag erneuern und Signora Vincenzo rechtzeitig benachrichtigen. Ich bin sicher, dass Sie danach zu dem gleichen Urteil kommen werden, denn das Land gehört VinCo, und das Unternehmen hat das Recht, darauf Tests durchzuführen.«

»Herr Vorsitzender«, meldete sich Giulia zu Wort. »Ihr Urteil vorwegzunehmen betrachte ich als anmaßend. Wenn der Antrag der VinCo erneuert wird, werden wir beweisen, dass diese Tests den Weingärten von Signora Vincenzo schaden und sie das Recht hat, diese, solange sie in ihrem Besitz sind, zu schützen. Darüber hinaus werde ich einen Antrag auf Wiederaufnahme des Verfahrens stellen. Da bei der ersten Verhandlung niemand für Signora Vincenzo erschienen ist, haben Sie ihre Stellungnahme nicht gehört. Laut Zivilgesetzbuch ist die Wiederaufnahme dann zulässig, wenn eine Partei über neue Beweise verfügt, die zu einem revidierten Urteil führen könnten.«

»Besitzen Sie solche Beweise, Frau Rechtsanwältin?«

»Das möchte ich im Moment noch nicht offenlegen, werde es jedoch in Kürze tun.«

Riggioni konsultierte seine Unterlagen. Dann sah er Giulia

wieder an. »Bis zur Räumung sind es noch sechsundzwanzig Tage. Ich rate Ihnen also zur Eile. Überdies weise ich Sie darauf hin, dass es sich um stichhaltige Beweise handeln muss, nicht um Hypothesen.« Sein Blick wanderte zu Lenzini. »Und für Sie gilt, dass VinCo kein Recht hat, das Grundstück von Signora Vincenzo vor dem Räumungstermin zu betreten. Das Gericht ist vertagt.«

»Ich habe noch etwas«, sagte Giulia. »Avvocato Lenzini hat das Grundstück vor Kurzem mit Arbeitern betreten und den Rebstöcken wertvolle Triebe entnommen. Da diese Handlungen unzulässig waren, bitte ich darum, dass Sie die Herausgabe dieser Triebe anordnen.«

Riggioni nickte. »Der Bitte wird stattgegeben.«

Lenzini sprang auf. »Herr Vorsitzender, wir haben die Triebe entnommen, um sie auf Krankheitsbefall zu untersuchen. Ich verstehe nicht, wo das Problem sein soll.«

»In sechsundzwanzig Tagen dürfen Sie alles nach Herzenslust untersuchen lassen, aber im Moment besteht das Problem darin, dass Sie die Triebe unrechtmäßig besitzen und deshalb zurückgeben werden. Ich hoffe, wir sind uns einig.«

Auf dem Weg aus dem Gericht rempelte Lenzini Liam an.

»Verständliche Reaktion«, sagte Liam grinsend. »Sie hatten echt einen beschissenen Tag.«

»Pah.« Lenzini warf sich in die Brust. »Sie haben einen kleinen Hügel erobert, aber den Krieg werden Sie nicht gewinnen.« Er lachte verächtlich. »Sie wissen ja nicht einmal, wie mächtig Ihr Feind ist.«

Liam lachte ebenfalls. »Ich hatte es schon mit ganz anderen Kalibern als Ihnen zu tun.«

»Ich spreche von meinem Mandanten, Mister, und mit dem

ist nicht zu spaßen. Sie haben einen schlafenden Löwen geweckt.«

»Dann viel Spaß, wenn Sie ihm gleich beichten, dass Sie bei Richter Riggioni heute den Kürzeren gezogen haben.«

Lenzini trat dicht an Liam heran. »Die VinCo kriegt immer, was sie will, und wenn es sein muss, wird man Signora Vincenzo großen Schaden zufügen. Die Signora wäre besser gefahren, wenn sie unser Angebot angenommen hätte.«

»Das war eine Drohung«, sagte Catherine, als Lenzini verschwunden war.

»Ach was«, sagte Liam. »Vielleicht war es eine Warnung. Wahrscheinlich hat er selbst Angst vor VinCo und vor dem, was diese Leute tun könnten. Warum sollte VinCo Gabriella oder ihrem Besitz schaden?«

»Weil sie die Triebe brauchen, um Preise zu gewinnen.«

Liam schüttelte den Kopf. »So viel Aufwand für eine Medaille? Das glaube ich nicht. Es muss mehr dahinterstecken.«

*

Liam und Catherine warteten auf Giulia, die wenig später aus dem Gerichtsgebäude kam.

»Das hast du gut gemacht«, sagte Catherine. »Endlich ein Lichtblick.«

Giulia seufzte. »Wir haben nicht mehr viel Zeit und noch eine Menge zu erledigen.«

»Dieser Vanucci wird sicher gewesen sein, dass ihm das Land gehört«, sagte Liam. »Das muss doch irgendwo stehen, so etwas denkt man sich doch nicht aus.«

»Eine andere Frage ist, ab wann die Firma Quercia als Eigentümerin eingetragen ist«, sagte Giulia und wandte sich zu Catherine um. »Du hast gesagt, dass ihr das Grundbuch von vor neunzehnhundertachtzig angefordert habt. Lasst uns im Katasteramt nachfragen, ob es aus dem Archiv gekommen ist. Wenn nicht, bitten wir darum, die Sache zu beschleunigen.«

Kapitel 35

Bologna, Dezember 1937

Natürlich hatte der Gefängnisaufenthalt meiner Mutter Folgen und zog Veränderungen nach sich. Mein Vater sagte, endlich könne er wieder schlafen, und lobte mich für meinen Einsatz. Er bezeichnete ihn als heldenhaft, was ich reichlich übertrieben fand. Immerhin war es ihm und Furtwängler zu verdanken, dass meine Mutter gefunden und freigelassen worden war. Doch das Wichtigste war, dass mein Vater nun entschlossen war, Deutschland nach der laufenden Konzertsaison den Rücken zu kehren und mit meiner Mutter nach Wien zu ziehen.

Meine Mutter brauchte eine Weile, um den Schock ihres Gefängnisaufenthaltes zu verwinden und ihr inneres Gleichgewicht wiederzuerlangen. In den ersten Tagen in Bologna bat sie mich, sie nicht alleinzulassen, und begleitete mich zu den Proben. Sie saß dann still in den Zuschauerreihen, doch ich spürte, wie viel Kraft es sie kostete, ruhig zu bleiben und sich das, was in ihr vorging, nicht anmerken zu lassen.

Wir sahen uns nun beide in einem anderen Licht, hatten in dem anderen Stärken oder Schwächen entdeckt, von denen wir vorher nichts gewusst hatten, und waren uns näher als zuvor. Über ihre Zeit im Gefängnis mochte meine Mutter nicht sprechen, doch hier und da erwähnte sie etwas, das mir klarmachte, wie sehr sie gelitten hatte.

Als die Weihnachtszeit begann, ging es ihr ein wenig besser, und manchmal, wenn wir durch die prächtig geschmückten Gassen Bolognas liefen, sah ich sie sogar wieder lächeln.

Überhaupt schien sie sich langsam in der Stadt einzuleben. Wenn wir spazieren gingen, war sie bereit, sich in ein Café zu setzen, einen Espresso zu trinken und die Atmosphäre zu genießen. Sie klagte weder über das Kopfsteinpflaster noch über lärmende Menschenscharen, mäkelte nicht am Essen, schwärmte nicht mehr von Berliner Gerichten. Mein Vater fehlte ihr, daran hatte sich nichts geändert, doch sie tröstete sich mit dem Gedanken, dass sie sich nach der Saison in Wien niederlassen würden.

Bis dahin schien sie nun entschlossen, unsere kleine Wohnung in ein gemütliches Heim zu verwandeln, kaufte Pflanzen, Ziergegenstände und Bilder für die Wände. Zudem hatte sie angefangen zu kochen, und, was ich noch schöner fand, sie aß auch wieder mit Appetit.

Mein Vater schrieb meiner Mutter nun beinahe täglich. Er beklagte sich nie über irgendetwas, doch zwischen den Zeilen las ich, dass er einsam war und die Tage bis zum Saisonende zählte. Da er wusste, dass meine Mutter nicht mehr nach Berlin zurückkehren würde, hatte er das Haus zum Verkauf angeboten. Zwar waren viele Häuser jüdischer Besitzer auf dem Markt, aber er war fest davon überzeugt, dass er einen Käufer finden würde.

*

In der zweiten Dezemberwoche bat Vittorio mich nach den Proben erneut in sein Büro. Ich folgte der Aufforderung mit mulmigen Gefühlen und überlegte, ob ich irgendetwas falsch gemacht hatte.

»Sie sind eine wunderbare Violinistin, Ada, und haben mich nicht enttäuscht«, begann er. »Ich habe Ihnen ja schon erklärt, wie viel ich von Ihrem Talent und Ihren Fähigkeiten halte.«

Gleich kommt's, dachte ich. *Der nächste Satz wird mit einem »Aber« beginnen.*

Vittorio seufzte. »Aber ich kann Sie weder befördern noch Ihnen in Zukunft Soloauftritte versprechen. Sie erinnern sich, wie übel die Musiker mir den Vorfall mit Ihnen und Lassoni genommen haben.«

Ich hatte keine Ahnung, worauf er hinauswollte, und schwieg vorsichtshalber.

»Aber ich möchte gern etwas tun, um Ihrem Weiterkommen dienlich zu sein, und habe mich deshalb umgehört. Wie sich herausstellt, werden in der Basilica di San Petronio gerade die Weihnachtskonzerte vorbereitet. Das ist eine große Angelegenheit. Eine Ordensschwester mit Namen Maria Alicia ist dafür zuständig. Ich weiß nicht, welche Sänger in diesem Jahr auftreten werden, doch es sind jedes Mal namhafte Künstler. Lina Cavalieri hat in der Vergangenheit zu den Interpretinnen gehört, und man munkelt, dass wir in diesem Jahr Magda Olivero oder Beniamino Gigli hören werden. Nun ist ein Streicher ausgefallen, und Schwester Maria Alicia sucht händeringend nach einem Ersatz. Ich habe Sie empfohlen. Es ist eine große Ehre, Ada, viele Violinisten in Italien wären glücklich, bei diesen Konzerten auftreten zu dürfen.«

Ich spürte, wie mich heiße Freude durchströmte, und brauchte einen Moment, bis ich in der Lage war, mich zu bedanken.

Vittorio lächelte. »Schwester Maria Alicia erwartet Sie heute Abend um sechs Uhr in der Basilika. Sie kann Ihnen sagen, welche Stücke in diesem Jahr aufgeführt werden und wann die Proben stattfinden.« Er hob einen Zeigefinger. »Aber vergessen Sie bitte nicht, dass es sich nur um eine Nebenbeschäftigung handelt, die Ihre Arbeit im Opernorchester nicht beeinträchtigen darf.« Er stand auf. »Erzählen Sie mir morgen, wie das Treffen gelaufen ist.«

Ich eilte nach Hause, um meiner Mutter die Neuigkeit mitzuteilen. Sie schloss mich in die Arme und schlug vor, dass wir zur Feier des Tages Francesca und Natalia zum Essen einluden. Inzwischen hatte sie sich mehrfach an italienischen Gerichten versucht und wollte unbedingt einmal eine Spinatlasagne ausprobieren.

In dem Moment fiel mir siedend heiß ein, dass ich mit Natalia verabredet war. Sie und ihr Freund Teo wollten mit mir und einem Freund Teos ausgehen – und mich mit diesem Freund verkuppeln, wie ich vermutete.

Ich lief los, um Natalia zu bitten, die Sache abzublasen, doch ich war zu spät. Als ich Natalias Wohnung betrat, saßen sie, Teo und sein Freund bereits bei einem Glas Wein.

»Wie schön, dass du schon etwas früher kommst«, sagte Natalia. »Das ist Federico. Federico, das ist Ada.«

Federico war ein elegant gekleideter, gutaussehender junger Mann. Er stand auf, gab mir die Hand und fragte, ob er mir ein Glas Wein einschenken dürfe.

»Nein, danke«, antwortete ich verlegen und erklärte, warum ich den Abend absagen müsse.

Natalia nickte verständnisvoll, doch Federico war verärgert und verabschiedete sich brüsk. An der Tür drehte er sich noch einmal zu Teo um. »Für diesen Abend habe ich eine Verabredung mit einer anderen Frau sausen lassen. Wenn du noch mal jemanden brauchst, der einem armen, einsamen Mädchen einen Gefallen tut, kannst du mich vergessen.« Dann war er fort.

Ich fragte: »Bin ich das arme, einsame Mädchen?«

Natalia errötete. »Ich weiß nicht, warum er das gesagt hat, von mir hat er das nicht. Teo und ich fanden nur, dass du zu viel arbeitest, die Abende zu oft mit deiner Mutter verbringst und dich zu selten amüsierst.«

»Ich liebe meine Mutter.« Ich sah Natalia an. »Du weißt doch, was sie durchgemacht hat.«

Natalia senkte den Kopf. »Ich wollte nur dein Bestes, Ada.«

Nun tat sie mir leid. »Das weiß ich, ich bin dir auch nicht böse.«

»Wir wollten dich verkuppeln«, sagte Teo. »Warum geben wir es nicht zu?«

»Aber ich habe schon jemanden«, antwortete ich.

Natalias Augen begannen neugierig zu funkeln. »Wer ist es? Und wo ist er?«

»Er heißt Kurt und ist zurzeit in der Wehrmacht.«

»Aber er ist doch kein Nazi, oder?«

»Natürlich nicht. Er ist ein wundervoller Mensch – und ich hoffe, dass er mich noch immer liebt. Wir haben uns seit einer Weile nicht mehr gesehen.« Ich stand auf. »Ich muss wieder gehen. Es tut mir leid, dass ich euch den Abend verdorben habe.«

Natalia brachte mich zur Tür und umarmte mich. »Grüß deine Mutter von mir.«

»Im nächsten Sommer wird es ihr bessergehen«, sagte ich. »Mein Vater rechnet damit, dass er dann eine Stelle bei den Wiener Philharmonikern hat und meine Mutter nachholen kann.«

»Das verstehe ich nicht«, entgegnete Natalia. »In Wien wird es doch kaum anders als in Berlin sein.«

»Wie kommst du darauf?«, fragte ich erschrocken. »In Österreich gibt es keine Rassengesetze.«

»Reg dich nicht auf, Ada«, erwiderte Natalia mit einem gezwungen wirkenden Lächeln. »Vielleicht sehe ich zu schwarz.«

Ich fasste ihren Arm. »Was weißt du über Österreich, Natalia, bitte sag es mir.«

Natalia seufzte schwer. »Auch in Österreich gibt es Nazis. Sie verehren Hitler und werden, wie es heißt, von den deutschen Nationalsozialisten finanziell unterstützt. In den vergangenen Jahren haben sie immer wieder einen Putsch versucht, der jedes Mal blutig niedergeschlagen wurde. Aber sie haben ihre Leute in der Regierung, und Wien ist alles andere als eine friedliche, judenfreundliche Stadt.«

»Aber es ist nicht Berlin«, wandte ich ein. »Und in Österreich gibt es weder antijüdische Gesetze noch Konzentrationslager.«

Natalia schien noch etwas sagen zu wollen, doch dann überlegte sie es sich anders. »Du hast recht.« Sie gab mir einen Kuss. »Lass uns in den nächsten Tagen etwas trinken gehen. Hast du Lust?«

Ich nickte, doch auf dem Weg zurück musste ich unentwegt an ihre Worte denken.

*

Die Basilika San Petronio zählte zu den größten Kirchen der Welt und lag im Zentrum der Stadt an der Piazza Maggiore. Sie ging auf das Jahr 1390 zurück, erhielt jedoch immer wieder Erweiterungsbauten. Mittlerweile beherbergte der prachtvolle Monumentalbau drei Kirchenschiffe und zweiundzwanzig Kapellen.

Schwester Maria Alicia hatte ein Sextett aus Geige, Cello, Kontrabass, Horn, Klarinette und Flöte zusammengestellt. Zu meiner Freude sah ich, dass es sich bei der Hälfte der Besetzung um Frauen handelte.

Der weihnachtliche Zyklus würde aus sechs Abenden bestehen,

zwei mit Vokalmusik und vier, an denen wir entweder Chöre oder einen Solisten begleiten würden.

»Wir haben das große Glück, Beniamino Gigli als Solisten gewonnen zu haben«, verkündete Schwester Maria Alicia mit sichtlichem Stolz.

Sie bat mich, die Probenzeiten mit den anderen abzusprechen. Für die Proben zusammen mit den Chören würden wir kaum Zeit haben, erklärte sie, noch weniger für die mit dem berühmten Solisten.

Als wir uns trennten, blieb die Cellistin an meiner Seite. Sie war in meinem Alter und hatte mich in *La Traviata* spielen gehört.

»Es war ein so wundervoller Abend, dass ich auch eine Karte für die nächste Vorstellung gekauft habe«, sagte sie und sah mich mit glänzenden Augen an. »Ich wünsche mir so sehr, eines Tages ebenfalls einen Platz in einem angesehenen Orchester zu finden. Ich dachte schon, für Musikerinnen ist so etwas nur ein Traum, doch jetzt wage ich wieder zu hoffen. Du bist mein Vorbild, Ada.«

Ihre Worte schmeichelten mir und machten mich gleichzeitig verlegen. Ich wollte niemandes Vorbild sein, sondern einfach nur Geige spielen. Aber vielleicht erging es ihr mit ihrem Cello ebenso.

*

Gigli erschien erst vier Stunden vor seinem Auftritt, doch unser Sextett hatte am Morgen erfahren, was er vortragen würde, und die Noten erhalten, um zu proben. Es waren auch keineswegs schwierige Stücke.

Als der berühmte Tenor da war, musterte ich ihn verstohlen. Das also war der Mann, den man als zweiten Caruso bezeichnete.

Er war etwas größer und fülliger, als man von seinen Fotos den Eindruck hatte, und erinnerte mich irgendwie an einen übergewichtigen und etwas in die Jahre gekommenen Posaunenengel, der nach hinten gelehnt und mit herausgestreckter Brust sang. Doch sobald man ihn hörte, waren solche Äußerlichkeiten vergessen, seine Stimme war ein Erlebnis.

Er begann mit der Arie »Nessun dorma« aus Puccinis Oper *Turandot* und endete mit dem Weihnachtslied »*Adeste Fideles*«, doch für mich war der schönste Moment, als er »Stille Nacht, heilige Nacht« sang.

Zuvor bei den Proben hatte er mir einen Schreck eingejagt, als er darauf bestand, bei diesem Lied nur von der Geige begleitet zu werden, und ich dachte, das meint er nicht ernst – ich und der weltberühmte Beniamino Gigli? Doch es war sein Ernst.

Der gesamte Weihnachtszyklus war ein großer Erfolg. Wir feierten ihn nach dem letzten Abend mit einem Umtrunk in einem abgelegenen Raum der Basilika.

Auch Gigli nahm daran teil. Als er zu mir trat, spürte ich, wie mir vor Aufregung Hitze ins Gesicht schoss, doch er war ganz natürlich und freundlich. »Sie spielen hervorragend«, sagte er. »Ich habe gehört, dass Ihr Vater Konzertmeister der Berliner Philharmoniker ist.«

Ich brachte keinen Ton hervor und fühlte mich wie der letzte Stockfisch.

»Mein Vater war Schuster in Recanati.« Gigli lachte. »Aber wenn Menschen zusammen musizieren, spielt die Herkunft keine Rolle, oder?«

Ich brachte ein Kopfschütteln zustande.

»Ich gebe in Italien jährlich mehrere Benefizkonzerte«, fuhr er fort. »Und manchmal fällt es mir schwer, die richtigen Musiker zu finden. Ist es Ihnen recht, wenn ich künftig auf Sie zukomme?«

Zum Glück fand ich in diesem Moment meine Stimme wieder und sagte: »Es wäre für mich eine Ehre.«

Kapitel 36

Pienza, August 2017

Liam schlug vor, vor dem Besuch des Katasteramts in einem Restaurant auf der Piazza del Campo zu Mittag zu essen.

Auf dem Platz wimmelte es von Einheimischen und Touristen, doch als Liam sah, dass sich an einem der Tische draußen ein Pärchen erhob, bahnte er sich einen Weg durch eine Menschentraube und stürzte sich auf den freigewordenen Tisch.

Während des Essens blinzelte er zufrieden in die Sonne, nahm am Rand wahr, dass seine Frau ihrer italienischen Kollegin auf dem Handy Fotos von ihrem Sohn in allen Lebenslagen zeigte, und hörte mit halbem Ohr zu, als die beiden Frauen sich anschließend über unterschiedliche Gepflogenheiten im amerikanischen und italienischen Rechtswesen unterhielten. Er bekam mit, dass es in Italien, anders als in Amerika, einen *notaio* gab, der Rechtsgeschäfte wie Verträge durch seine Unterschrift beurkundete und bei Immobilienverkäufen die Eigentumsverhältnisse im Grundbuch eintragen ließ.

»Würde ein Notar auch das Grundbuch einsehen?«, fragte Catherine.

Giulia nickte. »Wir können davon ausgehen, dass es ein Notar war, der beurkundete, dass Vanucci das Recht hatte, Signora Vincenzo die Immobilie zu schenken.«

»Und das konnte selbiger Notar nur tun, wenn er die Einträge im Grundbuch vor neunzehnhundertachtzig kannte, richtig?«

»Richtig.«

*

Nach dem Essen gingen sie zum Katasteramt, um nachzufragen, ob das bestellte Grundbuch aus der Zeit vor 1980 aus dem Archiv gekommen sei.

Der Beamte, mit dem sie sprachen – ein hochgewachsener, schlanker Mann mit einem großen Muttermal auf der rechten Wange –, wusste nichts von der Bestellung, doch er ging die Regale durch, um zu sehen, ob das Gewünschte irgendwo lag.

»Tut mir leid«, sagte er, »aber hier ist es nicht. Vielleicht befindet es sich noch im Archiv.«

»Es müsste längst hier sein«, entgegnete Catherine. »Ich habe es schon vor Tagen bestellt und eine Gebühr von zwanzig Euro entrichtet.«

Der Mann setzte sich an einen Computer und rief die Einträge auf. »Hier ist nichts dergleichen vermerkt.«

Catherine öffnete ihre Handtasche und suchte den Beleg heraus. »Hier bitte, zwanzig Euro. Einer Ihrer Kollegen hat die Einzahlung quittiert.«

Der Beamte studierte den Beleg und zuckte mit den Schultern. »Vielleicht hat jemand den Bestellzettel verlegt.«

»Dann bitte ich darum, dass das gesuchte Grundbuch uns jetzt im Eilverfahren zur Verfügung gestellt wird«, sagte Giulia indigniert.

»Dafür ist eine Sondergebühr fällig.«

Giulia zückte ihre Brieftasche und knallte ihre Kreditkarte und ihre Visitenkarte auf den Tresen.

Catherine bat Giulia nachzufragen, ob es einen Eintrag gebe, nach dem Rechtsanwalt Santi das Grundbuch bestellt habe, und zwar einige Wochen vor ihrer Bestellung.

Giulia gab die Frage weiter. Der Beamte konsultierte erneut die Liste im Computer und schüttelte den Kopf. »Niemand hat dieses Grundbuch bestellt, es wurden auch keine Gebühren gezahlt.«

»Entschuldigung«, sagte Liam, »aber bei einer der Bestellungen war ich selbst dabei. Und für die gezahlte Gebühr gibt es einen Beleg. Wie kann denn das nicht eingetragen sein?«

Der Beamte bedachte ihn mit einem unfreundlichen Blick. »Das weiß ich nicht, aber nun werde ich Ihre Bestellung aufnehmen und Frau Romano verständigen, sobald das Grundbuch eintrifft.«

»Normalerweise halte ich nichts von Verschwörungstheorien«, sagte Liam, »aber dass man im Katasteramt zweimal die gleiche Bestellung verbummelt, kommt mir doch reichlich merkwürdig vor.«

Giulia schickte Santi eine SMS, in der sie nachfragte, ob er das Grundbuch von vor 1980 in den vergangenen Wochen zur Einsicht bestellt habe.

*

Als Catherine, Liam und Giulia in der Villa Vincenzo ankamen, saßen Gabriella und Floria auf der Terrasse und blickten ihnen erwartungsvoll entgegen.

»Giulia hat es geschafft«, verkündete Catherine. »Lenzini hat kein Recht, hier zu erscheinen. Nicht vor dem zehnten September.«

Gabriella strahlte. »Dann müssen wir nur noch dafür sorgen, dass er auch danach kein Recht dazu hat.«

»Wenn's weiter nichts ist.« Liam ließ sich am Tisch nieder und lächelte Floria an, die ihm eine Tasse Kaffee einschenkte und ihm einen Teller *Amaretti* zuschob.

»Ich möchte Lenzini nie mehr begegnen«, ergänzte Gabriella. »Er ist mein Feind.«

»Das sieht Lenzini anders«, erwiderte Liam und griff nach einem Gebäckstück. »Er hat uns darauf hingewiesen, dass dieser Feind VinCo heißt und man dort alles tun wird, um an Ihren Besitz zu gelangen.«

Gabriella zuckte mit den Achseln. »Lenzini oder VinCo, wo ist der Unterschied?«

»Mir geht Lenzinis Warnung nicht aus dem Kopf«, sagte Catherine. »Welche Mittel hätte VinCo, um Gabriella zu schaden? Und was genau hat er damit gemeint? Die Vernichtung der Weingärten? Das ergibt doch keinen Sinn. Was hätte VinCo davon?«

»Vielleicht hofft man, dass Signora Vincenzo dann das Interesse an ihrem Land verliert und es freiwillig räumt«, antwortete Giulia. »Damit wäre eine Neuaufnahme des Falls vom Tisch, und niemand würde nach verschollenen Grundbüchern und alten Besitzurkunden fahnden.«

»Und wie könnte eine solche Vernichtung aussehen?«, fragte Catherine.

»Brandstiftung«, entgegnete Floria. »Es ist heiß, der Boden ist trocken, jemand lässt ein Streichholz fallen. Und – wusch – haben wir ein Feuer.«

»Dann müssen wir uns Vorsichtsmaßnahmen überlegen«, schlug Liam vor. »Sag auch Franco Bescheid.«

Giulias Handy summte. Sie warf einen Blick darauf. »Eine SMS von Santi.« Sie las die Nachricht. »Santi schwört, dass er das alte Grundbuch bestellt und die Gebühr mit seiner Kreditkarte beglichen hat. Das kann er belegen. Er kann sich auch nicht erklären, warum das Grundbuch nicht im Katasteramt gelandet ist.«

Liam bat Giulia, auf dem Beleg für ihre Kreditkartenzahlung nachzusehen, ob unter dem Empfänger der Name eines Beamten angegeben war.

Giulia holte den Beleg hervor. »Leider nicht, als Empfänger ist nur das Katasteramt von Siena vermerkt.«

Kapitel 37

Bologna, März 1938

Trotz der Fortschritte, die meine Mutter gemacht hatte, verdüsterte sich ihre Stimmung erneut, als am 12. März deutsche Polizei- und Wehrmachttruppen in Österreich einmarschierten und es einen Tag später zu dem Anschlussgesetz kam, nach dem Österreich mit dem Deutschen Reich vereinigt wurde. Das Land Österreich, in dem wir uns hatten niederlassen wollen, gab es nun nicht mehr.

Gleich nach dem »Anschluss« wurden auch in der Ostmark, wie Österreich nun hieß, die Rassengesetze der Nationalsozialisten gültig, und die Hoffnung meiner Eltern, in Wien besser als in Berlin leben zu können, zerfiel. Mein Vater würde weder Konzertmeister der Wiener Philharmoniker werden noch meine Mutter zu sich holen, um wieder mit ihr zusammen zu sein.

Rund zweihunderttausend Juden lebten in Österreich, die meisten von ihnen in Wien. Ebenso wie in Deutschland waren etliche von ihnen gutausgebildete Fachkräfte, die ihre Berufe von einem Tag zum anderen nicht mehr ausüben durften und öffentlich gedemütigt wurden. Fast war es, als wäre die Misshandlung österreichischer Juden der neue Lieblingssport der Nazis geworden. Juden wurden auf der Straße angegriffen, geschlagen, beschimpft und gezwungen, Straßen, Rinnsteine und Latrinen zu putzen, jüdische Geschäfte wurden beschlagnahmt und österreichischen Nationalsozialisten übereignet. Tausende flohen oder wurden festgenommen.

In Italien waren die Berichte über den Anschluss und seine Folgen lückenhaft, vielleicht hinderte Mussolini die Presse an kritischer Berichterstattung, um Hitler nicht zu verärgern. Doch mein Vater schrieb uns das, was er in Berlin über die Lebensumstände der Juden in Österreich erfuhr, und Natalia schien über mehr Informationen als andere zu verfügen. Sie wusste auch, dass Mussolini Hitler seine Zustimmung zu dem Anschluss Österreichs gegeben hatte, obwohl er noch wenige Jahre zuvor Österreichs Unabhängigkeit garantiert hatte. Im Gegenzug hatte Hitler ihm versprochen, nicht in Südtirol einzumarschieren, der Region, die Italien im Jahr 1920 annektiert hatte. Was Natalia jedoch besonders aufbrachte, war, dass England und Frankreich Hitler auch dieses Mal hatten gewähren lassen.

Meine Mutter war am Boden zerstört. In Gedanken hatte sie bereits eine neue Wohnung in Wien vor sich gesehen und sich ausgemalt, wie sie diese mit ihren Möbeln aus Berlin einrichten würde. Nun war Wien für sie ebenfalls eine Stadt voller Gestapo, SS und SA, und das Gespenst Kleiner begann sich wieder zu regen. Sie bat meinen Vater, zu uns nach Bologna zu ziehen, wo man in Ruhe leben könne, und schlug ihm vor, entweder in der Stadt oder im Umland eine gemeinsame Wohnung oder ein Haus zu mieten.

Auch mein Vater sehnte sich nach dem Zusammensein mit meiner Mutter, hatte jedoch Zweifel, dass Italien der richtige Ort für sie wäre. Er suchte eine Position in einem Orchester und war sicher, dass er dank Furtwänglers Empfehlung Angebote namhafter amerikanischer Konzerthäuser erhalten werde. Furtwängler hatte ihn gebeten, nur für die laufende Saison noch bei den Berliner Philharmonikern zu bleiben, und ihm für danach eine Stelle in einem der großen amerikanischen Orchester in Aussicht gestellt. Der einzige Lichtblick in dieser Zeit war, dass Vittorio meinen Vertrag bis zum Jahresende verlängerte. Meine Mutter und ich beantragten die italienische Staatsbürgerschaft.

*

Seitdem meine Mutter die italienische Küche für sich entdeckt hatte, kam Natalia häufig abends zum Essen. Dann setzte sie uns so detailliert über die politischen Entwicklungen in Italien ins Bild, dass ich mitunter den Verdacht hatte, sie habe sich einer antifaschistischen Untergrundbewegung angeschlossen und erhielte dort ihre Informationen. Insbesondere an der Universität gab es etliche dieser Gruppen, doch ich fragte Natalia nicht danach. Solange sie von sich aus nichts erzählte, ging es mich nichts an.

Um sich für unsere Einladungen zu revanchieren, lud Natalia uns eines Abends ein, den Sederabend des anstehenden Pessach-Festes bei ihrer Familie in Pienza zu verbringen.

Ich war sofort einverstanden, und nach einigem Zögern erklärte auch meine Mutter sich dazu bereit.

Am selben Abend erhielten wir ein Telegramm meines Vaters, in dem er uns mitteilte, dass er unser Haus und die Einrichtung in Berlin sofort verkaufen wolle, wenn auch zu einem niedrigeren Preis, als gedacht, und danach sein Versprechen uns gegenüber einlösen werde.

»Das verstehe ich nicht«, sagte meine Mutter. »Warum hat er es plötzlich so eilig?« Sie runzelte die Stirn. »Aber er konnte ja noch nie mit Geld umgehen.« Kopfschüttelnd las sie das Telegramm noch einmal. »Ich möchte nicht, dass er die Möbel verkauft, an denen ich hänge. Das ist doch viel zu überstürzt, zumal er ohnehin noch bis zum Sommer in Berlin bleiben muss.«

»Darf ich fragen, um welches Versprechen es sich handelt?«, sagte Natalia.

»Sein Versprechen, uns zu besuchen. Das wollte er schon im vergangenen Oktober tun, aber da – da hatte ich meine Probleme und er danach einen Konzerttermin nach dem anderen.« Meine Mutter seufzte. »Ich werde ihm telegrafieren, dass er mit dem Verkauf warten soll.«

»Tun Sie das nicht«, sagte Natalia. »Ihr Mann handelt nicht überstürzt. In Deutschland wird bald ein Gesetz verabschiedet werden, nach dem alle Juden ihre Vermögenswerte dem deutschen Reich melden müssen. Danach dürfte es nur noch eine Frage der Zeit sein, bis sie dafür Steuern zahlen müssen oder sogar enteignet werden. Es ist also klug, wenn Ihr Mann den Verkauf beschleunigt. Etwas problematischer ist seine Entscheidung, Sie anschließend zu besuchen.«

Meine Mutter sah sie verblüfft an. »Warum soll er das nicht tun?«

»Weil die Nazis diese Reise mit dem Verkauf in Verbindung bringen und Nachforschungen anstellen könnten. Falls er das Geld, das er für Haus und Einrichtung bekommt, auf ein Konto in Italien überweist, wäre das ein Verstoß gegen das kommende Gesetz.«

Meine Mutter und ich blickten uns erschrocken an. »Was ist denn die Alternative?«, fragte meine Mutter. »Soll ich ihm telegrafieren, dass er das Geld in Deutschland lassen soll? Damit man es ihm demnächst wegnimmt?«

Natalia schüttelte den Kopf. »Die Gestapo liest alle internationalen Telegramme und überwacht auch die Telefonate.«

»So haben die Nazis damals auch erfahren, dass Furtwängler mit den New Yorker Philharmonikern verhandelte«, sagte ich.

»Papa ist klug, deshalb hat er Bologna nicht erwähnt, und wir dürfen ihm nichts Verräterisches telegrafieren. Wir müssen uns darauf verlassen, dass er weiß, was er tut.«

»Ich möchte ihn aber warnen«, erklärte meine Mutter und nahm einen Schluck von ihrem Wein.

Wir überlegten, wie mein Vater das Geld vom Konto meiner Eltern und aus dem Hausverkauf unauffällig nach Italien transferieren könnte, kamen jedoch zu keinem Ergebnis.

Dann erhielten wir einen Brief meines Vaters.

Ich habe das Haus verkauft, ohne mich immer weiter herunterhandeln zu lassen. Halleluja! Die Ehefrau unseres Käufers hat den Ausschlag gegeben. Sie war ganz vernarrt in die Einrichtung und erklärte, sie könne sofort in unser Haus einziehen, ohne etwas verändern zu müssen. Leider waren auch die wertvollsten Möbel im Kaufpreis inbegriffen, es war eine der Vertragsbedingungen. Ich bedauere das zutiefst, doch in einigen Wochen hätte ich Haus und Einrichtung überhaupt nicht mehr anbieten können.

Am 9. und 10. April bin ich mit den Philharmonikern in München. Ist das nicht wundervoll?

In Liebe
Papa

Die Berliner Philharmoniker traten mehrmals im Jahr in München auf, insofern war dieser Termin nichts, das wir als »wundervoll« bezeichnet hätten. Wir legten es so aus, dass mein Vater nach dem Gastspiel zu uns käme, und wurden aufgeregt. Für den Fall, dass er auf dem Weg Bargeld aus Deutschland herausschmuggeln würde, ging ich zur nächsten Bankfiliale und mietete ein Safe.

Aber der Gedanke, dass fremde Menschen in unserem Haus

wohnen und unsere Möbel besitzen würden, trübte die Vorfreude meiner Mutter. Bei einigen dieser Möbel handelte es sich um Erbstücke, andere hatte sie selbst mit viel Liebe ausgesucht, gehegt und gepflegt. Bei manchen Käufen war ich dabei gewesen und erinnerte mich an unsere Freude, wenn wir einen Stoff, eine Porzellanfigur, ein Sitzmöbel entdeckten, die uns gefielen, und überlegten, wo diese Dinge in unserem Haus am schönsten aussähen. Nun würden sie alle einer uns unbekannten Frau gehören, die sie, dessen waren wir sicher, niemals so wertschätzen könnte wie wir.

Kapitel 38

Bologna, April 1938

Wir gingen davon aus, dass mein Vater am 11. April ankäme, studierten die Zugverbindungen von München nach Bologna und waren uns schließlich einig, dass er den Bahnhof von Bologna um zwei Uhr nachmittags erreichen und wenig später bei uns eintreffen würde.

Am Morgen ging meine Mutter auf den Markt und kaufte ein. Als sie zurückkehrte, war sie mit Blumen beladen, die sie überall in der blitzblank geputzten Wohnung verteilte. Anschließend bereitete sie passend zu unserem neuen Wohnort eine Soße Bolognese vor. Danach badete sie, zog ihr bestes Kleid an und schminkte sich.

Und dann saßen wir da und warteten.

Es wurde zwei, dann drei Uhr, doch mein Vater erschien nicht. Die Stunden verstrichen, es wurde Abend, und er war noch immer nicht da. Meine Mutter lief nervös durch die Räume, stellte sich immer wieder ans Fenster zur Straße und spähte hinaus. Zwischendurch sahen wir uns an, fragten uns, ob etwas vorgefallen sein könne oder mein Vater sich aus irgendwelchen Gründen entschieden hatte, seine Reise zu verschieben.

Am Abend kam Natalia, um meinen Vater zu begrüßen, und versuchte uns zu beruhigen. Meine Mutter lud sie zum Abendessen ein.

»Vielleicht haben wir seinen Brief missverstanden«, sagte ich. »Papa hat nur geschrieben, dass er am neunten und zehnten in München sein wird, nicht aber, dass er zu uns kommt.«

Meine Mutter schüttelte den Kopf. »Das war eine verschlüsselte Nachricht, warum sollten wir sonst ein ganz normales Gastspiel in München wundervoll finden? Vielleicht wurde das Konzert im letzten Moment abgesagt, und er ist noch in Berlin. Ich bete nur, dass er nicht mit einem Koffer voll Geld unterwegs war und gefasst wurde.«

Kurz vor Mitternacht klopfte es. Meine Mutter stürzte zur Wohnungstür und riss sie auf. Mein Vater stand auf der Schwelle, in einer Hand einen Koffer, in der anderen einen Geigenkasten.

»Jakob«, flüsterte meine Mutter und umarmte ihn.

Ich trat zu ihnen, doch als ich sah, dass beide weinten, nahm ich nur Koffer und Geigenkasten und trug beides leise in die Wohnung.

Als meine Eltern endlich voneinander ließen, sagte mein Vater: »Ada, mein Schatz, komm zu mir.« Ganz weit breitete er seine Arme aus. Ich umschlang ihn und spürte beinah schmerzhaft, wie sehr er mir gefehlt hatte.

Ich stellte ihm Natalia vor. Sie lächelte charmant und sagte: »Willkommen in Bologna. Ich bin die Frau, die hier ständig hereinschneit, um ein Abendessen abzustauben.«

Wir setzten uns an den Tisch und redeten alle durcheinander. Ich erzählte meinem Vater, dass Vittorio meinen Vertrag noch bis Jahresende verlängern würde, ich dann aber gehen müsse.

»Es wäre ihm vermutlich schwergefallen, eine Frau fest in seinem Orchester aufzunehmen«, entgegnete mein Vater. »Die Musiker wollen keine Kolleginnen. Es ist überall das Gleiche.«

Als ich ihm berichtete, dass ich Beniamino Gigli begleitet hatte, zog mein Vater die Brauen hoch. »Das muss hart gewesen sein. Er ist als schwieriger Mensch bekannt.«

»Nein, er war ganz reizend und hat mir eine weitere Zusammenarbeit in Aussicht gestellt.«

Mein Vater lächelte. »Eigentlich sollte mich das nicht wundern. Ich bin stolz auf dich, Ada.«

Meine Mutter wärmte meinem Vater einen Teller Pasta mit *Ragù alla bolognese* auf und schenkte ihm ein Glas Rotwein ein. Sie wartete, bis er den Teller geleert hatte, dann fragte sie: »Was ist aus dem Geld aus dem Hausverkauf geworden?«

Ein fragender Blick meines Vaters wanderte zu Natalia.

»Natalia können wir vertrauen«, sagte meine Mutter. »Sie ist eine gute Freundin.«

»Na dann.« Mein Vater öffnete seinen Geigenkasten, der voller in Zeitungspapier eingeschlagener Päckchen war, und lächelte triumphierend. »Hier siehst du unser gesamtes Vermögen, alles hübsch in das *Berliner Tageblatt* eingewickelt.«

»Wie hast du das geschafft?«, fragte ich beeindruckt. »Meinen Geigenkasten hat die Polizei an der Grenze kontrolliert.«

Mein Vater lachte. »Wenn die Philharmoniker reisen, werden alle Instrumente zusammen in einen Waggon geladen. Die Aktion beaufsichtigt der Konzertmeister, und bisher hat noch kein Polizist gewagt, sich einen Instrumentenkasten der berühmten Berliner Philharmoniker näher anzusehen. So habe ich das Geld nach München gebracht, der Rest war dann Glück.«

»Das war mutig«, sagte Natalia.

»Wo ist deine Geige?«, fragte ich.

»Wilhelm hatte einen leeren Geigenkasten dabei und meine Geige mitgenommen. Und wir haben unser Geld gerettet, ohne den Nazis etwas abtreten zu müssen. Es heißt, irgendwann in nächster Zukunft müssen alle Juden ein Vermögen über fünftausend Reichsmark melden und auf den Überschuss Steuern zahlen. Das bleibt uns nun erspart.«

»Im November wird es so weit sein«, sagte Natalia.

Mein Vater sah sie verwundert an. »Woher wissen Sie das?«

»Lass sie«, sagte ich. »Das ist ihre Angelegenheit.«

»Das ist in Ordnung«, erwiderte Natalia. »Ich bin ja unter Freunden und kann zugeben, dass ich geheime, aber gut informierte Quellen habe.«

»Wie dem auch sei.« Mein Vater nahm einen großen Schluck Wein. »Ich bin froh, in Italien einmal durchatmen zu können und irgendwo zu sein, wo die Juden nicht diskriminiert und ausgegrenzt werden.«

Natalia seufzte. »Ich fürchte, Sie freuen sich zu früh. Auch hier gibt es antisemitische Strömungen, in den Zeitungen kann man es schon erkennen, allen voran *La Civiltà Cattolica*, die von der Gesellschaft Jesu herausgegeben wird. Sie spricht sich gegen den Umgang mit Juden aus, gegen gemischte Ehen und gegen die Anerkennung jüdischer Konvertiten.«

Mein Vater zuckte mit den Schultern. »Im Vergleich zu den deutschen Rassengesetzen kommen mir die Ansichten einer jesuitischen Wochenzeitung nicht sehr bedrohlich vor.«

»Dahinter stehen nicht nur Jesuiten«, sagte Natalia, »sondern auch die antisemitischen Kräfte der faschistischen Partei. Die Faschisten sind keine Freunde der Juden. Aber Sie haben recht, Deutschland und Italien kann man nicht vergleichen. Bei uns werden die Juden nicht ausgestoßen, auch beruflich nicht.«

»Warum bleibst du nicht hier, Jakob?«, fragte meine Mutter. »Hier sind wir sicher.«

Mein Vater nahm ihre Hand. »Du weißt doch, dass ich Wilhelm versprochen habe, bis zum Ende der Saison zu bleiben. Aber wenn er bis dahin nichts für mich findet, ziehe ich hierher.«

*

Zwei Tage später kehrte mein Vater nach Berlin zurück.

Meine Mutter und ich begleiteten Natalia nach Pienza, um dort gemeinsam mit ihrer Familie den Sederabend zu feiern. Dazu mussten wir mit dem Zug nach Siena fahren und von dort weiter mit dem Bus.

Anfangs wirkte meine Mutter wehmütig, die beiden Tage mit meinem Vater waren ihr eindeutig zu wenig gewesen, und als er sich verabschiedete, hatte sie sich an ihn geklammert und geweint. Doch mein Vater hatte Konzerttermine und konnte nicht länger bleiben.

Nach einer Weile jedoch lehnte meine Mutter sich im Zug zurück, betrachtete die wunderschöne, vorbeiziehende Landschaft der Toskana und schien den Anblick zu genießen.

Pienza stellte sich als malerischer Ort heraus, mit großartigen Gebäuden der Renaissance rund um eine Piazza und mit lauschigen, verwinkelten Gassen. Ich fand, es war eine Art Bologna in Miniatur, nur sehr viel ruhiger, denn es gab keine Studentenmassen und bis auf den gelegentlichen Bus, Eselskarren und klapprige Autos auch keinen Verkehr.

Natalias Familie wohnte am Rand des Städtchens in einem jener Häuser aus Naturstein und mit rotem Dach, die für diese Gegend typisch waren.

Naomi, Natalias Mutter, war dunkelhaarig wie ihre Tochter, nur dass sich in ihrem Haar bereits erste graue Fäden zeigten. Sie war in der Küche mit den Vorbereitungen für den Seder beschäftigt und hieß uns mit erhitzten Wangen willkommen. Meine Mutter fragte sofort, ob sie helfen könne.

Natalias Vater war ein kräftiger Mann mit einem warmherzigen Lächeln, der in Pienza ein Schuhgeschäft besaß.

Auch Matteo, Natalias Bruder, der einige Jahre älter als sie war, kam mit seiner Frau und ihren beiden Kindern zum Seder. Sie hatten am Rand von Montepulciano einen Bauernhof, doch Matteo vertrieb zudem die Weine einer kleinen Kellerei.

Natalia hatte mir erzählt, dass ihre Familie die Synagoge nicht regelmäßig besuchte, nur hier und da am Schabat und an den Feiertagen. Dazu fuhren sie nach Pitigliano, einer winzigen, auf einem Tuffsteinfelsen gelegenen Stadt, in der es eine größere jüdische Gemeinde und eine Synagoge aus dem fünfzehnten Jahrhundert gab. Matteo erzählte uns, dass jüdische Familien vor Jahrhunderten dorthin geflohen waren, um den antijüdischen Gesetzen des Vatikans zu entgehen, woraufhin Pitigliano den Beinamen »*La Piccola Gerusalemme*« erhalten hatte – das kleine Jerusalem. Natalias Vater schwor, dass die Familie Romitti von diesen Juden abstamme.

Es war der erste Sederabend, den wir ohne meinen Vater begingen, und als wir uns an der Tafel niederließen, stimmte mich das traurig. Dennoch wurde es ein schöner Abend. Wir teilten die Speisen, die an die Gefangenschaft der Israeliten in Ägypten erinnerten, lasen aus der Haggada über ihre Befreiung von der ägyptischen Sklaverei und tranken den erstklassigen Wein, den Matteo mitgebracht hatte.

Anschließend machten wir einen Spaziergang durch den Ort, bei dem meine Mutter und Naomi sich wie alte Freundinnen unterhielten, und ich dachte, endlich hatte meine Mutter wieder jemanden gefunden, mit dem sie sich austauschen konnte.

Kapitel 39

Pienza, August 2017

Als Giulia, Catherine und Liam nach drei Tagen erneut im Katasteramt von Siena erschienen, empfing sie ein Mann, der sich als Giuseppe vorstellte. Giulia erklärte ihm, sie habe das Grundbuch von vor 1980 bestellt, und reichte ihm ihren Beleg über die entrichtete Gebühr. Giuseppe machte sich auf die Suche und kehrte mit leeren Händen zurück. »Bedaure«, sagte er, »bei uns ist es nicht. Es muss wohl noch im Archiv sein.«

»So geht das nicht«, erwiderte Giulia aufgebracht. »Wir haben dieses Grundbuch vor drei Tagen mit der Bitte um ein Eilverfahren bestellt.« Sie deutete auf Catherine. »Zuvor hat es diese Dame bestellt und vor ihr Avvocato Santi. Beide haben die Gebühr bezahlt und warten nun bereits seit Wochen darauf, dass es aus dem Archiv kommt. Dieses Grundbuch wird für einen Rechtsstreit benötigt.«

»Das verstehe ich nicht«, erwiderte Giuseppe und wirkte unangenehm berührt. »Wenn Sie möchten, fahre ich über Mittag zum Archiv und hole das Grundbuch selbst ab.«

»Das wäre ganz reizend. Nur um sicherzugehen, wir brauchen das Grundbuch für die Region Pienza vor neunzehnhundertachtzig.«

»Das wäre die Nummer hundertdreiundvierzig«, antwortete Giuseppe. »Wenn Sie um dreizehn Uhr zurückkommen, ist es da.«

»Normalerweise würde ich jetzt ausrasten«, erklärte Liam auf dem Weg aus dem Gebäude. »Aber der Gedanke an eine große Pizza auf der Piazza del Campo hält mich zurück.«

*

Um dreizehn Uhr waren sie wieder im Katasteramt, doch Giuseppe kehrte erst zwei Stunden später zurück, kopfschüttelnd und mit leeren Händen. »Es ist nicht im Archiv, ich habe überall nachgesehen. Dann habe ich sogar noch einmal alles mit zwei Kollegen durchsucht, aber das Grundbuch ist nirgends zu finden.«

»Könnte es jemand ausgeliehen haben?«, fragte Catherine.

Giuseppe schüttelte den Kopf. »Das ist nicht gestattet.«

»Dann hat es vielleicht ein Richter als Beweismittel angefordert, und es liegt nun in einem Gerichtssaal«, meinte Giulia.

»Ausgeschlossen. Wenn ein Richter ein Grundbuch anfordert, bringen wir es ihm, warten, bis er die relevanten Einträge geprüft hat, und nehmen es wieder mit. Grundbücher kommen nicht in den Umlauf. Es sind unersetzbare historische Nachweise über Eigentumsübertragungen, und noch sind nicht alle digitalisiert.«

»Gibt es vielleicht noch andere Möglichkeiten, Besitzverhältnisse nachzuweisen?«, fragte Liam.

Giuseppe zuckte mit den Schultern. »Das wäre die notariell beglaubigte Besitzurkunde.«

»Das ist in unserem Fall das Problem«, erklärte Catherine. »Wir haben Urkunden, die einander widersprechen, und müssen das Grundbuch einsehen, um die Besitzverhältnisse zu klären.«

Giuseppe sah sie unglücklich an. »Dann müssen wir noch einmal suchen. Irgendwo muss das Grundbuch ja sein.«

»Können Sie feststellen, welcher Ihrer Kollegen vor etwa einem

Monat die Bestellung von Avvocato Santi entgegengenommen hat?«, fragte Liam. »Waren Sie das?«

»Nein«, antwortete Giuseppe, »ich höre heute zum ersten Mal von der Sache.« Er setzte sich an seinen Computer und gab einen Befehl ein. »Das war Fabio. Er hat auch den Empfang der Gebühr bestätigt.«

»Können wir mit ihm sprechen?«

»Es tut mir leid, Signore, er ist heute nicht im Haus.« Giuseppe tippte auf der Tastatur seines Computers.« »Er hat auch die Bestellung vor drei Tagen entgegengenommen und die Gebühr mit seinen Initialen bestätigt. FL, das steht für Fabio Lombardo.«

»Ein groß gewachsener Mann mit einem Muttermal auf der Wange?«, fragte Liam.

Giuseppe nickte.

»Stinkt zum Himmel«, raunte Liam seiner Frau ins Ohr.

Giuseppe runzelte die Stirn. »Was sagten Sie?«

»Nicht der Rede wert. Könnten Sie vielleicht auch nachsehen, ob das Grundbuch hundertdreiundvierzig früher schon einmal angefordert wurde. Vor der Bestellung von Avvocato Santi. Sagen wir, im Lauf des vergangenen Jahrs.«

Giuseppe konsultierte die Liste auf seinem Computer. »Ich habe hier drei Bestellungen. Die erste von Avvocato Lenzini. Das war im vergangenen Oktober. Dann die der Avvocati Santi und Romano.«

»Und wer hat diese Bestellungen angenommen.«

»Das war jedes Mal Fabio.«

»Und was ist aus der Anfrage von Signora Lockhart geworden?«, erkundigte sich Liam.

Giuseppe zuckte mit den Schultern.

»Ich frage mich, wo meine zwanzig Euro geblieben sind«, murmelte Catherine.

»Könnten Sie uns Lombardos Privatadresse geben?«, fragte Liam.

»Leider nein, das dürfen wir nicht.«

Liam seufzte. »Ohne dieses Grundbuch kann es sein, dass eine alte Dame aus ihrem Haus vertrieben wird, in dem sie beinahe ihr ganzes Leben verbracht hat. Wir brauchen es dringend, um es einem Richter vorzulegen.«

»Trotzdem darf ich Ihnen die Adresse nicht verraten.« Ein winziges Lächeln huschte um Giuseppes Lippen. »Ich darf Ihnen nicht einmal sagen, dass Fabio mit Adresse und Rufnummer im Telefonbuch von Siena steht.«

»So was.« Liam grinste. »Bitte geben Sie Rechtsanwältin Romano Bescheid, sollten Sie auf das Grundbuch stoßen.«

Giuseppe versprach es.

*

Die Adresse von Lombardi führte sie im Osten von Siena zu einem kleinen gelb verputzten Haus. In der Einfahrt stand ein kleiner Fiat, auf der obersten Stufe der Eingangstreppe lagen zwei Tageszeitungen. Liam drückte auf die Klingel. Als sich nichts tat, klopfte er an die Haustür.

»Er ist nicht da«, sagte Giulia. »Ich werde versuchen, ihn später telefonisch zu erreichen.«

Liam deutete auf den überquellenden Briefkasten an der Haustür. »Irgendwas ist hier faul.« Als er auf die Türklinke drückte, öffnete sich die Tür, und er betrat das Haus.

»Liam, das darfst du nicht«, sagte Catherine.

»Fabio!«, rief Liam. »Fabio Lombardo!«

Keine Antwort.

»Er muss verreist sein«, sagte Catherine.

Liam ging weiter ins Haus hinein – und wich zurück. Dann gab er einen würgenden Laut von sich und bedeckte Mund und Nase mit der Hand. »Verdammt, der Mann ist tot. Giulia, bitte ruf die Polizei!«

*

Die Polizei nahm ihre Aussagen auf. Liam erklärte den Beamten den Grund, weshalb sie Lombardo hatten sprechen wollen und dass er bei ihrer Ankunft bereits tot gewesen war.

Lombardo war in den Hinterkopf geschossen worden, der Rechtsmediziner schätzte, dass er seit drei Tagen tot war.

Liam bat darum, sich im Haus nach dem Grundbuch umsehen zu dürfen, das sie so dringend brauchten. Die Polizisten betrachteten ihn mit hochgezogenen Brauen und lehnten seinen Wunsch ab.

Liam wagte noch einen Vorstoß. »Wenn Sie sein Handy finden, könnten Sie Rechtsanwältin Romano dann wissen lassen, ob Lombardo in den vergangenen Tagen mit einem Lorenzo Lenzini gesprochen hat?«

Giulia fasste seinen Arm und zog ihn aus dem Haus. »Ich kümmere mich darum, Liam.«

*

Auf der Rückfahrt zur Villa Vincenzo fragte Catherine: »Glaubst du, Lenzini hat Lombardo erschossen?«

Liam schüttelte den Kopf. »Nie im Leben. Lenzini macht sich die Finger nicht schmutzig. Aber ich wette darauf, dass er involviert war. Er hat das Grundbuch angefordert, als er für VinCo den

Prozess eingeleitet hat. Vielleicht hat er gesehen, dass die Firma Quercia vor neunzehnhundertachtzig nicht als Eigentümerin eingetragen war. Dann hat er Lombardo überredet oder bestochen, ihm das Grundbuch zu überlassen. Als Santi das Grundbuch angefordert hat, wird Lombardo kalte Füße bekommen haben. Vielleicht hat er Lenzini gebeten, es ihm zurückzugeben. Das wird Lenzini nicht getan haben. Dann hat Santi die Sache nicht weiterverfolgt, und Lombardo wird aufgeatmet haben. Bis du und Giulia das Buch bestellt habt. Ich nehme an, an dem Punkt ist Lombardo panisch geworden und hat es von Lenzini zurückverlangt. Das war sein großer Fehler.«

»Warum glaubst du nicht, dass Lenzini ihn erschossen hat?«

Liam hob die Schultern. »Das habe ich dir gerade gesagt. Lenzini ist ein Wurm. Einen unschuldigen Menschen kaltblütig zu erschießen ist nicht seine Kragenweite.«

»Wer soll es dann gewesen sein?«

»Irgendeiner, der ebenfalls auf der Gehaltsliste von VinCo steht.«

Kapitel 40

Bologna, Mai 1938

Anfang Mai kam Hitler zu einem mehrtägigen Staatsbesuch nach Italien und erwiderte somit Mussolinis Besuch in Deutschland aus dem Vorjahr. Er und weitere Nazigrößen wurden in Rom in einem extra zu diesem Zweck errichteten Bahnhofspavillon empfangen und in einer Wagenkolonne über die neu asphaltierte Via Adolf Hitler in die Stadt gefahren.

Die Zeitungen berichteten ausführlich über jeden Tag des Besuchs, zeigten Fotos von Hitler und Mussolini und ihrer Entourage bei den Besuchen antiker Stätten, auf dem Balkon des Palazzo Venezia in Rom, dem Regierungssitz Mussolinis, und zitierten Hitler, der in seinen Worten den Bogen von Galilei bis Zeiss schlug, als er Mussolini als Gastgeschenk die Ausstattung für eine Sternwarte zukommen ließ. Es fanden Militärparaden statt, Fahrten durch die Stadt, bei denen die Italiener den beiden Führern zujubelten, und alles wurde in Zeitungen und Wochenschauen dokumentiert.

Am fünften Mai reisten Hitler und Mussolini, wieder mit einem Riesenaufgebot an Parteigrößen und Presse, nach Neapel, wo Mussolini Hitler stolz einen Teil seiner Kriegsflotte vorführte – einer der größten weltweit.

Am neunten Mai ging es nach Florenz, wo die Kunstschätze dieser Stadt besichtigt wurden. Auch wir von der Oper Bologna wurden kurzfristig dorthinzitiert, um für die deutsch-italienische Delegation am Nachmittag ein Konzert auf der Piazza della Signoria zu geben und am Abend im Teatro Comunale di Firenze für sie Verdis Oper *Simone Boccanegra* aufzuführen.

Am Nachmittag hatten wir wunderbares Wetter und traten vor der Tribüne auf, wo Hitler, Mussolini und ihre Gefolgschaft saßen. Wie spielten Ouvertüren aus den Opern Rossinis – darunter die beliebte Ouvertüre des *Barbier von Sevilla* - und ernteten einen so stürmischen Applaus, dass wir als Zugabe auch die Ouvertüre zu Rossinis Oper *Wilhelm Tell* präsentierten, die Hitler sehr mochte, wie es hieß. Seltsamerweise hatte ich den Eindruck, dass Hitlers Blick einen Moment lang auf mir ruhte und nachdenklich wirkte.

Die Oper verfolgten Mussolini und Hitler abends in der Loge des Duce, der selbst für die meiste Zeit schlief. Das wunderte mich nicht, Mussolini war als Kulturbanause bekannt. Hitler hingegen, der Opernliebhaber, lauschte konzentriert. Nach der Vorstellung kamen Mussolini, Hitler und Goebbels zu uns, um uns ihr Lob auszusprechen. Hitler machte einen aufgeräumten Eindruck und lächelte sogar einmal. Ich dachte an das Geld, das mein Vater aus Deutschland herausgeschmuggelt hatte, und lächelte ebenfalls.

Doch dann musterte Hitler mich wieder und schien zu überlegen. Schließlich wandte er sich an Vittorio und erklärte, er habe mich vor zwei Jahren in Garmisch-Partenkirchen gehört und ob es möglich sei, dass ich ihm ein wenig aus Massenets »Meditation« vorspiele. Vittorio war natürlich einverstanden.

Ich konnte nicht fassen, wie gut Hitlers Gedächtnis war. Natürlich kannte er meinen Namen nicht, wusste auch nicht, wer mein Vater war, doch er hatte sich mein Gesicht und mein Geigenspiel gemerkt.

»Wie heißen Sie?«, fragte er mich.

Alles in mir sträubte sich, ihm meinen Namen zu nennen und für ihn zu spielen, doch ich hatte ja keine Wahl. Ihm seinen Wunsch auszuschlagen hätte das Ende meiner Karriere – und vielleicht auch des Lebens meines Vaters bedeutet.

»Ada Baumgarten.«

»Bitte einen kleinen Auszug aus der ›Meditation‹.« Es klang nicht mehr freundlich, sondern wie ein Befehl.

Ich verbeugte mich und spielte für ihn das Stück, das ich wie kein anderes kannte und liebte. Hitler lauschte mit geschlossenen Augen und dirigierte mit einem Zeigefinger.

Als ich geendet hatte, deutete er eine Verneigung an und sagte: »Sehr gut, Fräulein Baumgarten.«

*

»Du hast für Hitler gespielt?«, fragte Natalia entsetzt.

»Ich musste es tun.«

»Ich wünschte, in deiner Geige wäre ein Maschinengewehr gewesen.«

»Und was dann?« Natalia und ich ließen uns unter den Arkaden der Piazza Maggiore an einem kleinen Cafétisch nieder. »Es war unheimlich, die beiden Führer zusammenzusehen, die sich offenbar blendend verstanden.«

»Die Freundschaft der beiden verheißt nichts Gutes«, sagte Natalia bedrückt. »Seit einiger Zeit tut Mussolini alles, um von Hitler anerkannt zu werden. Er weiß, dass Hitler aufrüstet und für Deutschland eine Großmachtstellung anstrebt, und sucht vermutlich eine Allianz, die über den bisherigen Freundschaftsvertrag hinausgeht. Deshalb hat er Hitler seine Kriegsflotte vorgeführt. Und für diese Allianz wird er auch bereit sein, sich der Ideologie der

Nazis weiter anzunähern. Bereits jetzt wird in Regierungskreisen überlegt, die Zahl der jüdischen Lehrkräfte an den Universitäten zu begrenzen. Seit Jahresbeginn ist sie schon um dreißig Prozent gesunken.«

»Ich verstehe es nicht«, erwiderte ich. »Bei den Nazis ist der Antisemitismus zwanghaft oder schon ein Wahn, aber Mussolini hat sich doch noch nie in diesem Sinn geäußert, oder?«

Natalia lachte. »Wenn es drauf ankommt, sind wir ihm einerlei. Bisher hat er immer gesagt, die Juden hätten seit Jahrhunderten in Italien gelebt und sollten das auch weiterhin tun können. Auch seine Geliebte Margherita Sarfatti ist Jüdin, ein Antisemit ist er also nicht. Aber wenn er sich Hitlers Wohlwollen erhalten will, wird unser Duce über kurz oder lang antijüdische Maßnahmen ergreifen müssen.«

*

Es kam, wie Natalia vorhergesagt hatte. Im Sommer tauchten in nahezu allen italienischen Zeitungen antijüdische Beiträge auf und positive Berichte über das deutsche Vorgehen gegen sogenannte jüdische »Finanzverbrecher«. Sogar in der angesehenen Tageszeitung *Giornale d'Italia* erschien ein »Rassenmanifest«, angeblich von Medizinern, Anthropologen und Zoologen erarbeitet, in dem erklärt wurde, dass Italiener – anders als Juden – Angehörige der arischen Rasse seien.

Meine Mutter wurde erneut unruhig und sah im Geist bereits die ersten SA-Truppen durch Bologna marschieren. In ihren Briefen flehte sie meinen Vater an, mit ihr nach Amerika auszuwandern, und versprach, dass ihre Eltern, die nun in New York lebten, für sie bürgen würden.

Immer wieder wies mein Vater sie darauf hin, dass sowohl er

als auch ich vertraglich gebunden seien und frühestens im Herbst mit den Vorbereitungen für die Ausreise beginnen konnten.

»Aber hier werden auch schon Rassengesetze diskutiert«, sagte meine Mutter, als wir mit meinem Vater telefonierten. »Es wird antijüdische Erlasse geben, genau wie in Deutschland.«

»Aber noch ist es nicht so weit«, antwortete mein Vater. »Ihr könnt jedes Restaurant betreten und jedes Geschäft. Ada kann im Opernorchester spielen, und was das Allerwichtigste ist, die Italiener hassen die Juden nicht.«

»Welche Rolle spielen die Gefühle der Italiener, wenn Mussolini entscheidet, gegen uns vorzugehen?«

»Friede, bitte reg dich nicht auf.«

»Ich habe Grund, mich aufzuregen.«

»Vielleicht sind wir Ende des Jahres schon in Amerika«, sagte mein Vater beschwichtigend.

»Bis dahin ist es zu lang«, antwortete meine Mutter.

Und sie behielt recht. In den nächsten Monaten wurde unser Leben erneut auf den Kopf gestellt.

Kapitel 41

Bologna, September 1938

Am 7. September 1938 trat eine antijüdische Maßnahme in Kraft, nach der alle ausländischen Juden und Juden, die nach dem 1. Januar 1919 die italienische Staatsbürgerschaft erworben hatten, das Land innerhalb der nächsten sechs Monate zu verlassen hatten. Zu ihnen gehörten wir.

Bereits am 5. September war erklärt worden, dass bis zum 16. Oktober alle jüdischen Schüler, Studenten, Lehrer und Professoren öffentlicher Lehranstalten verwiesen würden. Eine Ausnahme gab es für Juden, die in Italien geboren waren und vor der Maßnahme mit einem Studiengang begonnen hatten. Auch Natalia war als Doktorandin ausgenommen, doch etliche ihrer Freunde und Freundinnen mussten die Universität verlassen.

Mitte September teilte mein Vater uns am Telefon mit, dass meine Großeltern in New York kurz nacheinander gestorben waren. Er hatte den Brief mit der Nachricht gerade erst erhalten. Der Leiter des jüdischen Altersheims, in das meine Großeltern gezogen waren, hatte ihm geschrieben und sein Beileid ausgesprochen.

Meine Mutter und ich weinten um meine Großeltern, die fernab von uns aus dem Leben gegangen waren, statt, wie wir es ersehnt hatten, im nächsten Jahr mit uns glücklich vereint zu werden. Doch auch unsere Ausreise nach Amerika würde sich durch ihren Tod nun noch schwieriger gestalten.

Ein weiteres Problem war, dass wir Bologna nach dem neuen italienischen Gesetz bis zum 1. März verlassen mussten und meine

Mutter psychisch nicht in der Lage war, nach Berlin zurückzukehren. Österreich kam für uns auch nicht mehr in Frage, ebenso wenig das antisemitische Ungarn. Wir waren darauf angewiesen, dass mein Vater in einem freien Land in einem Orchester aufgenommen wurde, was wiederum von Furtwängler abhing.

Natürlich waren wir nicht die Einzigen, die nach einer Zuflucht suchten. Es hieß, dass eine halbe Million Juden versuchte, Europa zu verlassen. Im Juli hatte der amerikanische Präsident Roosevelt deshalb eine internationale Konferenz einberufen. Sie fand in der französischen Stadt Évian statt, und Vertreter von zahlreichen Staaten und Hilfsorganisationen berieten darüber, wie sie mit den zunehmenden Wellen jüdischer Flüchtlinge verfahren sollten. Hitler erklärte, wenn andere Staaten gewillt seien, »diese Kriminellen« aufzunehmen, wäre er bereit, ihnen sogar Luxusdampfer zur Ausreise zur Verfügung zu stellen. Damals hätte jedes an der Konferenz beteiligte Land nur siebzehntausend Juden aufnehmen müssen, um die Flüchtlinge zu retten, doch die Konferenz endete ergebnislos.

Allerdings besserte sich unsere Lage Mitte September. Da verkündete Mussolini, Juden, die italienische Staatsbürger seien und sich um das Land verdient gemacht hätten, könnten einen Antrag stellen, um von den Rassengesetzen ausgenommen zu werden. Die italienische Staatsbürgerschaft hatten meine Mutter und ich erhalten. Jedoch wussten wir nicht, ob wir uns »um das Land verdient gemacht« hatten. Würde meine Position in der Oper darunterfallen? Würde es, wenn ja, meine Eltern einschließen? Natalia riet mir, mein Glück auf jeden Fall zu versuchen, was ich dann auch tat.

Ich bat meinen Vater, uns dringend zu besuchen, da es meiner Mutter, seit der Nachricht vom Tod ihrer Eltern, wieder schlecht gehe, und er versprach, Mitte Oktober für ein langes Wochenende zu kommen. Doch gerade als wir uns auf das Wiedersehen mit ihm vorzubereiten begannen, erreichte uns die nächste Hiobsbotschaft. Aufgrund einer Verordnung vom 5. Oktober wurden die Pässe aller deutschen Juden für ungültig erklärt und eingezogen, um mit einem roten »J«, dem sogenannten »Judenstempel« versehen zu werden. Das hieß, dass mein Vater uns nicht besuchen konnte, und meine Mutter versank erneut in Schwermut.

*

Am 9. November erhielt ich in einer Probenpause eine Nachricht von Natalia, die ihren Besuch bei uns am Abend ankündigte und schrieb, es sei dringend.

Als Natalia am Abend kam, war sie so aufgelöst, wie ich sie noch nie erlebt hatte. »Kannst du deinen Vater anrufen?«, sprudelte sie hervor und packte meinen Arm.

»Ja«, antwortete ich. »Warum, was ist los?«

»In Deutschland ist bald die Hölle los, du musst deinen Vater warnen.«

Ich verstand kein Wort und dirigierte Natalia ins Wohnzimmer, wo meine Mutter ihr besorgt entgegensah. »Wovor soll ich ihn warnen?«

»Vor einem Pogrom.« Natalia ließ sich auf einen Sessel fallen. »Die ersten Übergriffe auf Synagogen, jüdische Geschäfte und Wohnungen in Deutschland haben schon begonnen. Aber es wird noch schlimmer werden. Die Aufforderung zu einer großen antijüdischen Kampagne ist von ganz oben gekommen, wir vermuten, direkt aus dem Reichspropagandaministerium. Auf so etwas hat die SA nur gewartet.«

Meine Mutter war kreidebleich geworden. »Aber warum?«

Natalia sah uns entgeistert an. »Verfolgt ihr die Nachrichten nicht? Habt ihr nicht gehört, dass ein polnischer Jude namens Grynszpan in Paris den deutschen Legationssekretär vom Rath erschossen hat? Wisst ihr nicht, dass massenhaft polnische Juden aus Deutschland abgeschoben werden? Grynszpan wollte sich für die Vertreibung seiner Eltern rächen. Einen schöneren Vorwand für ein Pogrom konnten die Nazis sich kaum wünschen.« Natalia schlug die Hände vors Gesicht. »Ihr Mann muss sich in Sicherheit bringen, Frau Baumgarten.«

»Was sollen wir ihm denn sagen, wenn wir ihn am Telefon erreichen? Dass er sich verbergen soll? Er wird uns fragen, warum, und wir können ihm nichts von einem bevorstehenden Pogrom erzählen, die internationalen Telefonate werden von der Gestapo abgehört. Wir können nur hoffen, dass er die Übergriffe, die schon begonnen haben, als Zeichen erkennt.«

Auch diesmal kam es, wie Natalia vorhergesagt hatte. In Deutschland und Österreich fanden in der Nacht vom 9. zum 10. November Gewaltmaßnahmen gegen Juden statt, in einem Ausmaß und mit einer Brutalität, wie wir es, seit wir denken konnten, nicht erlebt hatten. Synagogen wurden niedergebrannt, Wohnungen und Geschäfte zerstört und geplündert, Friedhöfe geschändet und dreißigtausend Juden in Konzentrationslager gebracht.

Ich las die Berichte darüber in den Zeitungen und konnte nicht fassen, dass die italienische Presse dieses Pogrom als Vergeltungsmaßnahme der Deutschen entschuldigte. Weitaus schlimmer war jedoch, dass ich meinen Vater nicht erreichen konnte. In meiner Not versuchte ich es unter Furtwänglers Privatnummer, und als sich dort niemand meldete, im Konzerthaus der Philharmoniker.

Nachdem man mich von einem Angestellten zum nächsten verbunden hatte, hörte ich endlich Furtwänglers vertraute Stimme, die fragte: »Hallo, Ada, wie geht es dir?«

»Ist mein Vater bei Ihnen?«, fragte ich. »Wir machen uns große Sorgen um ihn.«

»Nein, wir haben alle Aufführungen ausgesetzt. Sei froh, dass du nicht in Berlin bist, Ada, was hier geschieht, ist ungeheuerlich. Eine absolute Schande.«

»Aber wo könnte mein Vater denn sein? Zu Hause meldet er sich nicht.«

Furtwängler schwieg. Dann sagte er: »Er wohnt jetzt nahe der Oranienburger Straße, wo die Ausschreitungen besonders heftig waren. Seine Wohnung ist nicht weit von der Neuen Synagoge entfernt. Dort hat es gebrannt.« Er seufzte. »Wenn sich die Lage beruhigt, werde ich zu ihm fahren und ihn bitten, euch ein Telegramm zu schicken.«

Ich bedankte mich bei ihm.

»Dein Vater ist sehr stolz auf dich«, fügte er hinzu. »Vittorio ist ebenfalls sehr zufrieden.«

»Aber auch in Italien bekommen wir nun Schwierigkeiten.«

»Davon habe ich gehört. Grüß deine Mutter von mir, Ada. Ich kümmere mich um deinen Vater.«

*

Zwei Tage später erhielten wir ein Telegramm von Furtwängler. »JAKOB NICHT ZU HAUSE STOP NACHBARN HABEN IHN NICHT GESEHEN STOP VERSUCHE MEHR HERAUSZUFINDEN.«

Wieder war Natalia bei uns. Sie schüttelte den Kopf, als ich erklärte, dass ich nach Berlin fahren wolle, um meinen Vater zu suchen.

»Tu das nicht«, sagte sie. »Wie willst du mehr als Furtwängler erreichen können?«

»Furtwängler ist ein vielbeschäftigter Mann. Ich dagegen könnte mich der Suche von morgens bis abends widmen.«

»Auf deinem Pass ist kein Judenstempel«, sagte meine Mutter. »Wie willst du in das Land kommen? Und wie wieder heraus?«

»Mit meinem italienischen Pass, Mama.«

»Aber du hast einen jüdischen Namen.«

»Es gibt auch Nichtjuden, die mit Vornamen Ada und mit Nachnamen Baumgarten heißen. Ich muss einfach herausfinden, wo Papa ist und wie es ihm geht.«

»Was ist, wenn er zu denen gehört, die in ein Konzentrationslager gebracht wurden?«, fragte Natalia. »Ist Furtwängler dann nicht am besten geeignet, so etwas herauszufinden? Er hat Beziehungen, die hast du nicht. Vergiss nicht, dass er es damals auch geschafft hat, den Aufenthaltsort deiner Mutter zu erfahren.«

»Natalia hat recht«, sagte meine Mutter. »Du würdest dich nur in Gefahr begeben. Überlass die Sache Wilhelm, er ist Papas bester Freund und ein Mann mit Einfluss.«

Ich erklärte mich bereit, die nächsten Tage abzuwarten.

Natürlich zog das Pogrom in Deutschland neue antijüdische Gesetze nach sich. Jüdische Kinder konnten ab sofort nur noch jüdische Schulen besuchen. Jüdische Geschäfte und Handwerksbetriebe mussten aufgegeben und »Ariern« überlassen werden; es hieß, das diene der Ausschaltung der Juden aus dem deutschen Wirtschaftsleben. Darüber hinaus – und das war der Gipfel der Perfidie – mussten die Juden als »Sühneleistung« für die Zerstörungen in der Pogromnacht einen Betrag von einer Milliarde Reichsmark entrichten.

Als Zeichen der Solidarität mit Hitler forcierte auch Mussolini antijüdische Gesetze. Mischehen wurden verboten, es gab Berufsverbote, und Juden wurden aus der italienischen Armee ausgeschlossen. Am 17. November wurde eine Vorschrift erlassen, nach der sich alle Juden in dem für sie zuständigen Rathaus melden sollten, um gezählt zu werden.

»Das werde ich nicht tun«, erklärte meine Mutter. »Ich gehe so gut wie nie in die Synagoge und betrachte mich als religiöses Nichts.«

»Sie haben jüdische Eltern und gelten als Jüdin, ganz gleich, woran Sie glauben«, entgegnete Natalia.

»Wir müssen es tun«, sagte ich. »Als wir uns in Bologna angemeldet haben, mussten wir unsere Religionszugehörigkeit angeben, die nun irgendwo vermerkt sein wird. Und ich möchte nicht, dass wir auffallen und nach Deutschland deportiert werden, weil wir gegen italienische Vorschriften verstoßen haben.«

»Ich werde noch verrückt«, sagte meine Mutter. »Hoffentlich erfahren wir bald, wo Papa ist, und finden eine Möglichkeit, nach Amerika zu kommen. Ich hätte in zwei Minuten gepackt.«

Kapitel 42

Pienza, August 2017

»Ohne Beweise können wir keinen Antrag auf ein neues Verfahren stellen«, sagte Catherine. »Es sind nur noch achtzehn Tage bis zur Räumung, und ich wette, dass Lenzini dann morgens mit der Polizei vor der Tür steht. Wenn wir den Termin wenigstens verschieben könnten.«

»Ohne neue Beweise können wir auch das vergessen«, erwiderte Giulia.

»Reichen das verschwundene Grundbuch und die Ermordung Lombardos nicht aus?«, fragte Liam. »Es weist doch zumindest darauf hin, dass Beweismaterial, das uns weiterhelfen könnte, unterdrückt wird.«

»Unterdrücktes Beweismaterial ist unsichtbar und nützt uns nichts.«

»Ich bin sicher, dass wir in Lombardos Haus etwas gefunden hätten«, erklärte Liam. »Gibt es nicht doch die Möglichkeit, sich dort einmal umzuschauen?«

Giulia sah ihn streng an. »Das Haus gilt als Tatort, was bedeutet, dass der Zutritt für uns verboten ist.«

»Und es gibt keine Ausnahmegenehmigung?«

»Aus welchem Grund?«

»Um nach dem Grundbuch hundertdreiundvierzig zu suchen«, antwortete Catherine. »In Amerika würden wir eine solche Genehmigung erhalten.«

Giulia runzelte die Stirn. »So etwas habe ich noch nie beantragt, aber ich kann es ja mal bei Richter Riggioni versuchen.«

»Tu das. Riggioni kennt den Sachverhalt nur zur Hälfte. Vielleicht kommt auch er zu dem Schluss, dass an dem Fall etwas faul ist. Da verbringt eine Frau fast ihr ganzes Leben in ihrem Haus und bewirtschaftet ihr Land, und dann erscheint aus heiterem Himmel jemand, der behauptet, er habe das Recht, sie zu vertreiben? Das kann doch nicht mit rechten Dingen zugehen.«

Catherine seufzte. »Ich verstehe es auch nicht.«

»Und was ist mit diesem Vanucci und mit dem Notar namens Hernandez, der nirgendwo aufgeführt ist? Warum sind die beiden plötzlich mit der Schenkung aufgetaucht?«

»Und warum wartet VinCo so lange, um Gabriellas Land zu beanspruchen? Wieso gelten mit einem Mal ein stillgelegtes Unternehmen und eine verstorbene Frau als frühere Eigentümerinnen?«

»Ich wünschte, wir hätten wenigstens Hernandez gefunden. Aber in der Region Siena hat er eindeutig nicht praktiziert.«

»Was ist mit Bologna?«, fragte Catherine.

Giulia sah sie verdutzt an. »Wie kommst du auf Bologna?«

»Die Stadt spielt in den Memoiren eine Rolle, die ich auf Gabriellas Wunsch lese.«

»Warum nicht?«, meinte Giulia nachdenklich. »Vielleicht gibt es in der Anwaltschaft von Bologna jemanden, dem der Name Hernandez etwas sagt.«

»Lasst uns hinfahren«, schlug Liam vor.

»Eins nach dem anderen«, entgegnete Giulia. »Zuerst werde ich Riggioni in einer Notanhörung um Zugang zu Lombardos Haus bitten.«

*

Sie trafen sich im selben Gerichtssaal wie bei der ersten Notanhörung. Auch die Besetzung war dieselbe – Richter Riggioni, Giulia, Liam, Catherine und Lenzini.

Giulia trug ihr Anliegen vor und erklärte, aus dem verschwundenen Grundbuch könne womöglich ersichtlich werden, dass Gabriella Vincenzo die rechtmäßige Eigentümerin ihrer Immobilie war.

»Unsinn!«, rief Lenzini. »Spiegelfechtereien, um Ihr Urteil in Zweifel zu ziehen, Herr Vorsitzender. Wenn wir dieses Grundbuch hätten, würde nur bestätigt, dass VinCo die Immobilie, um die es geht, rechtmäßig erworben hat. Aber dieses Grundbuch gibt es nicht. Das gab es schon nicht, als Avvocato Santi es vor Wochen einsehen wollte.«

»Woher wissen Sie das?«, fragte Liam. »Santi hat damit gerechnet, dass man es ihm vorlegt.«

Riggioni sah ihn strafend an. »Nur die Anwälte haben hier das Wort, Mister Taggart.«

Lenzini lachte laut. »Und keine amerikanischen Wichtigtuer.«

»Seine Frage ist trotzdem interessant«, sagte Riggioni. »Haben Sie darauf eine Antwort, Avvocato Lenzini?«

»Ich habe es mir einfach gedacht. Wenn dieses Grundbuch vorhanden oder die Einträge für unseren Fall von Bedeutung wären, hätte mein Kollege Santi sich bei der Verhandlung darauf bezogen. Doch das hat er nicht getan.«

»Er war nicht anwesend, falls Sie sich recht erinnern«, erwiderte Riggioni spitz. »Jedenfalls wüsste ich nicht, warum nicht nach dem Grundbuch geforscht werden sollte. Möglicherweise enthält es die Antworten, die wir suchen.«

»Aber der Fall ist entschieden«, rief Lenzini aufgebracht. »Sie haben das Urteil gesprochen. Wie lange wollen wir denn noch herumfackeln?«

Riggioni nickte Giulia zu. »Ihrem Antrag ist stattgegeben. Sie dürfen im Haus von Fabio Lombardo nach dem Grundbuch suchen. Allerdings nur unter polizeilicher Aufsicht.«

»Danke, Herr Vorsitzender. Und nun zu meinem zweiten Anliegen. Ich bitte Sie darum, den Termin der Räumung zu verschieben.«

Riggioni lächelte. »Natürlich. Am liebsten bis in alle Ewigkeit, nehme ich an.«

Giulia trug ihm den Fall mit all seinen Ungereimtheiten vor und beschrieb die Anstrengungen, die sie unternahm, um den Notar mit Namen Hernandez zu finden und möglicherweise auch Carlo Vanucci, den Mann, der Signora Vincenzo die Immobilie geschenkt hatte. Doch bei diesem Antrag hatte sie kein Glück.

Riggioni schüttelte den Kopf. »Das hatten wir alles schon, und die Grundbucheinträge seit neunzehnhundertachtzig weisen klar auf die Besitzverhältnisse hin. Ich gestatte Ihnen, nach dem früheren Grundbuch zu suchen. Sollten Sie dort anderslautende Einträge finden, bin ich bereit, mein Urteil zu überprüfen.« Er stand auf. »Das war's für heute.«

Auf dem Weg aus dem Gerichtssaal eilte Liam Lenzini nach. »Langsam kommen wir der Sache näher«, sagte er, als sie auf einer Höhe waren. »Was meinen Sie, ob auf dem Grundbuch, wenn es wieder auftaucht, überall Ihre Fingerabdrücke zu finden sein werden?«

Lenzini lief dunkelrot an und fluchte auf Italienisch.

Liam, der kein Wort verstanden hatte, lachte. »Was für hässliche Worte!«

Kapitel 43

Bologna, November 1938
Zwei Wochen nach dem Pogrom hatten wir noch immer nichts von meinem Vater gehört. Auch auf meine Telegramme erhielten wir keine Antwort, und nachts hörte ich meine Mutter in ihrem Zimmer weinen.

Dann erhielt ich einen Eilbrief von Furtwängler.

Liebe Ada,
ich hoffe, es geht Dir gut. Wahrscheinlich probt ihr bereits für die Weihnachtsaufführungen. KK war bei mir. Er hat das, was wir gesucht haben, gefunden. Ich freue mich, dass Du schon bald für einen Soloauftritt nach Berlin kommst, und habe Dir ein Hotelzimmer reservieren lassen.

Es grüßt Dich herzlich
Onkel Wilhelm

Ich las den Brief mehrere Mal und verstand nicht recht, was Furtwängler mir mitteilen wollte.

Nach einer Weile kamen meine Mutter und ich zu dem Schluss, dass er meinen Vater gefunden hatte und wollte, dass ich so rasch wie möglich nach Berlin reiste.

»Und wer ist KK?«, fragte meine Mutter.

Dazu fiel mir nur Kurt König ein, und auch meine Mutter kannte außer ihm niemanden mit diesen Initialen.

Ich telegrafierte Furtwängler, dass ich ihn nach meiner Ankunft am übernächsten Tag gegen Abend im Konzerthaus aufsuchen werde. Danach besorgte ich mir mit meinem italienischen Pass ein Reisevisum. Am nächsten Tag packte ich eine kleine Reisetasche und nahm wieder den Nachtzug nach München, wo ich umsteigen und Berlin am Nachmittag erreichen würde.

Natürlich schlief ich auch auf dieser Fahrt nicht, sondern starrte aus dem Fenster oder döste kurz ein, um gleich wieder hochzuschrecken und mir das Schlimmste auszumalen.

Als wir uns gegen Morgen der deutschen Grenze näherten, verkrampfte sich mein Magen vor Furcht. Doch der junge Grenzpolizist, der mich kontrollierte, blätterte nur kurz durch meinen Pass und ging weiter. Erst auf dem Weg von München nach Berlin geriet ich in eine Kontrolle der SS, und ein SS-Mann studierte meinen Pass ausgiebig. »Sind Sie Italienerin?«

Ich nickte.

»Und wohin soll die Reise gehen?«

»Nach Berlin.«

»Was ist der Zweck Ihrer Reise?«

»Ich werde mit den Berliner Philharmonikern auftreten.«

Er runzelte die Stirn und deutete auf das Gepäcknetz. »Wo ist Ihr Instrument?«

»Meine Geige habe ich in Berlin reparieren lassen. Maestro Furtwängler bewahrt sie für mich auf.«

Er betrachtete mich grüblerisch, dann ging er weiter.

Nach meiner Zeit in Bologna fiel mir auf der Fahrt nach Berlin wieder auf, wie anders als die lauten und temperamentvollen Italiener die Deutschen waren. Die Fahrgäste im Zug unterhielten sich nur leise oder schwiegen und schienen noch ernster und distanzierter als früher geworden zu sein.

Als ich am Abend in Berlin ankam, war der Bahnhof voller

Uniformierter, und ich hatte den Eindruck, dass die Menschen sich geradezu ängstlich an ihnen vorbeidrückten.

Ich nahm eine Droschke zum Konzerthaus, wo Furtwängler auf mich wartete.

»Wir haben erfahren, wo dein Vater ist«, sagte er. »Aber in meinem Brief wollte ich vorsichtig sein und habe es lieber umschrieben. Wir wissen ja nicht, wer unsere Post liest. Dein Freund hat ihn gefunden, Kurt König, und da er keine Ahnung hatte, wie er dich und deine Mutter erreichen konnte, ist er zu mir gekommen. Ich hatte die Hoffnung fast schon aufgegeben. Niemand hatte deinen Vater gesehen, und in Berlin war die Hölle los. Zigtausend Menschen haben die Nazis in Berlin festgenommen, alle von ihnen Juden, und niemand konnte sagen, wohin jemand gebracht worden war. Kurt hat bei der Wehrmacht einen Verwaltungsposten, auf die Weise sind ihm die Listen der Festgenommenen in die Hände geraten. Er hat festgestellt, dass dein Vater nach Buchenwald gebracht wurde.«

Ich spürte, wie mein Herz kurz aussetzte und dann zu hämmern begann. »Konnte er sagen, wie es meinem Vater geht?«

»Er hat nur die Listen der Festnahmen gesehen, Ada. Doch er nimmt an, dass dein Vater inzwischen verhört wurde.«

»Aber warum?« Ich tat mein Bestes, um nicht zu weinen, doch immer wieder stiegen mir Tränen auf, die ich hastig wegwischte. »Gibt es eine Möglichkeit, ihn aus Buchenwald herauszubekommen?«

Furtwänglers Blick war mitfühlend. »Ich kann versuchen, den Einfluss, den ich noch habe, zu nutzen, Ada, aber falls du glaubst, dein Vater könne so ohne Weiteres mit dir nach Italien fahren, irrst du dich. Er würde eine Ausreisegenehmigung benötigen und müsste eine Fluchtsteuer entrichten, die bei seinem Vermögen sehr hoch sein wird.«

Ich schaute zur Seite. »Er hat doch gar nichts mehr.«

»Das stimmt nicht ganz, oder?« Furtwängler seufzte und betrachtete mich kopfschüttelnd. »Vor seinem Besuch bei euch in Bologna hat er mir erzählt, was er mit seinem Vermögen vorhatte, und ich habe ihm damals schon gesagt, dass seine Entscheidung unklug ist. Die Gestapo weiß, dass er das Haus verkauft hat und wird ihn nun fragen, was aus dem Geld geworden ist. Was soll er dann antworten? Dass er es in seinem Geigenkasten nach Italien geschmuggelt hat?«

Ich schlug die Hände vors Gesicht.

»Das Geld muss wieder nach Deutschland gebracht werden«, fuhr Furtwängler fort. »Sollte dein Vater aus Buchenwald herauskommen und eine Ausreisegenehmigung erhalten, muss er die Fluchtsteuer zahlen. Ich habe mit Serge Koussevitzky telefoniert. Er würde deinen Vater bei den Bostoner Symphonikern aufnehmen, und ihr könntet euch in Amerika niederlassen.«

Ich ließ die Hände sinken. »Ich kann das Geld zurückbringen, das ist nicht das Problem. Die Hauptsache ist, dass mein Vater wieder freikommt.«

»Ich tue mein Bestes«, sagte Furtwängler. »Sprich auch mit Kurt. Er kommt morgen früh um acht Uhr hierher.«

*

Auch in dieser Nacht schlief ich kaum, und am Morgen war ich schon in aller Herrgottsfrühe am Konzerthaus. Der Portier, der mich noch von früher kannte, ließ mich ein.

Ich betrat den großen Konzertsaal und setzte mich ins Parkett. Es dauerte nicht lange, bis die ersten Erinnerungsbilder an mir vorüberzogen. Ich sah meinen Vater auf seinem Platz als Konzertmeister, hörte im Geist Klänge von Brahms' 3. Symphonie, die er liebte. Wenn die Geigen eine Pause hatten, sah er stets zu meiner Mutter und mir im Publikum und deutete ein kaum merkliches Lächeln an. Er war ein so liebender Vater und Ehemann. Ein so höflicher Mensch und ein so großer Künstler. Ich erinnerte mich, wie zärtlich er mich angeschaut hatte, als ich hier meinen ersten Soloauftritt hatte.

Ich musste eingeschlafen sein, denn als Nächstes hörte ich Kurts Stimme. Zuerst dachte ich, es wäre ein Traum, doch dann war ich wach, und er saß neben mir und nahm mich in die Arme. Und dann fing ich an zu weinen.

Kurt tupfte meine Tränen mit seinem Taschentuch fort und wartete, bis ich mich wieder gefasst hatte.

Ich lehnte mich an ihn. »Was weißt du über meinen Vater?«

»Hat Furtwängler dir gesagt, dass er in Buchenwald ist?«

Ich nickte.

»Wir mussten der SS aushelfen, weil sie so viele Juden festgenommen hatten und mit dem Anlegen der Akten nicht mehr hinterherkamen. Da habe ich den Namen deines Vaters entdeckt und versucht, mit dir und deiner Mutter Kontakt aufzunehmen. Als ich euch nicht gefunden habe, bin ich zu Furtwängler gegangen, etwas anderes ist mir nicht eingefallen. Aber bisher konnte selbst er nichts ausrichten.«

Ich schluckte schwer. »Vielleicht schafft er es noch, meinem Vater zu helfen.«

Kurt zog mich enger an sich. »Die Gestapo weiß, dass dein Vater euer Haus verkauft und den Erlös nicht gemeldet hat, Ada. Ihnen ist sogar bekannt, wie viel er dafür bekommen hat, sie haben mit dem Käufer gesprochen. Ich nehme an, dass man deinen Vater fragt, was aus dem Geld geworden ist.«

»Es liegt in Bologna«, antwortete ich leise. »Er hat es uns gebracht.«

»Das gilt als Verbrechen, Ada. Ich hoffe, dass er im Verhör die Wahrheit sagt. Es wäre fatal, wenn er die Gestapo belügen würde, diese Leute sind nicht dumm.«

»Aber ich kann das Geld doch holen und ihnen geben, wenn sie das verlangen. Wir möchten doch nur, dass mein Vater wieder freikommt.«

»Ach, Ada«, sagte Kurt, »wie stellst du dir das denn vor? Willst du mit einem Koffer voller Geld nach Berlin reisen? Was ist, wenn der Koffer kontrolliert wird. Dann wird das Geld beschlagnahmt, und dann?«

»Ich würde mir etwas einfallen lassen«, antwortete ich, ohne selbst daran zu glauben. »Kann ich meinen Vater wenigstens besuchen?«

»Die Insassen eines Konzentrationslagers kann man nicht besuchen.«

»Aber irgendetwas muss ich tun.«

»Furtwängler glaubt, wenn das Geld nach Deutschland zurückkehrt, kann er seinen politischen Einfluss geltend machen, damit der Vorwurf der Steuerflucht vom Tisch kommt.«

»Gerade hast du gesagt, dass ich das Geld nicht nach Deutschland bringen soll.«

»Man kann es überweisen lassen. Den Transfer kann ich in die Wege leiten, ich habe die Erlaubnis, deinen Vater zum Finanzministerium zu begleiten, damit er mit eurer italienischen Bank telefoniert und sie anweist, das Geld auf ein Konto des Finanzministeriums zu transferieren. Danach können wir nur beten, dass Furtwängler so viel Macht hat, wie er glaubt. Wenn dein Vater dann wieder auf den Beinen ist, sehen wir weiter.«

Ich sah ihn erschrocken an. »Warum sagst du das? Geht es ihm nicht gut?«

»Niemandem, der im KZ war, geht es gut, Ada.«

»Ich möchte ihn sehen.«

Kurt streichelte meine Hand. »Du kannst bis Leipzig mit mir fahren, dort warten, bis ich mit deinem Vater zurückkomme und mit uns wieder nach Berlin fahren.«

»Ist das für dich nicht gefährlich?«

»Doch, aber eine andere Möglichkeit sehe ich nicht.«

Ich umarmte ihn.

Kurt erklärte, dass er noch einige Dinge erledigen müsse, und verabredete sich mit mir für den Nachmittag in einem kleinen Café, um mir zu sagen, wann und wo er mich am nächsten Tag abholen würde.

*

Als wir uns am Nachmittag trafen, hatte Kurt alles geregelt. Ich griff nach seiner Hand und drückte sie. Ich wusste nicht, ob er in der Vergangenheit so oft an mich gedacht hatte wie ich an ihn, aber das war nicht mehr wichtig. Er war der beste Freund, den man sich denken konnte. »Du riskierst sehr viel für meinen Vater«, sagte ich leise. »Deine ganze Zukunft steht auf dem Spiel.«

»Meine Zukunft in der Wehrmacht?« Kurt schnaubte ein Lachen hervor. »Ich habe von einer Zukunft in einem Orchester geträumt, am liebsten in einem, in dem du auch spielst. Immer wenn ich mir eine schöne Zukunft ausmale, bist du ein Teil von ihr, und ich sehe uns zusammen musizieren.« Er strich mir eine Strähne aus dem Gesicht und küsste mich. »Eines Tages, wenn dieser ganze Irrsinn vorüber ist, werde ich zu dir kommen. Wenn du es auch willst, wird dann unsere Zukunft beginnen.«

»Das will ich seit Langem«, flüsterte ich und streichelte seine Hand.

*

Früh am nächsten Morgen holte Kurt mich in einem kleinen Geländewagen der Wehrmacht vom Hotel ab. Wir nahmen die Ausfallstraße nach Süden, und ich musste an den Ausflug denken, den mein Vater vor Jahren mit mir unternommen hatte, um mir die antisemitischen Banner und die Hinweise auf Hitlers Aufrüstung zu zeigen. Wie sicher ich mich damals noch an seiner Seite gefühlt hatte – und wie naiv ich gewesen war. Inzwischen gab es auf den Feldern nicht mehr nur erste militärische Hinweise, sondern in Form von Kasernen, Militärfahrzeugen und Soldaten eine unübersehbare militärische Präsenz.

In Leipzig setzte Kurt mich am Rand der Stadt in einem Café ab und fuhr weiter. Ich bestellte mir Kaffee, essen konnte ich nichts. Immerzu musste ich an meinen Vater bei unserem letzten Zusammentreffen denken. Das war bei seinem Besuch in Bologna gewesen. Damals war er voller Elan und glücklich, weil er geglaubt hatte, sein Vermögen gerettet zu haben. Ich hatte ihn bewundert, denn das Geld außer Landes zu schaffen hatte Mut erfordert. Wir hatten Zukunftspläne geschmiedet und uns vorgestellt, wie wir irgendwo in einem freien Land ein neues Leben beginnen würden.

Zwei Stunden wartete ich in dem Café, griff immer wieder nach meinem Anhänger und hoffte auf seine Zauberkraft. Für alle Fälle bestellte ich für meinen Vater belegte Brote und ließ sie von der Kellnerin einpacken. Dann sah ich endlich, wie Kurts Wagen vorfuhr und etwas abseits unter einer Gruppe Bäumen parkte. Mein Vater saß auf dem Rücksitz.

Ich lief hinaus, stieg in den Wagen und fiel ihm in die Arme. Als ich die Tränen in seinen Augen sah, schluchzte ich auf, und mein Vater drückte mich fest an sich.

Kurt hatte ihm seinen Militärmantel gegeben, dennoch sah man, wie mager mein Vater geworden war. Auch hatte er unter den Augen dunkle Ringe und auf der Stirn und den Wangen Schrammen und blaue Flecke. Doch das Schlimmste war, dass er zitterte, nicht vor Kälte, sondern, wie mir schien, von innen heraus. Ich legte einen Arm um ihn, das Zittern hörte trotzdem nicht auf.

Kurt startete den Wagen. Eine Zeitlang fuhren wir schweigend Richtung Berlin, dann räusperte sich mein Vater und sagte: »Du hättest nicht kommen dürfen, Ada, auch wenn es mich glücklich macht, dich zu sehen. Versprich mir, dass du Deutschland umgehend wieder verlässt. Du siehst ja, was hier los ist.«

»Das tue ich, sobald wir deine Freilassung in die Wege geleitet haben. Kurt und Furtwängler kümmern sich darum und klären den Fall mit der Gestapo. Furtwängler hat für dich eine Stelle im Boston Symphony Orchestra gefunden, weißt du das schon? Bald werden wir wieder zusammen sein.«

Mein Vater schüttelte den Kopf. »Ich möchte nicht, dass du hierbleibst, sondern sofort zurück nach Italien fährst. Es hat keinen Sinn, darauf zu warten, dass man mich freilässt, denn das wird nicht geschehen.«

Ich nahm seine Hand. »Natürlich wird das geschehen. Du weißt, wie einflussreich Furtwängler ist. Wenn die Gestapo das Geld hat, haben sie doch gar keinen Grund mehr, dich zu inhaftieren.«

»Ich werde ihnen das Geld nicht geben, Ada. Das ist mir auf dem Weg hierher klargeworden. Im KZ konnte ich offenbar nicht vernünftig denken.«

Im ersten Moment glaubte ich, meinen Ohren nicht zu trauen,

und wandte mich zu ihm um, um seine Miene zu studieren. »Warum sagst du das? Du musst es ihnen zukommen lassen, das wird ihre Bedingung für deine Freilassung sein.«

»Du verstehst mich nicht, Ada. Ich bin nicht bereit, ihnen das Geld auszuhändigen. Es ist unser ganzes Vermögen. Dafür haben wir gespart. Dafür haben wir ein Haus und wertvolle Möbel verkauft. Darin steckt unser Leben. Ich möchte, dass dieses Geld deiner Mutter gehört, damit sie sich ein Haus kaufen und ein neues Leben beginnen kann.«

Ich fasste seinen Arm. »Mama will kein Geld. Sie sehnt sich danach, wieder mit dir zusammen zu sein, nur das ist für sie von Bedeutung. Sie träumt von eurem Leben in Amerika. Dort wirst du gut verdienen und irgendwann auch wieder ein Haus kaufen.«

»Du irrst dich«, antwortete mein Vater und wirkte plötzlich unglaublich müde. »Die Nazis werden Wilhelm etwas versprechen, das sie nicht halten werden. Wenn sie unser Geld bekommen, reiben sie sich die Hände, aber mehr wird nicht geschehen, und ganz gewiss werden sie mich nicht freilassen. In ihren Augen habe ich ein Verbrechen begangen, als ich das Geld nach Italien gebracht habe, auch wenn ich damals noch nicht gegen ein Gesetz verstoßen habe. Das haben sie mir in Buchenwald immer wieder ins Gesicht geschleudert und mich als Staatsfeind bezeichnet. Ich lebe noch, weil sie das Geld noch nicht haben, aber sie werden es nicht bekommen. Es ist für deine Mutter.«

Ich verstand ihn nicht und versuchte noch einmal, ihm klarzumachen, dass meine Mutter kein Geld, sondern ein neues Leben mit ihm in Amerika wolle. Aber mein Vater ließ sich nicht beirren.

»Ich werde nie in Amerika leben, Ada, sondern mein Leben, solange die Nazis regieren, in einem KZ verbringen, das hat man mir seitens der Gestapo unmissverständlich klargemacht. Es ist auch gut möglich, dass ich deine Mutter nie mehr wiedersehe. Deshalb braucht sie das Geld, um davon zu leben.«

Seine Züge waren wie versteinert, als er das sagte, und mich ängstigte der Gedanke, dass er seine Meinung nicht mehr ändern würde, ganz gleich, was ich vorbrächte.

»Ich verdiene doch Geld«, sagte ich eindringlich. »Das reicht für Mama und mich. Und du hast immer betont, dass man zuversichtlich sein müsse. Warum bist du das nicht mehr?«

»Ich wünschte, ich könnte es noch sein.« Mein Vater tippte Kurt auf die Schulter. »Wir fahren zurück, Kurt. Die Farce im Berliner Finanzministerium können wir uns schenken.«

Kurt fuhr an den Randstreifen und hielt den Wagen an.

»Fahr weiter«, bat ich ihn. »Mein Vater weiß nicht, was er sagt.«

Kurt sah uns ratlos an.

»Es hat keinen Zweck weiterzufahren«, erklärte mein Vater fest. »Ich werde nicht veranlassen, dass das Geld an die Nazis ausgezahlt wird. Dreh um, Kurt, ich möchte auch nicht, dass du noch mehr für uns riskierst.«

»Nein, Papa«, sagte ich verzweifelt und spürte, dass heiße Tränen über meine Wangen liefen. »Du kannst nicht zurück ins Lager gehen. Dort wird man dich umbringen. Und Mama wird außer sich sein, wenn ich es ihr erzähle.«

Mein Vater umschloss meine Hand so fest, dass es schmerzte. »Du wirst deiner Mutter nichts erzählen, Ada, versprich mir das! Sie darf nicht einmal erfahren, dass wir uns gesehen haben. Hast du mich verstanden?«

»Papa, bitte …«

»Versprich es mir.«

Ich schluchzte und brachte kaum einen Ton hervor, doch ich versprach es ihm.

Kurt wendete den Wagen und fuhr wieder Richtung Süden.

»Kurt, würdest du mir noch einen Gefallen tun?«, fragte mein Vater.

»Ich tue alles, was Sie wünschen«, antwortete Kurt mit belegter Stimme.

»Bring Ada zu Furtwängler, nachdem du mich im Lager abgesetzt hast, und bitte ihn, dafür zu sorgen, dass sie sicher zurück nach Italien gelangt.«

»Natürlich, Herr Baumgarten.«

An dem Café am Rand Leipzigs, wo ich auf meinen Vater gewartet hatte, stellte Kurt den Wagen wieder etwas abseits unter den Bäumen ab. Mein Vater und ich stiegen aus und umarmten uns. Ich schmiegte mich an ihn und wollte ihn nicht loslassen, und mein Herz tat so weh, dass ich dachte, es würde zerspringen. »Kurt ist ein guter Mann«, sagte mein Vater leise, »ich mochte ihn schon, als er noch ein Junge war. Vielleicht findet ihr eines Tages wieder zusammen.« Ich nickte nur, sprechen konnte ich nicht mehr. Mein Vater küsste mich innig auf eine Wange. »Dieser Kuss ist für deine Mutter. Gib ihn ihr, aber sag ihr nicht, dass er von mir ist.« Dann küsste er mich auf die andere Wange. »Und der ist für dich, Ada«, flüsterte er, und ich wusste, diesen Kuss würde ich bis ans Ende meiner Tage in meinem Herzen bewahren.

Mein Vater hielt mich ein wenig von sich ab und strich über mein Haar. »Vergiss nicht, dass du alles besitzt, was eine große Violinistin braucht. Zeig der Welt, was du kannst.«

Ich klammerte mich an ihn. »Ich hab dich so lieb, Papa.«

»Ich dich auch.« Mit sanfter Hand befreite er sich von mir, streichelte noch einmal meine Wange und stieg wieder zu Kurt in den Wagen.

Ich sah den beiden nach, die Augen blind vor Tränen. Dann riss ich meine Kette mit dem Anhänger ab und schleuderte sie weit fort.

*

An meine Rückfahrt nach Bologna erinnere ich mich kaum noch, wahrscheinlich starrte ich nur benommen aus dem Fenster.

Ich berichtete meiner Mutter bloß, dass Furtwänglers und meine Versuche, meinen Vater zu befreien, fehlgeschlagen seien, und bemühte mich, meinen Seelenkummer vor ihr zu verbergen. Meine Mutter erklärte, sie gebe die Hoffnung nicht auf und baue auf Furtwänglers Hilfe. Ich schwieg dazu. Doch als die Tage vergingen und wir nichts von ihm hörten, wurde sie immer stiller. Dann kam ein großes Paket von ihm. Außer einer Geige enthielt es einen Brief für meine Mutter und einen für mich. In meinem Brief stand:

Liebe Ada,
in tiefer Trauer muss ich Dir mitteilen, dass Dein lieber Vater gestorben ist. Er war der beste Mensch, den ich jemals gekannt habe. Ich sende Dir seine Geige, denn ich bin sicher, dass er sich das gewünscht hätte.

In Gedanken bin ich bei Dir und Deiner Mutter.

Onkel Wilhelm.

Kapitel 44

Siena, August 2017

Im Badezimmer von Lombardos Haus waren auf dem Fußboden noch Spuren der Kreide zu erkennen, mit der man die Lage des Ermordeten markiert hatte. Schranktüren und Schubladen waren offen und geleert, das Bettzeug hatte man abgenommen.

»Wir haben alles fotografiert und die Spurensuche abgeschlossen«, erklärte der Polizist, der Liam und die beiden Anwältinnen in Empfang nahm. »Sie können gern noch mal nach dem Grundbuch suchen, aber wenn es hier wäre, hätten wir es entdeckt und inventarisiert. Diese Bücher sind ja nicht gerade klein.«

Catherine, Giulia und Liam verteilten sich über die Räume und suchten an jedem denkbaren Ort nach dem Grundbuch, von dem so viel abhing. Nach zwei Stunden warf Catherine einen Blick auf ihre Uhr und schlug vor, die Suche aufzugeben. »Noch nicht«, sagte Liam und begann, eine Wand abzuklopfen, um zu hören, ob sie irgendwo hohl klang.

»Das ist nicht dein Ernst, oder?«, fragte Catherine. »Glaubst du, hier gibt es irgendwo ein Geheimfach und du als Sherlock Holmes wirst es finden? Das ist ein stinknormales Reihenhaus und dürfte nicht älter als zwanzig Jahre sein.«

»Ich möchte nichts unversucht lassen«, erwiderte Liam und nahm sich nach den Wänden die Fußböden vor.

Sie verließen das Haus mit leeren Händen. Liam nickte zu einem kleinen blauen Toyota hinüber, der am Straßenrand parkte.

»Der stand die ganze Zeit hier, und der Mann am Steuer beobachtet uns. Ich werde mal ein Wörtchen mit ihm reden.«

Der Mann ließ das Seitenfenster herunter, als Liam sich näherte. Wie sich herausstellte, sprach er ein wenig Englisch. Er machte einen mitgenommenen Eindruck.

»Kannten Sie Fabio Lombardo?«, fragte Liam.

Der Mann nickte. »Er war mein Freund.«

»Mein Beileid. Mein Name ist Liam Taggart, und bei den beiden Damen handelt es sich um meine Frau Catherine Lockhart und um Rechtsanwältin Romano. Hätten Sie vielleicht eine Minute Zeit für uns?«

Der Mann beäugte Giulia argwöhnisch. »Gehören Sie zu Lenzini?«

»Nein«, antwortete Giulia. »Warum fragen Sie? Ist Lenzini ebenfalls ihr Freund.«

»Lenzini ist ein Drecksack«, antwortete der Mann.

Liam lachte. »Dann sind wir uns ja einig. Er vertritt VinCo, ein Unternehmen, das eine alte Dame aus ihrem Haus verjagen will, und wir …«

»… und Sie vertreten die alte Dame?«

»Ja, Signora Vincenzo. Was wissen Sie über den Fall?«

»Einiges. Mein Name ist übrigens Berto.«

Liam lächelte. »Dürfen wir Sie auf eine Tasse Kaffee einladen?«

*

In einem Café, das sich »*La Dolce Pasticceria*« nannte, fanden sie einen Tisch und bestellten Kaffee. Liam suchte sich dazu zwei Cremerollen aus. Dann begann Berto mit seinem Bericht.

»Fabio wollte von jeher höher hinaus«, sagte er bekümmert, »immer wünschte er sich mehr Geld, ein größeres Haus, ein schickeres Auto und so weiter. Obwohl das, was er hatte, ausreichend war. Irgendwann erzählte er mir, dass ein Avvocato Lenzini ein altes Grundbuch geordert und sich über einen der Einträge aufgeregt hatte. Er fragte Fabio, wie viel er ihm zahlen müsse, damit dieses Grundbuch verschwinde, und bot ihm fünftausend Euro an. Fabio war schockiert und erklärte, dass Grundbücher öffentliches Eigentum seien und er sich strafbar mache, wenn er eins unterschlage. Darauf bot Lenzini ihm zehntausend Euro und sagte, es müsse nur für eine bestimmte Zeit unauffindbar sein, danach könne es wiederauftauchen. Darauf hat Fabio sich eingelassen, zehntausend Euro waren für ihn eine Menge Geld. Er hat das Grundbuch mit nach Hause genommen und in seinem Kleiderschrank versteckt.«

»Aber da ist es nicht mehr«, sagte Liam.

Berto lachte. »Natürlich nicht. Eine Weile später kam der Anwalt von Signora Vincenzo und wollte das Grundbuch einsehen, und Fabio hatte ein Problem. Hätte er ihm das Grundbuch überlassen, hätte er das Geld zurückzahlen müssen, aber dummerweise hatte er davon schon einiges ausgegeben. Also hat er mit Lenzini telefoniert. Der hat ihm noch mal fünftausend Euro versprochen, wenn er das Grundbuch zurückhält.«

»Und Ihr Freund hat eingewilligt?«, fragte Liam und sah zu, wie Catherine seinen Teller mit der übrigen Cremerolle langsam und wie nebenbei zu sich heranzog.

Berto nickte.

»Aber dann kamen Signora Lockhart und ich und wollten das Grundbuch ebenfalls haben«, sagte Giulia. »Das muss Ihren Freund nervös gemacht haben.«

»Und wie! Er hat wieder mit Lenzini telefoniert und erklärt, er müsse das Grundbuch nun herausgeben. Daraufhin ist Lenzini wütend geworden.« Berto seufzte. »Fabio war kein schlechter Mensch, er war nur unbedacht.«

»Und wo ist das Grundbuch jetzt?«

Berto zuckte mit den Schultern. »Ich nehme an, der Mörder hat es an sich genommen.«

»Haben Sie eine Ahnung, wer es sein könnte?«

Berto schnaubte verächtlich. »Bestimmt nicht Lenzini, dem fehlt für so etwas der Mumm. Wahrscheinlich hat er jemanden bezahlt.«

Catherine schluckte den letzten Bissen Cremerolle hinunter. »Und wieder stecken wir in einer Sackgasse.«

»Ich habe die Seite gesehen, um die es Lenzini ging«, sagte Berto. »Fabio hat sie mir gezeigt.«

»Und?« Catherine beugte sich zu ihm vor. »Was stand da?«

Berto lächelte. »Dass VinCo keinen Anspruch auf das Haus und das Land von Signora Vincenzo hat. Es war Eigentum eines Carlo Vanucci, der es später der Signora übertragen hat.«

Liam, Catherine und Giulia sahen sich an. »Wissen Sie noch, ob dort auch etwas über eine Firma Quercia stand?«

»Fabio hat über diese Firma gesprochen und mir die Stelle gezeigt, wo irgendjemand ihren Namen als Eigentümerin eingetragen hat, obwohl das nie beurkundet wurde.«

»Wäre schön, wenn Fabio die fraglichen Seiten des alten Grundbuchs kopiert und die Kopien Ihnen gegeben hätte«, entgegnete Liam.

»Das hat er leider nicht getan, aber ich habe die Einträge gesehen, um die es geht.«

»Würden Sie das vor Gericht bezeugen?«, fragte Giulia.

»Ja.«

*

Als sie sich von Berto verabschiedet hatten und zu ihren Autos zurückkehrten, sagte Giulia: »Ohne Grundbuch hilft uns seine Aussage nicht viel weiter. Berto weiß nur, was Fabio ihm erzählt hat, und erinnert sich an das, was er im Grundbuch gesehen hat.«

»Vor einem amerikanischen Gericht wäre das Hörensagen und würde als Beweismittel nicht zugelassen«, entgegnete Catherine niedergeschlagen.

»Bei uns wird es zugelassen, aber es ist nur ein sehr schwacher Beweis. Leider ist es im Moment alles, was wir haben.«

»Müssen wir für Riggioni nicht eine lückenlose Beweiskette aufbauen?«

»Doch, aber Bertos Aussage wäre zumindest ein erstes Glied.«

Kapitel 45

Bologna, Dezember 1938

Ich hielt mich an das Versprechen, das ich meinem Vater gegeben hatte, und verriet meiner Mutter nie, dass ich ihn vor seinem Tod noch einmal gesehen hatte. Sie durfte nicht erfahren, dass ihr Mann seinen Tod in Kauf genommen hatte, damit sie genug Geld zum Leben hatte. Seine Entscheidung hätte ihr das Herz gebrochen.

Es war eine schwere Zeit, sowohl für meine Mutter als auch für mich. Die letzten Erinnerungsbilder an meinen Vater quälten mich und verfolgten mich nachts im Traum. Und meine Mutter war wie betäubt. Sie hatte den Mann, den sie liebte, verloren, hatte sich weder von ihm verabschieden können, noch wusste sie, wo er begraben lag. Die Zukunft, die sie für sie beide erträumt hatte, gab es nicht mehr, und sie lebte in einem fremden Land, ohne zu wissen, wie es dort mit uns weitergehen würde.

Sie versank in ihrem Leid. Ebenso wie in unserer ersten Zeit in Bologna verbrachte sie den Tag in unserer Wohnung. So verließ ich sie morgens, wenn ich zur Probe aufbrach, und so traf ich sie abends wieder an. Sie ging weder mit Mitzi spazieren noch einkaufen. Wenn ich sie bat, irgendwo mit mir ein Glas Wein zu trinken, tat sie es mir zuliebe, doch im Lokal starrte sie schweigend ins Leere, in der Hand ein zerknülltes Taschentuch, mit dem sie sich dann und wann die feuchten Augen betupfte.

Sie war nicht einmal mehr bereit, mich zu den Proben zu begleiten und uns vom Zuschauerraum aus zuzuhören, wie sie es nach ihrem Gefängnisaufenthalt getan hatte. Im Grunde hatte sie an nichts mehr Interesse, und wenn sie mit mir sprach, ging es stets um Erinnerungen an meinen Vater. Erinnerungen an ihre Ehejahre, an Dinge, die er in meiner Kindheit mit mir unternommen hatte, an seine Erfolge als Violinist und Konzertmeister. Und dann weinte sie.

Ich war ihr keine große Stütze. Von meiner Trauer abgesehen, hatte ich damit zu kämpfen, dass ich zugelassen hatte, dass mein Vater nach Buchenwald zurückkehrte. Immer wieder sagte ich mir, statt ihm nachzugeben, hätte ich für seine Flucht aus Deutschland sorgen müssen. Zwar wusste ich nicht, wie ich es hätte anstellen sollen, aber ich hatte es ja nicht einmal versucht. Einmal sprach ich mit Natalia über meine Schuld. Sie glaubte nicht, dass ich etwas hätte erreichen können, und sagte, ich müsse mir einfach genügend Zeit lassen, um die letzte Begegnung mit meinem Vater und seinen Tod zu verwinden. Ich konnte mir nicht vorstellen, dass ich es jemals tun würde.

*

Die festliche Weihnachtsstimmung in Bologna bekam ich in diesem Jahr nur am Rande mit. Manchmal blieb ich auf dem Weg aus dem Teatro abends stehen, roch den Duft heißer Maronen, von Glühwein und Zuckerzeug und nahm den Lichterglanz der Straßen wahr. Doch wenn ich dann unsere Wohnung betrat, war alles dunkel, und irgendwo saß meine Mutter und hatte nicht einmal geheizt.

Auch zu der Weihnachtsfeier der Oper wollte sie nicht kommen. Dort seien zu viele Menschen, ich solle allein gehen, sie würde mich nur belasten, erklärte sie.

Diesmal gab ich nicht nach. »Du kennst die meisten dieser Menschen, und alle würden sich freuen, dich noch einmal zu sehen. Immer allein in der Wohnung zu hocken tut dir nicht gut. Auch mir tut das nicht gut.«

Meiner Mutter traten Tränen in die Augen. Ich nahm sie in die Arme und entschuldigte mich.

»Du hast recht«, sagte meine Mutter. »Ich komme mit.«

»Wirklich?«

Sie gab mir einen Kuss. »Frag nicht, sonst überlege ich es mir womöglich wieder anders.«

*

Ich bat Francesca und Natalia, mir als Verstärkung zu dienen und uns zu der Feier abzuholen. Sie kamen schon früher und widmeten sich meiner Mutter mit Hingabe. Sie überlegten mit ihr, was sie anziehen solle, und Francesca frisierte und schminkte sie. Meine Mutter ließ es über sich ergehen, aber wenigstens sagte sie nicht, sie wolle doch lieber zu Hause bleiben.

Vom vergangenen Jahr wusste ich noch, dass die Weihnachtsfeier der Oper ein lautes, fröhliches Fest war, bei dem es fabelhaftes Essen und jede Menge Wein und Spumante gab. So war es auch in diesem Jahr, und meine Mutter schien sich daran zu erinnern, wie sehr sie solche Feste in Berlin gemocht hatte. Sie unterhielt sich, lächelte freundlich, trank ein wenig, und seit Wochen färbten sich ihre Wangen noch einmal rosig. Ich atmete auf.

Irgendwann kam Vittorio zu uns, begrüßte meine Mutter überschwänglich und fragte, ob sie etwas dagegen habe, wenn er meinen Vertrag um ein weiteres Jahr verlängere. Ich sah ihn verblüfft an. Er zwinkerte mir zu, und ich wusste wieder einmal nicht, was ich sagen sollte.

»Das würde mich sehr freuen«, antwortete meine Mutter und legte einen Arm um mich. »Und Ada sicherlich auch.«

Ich fragte mich, ob Furtwängler im Hintergrund die Fäden gezogen hatte, doch dem war nicht so.

»Eine unserer ersten Geigen verlässt uns«, erklärte Vittorio. »Und so gut wie jeder im Orchester war der Ansicht, dass ich Ada die freie Stelle anbieten soll.«

Ich dachte an die missmutigen Blicke, die ich im Orchester geerntet hatte, und nahm an, dass Vittorio übertrieb. Doch als ich mich umblickte, stellte ich fest, dass etliche meiner Kollegen unser Gespräch verfolgten und einen wohlwollenden Eindruck machten.

»Also«, sagte Vittorio zu mir gewandt, »sind Sie einverstanden?«

Ich schluckte.

Meine Mutter fixierte mich und sagte: »Ada, mach den Mund auf.«

Ich spürte, dass ich feuerrot anlief, bedankte mich bei Vittorio und murmelte, es sei mir eine Ehre. Doch dann wurde ich mutig und fragte, ob das bedeute, dass ich mich um den italienischen Staat verdient gemacht habe, und ob er glaube, dass wir als Jüdinnen im Land bleiben dürften.

Vittorio sah mich verwundert an. »Natürlich bleiben Sie. Oder haben Sie bisher bei uns Schwierigkeiten gehabt?«

Als wir die Feier gegen elf Uhr mit Natalia und Francesca verließen, war die Luft draußen erstaunlich mild, und eine ganze Reihe Cafés und Lokale hatte noch geöffnet. Wir überredeten meine Mutter, an einem Tisch draußen ein Glas Glühwein mit uns zu trinken. Natalia erzählte, dass sie in einigen Tagen nach Pienza führe, um mit ihrer Familie Chanukka zu feiern, das jüdische Lichterfest. Und dann lud sie uns spontan ein, mitzukommen, und erklärte, die Latkes ihrer Mutter seien eine Sensation.

»Ich weiß zwar nicht, was Latkes sind«, entgegnete Francesca, »aber ich bin dabei.«

Natalia griff nach der Hand meiner Mutter. »Bitte, kommen Sie doch auch, Signora Baumgarten. Ich kann Ihnen versichern, dass meine Mutter sich sehr über Ihren Besuch freuen würde.«

»Das ist sehr lieb von dir.« Meine Mutter zog ihre Hand zurück. »Aber im Moment bin ich keine besonders gute Gesellschaft.«

»Bitte«, sagte Natalia. »Ich verspreche Ihnen das schönste Gästezimmer von allen.«

Meine Mutter sah mich an. »Was meinst du?«

»Ich finde, dass wir die Einladung annehmen sollen. Du fährst mit Francesca und Natalia vor, und ich komme nach.«

Schwester Maria Alicia hatte mich auch in diesem Jahr eingeladen, bei den Weihnachtskonzerten in der Basilika San Petronio aufzutreten, und Beniamino Gigli hatte persönlich darum gebeten, dass ich ihn wieder auf der Geige begleite.

»Ich weiß nicht.« Meine Mutter schüttelte den Kopf.

Ich sagte mir, dass es nach ihren Wochen der Trauer vielleicht zu viel auf einmal war, doch meine Freundinnen gaben nicht auf.

Francesca griff nach der Hand meiner Mutter. »Das wird prima, Signora Baumgarten. Denken Sie an die wundervolle Landschaft der Toskana und an die Latkes-Plätzchen von Natalias Mutter.«

Meine Mutter lächelte. »Also gut, ich fahre mit.«

»Latkes sind Kartoffelpuffer und keine Plätzchen«, sagte Natalia.

Kapitel 46

Bologna, August 2017

Giulia hatte sich umgehört und herausgefunden, dass es in Bologna tatsächlich einen Notar mit dem Namen Giuseppe Hernandez gab. Sie hatte auch seine Büroadresse und Telefonnummer. »Aber er meldet sich nicht«, sagte sie. »Wenn ich ihn anrufe, lande ich jedes Mal auf der Mailbox.«

»Dann sollten wir vielleicht zu ihm fahren«, schlug Liam vor.

Für die Fahrt nahmen sie den Mietwagen und fanden die angegebene Adresse im Zentrum von Bologna. Es war ein Bürogebäude. Auf einem Schild an der Eingangstür waren mehrere Anwälte und Notare aufgeführt, einer war Hernandez.

Am Empfang versah eine ältere Frau den Dienst. Giulia fragte, ob Signor Hernandez zu sprechen sei.

»Signor Hernandez ist im Ruhestand und kommt nur noch selten ins Büro«, antwortete die Empfangsdame. »Sie finden ihn eher in seinem Garten als bei uns.«

Giulia überreichte ihr ihre Visitenkarte und bat um die Privatadresse des Notars. Nach kurzem Zögern schrieb die Frau sie auf.

Hernandez wohnte in der hügeligen Gegend im Süden von Bologna, nicht weit von der Wallfahrtskirche Santuario della Madonna di San Luca entfernt. Sein Haus war sehr hübsch in einem kleinen Wald aus Zedern und Pinien gelegen. Und tatsächlich war Hernandez in einem großen Gemüsegarten hinter dem Haus zugange – ein schlanker, älterer Mann mit Sonnenhut und einem blauen Kittel über der Arbeitshose. Er war dabei, einen Busch zu stutzen. Als er Liam und die beiden Frauen kommen sah, ließ er die Heckenschere sinken und fragte: »Kann ich etwas für Sie tun?«

»Entschuldigen Sie die Störung«, sagte Giulia und überreichte ihm ihre Visitenkarte. »Wir haben Ihre Adresse am Empfang Ihres Büros erhalten. Die Dame meinte, Sie hätten nichts dagegen, wenn wir Sie privat aufsuchen.«

Hernandez überflog die Karte und zog die Brauen hoch. »Hat sie das wirklich? Das wundert mich.«

Giulia errötete. »Vielleicht hat sie es ein wenig anders ausgedrückt.« Sie erklärte Hernandez, wer Liam und Catherine waren.

Hernandez wirkte wenig begeistert und zuckte mit den Schultern. »Also gut, wenn Sie schon mal hier sind, können Sie mir auch sagen, worum es geht.«

»Wir möchten nur ein paar Minuten Ihrer Zeit beanspruchen.«

Hernandez legte die Heckenschere ab. »Es ist heiß. Lassen Sie uns etwas Erfrischendes trinken.« Er führte sie zu der Terrasse seines Hauses, wo ein Tisch und Gartenstühle standen.

Liam, Catherine und Giulia ließen sich nieder. Hernandez brachte Gläser, eine Karaffe Limonade und einen Teller Kumquats. »Bedienen Sie sich. Die Kumquats habe ich heute Morgen erst gepflückt. Sie sind wunderbar süß und saftig.«

Catherine beäugte die ihr unbekannten Früchte, nahm eine und begutachtete sie.

»Keine Angst, sie beißt nicht.« Hernandez lachte. »Sie können alles essen, die Schale ist noch süßer als das Fruchtfleisch.«

Catherine knabberte ein Stückchen Schale ab. Dann biss sie beherzt in die Frucht und verzog das Gesicht.

»Das Fruchtfleisch kann mitunter etwas herb sein«, sagte Hernandez lächelnd und wandte sich an Giulia. »Also, um was geht es?«

»Um eine Schenkung, die Sie im Jahr neunzehnhundertfünfundneunzig beurkundet haben. Es handelte sich um eine Immobilie, die ein Mann namens Carlo Vanucci Signora Gabriella Vincenzo übertragen hat.«

Hernandez' Blick wurde wachsam. »Was ist damit?«

»Die Übereignung wurde von einem Gericht in Siena für ungültig erklärt.«

»Weil sie nicht Teil der Rechtekette war, nehme ich an«, entgegnete Hernandez.

Catherine runzelte die Stirn. »Woher wissen Sie das?«

Hernandez zuckte mit den Schultern. »Es war halt so.«

»Sie haben die Schenkung beurkundet«, sagte Giulia irritiert. »Als Notar war es Ihre Pflicht, die Eigentumsverhältnisse zu prüfen. Mit Ihrer Unterschrift haben Sie die Echtheit der Schenkungsurkunde bestätigt.«

»Was wollen Sie von mir, Signorina Romano?«

»Eine Erklärung. Und bitte, sagen Sie uns die Wahrheit.«

»Die habe ich Ihnen gerade gesagt. Und jetzt gehen Sie bitte.«

»Nicht so schnell«, sagte Liam. »Wir haben den weiten Weg nicht gemacht, um wie kleine Kinder behandelt zu werden. Gabriella Vincenzo soll nun aus ihrem Haus und von ihrem Land vertrieben werden, obwohl sie dort fast ihr ganzes Leben verbracht hat. Sie sagt, dass alles ihr gehört, und ich glaube ihr.«

»Das tue ich auch«, antwortete Hernandez. »Ich habe sie zwar nur ein einziges Mal getroffen, aber da kam sie mir wie ein ehrlicher Mensch vor.«

»Ich verstehe nicht, wie Sie die Sache so leichtfertig abtun können«, sagte Catherine. »Wenn Sie damals fahrlässig gehandelt haben, kann man Sie haftbar machen.«

»Falls Sie gekommen sind, um mir eine Zivilklage anzuhängen, vertrödeln Sie Ihre Zeit. Und jetzt bitte ich Sie nochmals zu gehen.«

»Nein, zuerst erklären Sie uns, wie dieses Durcheinander entstehen konnte«, erwiderte Liam. »Ich werde nicht einfach zusehen, wie eine alte Frau aus ihrem Haus geworfen wird.«

»Möchten Sie, dass ich die Polizei rufe?«

Catherine warf einen Blick auf Liam, der die störrische Miene aufgesetzt hatte, die sie kannte. Sie berührte seinen Arm. »Lass es, Liam, hier kommen wir nicht weiter.«

Liam stand auf. »Wenn wir diesen Vanucci finden, drehe ich ihm den Hals um.«

»Das werden Sie nicht können«, sagte Hernandez zornig. »Und wagen Sie es bloß nicht, Carlos Familie zu behelligen.«

Liam lachte. »Wollen Sie mir drohen. In dem Fall sind Sie es, der seine Zeit vertrödelt.«

Hernandez machte eine beschwichtigende Handbewegung. »Also gut, setzen Sie sich wieder.« Er schwieg eine Weile, dann sprach er weiter. »Carlo Vanucci war ein enger Freund meiner Familie. Sein und mein Vater führten gemeinsam eine Rechtsanwaltskanzlei. Carlos Tochter ist sehr krank, ich möchte nicht, dass sie in diesen Fall hineingezogen wird.«

»Was ist mit Carlo?«, fragte Liam.

Hernandez seufzte. »Er ist tot. Er starb zwei Tage nachdem wir die Schenkungsurkunde unterschrieben hatten, um die es sich dreht.«

»Wie konnte er etwas verschenken, das ihm nicht gehörte?«

»Er war davon überzeugt, dass ihm die Immobilie gehörte. Und Carlo war ein Mensch, dem man glauben konnte.«

»Erzählen Sie uns die ganze Geschichte«, bat Catherine.

»Das war sie schon. Im Juni neunzehnhundertfünfundneunzig

kam Carlo in meine Kanzlei. Er hatte Krebs und war bereits so schwach, dass er kaum noch stehen konnte. Er sagte, er habe die Pflicht, einer Frau namens Gabriella Vincenzo eine Immobilie nahe Pienza urkundlich zu übertragen. Ich erklärte ihm, was dazu notwendig war. Dass wir zuerst im Grundbuch von Siena die Eigentumsverhältnisse überprüfen und dann zu dieser Signora Vincenzo fahren müssten, um die nächsten Schritte in die Wege zu leiten. Carlo antwortete, das sei kein Problem, da er der Eigentümer sei. Doch als wir in Siena waren, sah ich das Grundbuch und stellte fest, dass nicht er als Eigentümer eingetragen war, sondern irgendeine Firma.«

»War es die Firma Quercia?«, fragte Liam.

Hernandez nickte. »Richtig, das war der Name. Carlo war wie vor den Kopf geschlagen und erklärte ein ums andere Mal, er sei der Eigentümer und habe die Immobilie im Jahr neunzehnhundertneununddreißig erworben. Er vermutete, dass jemand bei dem Eintrag ins Grundbuch einen Fehler gemacht hatte. Dummerweise konnten wir das nicht nachprüfen, da das alte Grundbuch im Archiv war und es ein paar Tage gedauert hätte, bis man es uns vorgelegt hätte. Carlo sagte, dass er diese Zeit nicht mehr habe.« Hernandez' Augen wurden feucht. »Er litt unter großen Schmerzen und hatte es kaum geschafft, zu mir zu kommen und mit mir nach Siena zu fahren. Er schwor jedoch, dass ihm die besagte Immobilie gehöre und ich das in dem Grundbuch mit den alten Einträgen auch so finden würde. Ich hätte alles für Carlo getan, aber meine Zulassung als Notar wollte ich nicht aufs Spiel setzen. Deshalb musste sowohl Carlo als auch Signora Vincenzo mir schriftlich bestätigen, dass ich die Eigentümerschaft im Grundbuch nicht hatte feststellen können. Zwei Tage später war Carlo tot.«

»Merkwürdig.« Catherine wandte sich Liam zu. »Ich frage mich, warum Gabriella diese schriftliche Erklärung nie erwähnt hat.«

»Sie wird sie vergessen haben«, erwiderte Liam.

»Bitte lassen Sie Carlos Familie aus dem Spiel«, bat Hernandez. »Seine Kinder wissen ohnehin nichts über den Fall.«

»Würden Sie uns denn Kopien des alten Vorgangs überlassen?«, fragte Giulia. »Die würden uns ein gutes Stück weiterhelfen.«

»Ich habe meine Unterlagen immer nur sieben Jahre lang aufgehoben«, antwortete Hernandez. »Zu diesem Vorgang gibt es weder Dokumente noch Kopien.«

*

»Womit wir wieder bei null wären«, sagte Liam im Auto.

Catherine drehte sich zu Giulia auf dem Rücksitz um. »Würden die Aussagen von Berto und Hernandez ausreichen, dass Riggioni die Räumung verschiebt? Wenigstens so lange, wie wir brauchen, um Hernandez' Geschichte zu überprüfen?«

Giulia hob die Schultern. »Ob Riggioni aufgrund mündlicher Aussagen einen Räumungstermin verschiebt, ist äußerst fraglich.«

»Wir sollten es versuchen«, sagte Catherine.

»Du bist erfahrener als ich. Wie würdest du denn in Chicago vorgehen?«

»Ich würde den Antrag stellen. Das kostet uns ja nichts. Dann können Berto und Hernandez ihre Aussage machen, und wir hätten zudem die Sache des verschwundenen Grundbuchs. Bei uns könnte das einem Richter für eine Fristverlängerung genügen.«

»Ich verstehe nicht, dass Hernandez die Unterlagen vernichtet hat«, sagte Giulia. »Ich und auch alle anderen Anwälte und Notare, die ich kenne, heben ihre Akten viel länger als sieben Jahre auf. Vor allem für Urkunden gelten ganz andere Fristen.«

»Darüber habe ich mich auch gewundert«, entgegnete Catherine. »Zumal die Erklärungen von Gabriella und Vanucci darunter waren, die ihn vor einer Klage wegen Fahrlässigkeit geschützt hätten.«

*

Zu dem Abendessen in der Villa Vincenzo war auch Giulia eingeladen. Als das Telefon klingelte, ging Floria in die Küche und nahm das Gespräch an dem Apparat dort an. Kurz darauf kehrte sie zurück und sagte: »Es ist für dich, Liam. Lenzini möchte dich sprechen.«

Alle sahen sich verdutzt an. »Lenzini?«, fragte Catherine. »Was will der denn?«

»Keine Ahnung.« Liam warf einen sehnsüchtigen Blick auf die Ravioli auf seinem Teller und stand auf.

»Ich stehe vor dem Haus«, sagte Lenzini, als Liam sich am Telefon gemeldet hatte. »Könnten wir uns kurz unter vier Augen unterhalten?«

Lenzini lehnte an seinem Auto, als Liam aus dem Haus trat. »Danke, dass Sie gekommen sind«, sagte er und lächelte freundlich. »Und um es schon vorweg zu klären: Bitte halten Sie mich nicht für den Bösewicht, den Signora Vincenzo in mir sieht. Ich bin nur der Bote.«

Liam zog die Brauen hoch. »Ich habe Sie in Aktion gesehen, Lenzini, für mich sind Sie ein mieser, gewissenloser Ganove. Aber sei's drum, was wollen Sie von mir?«

Lenzinis Lächeln wurde ölig. »Sie sind ein Mann mit praktischem Verstand und werden erkannt haben, dass Signora Vincenzo diesen Fall nicht gewinnen kann. Dagegen geht VinCo mit allen ihr zur Verfügung stehenden Mittel vor. Und Ihre Anwältin ist eine blutige Anfängerin und viel zu schwach, um Riggioni dazu zu bringen, sein Urteil zu revidieren. Es wäre …«

»Was soll das?«, unterbrach Liam ihn. »Erstens, Giulia Romano ist äußerst kompetent und engagiert, und zweitens, wir lassen uns weder von Ihnen noch von VinCo einschüchtern, das müssten Sie jetzt eigentlich begriffen haben.«

Lenzini wand sich. »Bitte, Sie missverstehen mich, niemand will Sie einschüchtern. Im Gegenteil! Ich appelliere nur an Ihren Verstand und weise darauf hin, dass die Aussagen eines arbeitslosen Freundes und eines abgehalfterten Notars nirgendwohin führen. Sie haben weder das alte Grundbuch noch den Vertrag, Sie haben gar nichts. Dafür haben wir gesorgt, bitte halten Sie uns nicht für Amateure.«

»Toll!«, sagte Liam. »Dürfte ich nun endlich erfahren, worauf Sie hinauswollen?«

»Sie wissen, dass VinCo Signora Vincenzo eine sehr großzügige Abfindung angeboten hat, nicht wahr?«

»Ich weiß sogar, dass sie die Abfindung abgelehnt hat.«

Lenzini trat einen Schritt näher. »VinCo macht Milliardenumsätze, Signor Taggart. Ein solches Unternehmen hat auch Geld übrig, um Ihre Reise hierher lukrativ zu machen.«

Liam wich zurück. »Verstehe ich das richtig? Sie wollen uns …«

Lenzini legte den Kopf schief. »Wie hört sich eine Summe von zweihunderttausend Euro für Sie an?«

»Das bieten Sie uns an?«

»Ein schöner kleiner Notgroschen, finden Sie nicht? Die Schul- und Studiengebühren für Ihren Jungen wären damit bereits abgedeckt.«

»Und was wird aus Signora Vincenzo?«

Lenzini zuckte mit den Schultern. »Für die Signora würden wir noch einmal fünfzigtausend drauflegen.«

»Haben Sie so auch die Anwälte Santi und Giangiorgi rumgekriegt?«

Lenzini lachte. »Die waren für weitaus weniger zu haben. Also, was ist, Signor Taggart, sind wir uns einig?«

»Fast«, antwortete Liam. »Sie müssten mir nur noch garantieren, dass Sie von der Räumung Abstand nehmen und Signora Vincenzo nicht weiter belästigen. Danach gebe ich Ihnen meine Kontonummer, und Sie dürfen verschwinden.«

Lenzini zog die Brauen zusammen. »Ich habe Ihnen einen anständigen Betrag angeboten. Vielleicht sollten Sie hören, was Ihre Frau dazu zu sagen hat.«

Liam betrachtete Lenzini kopfschüttelnd. »Und wegen so einem Mist musste ich meine Ravioli kalt werden lassen. Sie sind ein Schweinehund, Lenzini. Sehen Sie zu, dass Sie Land gewinnen.«

Liam wandte sich ab.

»Sie machen einen Fehler«, rief Lenzini ihm nach. »VinCo wird nicht zulassen, dass Sie den Fall gewinnen. Diese Sache ist für Sie eine Nummer zu groß, Taggart.«

*

»Was wollte er?«, fragte Catherine, als Liam sich wieder am Esstisch niederließ und über seine Ravioli herfiel.

Liam kaute und schluckte einen Bissen hinunter. »Er wollte uns zweihunderttausend Euro anbieten, damit wir den Fall nicht weiterverfolgen. Gabriellas Abfindung wollte er um fünfzigtausend Euro erhöhen.«

»Ha!«, sagte Gabriella. »So haben sie Santi und Giangiorgi auf ihre Seite gebracht.«

»Die waren billiger.«

Giulia setzte sich zurück. »Ich verstehe noch immer nicht, warum dieses vergleichsweise kleine Stück Land für VinCo so wichtig ist.«

»Spielt das eine Rolle?«, fragte Gabriella.

»Vielleicht.«

»Lenzini ist gut informiert«, sagte Liam. »Er war der Meinung, mit einem arbeitslosen Freund und einem abgehalfterten Notar kämen wir nicht weiter.«

Giulia und Catherine sahen sich an. »Damit sind wohl Berto und Hernandez gemeint. Woher weiß er von ihnen?«, fragte Catherine.

»Keine Ahnung«, entgegnete Liam. »Er hat außerdem gesagt, uns fehle sowohl das alte Grundbuch als auch der Vertrag.«

»Welcher Vertrag?«, fragte Giulia.

»Das habe ich mich auch gefragt.«

»Vielleicht hat er sich auf die Schenkungsurkunde bezogen«, sagte Catherine.

Liam schüttelte den Kopf. »Nein, die haben wir ja. Er hat von einem Vertrag gesprochen.«

Kapitel 47

Bologna, Dezember 1938

In den letzten Dezembertagen fand die Premiere von Giacomo Puccinis Oper *Tosca* statt. Bei den Proben hatte Vittorio uns diesmal noch mehr als sonst abverlangt, die Aufführung sollte zum Jahresende wie ein Paukenschlag wirken. »Puccinis Eltern wohnten in Lucca nicht weit von meinem Elternhaus entfernt«, erzählte er uns. »Ich habe den großen Mann persönlich kennengelernt, als ich noch ein kleiner Junge war, und war tief beeindruckt, wie elegant er war, dass er Zigarre rauchte und mit einem teuren Auto fuhr.«

Wir ließen unsere Instrumente sinken und hörten ihm zu, dankbar, dass wir eine kurze Verschnaufpause hatten.

»Hier in unserem Teatro hat er eine Aufführung von *Tosca* besucht, aber das war natürlich vor meiner Zeit. Wie auch immer, worauf es mir bei unserer Aufführung ankommt, ist, seiner Vision treu zu bleiben, sprich dem Stil des Verismo. Das bedeutet, die Charaktere müssen dem wahren Leben entsprechen, mit all seinen Höhen und Tiefen. Puccini spricht direkt zu den Herzen der Menschen, und genau das muss unser Publikum spüren.« Vittorio seufzte schwer. »Er ist der letzte in einer Reihe großer italienischer Opernkomponisten. Wer weiß, ob es bei uns jemals wieder einen wie ihn geben wird.«

Tosca spielt im Rom das Jahres 1800, doch die Parallelen zu unserer Zeit waren beklemmend. Eine der zentralen Figuren ist der grausame Polizeichef Scarpia, der jeden seiner Gegner von seinen Schlägertruppen festnehmen und umbringen lässt. Als die beiden Liebenden Floria Tosca und Mario Cavaradossi in Scarpias Fänge geraten, sind sie verloren.

Mitunter dachte ich bei den Proben an Kurt und mich, und dann wurde mein Herz schwer, weil ich Angst hatte, dass es auch für uns keine Zukunft gab.

Das Ende der Oper ist unglaublich bewegend, denn da schreibt der todgeweihte Cavaradossi einen Abschiedsbrief an Tosca, und es kommt zu der Arie »Und es leuchten die Sterne«.

»Für immer ist mein Liebestraum verflogen.
Die Stunde ist verstrichen, und ich sterbe verzweifelt.
Und habe das Leben niemals so sehr geliebt.«

Als bei der Premiere diese letzten Worte gesungen wurden, war das Publikum zu Tränen gerührt, und mir ging es nicht viel anders.

*

Bei dem Weihnachtskonzert in der wundervoll geschmückten Basilika würde Gigli in diesem Jahr drei Opernarien, zwei Weihnachtslieder und zwei neapolitanische Volkslieder vortragen. Als Zugabe würde er die Arie des Nadir »Je crois entendre encore« aus Bizets Oper *Die Perlenfischer* singen, die so etwas wie Giglis Markenzeichen war.

An dem Abend mit Gigli war die Basilika ausverkauft. Und er war natürlich wieder phantastisch. Zum Schluss sang er das italienische Weihnachtslied »*Gesù Bambino*«. Als der letzte Ton verklang, war es in der riesigen Basilika so still, dass man eine Stecknadel hätte fallen hören. Und niemand stand auf, um die Kirche zu verlassen, alle sahen Gigli erwartungsvoll an. Er lächelte, nickte uns zu und sang das, was alle von ihm zu hören hofften – »*Je crois entendre encore*«. Doch selbst danach war sein Publikum noch nicht bereit, den Abend zu beenden. Jemand löste sich aus den ersten Reihen, trat zu Gigli und überreichte ihm mit einer tiefen Verbeugung einen Zettel. Kopfschüttelnd betrachtete Gigli die große Schar seiner Verehrer und erklärte, nach einer weiteren Zugabe müsse aber Schluss sein. Dann wandte er sich zu uns um und fragte, ob jemand die Arie »Und es leuchten die Sterne« begleiten könne. Ich antwortete, dass wir in der Oper *Tosca* aufführten und ich es mir zutraue.

»Natürlich«, sagte Gigli, »ich hätte es mir denken können.«

Dieses Zusammenspiel gehörte zu den Höhepunkten meiner Karriere, die ich nie vergessen werde. Gigli war ein begnadeter Cavaradossi und legte den ganzen Schmelz seiner Stimme in diese Arie.

Ich wünschte, mein Vater wäre in der Basilika gewesen und hätte uns gehört. Doch ich spielte auf seiner Geige, und mitunter war mir, als würde er meine Bogenhand führen.

Als wir geendet hatten, griff Gigli nach meiner Hand und verneigte sich mit mir vor dem Publikum.

Bei dem anschließenden Umtrunk nahm er mich beiseite. »Ich bin Ihrem Vater ein Mal begegnet«, sagte er. »Damals habe ich in der Preußischen Staatsoper gesungen. Ihr Vater war ein wunderbarer Musiker, ich war bestürzt, als ich von seinem Tod erfuhr, und spreche Ihnen mein tiefes Beileid aus.«

Ich bedankte mich und sagte, dass ich ihn auf der Geige meines Vaters begleitet habe.

»Sie haben dem Instrument alle Ehre erwiesen.«

Ich wollte etwas antworten, doch mit einem Mal erfasste mich wieder eine solche Traurigkeit, dass meine Lippen zu beben begannen und ich mich zwingen musste, nicht zu weinen.

»Im Sommer trete ich bei den Festspielen in den Caracalla-Thermen auf«, sagte Gigli. »Dort wird *Rigoletto* gegeben, und ich singe den Herzog von Mantua. Kennen Sie die Spielstätte?«

»Leider nicht.«

»Im Juni residiert dort das Teatro dell'Opera di Roma. Ich werde zwei Solokonzerte geben und hätte Sie gern als Violinistin. Sind Sie dann noch frei?«

»O ja«, antwortete ich aufgeregt, »das bin ich.«

Gigli notierte meine Adresse und versprach, sich bei mir zu melden.

Mir verschlug es den Atem. Zwar hatte er im Vorjahr schon davon gesprochen, mich zu engagieren, doch diesmal hörte es sich an, als würde er es auch so meinen. Ich bedankte mich überschwänglich.

»Ihr Geigenspiel ist exquisit«, sagte Gigli. »In meinem Ensemble zu musizieren sollte für Sie selbstverständlich sein.«

Ich wagte nicht mehr, mich noch einmal zu bedanken, doch auf dem Nachhauseweg schwebte ich auf Wolken.

*

Zwei Tage später traf ich in Pienza zu dem geplanten Festessen an Chanukka ein. Als ich meine und Naomis Mutter in der Küche begrüßte, war offenkundig, dass die beiden Frauen Freundinnen geworden waren.

Ebenso wie an Rosch ha-Schana versammelten wir uns um einen festlich gedeckten Tisch. Diesmal gab es geschmorte Rinderbrust, die Latkes, von denen Natalia zu recht geschwärmt hatte, und zum Nachtisch Krapfen und einen Kuchen mit Mandeln und Orangen. Dazu tranken wir den fruchtigen Montepulciano d'Abruzzo, den Natalias Bruder mitgebracht hatte.

Als wir uns nach dem Essen im Wohnzimmer niederließen – so satt, dass wir uns kaum noch bewegen konnten –, schlug meine Mutter das Thema an, das sie wahrscheinlich schon seit einer Weile beschäftigte. Allerdings näherte sie sich ihm auf Samtpfötchen.

»Diese Gegend ist so friedlich«, erklärte sie wie von ungefähr. »Ich mag das Leben hier – die warmherzige Art der Menschen, die wunderschöne Landschaft, die kleinen Märkte, die Ruhe – und natürlich die Familie Romitti.«

Meine Mutter sah mich abwartend an.

»Ja«, sagte ich, »das kann ich nachvollziehen.«

»Pienza ist eine der lieblichsten Städte, die ich kenne.«

Ich nickte.

»Nach Wien können wir nicht mehr ziehen, und nach dem Tod deines Vaters weiß ich einfach nicht, wie wir nach Amerika kommen sollen. Vielleicht wäre Pienza keine schlechte Alternative.«

»Pienza wäre eine großartige Alternative«, erklärte Signora Romitti. »Ada könnte Sie an den Wochenenden besuchen.«

Die Entfernung von Bologna nach Pienza war zu groß, als dass ich jedes Wochenende hierherfahren könnte, aber für meine Mutter schien mir ihre Idee nicht schlecht zu sein. »Ich glaube auch, dass du dich hier wohlfühlen könntest«, sagte ich.

Meine Mutter lächelte in sich hinein.

Kapitel 48

Pienza, September 2017

Das Abendessen auf der Terrasse wurde unterbrochen, als Franco von den Weingärten her gerannt kam und schrie: »Signora, Signora! *Fuoco*!«

Sogar Liam und Catherine verstanden, dass Fuoco »Feuer« bedeutete. Sie sahen sich um, konnten jedoch nirgendwo Flammen oder Rauch erkennen.

Atemlos erzählte Franco, dass zwei Männer an der Südgrenze des Grundstücks trockenes Gestrüpp aufgeschichtet hatten, das sie mit Sicherheit in Brand stecken wollten. Flora wurde blass und dolmetschte hastig.

Liam sprang auf und bat um Gabriellas Gewehr, einen langen Strick und den Golfwagen.

Floria stürzte los und brachte ihm das Gewehr. Liam bat sie, die Polizei zu verständigen.

»Ich besorge Ihnen den Strick«, sagte Franco, als die beiden Männer zu Gabriellas Golfwagen liefen.

»Sie sprechen ja doch Englisch«, entgegnete Liam.

»Aber nicht viel.« Franco holte den Golfwagen aus dem Schuppen und reichte Liam einen zusammengerollten Strick.

Der Golfwagen war ein Elektrofahrzeug, die beiden Männer, die Franco gesehen hatte, hörten sie nicht kommen. Sie waren bereits dabei, Benzin über das Gestrüpp zu schütten.

Liam und Franco verließen den Golfwagen.

Liam legte das Gewehr an. »Sagen Sie den Mistkerlen, sie sollen die Kanister absetzen, oder ich schieße.«

Franco rief etwas auf Italienisch. Die beiden Männer fuhren herum. Liam gab einen Schuss ab, der über ihre Köpfe hinwegging. Die Männer warfen sich auf den Boden.

»Raten Sie ihnen, schön da unten liegen zu bleiben«, sagte Liam.

Die Männer wirkten verängstigt und sahen nicht aus, als hätten sie vor, sich zu wehren. Liam fesselte ihnen die Hände auf dem Rücken und fragte, wer sie geschickt habe. Franco dolmetschte.

Keine Antwort.

Liam drehte sich zu Franco um. »Sie sollen mir verdammt noch mal antworten, oder ich schieße ihnen in die Weichteile.«

Franco fragte mehrmals etwas auf Italienisch, doch die Männer antworteten jedes Mal: »*Non lo so.*«

»Sie wissen es nicht«, sagte Franco.

»Unsinn, sie müssen doch wissen, wer sie beauftragt hat.« Liam spannte den Hahn. Doch es nützte nichts, stattdessen erklärten die Männer noch verzweifelter, dass sie es nicht wussten.

In diesem Augenblick tauchten die Scheinwerfer eines näher kommenden Streifenwagens auf. Er hielt an, und Foresta stieg aus, der Polizist, dessen Bekanntschaft Liam bereits gemacht hatte.

Franco schilderte ihm, was vorgefallen war.

Foresta warf einen Blick auf Liams Gewehr. »Ab hier übernehme ich«, erklärte mit einem warnenden Unterton.

»In spätestens einer Minute hätten die beiden mir verraten, wer sie geschickt hat«, antwortete Liam missmutig.

»Vielleicht.« Foresta betrachtete Liam kopfschüttelnd. »Aber mir ist es lieber, sie verraten es mir auf dem Revier.«

»Sie verstehen mich nicht«, sagte Liam. »Wenn wir beweisen

können, dass diese Männer von VinCo oder Lenzini angeheuert wurden, wären wir in unserem Fall einen großen Schritt weiter.«

»Ich verstehe Sie ganz hervorragend«, antwortete Foresta, »trotzdem lasse ich nicht zu, dass Sie die Leute mit vorgehaltenem Gewehr verhören. Davon abgesehen frage ich mich, warum VinCo oder Lenzini ein Interesse daran haben sollten, Land anzuzünden, das VinCo demnächst gehören wird. Der Boden ist sehr trocken, das Feuer hätte sich ohne Weiteres bis in die Weingärten der VinCo ausbreiten können. Das ist doch nicht logisch, oder?«

»Im Vergleich zu ihrem Gesamtbesitz wäre der Verlust für VinCo minimal gewesen. Signora Vincenzo dagegen hätte alles verloren.«

Foresta schüttelte den Kopf. »VinCo hat den Fall vor Gericht gewonnen, und Signora Vincenzo wird ihr Land in neun Tagen räumen müssen. Warum sollte VinCo sich der Brandstiftung schuldig machen?«

»Wir haben eine Fristverlängerung beantragt«, sagte Liam, »und wir hoffen, dass sie uns gewährt wird. Die Anhörung findet übermorgen statt.« Er blickte zu den beiden Männern hinüber. »Ich weiß, dass VinCo dahintersteckt, auch wenn es für Sie keinen Sinn ergibt.«

*

Zwei Tage später fanden sie sich am Morgen in dem nun schon vertrauten Gerichtssaal vor Richter Riggioni ein. Er hatte den Antrag auf Fristverlängerung und Wiederaufnahme des Verfahrens gelesen, den Giulia gestellt hatte.

Giulia wies noch einmal darauf hin, dass Signora Vincenzos Standpunkt dargelegt werden müsse, der bei dem ersten Verfahren nicht berücksichtigt worden sei.

»Sie wurde von Rechtsanwalt Santi vertreten«, korrigierte Riggioni. »Nur dass er es vorgezogen hat, nicht zu erscheinen. Normalerweise legen wir so etwas als Mangel an Beweisen aus.«

»Rechtsanwalt Santi hat Signora Vincenzo geraten, nicht zu erscheinen und sich auf eine Abfindung einzulassen. Signora Vincenzo wiederum war sich über die Konsequenzen ihres Nichterscheinens nicht im Klaren, was jedoch nicht bedeutet, dass es für ihren Standpunkt keine Beweise gibt. Ich vertrete die Signora seit einem Monat und habe mithilfe meiner amerikanischen Kollegin Lockhart und ihres Ehemanns Beweismaterial entdeckt und Zeugenaussagen eingeholt, die darauf deuten, dass der Fall nicht so klar liegt, wie bisher vielleicht angenommen.«

»Geht es um das Beweismaterial, auf das Sie sich in Ihrem Antrag beziehen?«

»Ja, insbesondere um das Grundbuch Nummer hundertdreiundvierzig, das von Fabio Lombardo, einem Angestellten des Katasteramts von Siena, gestohlen wurde. Wir wissen, dass dies im Anschluss an ein Gespräch zwischen ihm und Rechtsanwalt Lenzini geschah.«

»Das wissen wir nicht«, rief Lenzini. »Ich war ein einziges Mal auf dem Katasteramt und habe einen Angestellten, dessen Name ich nicht kenne, gebeten, mir besagtes Grundbuch aus dem Archiv kommen zu lassen. Das hat er getan. Ich habe dieses Grundbuch mit eigenen Augen gesehen. Und wenn es uns heute vorläge, hätten wir den Beweis, dass die Firma Quercia vor dem Jahr neunzehnhundertachtzig Eigentümerin des strittigen Grundstücks war. Auch das habe ich mit eigenen Augen gesehen.«

»Leider glauben wir Ihnen nicht«, entgegnete Giulia. »Wir haben einen Zeugen, der dieses Grundbuch im Haus von Fabio Lombardo gesehen hat – auch mit eigenen Augen – und der aussagen wird, dass die Firma Quercia als rechtmäßige Eigentümerin zweifelhaft ist. Er wird darüber hinaus aussagen, dass Signor Lombardo von Rechtsanwalt Lenzini Geld angenommen hat, um dieses Grundbuch zu unterschlagen. Und nun ist Signor Lombardo ermordet worden.«

Lenzini sprang auf. »Das ist ungeheuerlich und eine infame Verleumdung. Wo ist dieser Zeuge? Wo ist das Geld und wo das Grundbuch? Rechtsanwältin Romano erscheint hier ohne Zeuge und ohne auch nur den Hauch eines Beweises zu besitzen. Stattdessen unterstellt sie mir, Beweismaterial manipuliert zu haben. Wie käme ich dazu, einen Angestellten des Katasteramts zu bestechen? Offenbar hat meine Kollegin keine Vorstellung von den ethischen Grundlagen unseres Berufs.«

Giulia ignorierte ihn. »Herr Vorsitzender, ich werde diesen Zeugen präsentieren, wenn Sie den Fall wiederaufnehmen. Ich habe den Namen in meinem Antrag nicht genannt, weil ich nicht möchte, dass diejenigen, die Fabio Lombardo umgebracht und versucht haben, die Weingärten von Signora Vincenzo in Brand zu stecken, sich auch an ihm vergreifen.«

Lenzini lächelte spöttisch. »Ich bitte Sie, Frau Kollegin. Warum sollte die Aussage dieses namenlosen Zeugen mehr wert sein als meine? Ich bedaure, dass wir dieses Grundbuch nicht zur Verfügung haben, aber Ihre Schlussfolgerungen sind lächerlich. Ich gehe davon aus, dass dieses Grundbuch verlegt wurde, es wäre nicht das erste Mal in der Geschichte unseres Katasteramts. Hätten wir das Buch heute zur Hand, könnten Sie erkennen, dass Sie im Unrecht sind, und wir müssten unsere Zeit nicht mit diesem unsinnigen Antrag verplempern.«

»Danke, das reicht jetzt.« Riggioni lehnte sich zurück. »Ich muss zugeben, dass mich die Sache mit dem Grundbuch irritiert. Ein verschwundenes Beweismittel ist schließlich etwas anderes als ein unzulässiges Beweismittel. Auch der Versuch, in den Weingärten von Signora Vincenzo einen Brand zu legen, beunruhigt mich. Ich frage mich, ob diese versuchte Brandstiftung etwas mit unserem Fall zu tun hat. Vielleicht beantworten die Brandstifter meine Frage der Polizei gegenüber. Im Moment warte ich noch auf das Ergebnis ihres Verhörs. Allerdings werde ich mein Urteil zu diesem Zeitpunkt nicht aufheben, sondern Rechtsanwältin Romano nur ein wenig mehr Zeit einräumen, um die Beweise zu erbringen. Ich betone jedoch noch einmal, dass diese Beweise stichhaltig sein müssen. Vermutungen aufgrund eines verschwundenen Grundbuchs interessieren mich nicht.« Er konsultierte seinen Terminkalender. »Mit der Fristverlängerung bin ich einverstanden und vertage die Verhandlung auf den dreißigsten September.«

Kapitel 49

Bologna, April 1939

Wie sich herausstellte, wurde ich doch nicht den ersten Geigen zugeteilt, sondern blieb auf meinem alten Platz bei den zweiten. Aber ich sprach Vittorio nicht darauf an, ich war froh, dass er meinen Vertrag verlängert hatte, und wollte ihn nicht in Verlegenheit bringen. Wahrscheinlich hatte er sich zuletzt doch dem Druck aus den Reihen meiner Kollegen gebeugt, denn es war ein anderer Violinist, der von den zweiten zu den ersten Geigen wechselte.

Manchmal erinnerte ich mich daran, dass mein Vater mir einmal vorgeschlagen hatte, ich solle in Bologna nebenbei Musik studieren, und dann fühlte ich mich unwohl, weil ich es nicht tat. Stattdessen hatte ich begonnen, zusätzlich Geld zu verdienen, indem ich an meinen freien Abenden im Restaurant eines noblen Hotels leichte Unterhaltungsmusik spielte, was mir, wie ich zugeben muss, großen Spaß machte.

Mithilfe von Natalia und Vittorio, die mir ein Leumundszeugnis ausstellten, erhielt ich in Italien nun auch den Ausnahmestatus, der besagte, dass ich mich als Musikerin der Oper von Bologna um den italienischen Staat verdient gemacht hatte und das Bleiberecht erhalte. Es schloss meine Mutter mit ein.

Das Pessach-Fest verbrachten wir erneut bei Natalias Familie in Pienza. Meine Mutter blieb noch länger und begann mit Natalias Mutter die Suche nach einer Wohnung oder einem Haus für sie. Natalia drängte sie, nicht zu mieten, sondern zu kaufen. Sie ging davon aus, dass die Rassengesetze auch in Italien künftig strenger als bisher befolgt würden und es fahrlässig sei, unser Geld in einem Banksafe aufzuheben.

»Dein Vater hat für die Sicherung eures Vermögens einen hohen Preis gezahlt«, erinnerte sie mich. »Du darfst nicht zulassen, dass es hier irgendwann besteuert oder beschlagnahmt wird.«

»Was soll ich denn tun?«, fragte ich. »Es unter meiner Matratze verstecken?«

»Du sollst dafür sorgen, dass deine Mutter es nutzt, um ein Haus zu kaufen.«

»Und was ist, wenn das Haus beschlagnahmt wird?«

Natalia lächelte. »Ich kenne Wege, um das zu verhindern.«

*

Auch meine Mutter war der Auffassung, dass es das Klügste wäre, unser Geld in einer Immobilie anzulegen, und sprach von einem kleinen Haus in Pienza, nicht weit von ihrer Freundin Naomi entfernt. Doch es war gar nicht so leicht, in Pienza ein Haus zu finden, selbst nach wochenlanger Suche wollte sich nichts ergeben. Wie es aussah, zogen die Bewohner von Pienza weder um noch fort, sondern blieben von Generation zu Generation im selben Haus.

Schließlich fuhren Natalia und ich nach Pienza, um meine Mutter bei ihrer Suche zu unterstützen. Mittlerweise hatte sie auch eine Maklerin beauftragt, eine Frau namens Silvia, mit der wir uns trafen. Silvia war eine überschwängliche Person im bunt geblümten Kleid und einem Lachen so laut, dass die Wände bebten. Sie schwor, die beste *agente immobiliare* der Toskana zu sein.

Als Erstes zeigte sie uns ein Haus im historischen Stadtkern von Pienza, nicht weit von der Kathedrale Santa Maria Assunta entfernt. Es war ein hübsches zweistöckiges Steingebäude mit Deckenbalken in den Räumen, doch es würde erst zum Sommerende frei werden, und so lange wollte meine Mutter nicht mehr warten.

Das zweite Haus lag ein gutes Stück außerhalb der Stadt. Es war ein ganz entzückendes Landhaus mit einer kleinen Einliegerwohnung. »Das wäre eigentlich ideal«, sagte meine Mutter. »Dann hättest du dein eigenes Reich, wenn du mich besuchst.«

»Ja«, sagte ich, »aber um in die Stadt und zu Naomi zu kommen, brauchst du ein Auto oder läufst ewig lange zu Fuß.«

Bei dem dritten Angebot handelte es sich um eine Wohnung, zwar in der Stadt gelegen, aber nicht das, was meine Mutter suchte.

Am späten Nachmittag hatten wir sechs Häuser und Wohnungen besichtigt und waren müde. Darüber hinaus fühlten wir uns entmutigt, denn Silvia hatte uns alles gezeigt, was sie im Angebot hatte. Natalias Mutter schenkte uns Wein ein und versuchte, uns zu trösten.

Am nächsten Morgen kam Silvia vorbei und lächelte verheißungsvoll. »Ich habe etwas«, verkündete sie. »Ein Objekt, das noch gar nicht auf dem Markt ist, aber ich kenne den Eigentümer und weiß, dass er verkaufen möchte.« Sie breitete die Arme aus. »Ich spreche von einer wunderschönen Villa, zwar etwas größer als das, was Ihnen vorschwebt, aber einfach *fantastica*. Mit riesiger Terrasse, Kamin im Wohnzimmer, großer Küche, hohen Decken. Und das Beste ist, dazu gehören dreißig Hektar Land mit Weingärten und Olivenbäumen.« Sie ließ die Arme sinken. »Na, was sagen Sie dazu?«

Ich schüttelte den Kopf. »Wahrscheinlich liegt diese Villa so weit draußen, dass man ohne Auto verloren ist.«

»Alles ist *perfetto*«, antwortete Silvia. »Der Bus nach Pienza hält fast vor der Tür.«

Die Augen meiner Mutter leuchteten auf. Natalia und ich tauschten einen Blick und schüttelten den Kopf. Ich fragte meine Mutter, was sie mit Weingärten und Olivenbäumen anfangen wolle.

»Darum muss sie sich nicht kümmern«, antwortete Silvia. »Es gibt einen Pächter, der das Land bewirtschaftet, genauer gesagt, ist es eine Familie, die dort seit Generationen ansässig ist. Sie erledigt auch die Arbeiten, die am Haus anfallen. Ihre Mutter wird dort wie eine Gräfin residieren.«

Ich sah meine Mutter an. »Es wird dir zu viel werden, Mama.«

Meine Mutter zog die Brauen hoch. »Wie kommst du denn darauf? Ich werde mir diese Villa auf jeden Fall anschauen.«

*

Silvia hatte nicht übertrieben, die Villa war wie ein Bild aus einem toskanischen Märchen. Meine Mutter betrachtete sie hingerissen, lief verzückt durch die Räume und ließ ihren Blick von der Terrasse über die Weingärten und die Olivenhaine schweifen.

Die Pächter besaßen einen Pferdewagen, sagte Silvia, mit dem sie regelmäßig nach Pienza fuhren, so dass meine Mutter nicht nur auf den Bus angewiesen wäre, der viermal am Tag vorbeikam. Auch der Preis lag im Rahmen des Möglichen, meine Mutter würde sogar noch einiges übrigbehalten.

Als klar war, dass meine Mutter Haus und Land erwerben würde, sagte sie: »Als Gräfin sollte ich der Villa wohl einen Namen geben.«

Ich lachte. »Und an was denken Frau Gräfin?«

»Nichts Großartiges«, antwortete meine Mutter. »Es wird einfach die Villa Baumgarten sein.«

*

»Deine Mutter darf ihr Anwesen nicht ›Villa Baumgarten‹ nennen«, sagte Natalia. »Die Villa sollte nicht einmal offiziell ihr Eigentum werden.«

»Warum nicht?«

»Wegen der Rassengesetze, die Italien bevorstehen. Bereits jetzt gibt es jüdische Familien, die ihr Eigentum nichtjüdischen Italienern übertragen. Nur so lange, bis die Faschisten besiegt sind. Wir von der *Resistenza* helfen ihnen dabei. Mein Vater wird es bei seinem Haus und seinem Schuhgeschäft ebenso halten.«

Es war das erste Mal, dass Natalia offen bekannte, zu einer der antifaschistischen Widerstandsgruppen zu gehören, die in Italien hier und da aufgekommen waren. Es zeigte mir, wie sehr sie mir vertraute.

»Mir gefällt die Vorstellung nicht, dass alles nominell einem Fremden gehören soll«, erklärte ich. »Woher sollen wir wissen, ob dieser Mensch es uns eines Tages zurückgibt.«

»Das wird vertraglich geregelt. Ihr übertragt Haus und Land einem Strohmann, der es zurücküberträgt, sobald ihr es von ihm verlangt. In Bologna gibt es einen Notar, der sich auf solche Fälle spezialisiert hat. Hernando Hernandez, ein sehr fähiger und zuverlässiger Mann. Er sucht auch den Strohmann aus.«

»Hernando Hernandez?« Ich musste lachen. »Was haben sich seine Eltern dabei gedacht?«

Natalia zuckte mit den Schultern. »Lass ihn heißen, wie er will. Mich interessiert nur, dass er schon vielen meiner Freunde geholfen hat, ihr Eigentum vor dem Zugriff der Faschisten zu schützen.«

*

Eine Woche später trafen meine Mutter und ich uns in der Villa mit Signor Partini, dem Verkäufer, Silvia, Natalia, Natalias Mutter, Signor Hernandez und dem Strohmann, der den Namen Carlo Vanucci trug. Vanucci war ein enger Freund von Hernandez, der für seine Funktion als Strohmann eine Anerkennungssumme erhielt.

Hernandez hatte einen Vertrag aufgesetzt, nach dem Vanucci nur so lange als Eigentümer galt, wie meine Mutter es wünschte. Auch für den Fall des Todes meiner Mutter oder von Vanucci wurden schriftliche Vorkehrungen getroffen und ich als Erbin meiner Mutter eingesetzt.

Als alle Dokumente unterschrieben und beurkundet waren, öffnete Silvia eine Flasche Spumante. Natalia hatte einen Fotoapparat dabei und nahm uns auf, wie wir alle draußen auf der Terrasse des Hauses an einem großen Tisch saßen. Es war ein Foto, das ich in den Jahren danach immer wieder betrachtete: Silvia, die einen Arm um Vanucci, den anderen um Partini gelegt hatte und mit meiner Mutter um die Wette strahlte, ein höflich lächelnder Hernandez, meine Mutter, die zwischen mir und Natalias Mutter saß. Alle hoben wir unser Glas und glaubten, dass nun nur noch schöne gemeinsame Jahre vor uns lagen.

Kapitel 50

Pienza, September 2017

»Jetzt haben wir's«, sagte Liam und ließ Adas Memoiren sinken.

»Was?«, murmelte Catherine schlaftrunken. Es war früh am Morgen, und sie waren noch nicht aufgestanden.

»Ich weiß, welchen Vertrag Lenzini gemeint hat.« Liam drehte sich zu Catherine um. »Ich dachte, du liest Adas Memoiren.«

»Ja, aber ich bin erst an der Stelle, als ihr Vater stirbt.«

»Du musst schneller lesen.«

Catherine setzte sich auf. »Entschuldige, aber kann es sein, dass ich auch noch etwas anderes zu tun hatte? Wie mich mit Giulia um Anträge und Anhörungen zu kümmern? Vielleicht lese ich ja auch sorgfältiger als du.«

»Das wird's sein.« Liam zog sich hoch und stopfte sich sein Kopfkissen in den Rücken. »Also Folgendes: Der Vater oder Großvater unseres Hernandez war ein Notar, der einen Treuhandvertrag aufgesetzt hat. Laut diesem Vertrag hat Vanucci als Strohmann für Friede Baumgarten agiert und unsere Villa hier und das Land erworben. Friede Baumgarten war Adas Mutter, falls du dich erinnerst. Auf die Weise wollte man verhindern, dass der faschistische italienische Staat das Eigentum von Adas Mutter konfisziert, sprich, die jetzige Villa Vincenzo und die dazugehörigen dreißig Hektar. Der Vertrag galt auch für die Erben.«

»Zeig mal.« Catherine nahm das Manuskript und las. »Verdammt, Liam, wir müssen diesen Vertrag in die Hände bekommen. Wenn das, was hier steht, wahr ist, dann wäre Vanucci nur der nominelle Eigentümer gewesen und hätte nie das Recht gehabt, an jemanden wie die Firma Quercia zu verkaufen. Es ist, wie Lombardo es seinem Freund gesagt hat. Irgendjemand hat den Namen dieser Firma einfach ins Grundbuch eingetragen.« Sie reichte Liam das Manuskript zurück. »Ich frage mich, ob Gabriella dieser Zusammenhang klar ist. Wollte sie deshalb, dass ich Adas Memoiren lese?«

»Wenn du mich fragst, gibt es nicht viel, das Gabriella unklar ist. Es wird so sein, wie wir vermutet haben. Sie kann nicht darüber sprechen, weil irgendetwas an der Geschichte zu schmerzhaft für sie ist.«

Catherine küsste Liam und sagte ein wenig spöttisch: »Was für ein wunderbarer Schnellleser du bist.«

»Mehr«, verlangte Liam und zog seine Frau an sich.

»Vergiss nicht, dass das Bett quietscht«, flüsterte Catherine.

»Mir egal.«

»Aber mir nicht.«

*

»Wir müssen noch einmal Druck auf Hernandez ausüben«, sagte Liam, als sie sich zum Frühstück auf die Terrasse setzten. »Mein Gefühl sagt mir, dass er den Treuhandvertrag besitzt, den wir brauchen.«

»Aber dann hätte er ihn uns doch gezeigt und die Zusammenhänge erklärt.«

»Nicht, wenn Lenzini bei ihm war und ihm gedroht hat. Oder ihn bestochen hat.«

Catherine griff in ihre Hosentasche und holte ihr Handy heraus. »Ich rufe Giulia an.« Sie gab die Nummer ein. Als Giulia sich nicht meldete, ließ sie eine Nachricht auf ihrer Mailbox zurück.

»Wenn Giulia nicht zurückruft, fahren wir nach dem Frühstück ohne sie nach Bologna. Am besten rufe ich Hernandez an und sage ihm Bescheid. Giulia hat seine Telefonnummer herausgefunden.«

»Wenn du das tust, wird er dich abwimmeln. Ich möchte, dass wir ihn überraschen.«

»Die Fahrt dauert zwei Stunden. Was ist, wenn er nicht da ist.«

»Der Mann ist Pensionär. Ich wette, dass er in seinem Garten pusselt.«

»Na gut, aber diesmal esse ich keine Kumquat.«

*

Hernandez war tatsächlich in seinem Garten. Als er Liam und Catherine erblickte, wirkte er wenig erfreut. »Sie vergeuden Ihre Zeit«, begrüßte er sie. »Ich habe Ihnen alles gesagt, was ich weiß.«

»Sie haben Vanuccis Rolle als Strohmann vergessen.«

»Strohmann?« Hernandez zuckte mit den Schultern. »Das Wort sagt mir nichts.«

»Einen Moment.« Liam klickte die Übersetzer-App auf seinem Handy an. »Wie wär's mit *prestanome*? Hilft Ihnen das weiter? Und nun hätten wir gern den Vertrag, aus dem hervorgeht, dass Vanucci diese Funktion im Jahr neunzehnhundertneununddreißig für eine deutsche Jüdin namens Friede Baumgarten übernahm.«

»Was bilden Sie sich eigentlich ein?«, fragte Hernandez verärgert. »Glauben Sie, Sie können hier nach Lust und Laune hereinplatzen und mir Befehle erteilen?«

Catherine legte eine Hand auf Liams Arm. »Lass ihn. Richter Riggioni soll ihn als Zeugen vorladen und zwingen, den Vertrag vorzulegen.«

»Nicht ihn, sondern Hernando Hernandez, seinen Vater.«

»Sie sprechen von meinem Großvater«, sagte Hernandez. »Er lebt nicht mehr.«

»Wo ist der Vertrag, Signor Hernandez? Oder vielmehr, wo sind die Verträge, die Ihr Großvater aufgesetzt hat?«

»In einem Aktenlager. Aber der Vertrag, den Sie suchen, wird nicht darunter sein.«

»Interessant«, sagte Liam. »Und wo ist er?«

Hernandez wischte sich den Schweiß von der Stirn. »Ich kann Ihnen nicht helfen, tut mir leid.«

Catherine sah ihn bittend an. »Bei unserem letzten Besuch haben Sie erklärt, dass Sie für Carlo Vanucci alles tun würden. Wenn dem so ist, verstehe ich nicht, dass Sie den Vertrag, den er unterschrieben hat, nicht honorieren. Warum wollen Sie seinen Namen beschmutzen, immerhin wirft man ihm vor, Signora Vincenzo etwas geschenkt zu haben, das ihm nicht gehörte. Sie wissen, wie die Wahrheit aussieht, und wir wissen es auch. Warum also wollen Sie uns den alten Vertrag nicht geben?«

Hernandez schaute zu Boden. »Weil er nicht mehr existiert.«

Catherine wechselte einen raschen Blick mit Liam. »Was ist damit geschehen?«

Hernandez hob den Kopf. »Bitte gehen Sie.«

»Vor wem haben Sie Angst?«, fragte Liam. »Vor Lenzini?«

Hernandez wurde blass.

»Okay, also vor Lenzini«, sprach Liam weiter. »Wir können dafür sorgen, dass Sie Schutz bekommen.«

Hernandez lachte unfroh. »Wie naiv Sie sind.«

»Ich glaube, dass Sie ein ethisch denkender Mann sind«, sagte Catherine. »Warum wollen Sie nicht das tun, was richtig ist?«

Hernandez hob die Hände. »Weil ich es nicht kann. Mir ist klar, dass Carlo es sich anders gewünscht hätte, aber ich bin nicht bereit, mich und meine Familie der Gefahr auszusetzen. Meinetwegen lassen Sie mich vorladen, aber auch dann werde ich nichts anderes sagen als jetzt.«

»Gibt es nicht die kleinste Möglichkeit, uns zu helfen?«, fragte Liam und sah Hernandez eindringlich an.

Hernandez seufzte. »Sie können die Vorlage meiner Akten gerichtlich anordnen lassen, aber es wird Ihnen nichts nützen, weil es diese Akten nicht mehr gibt. Auch die Rechnungsordner würden Ihnen nicht viel nützen.«

Liam studierte seine Miene. Dann lächelte er. »Vielen Dank, Signor Hernandez und *buona giurnata.*«

*

»Was sollte das Lächeln?«, fragte Catherine auf dem Weg zu ihrem Wagen. »Und *buona giurnata*?«

»Das heißt ›einen schönen Tag noch‹. Stand jedenfalls so in der Übersetzungs-App.«

»Und weiter?«

Liam blieb stehen. »Hast du es nicht mitgekriegt? Er hat uns einen Tipp gegeben. Lenzini oder andere Hintermänner von VinCo haben Hernandez' alte Vertragsakte vernichtet. Die Ordner mit den alten Rechnungen haben sie vergessen. Wenn Riggioni sie anfordert, werden wir auf eine Rechnung über den Vertrag zwischen Friede Baumgarten und Carlo Vanucci stoßen.«

Catherine umarmte ihn. »Du bist ein Genie.«

Liam küsste sie. »Das Auto quietscht nicht«, murmelte er an ihrem Ohr. »Und wir sind mitten in einem kleinen Wald.«

Kapitel 51

Bologna, September 1939

Als am 1. September Truppen der deutschen Wehrmacht in Polen einfielen und die Katastrophe des Zweiten Weltkriegs begann, führten wir gerade Wagners *Götterdämmerung* auf, mit einem Bühnenbild, das die Götterburg Walhall in Flammen zeigte. Es war, als hätte der Abend alles Kommende bereits schicksalhaft vorweggenommen.

Zwei Tage später erklärten England und Frankreich Deutschland den Krieg, und zwei Wochen danach trat auch die Sowjetunion in den Krieg ein und besetzte Ostpolen. Und die Italiener fragten sich, wie Mussolini reagieren würde, der mit Hitler einen »Stahlpakt« geschlossen hatte, ein Bündnis, das im Fall eines Kriegs die gegenseitige Unterstützung vorsah.

Die Tage vergingen, doch Mussolini unternahm nichts. Die Zeitungen berichteten von den Kämpfen in Polen, desgleichen die Radionachrichten, doch es war, als spiele sich alles irgendwo in weiter Ferne ab und gehe die Italiener nichts an. Sie hörten davon, lasen darüber und gingen ihren Geschäften nach. Für mich war es anders, ich erinnerte mich voller Schrecken an das, was mein Vater an dem Tag, als wir unseren Ausflug machten, vorhergesehen hatte.

Als wir in der Oper für einige Tage pausierten, fuhr ich zu meiner Mutter nach Pienza. Ich nahm Mitzi mit, die bei meiner Mutter freien Auslauf haben und glücklicher sein würde als in meiner Wohnung. Während ich aus dem Zugfenster auf die liebliche toskanische Landschaft blickte, in der gerade Erntezeit war, konnte auch ich mir kaum noch vorstellen, dass in Europa Krieg herrschen sollte.

An der Villa begrüßte mich Guido, der Pächter meiner Mutter, und erklärte, dass sie bei Signora Romitti sei. Er schlug mir vor, mich dorthinzufahren, und brachte Mitzi vorerst bei seiner Frau unter. Ich trug meine Reisetasche in mein Zimmer, machte mich kurz frisch und setzte mich zu Guido auf den Kutschbock des Pferdewagens.

Meine Mutter hatte nicht gewusst, dass ich kommen würde, und schloss mich freudig in die Arme. Natalias Mutter setzte Kaffee auf.

»Hast du gesehen, was ich im Haus gemacht habe?«, fragte meine Mutter. »Gefällt es dir, wie ich dein Zimmer gestrichen habe? Hast du die Blumen gesehen, die ich am Haus gepflanzt habe?«

»Es ist alles ganz wundervoll«, sagte ich und streichelte ihre Hand. Ich war so froh, sie wieder guten Mutes zu sehen.

»Ich werde auch noch lernen, wie man Weingärten bewirtschaftet. In Siena gibt es eine Schule für angehende Winzer. Guido wird mir zur Seite stehen. Was sagst du dazu?« Sie nahm die Kaffeetasse von Naomi entgegen.

»Ich hätte nicht gedacht, dass du noch mal die Schulbank drücken willst.«

Beide Frauen hielten inne und sahen mich an. »Glaubst du etwa, wir wären zu alt, um noch etwas zu lernen?«, fragte Naomi mit zusammengezogenen Brauen.

»Um Gottes willen, nein«, beeilte ich mich zu versichern. »Ich finde die Idee großartig.«

Meine Mutter zwinkerte ihrer Freundin zu. Dann wandte sie sich wieder zu mir. »Feierst du Rosch ha-Schana mit uns?«

Erneut hatte ich den Feiertag vergessen. »Wann ist das?«, fragte ich betreten. »Etwa schon morgen?«

Meine Mutter verdrehte die Augen. »In zwei Wochen.«

Ich atmete auf. »Vielleicht komme ich dann mit Natalia.«

»Wie geht es meiner Tochter?«, fragte Naomi. »Ich habe schon seit einer ganzen Weile nichts mehr von ihr gehört.«

»Ihr geht es gut«, antwortete ich. Warum sollte ich Naomi aufregen und ihr erzählen, dass ich Natalia seit dem deutschen Überfall auf Polen nicht mehr gesehen hatte und vermutete, dass ihre Arbeit im Untergrund sie voll und ganz in Anspruch nahm?

*

In Bologna hielt ich vergebens nach Natalia Ausschau, und bei ihr zu Hause traf ich sie auch nie an. Erst kurz vor Rosch ha-Schana lief sie mir über den Weg, und ich sagte ihr, dass unsere Mütter uns zu den Feiertagen erwarteten.

Einen Moment lang schien Natalia nicht zu wissen, wovon ich redete, offenbar hatte sie ebenso wenig wie ich an das Fest gedacht. Sie seufzte schwer und erklärte sich nur widerstrebend bereit, mit mir nach Pienza zu fahren.

Wir trafen uns auf dem Bahnhof. »Du siehst müde aus«, sagte ich.

»In der letzten Zeit war ich ständig in Rom und habe kaum geschlafen.«

Ich nahm an, dass ihre Aktivitäten mit der Resistenza zusammenhingen und fragte nicht weiter nach. Natalia schlief während der Fahrt nach Siena. Auf dem letzten Stück Weg im Bus sprachen wir über den Krieg, der uns beide beschäftigte.

»Der Einmarsch in Polen war nur eine Frage der Zeit«, sagte

Natalia. »Hitler hat ja seit Jahren vom Schutz der deutschen Minderheit in Polen gesprochen, vom Anschluss Danzigs und dem Störfaktor polnischer Korridor. Es war wie im Fall des Sudetenlands und Österreichs. Die Deutschen haben nicht umsonst aufgerüstet, Ada, sie werden versuchen, ihren Machtbereich mit militärischen Mitteln so weit wie möglich auszudehnen.«

Das war mir auch klar, ich verstand nur nicht, warum Frankreich und England so lange zugeschaut hatten und sich auch jetzt nicht auf Kampfhandlungen einließen. Nur auf dem Meer schien es Auseinandersetzungen zwischen englischen und deutschen Kriegsschiffen zu geben.

*

In der Synagoge von Pitigliano beteten wir für ein gutes neues Jahr, doch natürlich erwähnte der Rabbiner auch den Krieg und betete mit uns für die polnische Bevölkerung und für die Juden in Deutschland und den von den Deutschen besetzten Gebieten. Wir beteten für einen baldigen Waffenstillstand und dafür, dass dieser Krieg sich nicht wieder wie der vergangene über mehrere Jahre ziehen werde.

*

Die Weihnachtszeit in Bologna verlief ebenso wie in den Jahren zuvor, nichts deutete auf das Leid, das Mussolinis Stahlpakt-Verbündeter in Polen anrichtete. Zu meiner Schande muss ich gestehen, dass es Tage gab, an denen ich mich – ebenso wie der Großteil der Bologneser – im Vergessen übte. Die Rassengesetze waren kaum spürbar, die Geschäfte festlich geschmückt, die Menschen trafen sich in Restaurants und Cafés, und ich bereitete mich erneut auf die Weihnachtskonzerte in der Basilika San Petronio vor.

Als es so weit war, begrüßte Gigli mich wie eine alte Freundin und fragte, ob ich auch im nächsten Sommer gewillt sei, ihn bei den Festspielen in den Thermen von Caracalla zu begleiten. Das hatte ich bereits im vergangenen Sommer getan und jede Minute genossen, insbesondere die beiden Stücke, bei denen ich Gigli allein begleiten durfte. Mir war zwar nicht ganz klar, warum er so großen Wert auf mich legte – die römische Oper war voller guter Musiker –, doch es lag mir fern, mich deswegen zu beklagen.

*

Silvester feierte ich mit Francesca und Natalia und ihren Freunden. Auch für mich hatten sie jemanden eingeladen, einen jungen Griechen namens Dios, der in Bologna Mathematik studierte. Natalia war mit Teo gekommen und Francesco mit Michele, ihrem Verlobten. Wir trafen uns zum Essen und wollten gegen Mitternacht zur Piazza Maggiore gehen, um Musik zu hören und das Feuerwerk zu sehen.

Doch während des Essens kamen wir immer wieder auf den Krieg zu sprechen. Wir wussten nur das, was wir aus der Zeitung, dem Radio und von Natalia erfahren hatten, doch wir redeten, als wären wir bestens informiert. »Italien wird sich raushalten«, erklärte Michele. »Der Krieg wird nie über die Alpen kommen.«

Francesca gab ihm recht. Sie war der Ansicht, dass Hitler, Stalin und Churchill den Osten Europas neu aufteilen würden und Italien ungeschoren davonkomme.

Natalia schüttelte den Kopf und sah die beiden an, als könne sie deren Naivität nicht fassen.

»Was sagst du denn dazu?«, fragte ich sie.

Zuerst schien sie nicht bereit, mir zu antworten, doch dann

sagte sie: »Vergesst nicht, dass Italien arm an Rohstoffen ist, insbesondere, wenn es um Erdöl und Kohle geht. Wir sind auf die Versorgung von außen angewiesen, und die kommt vor allem aus Deutschland, oder es sind Lieferungen, die durch den Sueskanal oder die Straße von Gibraltar verschifft werden müssen. Und diese Wege werden seit September von den Engländern blockiert.« Sie zuckte mit den Schultern. »Auf Dauer wird das nicht gutgehen.«

Für einen Moment wurde es still, dann wandten wir uns leichteren Themen zu.

Auf dem Weg zur Piazza Maggiore nahm Dios meine Hand. Ich ließ es zu. Als die Glocken der Basilika San Petronio das neue Jahr einläuteten und das Feuerwerk begann, umarmten und küssten wir uns. Aber ich wusste, mehr würde daraus nicht werden, denn mein Herz gehörte Kurt, der wahrscheinlich weit von mir entfernt Soldat spielen musste. Davon abgesehen wollte ich gar keine Beziehung, sondern mich ganz auf meine Laufbahn als Violinistin konzentrieren.

Voller Vorfreude dachte ich an die nächsten Monate. Bald würden wir Verdis *Ein Maskenball* aufführen und diese Oper im Frühjahr anlässlich der Verdi-Festspiele in Norditalien geben – in Mailand, Modena, Parma und Ferrara, wo ich noch nie gewesen war. Und im Juni wäre ich wieder bei den Festspielen in den Caracalla-Thermen, um Gigli zu begleiten. Ich war sicher, es würde eine aufregende Saison werden.

Kapitel 52

Bologna, Juni 1940

Wieder hatte Natalia die Lage richtig eingeschätzt, auch wenn die Gründe für Italiens Eintritt in den Krieg nicht nur in seiner Abhängigkeit von externen Rohstofflieferungen begründet lagen. Vielmehr schien es nun so, dass die Erfolge der Deutschen bei ihren Feldzügen Richtung Osten und schließlich auch Westen Mussolini ermutigten, die Grenzen Italiens seinerseits zu erweitern und sich ein Stück von dem Gesamtkuchen abzuschneiden. Und so erklärte Italien am 10. Juni England und Frankreich den Krieg. Wenig später, in der Endphase des siegreichen deutschen Frankreichfeldzugs, überschritten auch italienische Truppen die Grenze nach Frankreich und besetzten einen schmalen Streifen Land, der von Nizza über Grenoble zum Genfer See reichte. »Damit wird Mussolini sich nicht zufriedengeben«, sagte Natalia. »Er wird auch auf dem Balkan und in Nord- und Ostafrika Ansprüche anmelden.«

Unser Leben in Bologna beeinflussten diese Entwicklungen kaum. Hin und wieder sah man Deutsche in Uniform, und ich erschrak, doch unser Gefühl blieb, dass die Kämpfe weit entfernt stattfanden.

»Für Juden, andere ethnische Minderheiten und für geistig Behinderte sind die erfolgreichen Feldzüge der Deutschen eine Katastrophe«, sagte Natalia eines Abends, als wir uns auf ein Glas getroffen hatten. »Denn natürlich gilt die Rassenideologie der Nazis nun auch in den besetzten Gebieten. In Polen sind die Juden gezwungen worden, Abzeichen zu tragen, die sie als Juden ausweisen.

Sie werden ausgegrenzt, misshandelt und inhaftiert. Du weißt, wie das ist, du hast es in Berlin selbst erlebt.«

»Ich frage mich, was geschieht, wenn Hitler entscheidet, dass die Rassengesetze in Italien nicht streng genug befolgt werden. Wird dann aus dem Freund Mussolini der Feind, und die Deutschen marschieren auch in Italien ein?«

»Mal den Teufel nicht an die Wand«, sagte Natalia und nahm einen großen Schluck Wein.

*

Die zweitausend Jahre alten Thermen von Caracalla bezeugten die hohe Baukunst des antiken Roms. Um den Römern von ehedem eine gepflegte Form des Badens zu ermöglichen, wurden durch Rohre Heißluft in die Räume und Fußböden der Thermen und Wasser in die Becken geleitet. Die Räume selbst wurden großzügig mit Marmor, reich verzierten Säulen, Gemälden und Statuen ausgestattet. Mittlerweile waren von der alten Pracht nur noch Ruinen vorhanden, die jedoch ein großartiges Bühnenbild ergaben. Die Opernbühne war vor zehn Jahren über dem ehemaligen Dampfbad errichtet worden. Die erste Opernaufführung hatte vor drei Jahren stattgefunden.

In diesem Jahr führte die Opera di Roma an vier Abenden *Pagliacci* von Ruggero Leoncavallo auf. Anschließend gab Gigli das Solokonzert, bei dem ich ihn begleitete. Es war ein wunderbarer, warmer Abend. Die untergehende Sonne tauchte die kupferfarbenen Mauern der Thermen in tiefes Rosenrot, und für einen Moment fühlte ich mich entrückt und sah im Geist römische Senatoren aus alten Zeiten, die in Togen gewandet aus ihren Sänften stiegen, um hier ein Bad zu nehmen und sich anschließend unter den hohen Schirmpinien zu ergehen.

Als Zugabe sang Gigli wieder die Arie »*Je crois entendre encore*«, und wie bei jedem Mal erstaunte es mich, wie still ein so großes Publikum werden konnte, sobald dieser unvergleichliche Tenor die Arme ausbreitete und Luft holte. Der anschließende Applaus war ohrenbetäubend und endete in stehenden Ovationen.

Nach dem Konzert stellte Gigli mich Bernadino Molinaro vor, dem Dirigenten des Orchestra dell'Accademia Nazionale di Santa Cecilia in Rom. Es war eine Bekanntschaft, die in meinem Leben noch eine Rolle spielen sollte.

Molinari erzählte, dass er als Gastdirigent der Berliner Philharmoniker vor Jahren meinen Vater kennen- und schätzen gelernt habe. Auch er hatte von seinem Tod gehört und sprach mir sein Beileid aus.

Beim Abschied musste ich Gigli versprechen, sowohl bei den Weihnachtskonzerten in Bologna als auch den Operntagen in den Thermen im nächsten Jahr wieder zur Verfügung zu stehen. Als ich den Zug nach Siena bestieg, um meine Mutter zu besuchen, war ich selig. Den Krieg hatte ich während der Festspieltage vergessen.

*

Bei meiner Ankunft arbeitete meine Mutter in einem ihrer Weingärten und sah aus wie das blühende Leben. Sie trug einen Sonnenhut und einen grünen Overall, war braun gebrannt, und nichts erinnerte mehr an die blasse, verzagte Frau, die ich in den vergangenen Jahren gekannt hatte. Sie führte mich durch die Reihen der Rebstöcke, erklärte, was sie bisher getan hatte und bis zur Ernte noch tun musste.

Vor einem ansteigenden Stück Land blieb sie stehen. »Hier werde ich die Sangiovese-Traube anbauen, die du in so vielen italienischen Rotweinen findest.« Sie wedelte mit der Hand über die Anhöhe hinweg. »Der Hang liegt im Südwesten und bekommt ab dem späten Vormittag Sonne. Ich rechne mit einem großartigen Wein.« Sie wandte sich zu mir um. »Magst du mir beim Pflanzen helfen?«

Ich lachte. »Ich weiß doch gar nicht, wie das geht. Meine Hände können Geige spielen, weiter nichts. Wie wär's, wenn ich dir beim Pflanzen Gesellschaft leiste?«

»Stell dich nicht an«, entgegnete meine Mutter. »Ich zeige dir, was du tun musst. Und wenn wir fertig sind, wird dieses kleine Stück Land ›Adas Weinberg‹ heißen.«

Kapitel 53

Bologna, Oktober 1940

Mitte Oktober erfuhren wir von Vittorio, dass Hitler Ende des Monats in Florenz zu einem Treffen mit Mussolini erwartet werde und wir erneut für ihn spielen sollten. Es hieß, dass es bei diesem Treffen unter anderem um den geplanten Einmarsch Italiens in Griechenland und die militärischen Schwierigkeiten des Landes in Ägypten gehe. Es wurde auch gemunkelt, dass Deutschland und Italien widersprüchliche Kriegsinteressen verfolgten, obwohl das Bündnis selbst durch den gerade geschlossenen Dreimächtepakt, der nun Japan einschloss, erneut bekräftigt worden war.

Am 28. Oktober traf Hitler mit einem großen Stab hochrangiger Politiker und Militärs in Florenz ein. Am Tag darauf sollten wir zu seinen Ehren auf der Piazza della Signoria spielen.

Als wir in Florenz ankamen, waren überall SS-Männer und Soldaten der Wehrmacht zu sehen. Bei dem Gedanken, dass das Italiens Schicksal werden könnte, sollte Hitler sich irgendwann gegen Mussolini stellen und Italien überfallen, überlief es mich kalt. Ich tröstete mich mit dem Gedanken, dass die beiden Männer zurzeit noch Bündnispartner waren.

Hitler und Mussolini führten ihre Gespräche am 28. Oktober. Wir waren inmitten der Probe für den nächsten Tag, als wir erfuhren, dass Hitler überraschend abgereist und nach Berlin zurückgekehrt sei. Zwischen ihm und dem Duce war es zu Verstimmungen gekommen. Somit fiel unser Konzert ins Wasser.

Da wir erst am nächsten Morgen nach Bologna zurückkehren

würden, beschloss ich, durch die Straßen zu schlendern und mir Florenz anzusehen, die Wiege der Renaissance. Plötzlich – ich stand an einem Straßenmarkt und überlegte, ob ich mir eine der weichen Wildlederjacken zulegen sollte, die dort angeboten wurden – tippte jemand auf meine Schulter. Ich fuhr herum und blickte direkt in Kurts blaue Augen.

Ich brauchte einen Moment, bis ich mich von meiner Überraschung erholt hatte, und fragte: »Wo kommst du denn her?«

Kurt lächelte. »Ich gehöre zu Görings Stab. Er ist mit Hitler so Hals über Kopf nach Berlin zurückgekehrt, dass für uns keine passenden Reisevorkehrungen getroffen werden konnten. Wir folgen den Herren erst morgen.« Er nahm meine Hand.

»Ist Kleiner auch in diesem Stab?«, fragte ich ängstlich.

»Nein.« Kurt zog mich an sich. »Ich arbeite im Reichsluftfahrtministerium und verwalte dort Akten. Mit Kleiner habe ich nichts mehr zu tun.«

Ich löste mich von ihm. Sobald ich »Akten« hörte, zog sich mein Magen zusammen, und ich musste an die Juden in Deutschland und den besetzten Gebieten denken, die aktenmäßig erfasst, in KZs gebracht, in Judenhäusern oder Ghettos isoliert und schikaniert wurden. »Was für Akten?«

»Bestellungen, Lieferungen, Rechnungen – alles, was zur Logistik eines Luftkriegs gehört. Und zur Versorgung der Luftstreitkräfte. Es ist ziemlich langweilig.«

»Hauptsache, du hast nichts mit der Verfolgung der Juden zu tun.«

Kurt sah mich bestürzt an. »Ich verstehe nicht, wie du mir so etwas unterstellen kannst, Ada. Weißt du nicht mehr, wer ich bin?«

»Entschuldige.«

Kurt betrachtete mich prüfend und schien noch etwas sagen zu wollen, doch dann ließ er es auf sich beruhen und schlug vor, ein paar Schritte zu laufen.

»Hast du eine Ahnung, wo Kleiner jetzt ist?«, fragte ich.

»Anscheinend schafft er es allmählich, sich die Karriereleiter hinaufzuhangeln. Ich glaube, inzwischen ist er Leutnant. Er hat am Westfeldzug teilgenommen und mitgeholfen, das britische Expeditionskorps zu besiegen. Soweit ich informiert bin, ist er jetzt in Paris stationiert und wird dort in der Militärverwaltung sein Unwesen treiben.«

Ich hakte mich bei Kurt unter. »Und was hast du heute vor?«

»Ich genieße diese unglaubliche Stadt.« Mit einer umfassenden Armbewegung schloss Kurt die grandiosen Renaissancebauten auf beiden Seiten der Straße ein. »Außerdem möchte ich die Uffizien besuchen. Hast du Lust mitzukommen?«

Mir war klar, dass Kurt die Musik liebte. Dass er auch ein Liebhaber von Gemälden und Skulpturen war, war mir neu. Obwohl es mich nicht hätte wundern sollen, ich wusste doch, wie feinsinnig er schon als Junge gewesen war.

In der *Galleria degli Uffizi* sahen wir uns die Gemälde der italienischen Renaissance an und sprachen nur wenig. Schließlich ließen wir uns in einer Nische auf einer Bank nieder. Kurt legte einen Arm um mich und sagte, dass auch er um meinen Vater getrauert habe. »Furtwängler hätte ihn nicht retten können, Ada. Vielleicht hat dein Vater die richtige Entscheidung getroffen.«

Ich lehnte mich an ihn. »Ich denke jeden Tag an ihn, und nachts träume ich von ihm. Und immer sage ich mir, dass ich mich falsch verhalten habe. Ich hätte es ihm ausreden müssen, denn an dem Tag damals war er von seiner Zeit im KZ geschwächt und mutlos geworden.«

»Er war körperlich geschwächt, Ada, aber nicht geistig. Dein Vater wusste, was er tat, und hätte sich nichts ausreden lassen. Es wäre so gekommen, wie er gesagt hatte: Man hätte ihm das Geld abgenommen, und er wäre trotzdem in Buchenwald geblieben. Ich fand seinen Entschluss hochherzig – so wie dein Vater war. Er war ein wunderbarer, einzigartiger Mensch, Ada.«

Ich begann zu weinen.

Kurt streichelte mich. »Auf der Rückfahrt hat er mir erzählt, wie glücklich dein Erfolg ihn macht und wie sehr er dich und deine Mutter liebt. Du darfst nie glauben, dass er nur eine Sekunde lang schwach war. Sollte ich jemals in eine Lage wie er kommen, kann ich nur hoffen, ebenso viel Mut und Stärke zu zeigen.«

Kurt hielt mich im Arm und wartete, bis ich mich gefasst hatte. Dann nahmen wir unsere Wanderung durch die Galerieräume wieder auf.

»Wie geht es denn deinem Vater?«, fragte ich ihn.

»Er ist irgendwo im Feld, vielleicht in Polen.« Kurt zuckte die Achseln. »Wir haben kaum noch Kontakt.«

Wie sonderbar, dass Kurt und ich uns nie fremd wurden, dachte ich. Wir sahen uns nur selten und immer in großen Abständen, doch wenn wir zusammen waren, miteinander redeten und uns berührten, war es wieder, als wären wir nie getrennt gewesen.

Trotzdem fragte ich Kurt vorsichtig, ob er eine Freundin habe.

Er lachte. »Ja, schon seit meiner Zeit im Berliner Jugendorchester. Ihr Name lautet Ada Baumgarten. Die Frauen, die ich nach ihr kennengelernt habe, fand ich weit weniger interessant.« Er sah mich von der Seite an. »Und wie sieht es bei dir aus. Gibt es irgendwo einen unwiderstehlichen Italiener?«

Ich küsste ihn rasch. »Es gibt einen unwiderstehlichen Deutschen, in den ich seit meiner Zeit im Jugendorchester vernarrt bin.«

Kurt lächelte. »Das muss ja ein toller Kerl sein.«

Vor Botticellis »Die Geburt der Venus« blieben wir stehen. Kurt erklärte, dieses Gemälde habe er sich seit Langem zu sehen gewünscht.

Die Venus trug nichts außer ihrem langen rötlichen Haar. Umgeben von drei weiteren Figuren, stand sie auf einer Muschelschale und blickte versonnen.

»Bei den Figuren zur Linken handelt es sich um Zephyr, einen Windgott«, erklärte Kurt. »Er umfängt Aura, die Göttin der Morgenbrise. Rechts siehst du eine der Horen, das sind die Göttinnen der Jahreszeiten, die Venus einen Umhang reicht. Venus selbst ist die Göttin der Liebe.«

»Sie ist schön«, sagte ich andächtig.

»Eine Frau namens Simonetta Cattaneo Vespucci saß Botticelli dazu Modell. Zu ihrer Zeit galt sie als schönste Frau Italiens.«

Das Gemälde wirkte so sinnlich, dass ich mir plötzlich nichts sehnlicher wünschte, als mit Kurt endlich allein zu sein und in seinen Armen zu liegen.

Er musste das Gleiche empfinden, denn er nahm meine Hand und flüsterte: »Komm mit, ich habe eine Idee.«

Draußen vor den Uffizien steuerte er eine der Gassen an, die vom Arno wegführten. Als wir das erste Hotel erreichten, blieb er stehen und sah mich fragend an. Ich schmiegte mich an ihn und nickte.

Wir nahmen ein Zimmer für eine Nacht. »Wie lange ich schon darauf gewartet habe«, sagte Kurt zwischen seinen Küssen und während er mich langsam entkleidete.

Es war eine Nacht voller Leidenschaft und Zärtlichkeit, die ich niemals vergessen würde. Als der Morgen anbrach, hielt ich Kurt fest und sagte: »Lass uns in Florenz bleiben. Ich könnte in den Hotels und Restaurants Geige spielen, dabei verdient man nicht schlecht. Und du würdest hier Kunst studieren.«

Kurt seufzte. »Was glaubst du, wie glücklich ich dann wäre.«

Ich küsste ihn. »Dann lass es uns tun. Oder bleib wenigstens in Italien. Du kannst bei mir wohnen und in Bologna studieren.«

»Ich wünschte, das wäre möglich.«

»Es ist möglich. Niemand kann uns verbieten, zusammen zu sein.«

»Ich wäre ein Deserteur, Ada. Man würde mich suchen und erschießen. Aber der Krieg wird nicht ewig dauern, und danach werden wir unsere Träume verwirklichen, das verspreche ich dir.«

Ich bat ihn, mir wenigstens zu schreiben, nicht direkt an mich, das war für ihn zu gefährlich, sondern an die Adresse der Oper in Bologna und zu Händen meiner Freundin Francesca Denardo. Sie würde mir seine Briefe geben.

Als wir uns vor dem Hotel trennten, kämpfte ich gegen die Tränen an und sah Kurt nach, bis er um eine Ecke gebogen und verschwunden war.

Kapitel 54

Pienza, September 2017

Giulia und Liam saßen im Gästezimmer der Villa Vincenzo und sahen zu, wie Catherine eine Reisetasche packte, um für einige Tage nach Chicago zu fliegen. Ihre Sehnsucht nach Ben war übermächtig geworden. »Er wird mich gar nicht mehr erkennen«, sagte sie.

»Ben hat die Hälfte der letzten Wochen vor dem Computer verbracht, um auf Skype mit dir zu reden. Natürlich weiß er noch, wer du bist.«

»Aber ich habe ihn nicht halten können, er hat mich nicht gespürt.«

»Ben geht es blendend, Cat. Er liebt deine Schwester und spielt mit ihren Kindern. Du hast keinen Grund, dich schuldig fühlen.«

Catherine hielt mit dem Packen inne und sah ihren Mann an. »Vermisst du ihn denn nicht?«

»Natürlich tue ich das. Aber ich bin sicher, dass er mich bei meiner Rückkehr wiedererkennt. Ben ist kein Säugling, sondern zwei Jahre alt. Jedenfalls scheint es mir im Moment dringender, Gabriellas Eigentum zu retten.«

»Du hast Riggioni gehört. Er will stichhaltige Beweise, und die haben wir einfach nicht.«

»Trotzdem sagt mir mein Gefühl, dass er auf unserer Seite steht«, erklärte Giulia. »Wie es jeder anständige Mensch tun würde, der nicht möchte, dass ein großes Unternehmen eine alte Frau von ihrem Land vertreibt. Wenn wir nur dieses verdammte Grundbuch fänden. Dann könnte ich die Wiederaufnahme des Verfahrens beantragen.«

»Das können wir vergessen«, entgegnete Liam. »Wahrscheinlich ist es mittlerweile verbrannt worden. Und der Vertrag, der zwischen Vanucci und Friede Baumgarten geschlossen wurde, ist im Reißwolf gelandet. Dafür hat Lenzini gesorgt.«

»Und was schlägst du jetzt vor?«, fragte Catherine.

»Dass wir die Suche nach Beweisen ausdehnen und uns einmal näher mit der Firma Quercia befassen. Und mit dieser Frau Fruhmann. Wie kommt es, dass ihr als Deutscher eine italienische Firma gehörte? Und wie ist der Name der Firma in das Grundbuch geraten, obwohl Carlo Vanucci als Eigentümer galt?«

»Ich habe bereits erste Nachforschungen angestellt«, sagte Giulia. »Die Firma wurde vor dreiundsiebzig Jahren gegründet und hatte nur eine Eigentümerin?«

»Gerda Fruhmann?«

»Genauer gesagt, eine deutsche Familienstiftung, deren einzige Begünstigte Frau Fruhmann war. Insofern ja, sie kann als Eigentümerin der Quercia betrachtet werden.«

»Und wer stand hinter der Stiftung?« fragte Catherine.

Giulia zuckte die Achseln.

Liam runzelte die Stirn. »Ich finde das alles ausgesprochen merkwürdig. Hinter der Firma Quercia muss sich mehr als eine einzige Person verborgen haben. Und warum war diese Gerda Fruhmann nie hier, wie Franco sagt? Vielleicht sollten wir mit unserer Suche in Deutschland beginnen.« Er wandte sich zu Giulia um. »Kennst du zufällig einen guten deutschen Anwalt?«

Giulia schüttelte den Kopf.

»Ich kann Walter fragen«, sagte Catherine. »Jenkins und Fairchild kann weltweit auf ein Netzwerk renommierter Kanzleien zugreifen.«

»Wer ist Walter?«, fragte Giulia.

Catherine lächelte. »Mein früherer Chef. Er ist Senior-Partner einer großen Kanzlei in Chicago. Wir haben uns getrennt, als er verlangte, dass ich einen Mandanten aus politischen Gründen fallenlasse.«

»Würde er dir denn helfen?«

»Wir sind uns nicht mehr böse, sondern haben uns mittlerweile bereits in mehreren Rechtsfällen beigestanden. Ich bin sicher, dass er uns einen deutschen Anwalt empfehlen kann.«

*

»Natürlich kenne ich deutsche Anwälte«, sagte Jenkins, als Catherine ihn in Chicago anrief. Er gab ihr die Adresse eines Gunther Strauss in Berlin. Dann wollte er wissen, wozu sie so jemanden brauche.

»Liam und ich haben mit einem Fall in Italien zu tun. Es geht um ein Haus und um Land in der Toskana.«

»In der Toskana?« Jenkins gab anerkennende Laute von sich. »Sagen Sie mir Bescheid, wenn Sie einen Zweitanwalt brauchen.«

Catherine lachte. »Im Moment brauche ich leider nur einen deutschen Anwalt. Wir bezweifeln die Rechtmäßigkeit der Grundbucheintragungen zu besagter Immobilie. Angeblich ist die Eigentümerin bis vor Kurzem eine deutsche Familienstiftung gewesen, der eine italienische Firma gehörte.«

»Oho«, sagte Jenkins. »Klingt, als hätte jemand etwas zu verheimlichen gehabt. Sprechen Sie mit Strauss, er kennt in Deutschland Gott und die Welt. Und grüßen Sie ihn von mir.«

*

Catherine rief Strauss an. Sie erklärte ihm, wer sie war und dass sie früher als Anwältin für Walter Jenkins tätig gewesen sei.

»Mein Beileid«, sagte Strauss und lachte. »Ich kenne Walter seit Jahren, ich weiß sogar, wie gnadenlos er Golfbälle über den Rasen schlägt.«

Catherine schilderte ihm den Fall, um den es sich handelte.

Auch Strauss wollte wissen, ob er dazu in die Toskana kommen solle.

»Leider nicht, wir brauchen Ihre Hilfe in Berlin.«

»Schade.«

Catherine beschrieb ihm den Auftrag, dass sie nach den Hintergründen einer Firma Quercia suche, deren Eigentümerin eine deutsche Familienstiftung gewesen sei. Außerdem brauche sie Informationen über die Begünstigte Gerda Fruhmann, die im Jahr 2015 gestorben sei.

»Wenn's weiter nichts ist«, sagte Strauss. »Soll ich Ihnen den Bericht vielleicht persönlich vorbeibringen?«

Catherine lachte. »Ich fürchte, das ist nicht nötig.«

»Vielleicht nicht für Sie, aber mir würden ein paar Tage in der Toskana guttun.«

»Ich würde mich freuen, Sie kennenzulernen«, antwortete Catherine. »Aber eigentlich brauche ich nur Ihren Bericht.«

*

Der Bericht kam in Giulias Kanzlei an, darum hatte Catherine gebeten.

Sehr geehrte Frau Kollegin,
die Suche, mit der Sie uns beauftragt haben, führte zur Akte eines Nachlassgerichts in Berlin aus dem Jahr 2015. Nach dem Tod von

Gerda Fruhmann im Jahr 2015 wurde auf Antrag einer italienischen Firma mit Namen VinCo S.p.A. ein Nachlassverfahren eröffnet. VinCo bezeichnete sich als Gläubigerin der Quercia. Die untenstehenden Informationen haben wir dieser Akte entnommen.

Firma Quercia
Die Firma Quercia wurde am 18. Mai 1944 in Italien gegründet. Die Gründung wurde von einem deutschen Anwalt namens Hermann Rugel in die Wege geleitet, der hier in Berlin praktizierte. Eine Familienstiftung fungierte als Alleineigentümerin. Ein Stiftungsvertrag und weitere diesbezügliche Unterlagen finden sich in der Nachlassakte nicht; vielleicht sollten die näheren Eigentumsverhältnisse verschleiert werden. Als einzige Begünstigte der Stiftung ist eine Elsa Fruhmann angeführt, die ledige Mutter von Gerda Fruhmann. Ob die Firma Quercia jemals geschäftlich aktiv war, lässt sich nicht feststellen, doch wurden von ihr weder in Deutschland noch in Italien Steuern gezahlt. Aus den Jahresberichten geht jedoch hervor, dass Quercia in der Provinz Siena Land besaß. Ob dieses Land bewirtschaftet wurde, lässt sich den Unterlagen nicht entnehmen. Wir vermuten, dass die Firma Quercia gegründet wurde, um als Eigentümerin dieses Lands aufzutreten, das möglicherweise einmal als Investitionsobjekt gedacht war. Darüberhinausgehende Geschäftsunterlagen haben wir nicht gefunden. Weder die Nachlassakte noch die Jahresberichte lassen erkennen, auf welche Weise die Firma Quercia dieses Land erworben hat. Rugels Kanzlei wurde bei den alliierten Luftangriffen im Jahr 1945 zerstört. Rugel selbst starb zwei Jahre später. Nachfolger konnten wir nicht feststellen.

Gerda Fruhmann

Gerda Fruhmann wurde am 4. April 1944 in München geboren und starb am 16. Januar 2015 in Berlin. Ihre Mutter war Elsa Fruhmann, ursprünglich die Begünstigte der obengenannten Familienstiftung. Ein Vater wird auf der Geburtsurkunde von Gerda Fruhmann nicht angegeben. Elsa Fruhmann starb im Jahr 1956.

Soweit wir feststellen konnten, hat Gerda Fruhmann nicht geheiratet und war kinderlos. Bis zur deutschen Wiedervereinigung im Jahr 1990 wohnte sie in Ostberlin. Ihren Steuerunterlagen lässt sich entnehmen, dass sie von 1992–2001 als Angestellte einer Medizinfirma tätig war und ein bescheidenes Einkommen hatte. Als Alleinerbin ihrer Mutter wäre sie nach deren Tod Eigentümerin der Firma Quercia geworden, obwohl wir kein diesbezügliches Nachlassverfahren gefunden haben. Nach den Steuerunterlagen hat Gerda Fruhmann aus dem italienischen Landbesitz keinerlei Einkünfte bezogen. Wir halten es für denkbar, dass sie nicht wusste, dass ihre Mutter Eigentümerin der Firma Quercia und des fraglichen Lands gewesen war.

Zwei Wochen nach dem Tod von Gerda Fruhmann hat eine italienische Firma namens VinCo S. p. A. die Eröffnung des Nachlassverfahrens beantragt. VinCo behauptete, Gläubigerin der Firma Quercia zu sein, da sie zu Lebzeiten von Gerda Fruhmann für den Unterhalt der Weingärten auf dem genannten Land aufgekommen sei. Das Unternehmen bot an, dieses Land zum Wert der angefallenen Unkosten zu erwerben. Laut Gerichtsbeschluss hatte Gerda Fruhmann die Eigentumsrechte an besagtem Land geerbt, so dass sie nach ihrem Tod auf VinCo übertragen werden konnten. Weitere beteiligte Parteien gab es nicht. Einspruch wurde nicht erhoben. Nachdem die Rechte an VinCo übergegangen waren, wurde die Nachlassakte geschlossen.

Ich hoffe, wir konnten Ihnen weiterhelfen, und wir stehen Ihnen auch künftig gern zur Verfügung.

Mit besten Grüßen

Gunther Strauss

Als Liam den Bericht in Giulias Kanzlei gelesen hatte, riefen sie Catherine an, der Giulia die Seiten gemailt hatte. Giulia drückte auf die Lautsprechertaste.

»Die Mühe, die Strauss sich gemacht hat, war für nichts und wieder nichts«, erklärte sie. »Wir sind genauso schlau wie vorher.«

Liam schüttelte den Kopf. »Das sehe ich anders. Wir wissen jetzt, dass hinter der Gründung von Quercia im Jahr vierundvierzig ein deutscher Anwalt namens Rugel stand. Und dass versucht wurde, die Eigentumsverhältnisse zu verschleiern. Von dem Landbesitz in Italien scheinen weder Elsa noch Gerda Fruhmann etwas gewusst zu haben. Das legt für mich den Verdacht nahe, dass sie nur Platzhalter waren und jemand anders im Hintergrund die Fäden zog. Und dann plötzlich, zwei Wochen nach Gerdas Tod, taucht VinCo auf und beansprucht das Land. Woher wusste man dort, dass Gerda Fruhmann gestorben war? Woher wusste ein großes italienisches Unternehmen wie VinCo überhaupt von der Existenz einer Elsa und Gerda Fruhmann, wenn nur die Firma Quercia und die Stiftung sichtbar waren?«

»Und was soll der Unsinn mit dem Unterhalt?«, fragte Catherine. »Laut Adas Memoiren hat Adas Mutter sich um ihr Land gekümmert. Zusammen mit der Pächterfamilie, zu der Franco heute gehört. Ich bin sicher, wenn wir Franco fragen, ob VinCo jemals etwas an dem Land getan hat, wird er mit Nein antworten.«

»Ich muss gerade an das Foto denken, das Ada in ihren Memoiren erwähnt«, sagte Liam.

»Welches Foto?«, fragte Giulia.

»Eins, das an dem Tag aufgenommen wurde, als die Villa und das Land von Friede Baumgarten beziehungsweise Carlo Vanucci erworben wurden. Alle an der Transaktion Beteiligten sollen darauf abgebildet sein. Vielleicht sieht man darauf auch den Vertrag.«

»O Liam.« Catherine lachte. »Ist das nicht sehr weit hergeholt? Glaubst du, sie hätten den Vertragstext in die Kamera gehalten und der wäre dann nach so vielen Jahren noch lesbar? Ich fürchte, auch von den Menschen auf dem Foto dürfte heute keiner mehr am Leben sein.«

»Die Familie Romitti lebte in Pienza.« Liam warf Giulia einen Blick zu. »Wir müssen herausfinden, ob es dort heute noch Nachfahren gibt.«

»Ich kümmere mich darum«, sagte Giulia und machte sich eine Notiz.

»Am meisten interessiert mich, wie VinCo von Gerda Fruhmanns Tod erfahren hat«, erklärte Liam. »Das kann doch kein Zufall gewesen sein.«

»Das glaube ich auch nicht.«

»Soll ich dir sagen, was ich außerdem seltsam finde? In der vergangenen Nacht habe ich in der Villa Geigenmusik gehört.«

Catherine lachte. »Bist du sicher, dass es nicht der Wind war?«

Kapitel 55

Bologna, Dezember 1941

Seit unserer Begegnung in Florenz hatte ich Kurt nicht mehr gesehen und sehnte mich mehr als zuvor nach ihm. Aber wenigstens konnte er mir nun schreiben, glühende Liebesbriefe, die ich immer wieder las. Über sich und seine Arbeit verriet er jedoch wenig, und nichts wies auf ihn als Verfasser hin, nur für den Fall, dass ein Brief in die Zensur geriet. Einmal jedoch deutete er an, er habe seinen Arbeitsplatz gewechselt und hoffe, bald wieder dort zu sein, wo wir uns zuletzt begegnet waren.

Ich studierte die Zeitungen, um herauszufinden, was er gemeint haben könnte, doch ich fand vor allem Berichte über die Kriegserfolge Deutschlands und Italiens in Europa und Nordafrika. Ich sagte mir, dass der Krieg spätestens im nächsten Jahr beendet sein würde und ich vielleicht jetzt schon beginnen konnte, mit Kurt Zukunftspläne zu schmieden.

Über die Aktivitäten der Japaner erfuhren wir in Italien nur ganz am Rand etwas, hauptsächlich, dass sie in Indochina vorrückten und gegen China kämpften. Es interessierte uns kaum.

Ich war in einem sonderbaren Zwiespalt. Auf der einen Seite hasste ich die Nazis und wünschte ihnen den Untergang statt der militärischen Erfolge, die sie zu verzeichnen hatten. Andererseits fürchtete ich um Kurts Leben und betete, dass ihm nichts zustieß.

Natürlich war es Natalia, die mir im Sommer als Erste von dem »Unternehmen Barbarossa« berichtet hatte, sprich, dem Überfall der deutschen Wehrmacht auf die Sowjetunion, der am 22. Juni begonnen hatte. Wenig später hatte Mussolini der Sowjetunion ebenfalls den Krieg erklärt.

Natalia war es auch, die mir von dem Treffen des japanischen Außenministers mit Mussolini in Rom erzählte und sagte, er habe verlangt, dass Italien den Vereinigten Staaten den Krieg erklärte. Im ersten Moment hatte Natalia den japanischen Wunsch nicht verstanden und ich noch viel weniger; schließlich war bisher klar ersichtlich geworden, dass die Amerikaner sich aus dem Kriegsgeschehen heraushalten wollten. Wo sollten die Italiener denn gegen sie kämpfen? Doch als japanische Flugzeuge am 7. Dezember einen amerikanischen Truppenstützpunkt namens Pearl Harbor bombardierten – einen Namen, den wir noch nie gehört hatten –, traten die Amerikaner in den Krieg ein. Und als Italien und Deutschland ihnen wenige Tage später den Krieg erklärten, war ich mir nicht mehr sicher, ob er im nächsten Jahr beendet sein würde.

Auch in Italien war nun die Zeit vorbei, in der wir dachten, der Krieg fände nur in weiter Ferne statt. Seit einer Weile erlebten wir aus nächster Nähe, wie in großem Umfang mobilgemacht wurde. Darüber hinaus erfuhren wir, dass die italienischen Streitkräfte nicht mehr nur in Nordafrika kämpften, sondern italienische U-Boote auch über das Mittelmeer hinaus im Schwarzen Meer operierten, italienische Luftwaffenverbände die deutsche Luftwaffe unterstützten und italienische Heereseinheiten am Krieg gegen die Sowjetunion teilnahmen.

Die Reihen der Studenten in Bologna lichteten sich. Die Italiener wurden eingezogen, die Ausländer folgten den Einberufungsbefehlen ihrer Heimatländer.

In unserem Orchester verloren wir ebenfalls Mitglieder an die Armee, die Zahl unserer Gastspiele verringerte sich, und im Opernchor füllten Gesangsschüler, die noch zu jung waren, um eingezogen zu werden, die entstandenen Lücken.

Nach und nach wirkte der Krieg sich zudem auf unsere Lebenshaltung aus. Bestimmte Waren wurden rationiert oder waren überhaupt nicht mehr zu finden. Kosmetikartikel wurden knapp, Nylonstrümpfe konnte man vergessen. Benzin und Gummireifen wurden Mangelware, so dass man an den großen Durchgangsstraßen hier und da liegengebliebene Autos sah.

Dann tauchten die ersten Verwundeten auf, junge Männer, die aus Nordafrika zurückkehrten. Sie sprachen von Städten, von denen ich nur ungefähr wusste, wo sie lagen – Tobruk, Bengasi, El Agheila –, und berichteten von ihren Verlusten im Kampf gegen britische Einheiten und von der Vielzahl italienischer Gefangener.

*

Gigli hatte Schwester Maria Alicia brieflich mitgeteilt, dass er beim diesjährigen Weihnachtskonzert nicht auftreten könne. Zu meiner Überraschung hatte er mir ebenfalls geschrieben und mich gebeten, wie immer die Tage in den Caracalla-Thermen einzuplanen. Ich sagte ihm selbstverständlich zu.

Ohne Starsolisten fand das Weihnachtskonzert nur an einem Abend statt. Überhaupt gab es weniger Feiern als im Vorjahr, auch wenn die Stadt wie immer festlich geschmückt war.

Dank der reduzierten Zahl unserer Gastspiele hatten wir in der Oper weniger Proben, und ich konnte mehr Zeit mit meiner Mutter in der Idylle ihres toskanischen Anwesens verbringen.

Es waren jedes Mal friedliche Tage, in denen ich auf der Geige übte und neue Stücke lernte. Wenn meine Mutter in ihrem Blumengarten am Haus arbeitete, bat sie mich, ihr etwas vorzuspielen. Es war eine wunderbar heile Welt, von der wir inständig hofften, dass sie so bliebe.

*

In den letzten Dezembertagen kam die Nachbarin vorbei, der die Weingärten im Osten unseres Grundstücks gehörten. Sie lud uns zu ihrer Silvesterfeier ein, an der noch andere Winzer der Gegend teilnehmen würden. Jeder würde eine Flasche seines besten Jahrgangs mitbringen. Anders, als es noch vor zwei Jahren der Fall gewesen wäre, sagte meine Mutter sofort zu, und ich bot an, zur musikalischen Unterhaltung beizutragen.

Die Villa unserer Gastgeberin ähnelte der meiner Mutter, es waren beides Häuser, die für Pächterfamilien gebaut worden waren, als das Land noch Eigentum der Kirche war.

Mich machte es glücklich zu sehen, wie meine Mutter im Kreis ihrer Nachbarn mit der Warmherzigkeit aufgenommen wurde, die Italienern eigen war, und sie sich bei ihnen vom ersten Moment an wohlfühlte.

Kapitel 56

Bologna, Juni 1942

Kurz bevor es Zeit wurde, für die Festspieltage in den Termen von Caracalla eine Reisetasche zu packen, kam Natalia bei mir vorbei. In den vergangenen Monaten hatte ich sie nur selten gesehen, doch ich wusste, dass sie mit anderen Untergrundkämpfern Unterkünfte für die jüdischen Flüchtlinge organisierte, die aus den von Deutschen besetzten Gebieten nach Italien strömten.

Natalia bat mich um einen Gefallen. Sie hatte einen Kontaktmann namens Tomaso, der im vornehmen Hotel Excelsior in Rom arbeitete und sie über die Treffen hochrangiger Politiker und Militärs aus dem In- und Ausland auf dem Laufenden hielt.

»Man hat mich dort schon zu oft gesehen«, sagte sie. »Ich habe Angst aufzufallen. Aber ich muss Tomaso eine Nachricht übermitteln.«

»Und nun möchtest du, dass ich das für dich übernehme?«

Natalia nickte. »Du gehörst zu den Musikern der Festspiele in den Thermen, du kannst im Hotel absteigen, ohne Aufsehen zu erregen.«

Ich kannte das Hotel vom Hörensagen und blickte Natalia ungläubig an. »Meinst du, ich verdiene so viel, dass ich mir ein Luxushotel leisten kann? Ich steige immer in kleinen Pensionen ab.«

»Sag deiner Pension ab und geh ins Excelsior. Wir kommen für alles auf.«

Das wunderte mich, aber ich sagte nichts dazu. »Was muss ich dafür tun?«

»Du suchst Tomaso und übergibst ihm einen Umschlag.«

»Und wo treffe ich den Mann?«

»Tomaso ist Chef der Zimmerkellner, ich bin sicher, dass er leicht zu finden ist.«

Natalia nahm mein Zögern wahr und fasste meinen Arm. »Bitte, Ada, es ist wichtig. Die Deutschen kämpfen an zu vielen Fronten und haben sich übernommen. Und die Italiener haben nur militärische Niederlagen erlebt. Keines der beiden Länder wird diesen Krieg gewinnen, und in der italienischen Bevölkerung werden immer mehr Stimmen gegen Mussolini laut.« Ihr Griff um meinen Arm verstärkte sich. »Wenn die Zeit reif ist, schlagen wir gegen ihn los.«

Ich entzog ihr meinen Arm und versprach, ihre Nachricht weiterzugeben.

*

Auf der Fahrt nach Rom steckte Natalias Umschlag unter meiner Geige im Geigenkasten. Ich schaute aus dem Fenster und versuchte, an etwas anderes zu denken, oder lenkte mich ab, indem ich dem Palaver der anderen Fahrgäste lauschte.

In Florenz stiegen Angehörige der deutschen Wehrmacht zu, und mit einem Mal wurde es im Abteil still. Zwar hatten wir uns an ihren Anblick gewöhnt, die Deutschen waren schließlich unsere Verbündeten, doch ich hatte nie den Eindruck, dass sie in Italien gern gesehen waren.

Einer der Soldaten deutete auf den freien Platz an meiner Seite und sah mich fragend an. Ich nickte, was blieb mir auch anderes übrig.

Offenbar hatte ich einen redseligen Deutschen erwischt, denn er wies auf meinen Geigenkasten und fragte in gebrochenem Italienisch, ob ich Musikerin sei.

Wieder nickte ich, blickte aus dem Fenster und hoffte, er würde seine Konversationsversuche aufgeben.

Er bat mich, ihm und seinen Kameraden etwas vorzuspielen.

Das Letzte, was ich wollte, war, die Geige aus dem Kasten zu nehmen und Natalias Brief sichtbar werden zu lassen. Ich schüttelte den Kopf.

Als er auf seinem Wunsch beharrte, nahm ich meine Reisetasche und meinen Geigenkasten und verließ das Abteil, gefolgt vom spöttischen Gelächter seiner Kameraden.

*

Auf dem Bahnhof Roma Termini waren weitaus mehr Uniformierte zu sehen als in Bologna – Deutsche wie Italiener. Ich drängte mich eilig an ihnen vorbei und nahm einen Bus zum Hotel Excelsior.

In der Empfangshalle des Hotels waren wieder Uniformierte, diesmal jedoch eindeutig Angehörige höherer Dienstgrade. Zwischen ihnen tummelten sich Geschäftsleute und elegant gekleidete Frauen. Und alle bewegten sich, als gehörten sie hierher, wohingegen ich mich denkbar fehl Platz fühlte. Ich sagte mir, mit Sicherheit waren in diesem Hotel außer mir noch andere in geheimer Mission unterwegs, trotzdem wünschte ich, ich wäre in einer Pension abgestiegen.

Auch die übertriebene Begrüßung am Empfang machte mich verlegen, ebenso wie der Page, der sich katzbuckelnd näherte, um mein Gepäck zu tragen. Als er es in meinem Zimmer absetzte, wusste ich nicht, wie viel Trinkgeld ich ihm geben sollte, und entschied mich für zwanzig Lire. Der Page verzog das Gesicht und verschwand ohne ein Wort des Danks. Offenbar hatte ich ihm zu wenig gegeben.

Ich holte den Umschlag hervor, den ich unbedingt loswerden wollte. Aber wie? Ich konsultierte das interne Telefonverzeichnis, wo die Nummer des Zimmerservice angegeben war, doch dann schien es mir zu gefährlich, den Umschlag am Telefon zu erwähnen.

Ich ging hinunter in die Empfangshalle und sah mich um, in der vergeblichen Hoffnung irgendwo ein Schild zu finden, auf dem »Zimmerservice« und ein Pfeil zu sehen waren. Die Mitarbeiter am Empfang zu fragen wagte ich nicht. Sie würden sich wundern, warum ich meine Wünsche nicht telefonisch durchgab. Womöglich würde ich mich und den mir unbekannten Tomaso nur verdächtig machen.

Zu guter Letzt ging ich zu den Pagen, die am anderen Ende der Halle Koffer auf Gepäckwagen luden, und wandte mich an den, der mir der jüngste und freundlichste schien. Ich erklärte ihm, meine Schwester würde gern im Zimmerservice eines Hotels arbeiten, und fragte, wo ich den Chef dieser Abteilung finden könne.

»Der nützt Ihnen nichts«, lautete die Antwort. »Bewerbungen müssen an die Personalabteilung gerichtet werden.«

Ich setzte mein schönstes Lächeln auf. »Aber vielleicht hätte ich mehr Erfolg, wenn ich direkt mit dem Chef sprechen würde.«

Der Junge lachte. »Für eine *Schwester* legen Sie sich aber mächtig ins Zeug.« Er deutete auf eine Tür. »Sie nehmen die Hintertreppe nach unten, laufen links den Gang hinunter, und dann fragen Sie nach Signor Tomaso.«

Tomaso stellte sich als schwergewichtiger Mann mit Stoppelbart heraus. Ich sagte ihm meinen Namen und dass Natalia mich geschickt habe.

Tomaso zog die Brauen zusammen. »Was für eine Natalia? Ich kenne keine Natalia?«

»Gibt es noch einen anderen Tomaso unter den Kellnern?«, fragte ich verwirrt.

»Grundgütiger.« Er stieß einen entnervten Atem aus. »Was für Leute schickt man denn heutzutage los? Kommen Sie mit.«

Er führte mich in ein kleines Büro voller Aktenschränke. »Wir benutzen keine Namen«, sagte er leise. »Namen können Leben kosten.«

»Tut mir leid, in den Gepflogenheiten des Untergrunds kenne ich mich nicht aus. Ich bin nur eine einfache Geigenspielerin.«

»Und, haben Sie etwas für mich, Frau Geigenspielerin?«

Ich reichte ihm den Umschlag.

Tomaso ließ ihn in einer Schublade verschwinden. »Wenn Sie noch einmal etwas für mich haben, rufen Sie den Zimmerservice an, nennen Ihren Namen und bestellen irgendetwas. Dann melde ich mich bei Ihnen.«

Als ich über die Hintertreppe zurückkehrte und die Empfangshalle zu den Aufzügen durchquerte, war mir, als sähe mich einer der Rezeptionisten argwöhnisch an, und mir wurde mulmig zumute.

*

Am Nachmittag holte mich ein Wagen des Teatro dell'Opera di Roma ab. Gigli saß im Fond und begrüßte mich mit einem Lächeln. »Ich habe ein Attentat auf Sie vor«, sagte er, während er ein Stück zur Seite rutschte, um mir und dem Geigenkasten Platz zu machen. »Nach der Pause morgen hätte ich gern ein kleines, schmissiges Instrumentalstück, um das Publikum für den zweiten Teil des Konzerts in Stimmung zu bringen. Fällt Ihnen etwas Passendes ein?«

In den vergangenen Wochen hatte ich mir die *Zigeunerweisen* von Pablo de Sarasate erarbeitet, ein mitreißendes Stück für Geige und Orchester. Es war ziemlich schwierig, doch mittlerweile hatte ich es im Griff. »Was halten Sie von den Zigeunerweisen?«

»Großartig«, sagte Gigli. »Genau so etwas schwebte mir vor. Ich werde Bernadino bitten, Sie mit diesem Stück ins Programm zu nehmen. Ich bin sicher, dass es zum Repertoire seines Orchesters gehört.«

Erschrocken sah ich Gigli an. Ich sollte mit dem Orchester der römischen Oper ein Solo geben? Und dann noch mit einem Stück, das einen Drahtseilakt auf der Geige verlangte? Im ersten Impuls wollte ich ablehnen und Gigli bitten, einen verdienteren Solisten des Orchesters zu wählen. Doch dann kamen mir die letzten Worte meines Vaters in den Sinn. *Vergiss nicht, dass du alles besitzt, was eine große Violinistin braucht. Zeig der Welt, was du kannst.* »Das ist ein sehr großzügiges Angebot«, sagte ich. »Ich danke Ihnen.«

*

Am Nachmittag teilte Molinari seinem Orchester die Programmänderung mit. »*Die Zigeunerweisen*?«, fragte sein Konzertmeister »Welcher Geiger soll sich in so kurzer Zeit ein so anspruchsvolles Stück aneignen?«

»Signorina Baumgarten wird es vortragen«, antwortete Molinari.

Es war ein warmer Abend, der Himmel so klar, dass über uns unzählige Sterne funkelten, und wie immer war das Konzert ausverkauft. Als ich auf die Bühne trat, empfing mich freundlicher Applaus. Molinari zwinkerte mir zu und sagte leise: »Viel Glück.«

Ich legte die Geige auf meine Schulter und spürte in den Knochen, dass die Zigeunerweisen und ich an diesem Abend eins sein würden.

Das Stück ist nicht sehr lang, doch seine vier Sätze bilden das gesamte Tonspektrum der Geige ab und verlangen schnelle, sichere Griffe. Es beginnt »moderato« mit dem Auftakt des Orchesters. Der zweite Satz erfordert großes technisches Können, wohingegen der dritte Satz gefühlvoll und leidenschaftlich vorgetragen werden muss. Der vierte Satz mit der Vorgabe, ihn »allegro molto vivace« zu spielen, ist, als raste man dem Ende entgegen, mit fliegendem Fingerspiel, komplizierten Modulationen und gezupften Saiten. Obwohl mir ein paar winzige Fehler unterliefen – die dem Publikum jedoch nicht auffielen –, genoss ich jede Sekunde und endete mit großem Schwung.

»Brava«, hörte ich Molinari sagen, während ich mich vor dem Publikum verneigte, das in begeisterten Applaus ausgebrochen war.

Am nächsten Morgen wurde mir die Tageszeitung *Il Messagero* aufs Hotelzimmer gebracht. Auf der Seite mit der Konzertkritik lag eine rote Rose. Mit klopfendem Herz las ich die Schlagzeile »Gigli und Baumgarten glänzen in den Thermen von Caracalla«. Mir schossen Tränen in die Augen.

Kapitel 57

Bologna, Februar 1943

Zu Beginn des Jahres starb Vittorio, und nichts hatte uns darauf vorbereitet. Nur am letzten Tag seines Lebens hatte er bei der Probe müde und desorientiert gewirkt, seine Bewegungen waren unkoordiniert gewesen, und mitunter hatte er den Kopf geschüttelt, als wolle er ihn freimachen. Im Orchester sahen wir uns beklommen an und wussten nicht, wie wir uns verhalten sollten. Wir hatten gerade mit den Proben zu Puccinis *Turandot* begonnen, doch Vittorio dirigierte immer fahriger, bis er den Taktstock fallen ließ und schwankte. Lassoni stürzte zu ihm und fing ihn auf. Doch da hatte Vittorio bereits das Bewusstsein verloren.

»Er ist gestorben, während er Puccini dirigierte«, sagte ich am Abend zu Natalia. »Es war ein schwerer Herzinfarkt, aber er hat nicht gelitten. Ich glaube, wenn er selbst hätte entscheiden dürfen, wie er sterben wollte, hätte er sich seinen Tod so gewünscht.« Ich nahm einen Schluck Wein. »Er war nicht nur mein Chef, sondern ist mit der Zeit ein Freund geworden. Er wird mir fehlen.«

»Gibt es schon einen Nachfolger?«, fragte Natalia.

Ich zuckte mit den Schultern. »Wegen des Kriegs ist unsere Saison ja sowieso schon verkürzt worden. Es heißt, dass wir sie nun vorzeitig beenden.«

»Und was wirst du jetzt machen?«

»Ich werde eine Weile bei meiner Mutter bleiben. Fahr doch mit mir nach Pienza.«

»Vielleicht komme ich zu Pessach, aber im Moment sind mir

andere Dinge wichtiger. Wir sind in Frankreich in der von Italien besetzten Zone aktiv und unterstützen die italienische Militärbehörde, die sich weigert, Juden zu verfolgen, und dem Druck der Deutschen und der Vichy-Regierung widersteht.«

»Aber wie lange noch?«, fragte ich. »Und wie lange wird uns hier in Italien nichts geschehen? Mussolini ist schwach und militärisch erfolglos, auf Dauer wird er sich nicht gegen Hitler durchsetzen können.«

Natalia nahm meine Hand. »Sei nicht so verzagt, Ada, Hitler wird den Krieg verlieren, und bis dahin tun wir, was wir können. In Russland haben die Deutschen Riesenverluste erlitten, und in Nordafrika stehen sie einer Übermacht der Alliierten gegenüber, an der sie scheitern werden.« Sie drückte meine Hand. »Wir müssen durchhalten und alles tun, um ihre Niederlage zu beschleunigen.«

*

Bei meiner Mutter rückte der Krieg für mich wieder in die Ferne. Es war Frühling. In dem Weingarten, den sie nach mir benannt hatte, sprossen die ersten Blättchen an den Rebstöcken, die wir zusammen gepflanzt hatten. Die Natur richtete sich glücklicherweise nicht nach den Nazis. Sie interessierte sich auch nicht für das Kriegsgeschehen, sondern entfaltete einfach ihre leuchtenden Farben und Wohlgerüche. Es war, als wolle sie sagen, ich bin ewig und stehe mit meinen Gesetzen über dem, was sich Menschen antun.

»Magst du nicht zu mir ziehen?«, fragte meine Mutter.

Ich schüttelte den Kopf. »Ich bleibe nur eine Weile und werde danach versuchen, in Bologna kleine Engagements in Hotels und Restaurants zu bekommen. Und für Juni wird Gigli mich hoffentlich wieder anfordern.«

Meine Mutter hatte einen Vertrag mit einer Kellerei geschlossen, die aus ihren Reben eine kleine, aber feine Weinsorte herstellte, und hatte von ihren Pächtern gelernt, wie man Gemüse anbaute. Ihre Verwandlung war wirklich unglaublich; ich wünschte, mein Vater könne sie sehen.

Vor meiner Rückkehr nach Bologna lud meine Mutter einige ihrer Nachbarn und Herrn und Frau Romitti zum Essen ein. Auch ein Mann namens Enzo, der ihr Hausfreund zu sein schien, war gekommen, ein stämmiger Mann mit grauem Haar und Schnurrbart, er stand dem Polizeirevier von Pienza vor.

»Warum hast du mir nicht gesagt, dass du dich mit jemandem triffst?«, fragte ich meine Mutter am nächsten Morgen.

»Ich *treffe* mich nicht mit ihm«, entgegnete sie. »Ich habe ihn eines Abends an der Bushaltestelle in Pienza kennengelernt. Es hat geregnet, und er hat mit dem Wagen angehalten und gefragt, ob er mich irgendwohin mitnehmen könne. Aber zwischen uns ist nichts. Wir sind nur gern zusammen.« Sie lachte. »Ich glaube, er schätzt meine Küche und meinen Wein.«

Das wunderte mich nicht, beides war einsame Spitze.

*

Als ich Ende Mai nach Bologna zurückkehrte, war die Lage angespannt. Die italienischen Soldaten, die verwundet von dem Russlandfeldzug zurückkehrten, an dem auch Italien teilgenommen hatte, berichteten aus erster Hand, wie verheerend die Niederlage gegen die Rote Armee ausgefallen war, nachdem die letzten Versuche zur Offensive gescheitert waren. Auch der Afrikafeldzug war verloren, die Deutschen hatten in Tunis kapituliert. Zahllose Deutsche und Italiener gerieten an beiden Fronten in Kriegsgefangenschaft, von der Zahl der Toten gar nicht erst zu reden. Nun rechneten wir damit, dass die Alliierten von Süden nach Italien vorstießen, und registrierten, dass im Gegenzug bei uns verstärkt deutsche Militäreinheiten erschienen.

Kurz bevor ich Anfang Juni nach Rom fuhr, stattete Natalia mir wieder einen Besuch ab und bat mich, einen Umschlag für Tomaso mitzunehmen.

*

Diesmal standen in meinem Zimmer im Hotel Excelsior Blumen, und auf dem Tisch lag eine Schachtel Pralinen mit den besten Wünschen der Hoteldirektion, die mich als »geschätzten« Gast begrüßte.

Als ich meinen Umschlag loswerden wollte, erinnerte ich mich an das, was Tomaso mir bei meinem letzten Besuch aufgetragen hatte. Ich wählte die Nummer des Zimmerservice und bestellte Tee und ein Stück Kuchen. Es dauerte nicht lang, bis geklopft wurde, und eine Serviererin mit einem Tablett hereinkam und Tee und Kuchen auf dem Tisch abstellte. Sie fragte, ob sie sonst noch etwas für mich tun könne. Ich wunderte mich, dass Tomaso nicht selbst erschienen war oder zumindest jemanden geschickt hatte, der eingeweiht war. Ich bedankte mich, gab der jungen Frau ein Trinkgeld und beschloss, es später noch einmal zu versuchen.

Da es regnete, fanden die Proben im Opernhaus von Rom statt. Molinari, der in den Caracalla-Thermen dirigieren würde, nahm mich zur Seite und sagte: »Vittorios Tod hat mich traurig gestimmt. Er war ein Visionär, dem die Oper in Norditalien viel verdankt. Ich habe gehört, dass der Rest der Saison abgesagt wurde. Wird schon von einem Nachfolger gesprochen?«

Ich schüttelte den Kopf.

»Haben Sie denn für die restliche Saison andere Engagements gefunden?«

Ich zuckte mit den Schultern. »Für Frauen gibt es keine freien Stellen.«

Molinari zog die Brauen hoch. »Obwohl wir im Krieg sind und flexibel sein müssen? Wenn es für eine freie Stelle eine talentierte Musikerin gibt, sollte sie auch eingesetzt werden.«

Ich seufzte. »Ich wünschte, auch andere in der Musikwelt würden es so sehen.«

Molinari lächelte. »Am ersten Juli beginne ich in der Opera di Roma mit den Proben zu *Lucia di Lammermoor*. Wären Sie bereit mitzumachen?«

»Ja«, antwortete ich sofort. »Ich wäre überglücklich und danke Ihnen von Herzen.«

Sowie ich am Abend in meinem Hotelzimmer war, versuchte ich erneut, Natalias Umschlag an den Mann zu bringen, und rief den Zimmerservice an, um ein Glas Wein zu bestellen. Wieder wurde es nicht von Tomaso gebracht, sondern von einem Zimmerkellner. Ich gab ihm sein Trinkgeld und fragte wie nebenbei, ob Tomaso nicht mehr zum Haus gehöre.

Er zuckte mit den Schultern. »Ich arbeite hier zwar erst seit drei Monaten, aber soweit ich weiß, gibt es bei uns keinen Kellner namens Tomaso. Wie heißt er denn mit Nachnamen?«

Ich ging über die Frage hinweg und sagte: »Ach, dann hat er sicher etwas Neues gefunden.«

»Wenn Sie möchten, kann ich mich bei den Kollegen nach ihm erkundigen?«

Ich winkte ab. »Machen Sie sich keine Mühe. Es ist nicht wichtig.«

*

Wie in jedem Jahr waren die Festtage in den Thermen ein Riesenerfolg, und *Il Messagero* bezeichnete Gigli und mich als »Stars unter dem Sternenhimmel«. Am letzten Abend hatte Molinari die Gelegenheit genutzt, um mich den Musikern des römischen Opernorchesters als künftige Kollegin vorzustellen. Vielleicht bildete ich es mir nur ein, aber ich hatte den Eindruck, dass ich ihnen willkommen war.

*

Als ich am Morgen aus dem Hotel auscheckte, sprach mich einer der Empfangsmitarbeiter an und sagte: »Ich habe gehört, dass Sie nach Tomaso Reggio gefragt haben. Zu unserem Bedauern hat er uns vor einem Jahr verlassen.«

So gleichgültig wie möglich antwortete ich: »Danke. Eine Freundin von mir wollte, dass ich ihm Grüße ausrichte, weiter nichts.«

Der Rezeptionist lächelte und sah zu einem Mann hinüber, der es sich in einem der Sessel bequem gemacht hatte und Zeitung las.

Kapitel 58

Pienza, September 2017

Als Catherine aus Chicago zurückkehrte, war sie müde und legte sich im Gästezimmer aufs Bett. »Ben amüsiert sich ohne uns prächtig«, sagte sie und zeigte Liam eine Vielzahl neuer Fotos. »Angeblich ist er auch sehr artig und vermisst uns keine Sekunde lang.« Sie runzelte die Stirn. »Ich glaube, er hat gar nicht gemerkt, dass wir weg sind.«

»Wie denn, wenn er dich jeden zweiten Tag auf Skype gesehen hat. Hast du Adas Geschichte auf dem Flug zu Ende gelesen?«

»Auf dem Rückflug habe ich geschlafen.«

»Ich denke, du kannst im Flugzeug nicht schlafen.«

»Diesmal doch. Ich war einfach hundskaputt.«

»Und wie weit bist du mit deiner Lektüre?«

»Ich weiß, dass dieser Dirigent in Bologna starb und Adas Mutter in ihrer neuen Umgebung glücklich war.«

»Hast du gelesen, dass sie mit ihren Nachbarn verkehrt hat.«

»Ja.« Catherine schloss die Augen.

»Das bedeutet, dass das Land rings um Gabriellas Besitz damals noch nicht VinCo gehörte.«

Catherines Lider klappten auf.

»Vielleicht hat VinCo das Land sämtlicher Nachbarn aufgekauft«, fuhr Liam fort. »Die Frage ist nur, in welchem Jahr? Was meinst du, sollen wir noch mal zum Katasteramt fahren?«

»Wie ich Lenzini kenne, hat er alle alten Grundbücher vernichten lassen.«

Liam lachte. »Wir fragen diesen Giuseppe. Der hat auf mich einen anständigen Eindruck gemacht.«

*

Als sie das Katasteramt am nächsten Morgen zusammen mit Giulia betraten, hatten sie Glück, es war Giuseppe, der seinen Dienst am Empfangstresen versah. Giulia deutete auf die Karte an der Wand, auf der die Liegenschaften der Region verzeichnet waren. »Wir würden gern die Grundbücher sehen, die die Grundstücke rings um das Land von Signora Vincenzo erfassen.«

»Soweit ich weiß, gehört alles VinCo«, sagte Giuseppe. »Aber ich schaue gern nach.« Er verschwand irgendwo in der Tiefe des Katasteramts und kehrte mit drei Grundbüchern zurück, die er auf dem Tresen aufschlug. »Es ist, wie ich vermutet habe. Seit dem Jahr neunzehnhundertachtzig ist alles VinCo-Eigentum.«

»Dann bräuchten wir auch in diesem Fall die früheren Grundbücher«, sagte Liam.

»Ich lasse sie aus dem Archiv kommen.« Giuseppe zwinkerte Liam zu. »Und diesmal wird keins von ihnen verschwinden.«

*

Bei dem gemeinsamen Mittagessen bat Liam Giulia, ihm Informationen über VinCo zusammenzustellen. »Wie ist der Rechtsstatus? Wann wurde das Unternehmen gegründet und von wem? Wer sind die Anteilseigner? Vielleicht steht alles in ihrem Geschäftsbericht. Wenn nicht, dann im Handelsregister.«

»Das dauert nicht lang«, sagte Giulia. »Das kann ich heute Nachmittag erledigen.«

»Hast du etwas über die Familie Romitti herausfinden können?«

»Es gibt eine Familie Romitti in Pienza. Bisher habe ich vergeblich versucht, jemanden zu erreichen, aber ich bleibe am Ball. Ich habe auch mit einer Frau namens Aurora gesprochen, sie ist die älteste Einwohnerin von Pienza, die ich kenne. Man findet sie meistens in der Kirche. Sie erinnert sich an die Romittis und wusste, dass es eine jüdische Familie war, die wohl von den Nazis deportiert wurde. Heute scheinen Enkelkinder in dem Haus zu leben.«

»Könntest du auch nach einer Immobilienmaklerin namens Silvia fahnden, die hier Ende der dreißiger Jahre tätig war.«

»Weißt du, wie sie mit Nachnamen hieß?«

Liam schüttelte den Kopf. »Ich weiß nur, dass sie laut gelacht und seinerzeit die Villa für Frau Baumgarten gefunden hat.«

»So viele Immobilienmakler dürfte es damals nicht gegeben haben. Ich schaue nach, ob ich die alten Verzeichnisse auftreiben kann.«

»Sehr schön«, sagte Liam. »In der Zeit kann Catherine Adas Manuskript zu Ende lesen.«

»Ach«, sagte Catherine. »Und was machst du?«

»Ich werde mit Strauss, dem Berliner Anwalt, telefonieren. Wenn es sein muss, fliege ich sogar nach Berlin. Irgendeine Stimme sagt mir, dass ich dort mehr über diese sonderbare Familienstiftung und die Fruhmanns erfahre.«

Kapitel 59

Bologna, Juni 1943

Mitte Juni gab ich meine Wohnung in Bologna auf und suchte mir etwas in Rom, wo die Proben zu Donizettis Oper *Lucia di Lammermoor* Anfang Juli beginnen würden. Ich wollte gern im Zentrum der Stadt leben und fand eine winzige Wohnung zwischen dem Campo de'Fiori und der Piazza Navona, doch etwas Größeres konnte ich mir in dieser Gegend nicht leisten.

Natalia verabschiedete sich von mir, als ich die leergeräumte Wohnung in Bologna putzte. Uns beiden war das Herz schwer. Sechs Jahre hatte ich in Bologna gelebt, und wir waren enge Freundinnen geworden. Ich hing auch an der Stadt, war dort künstlerisch reifer geworden, hatte einen Freundeskreis gefunden. In dieser Stadt hatte ich um meine Großeltern und um meinen Vater getrauert und zuletzt den Verlust von Vittorio hinnehmen müssen. Von hier aus hatte ich den Krieg verfolgt, der in Europa so viel Leid hervorgerufen hatte.

»Jetzt schlägst du das nächste Kapitel auf«, sagte Natalia und wischte sich die Augen. »Du wirst dich zu neuen künstlerischen Höhen aufschwingen und, was mich besonders freut, die erste Frau im Orchester der Opera di Roma sein.«

»Wäre schön, wenn ich auch eine gute Geheimagentin geworden wäre«, erwiderte ich. Natalia wusste inzwischen, dass ich Tomaso ihre letzte Nachricht nicht hatte überbringen können.

»Die Panne in Rom war mein Fehler«, sagte sie. »Du warst schon abgereist, als ich erfahren habe, dass Tomaso verhaftet worden war. Lass dich im Hotel Excelsior bloß nicht mehr blicken.«

Ich erinnerte mich an die letzte Szene im Empfang, als ich den Eindruck hatte, ein Empfangsmitarbeiter hätte einen zeitunglesenden Mann bedeutsam angeschaut.

»Im Excelsior kannst du niemandem trauen. Dort wimmelt es von V-Männern und Spitzeln.«

Mein Magen krampfte sich zusammen. »Kommst du mich in Rom besuchen? Ich besorge dir auch eine Karte für die Oper.«

»Natürlich. Und ich bringe Francesca mit. Apropos, ich habe von ihr noch einen Brief für dich.«

Sie überreichte mir einen Brief von Kurt, den ich begierig aufriss.

Meine Liebste,
ich habe die großartige Kritik im Il Messagero *gesehen. Was für ein Erfolg! Du fehlst mir unglaublich, aber das weißt Du ja. Denkst Du auch so oft wie ich an unsere Zeit in Florenz? Aber es gibt eine gute Nachricht. Ich werde nach Süden verlegt, und das bedeutet, dass wir uns bald wiedersehen.*

In Liebe.

»Ist der Brief von deinem Freund, der in der Wehrmacht ist?«, fragte Natalia.

Ich faltete den Brief sorgfältig zusammen und verstaute ihn in meiner Handtasche. »Er ist nicht unser Feind, Natalia, sondern der Mann, den ich schon seit ewigen Zeiten liebe. Und nun wird er vermutlich mit deutschen Einheiten nach Italien verlegt, und wir sehen uns vielleicht wieder.«

Natalia fasste meinen Arm und sah mich durchdringend an.

»Sei vorsichtig, Ada. Auch Menschen, die wir ins Herz geschlossen haben, können sich ändern, ich habe es mehr als einmal erlebt. Rom wird voller deutscher Soldaten sein, unter ihnen zahlreiche Nazis. Nach ihrer Niederlage in Russland, der Kapitulation in Nordafrika und angesichts der bevorstehenden Invasion der Alliierten in Sizilien werden sie bis aufs Äußerste angespannt sein. Sie werden in Italien kämpfen, einige werden es gern tun, andere nicht. Du darfst keinem von ihnen vertrauen.«

Ich wusste, dass sie es gut meinte, und widersprach ihr nicht. Dann gab ich ihr meine neue Adresse und musste schwören, vorsichtig zu sein.

Kapitel 60

Rom, Juli 1943

Das römische Opernhaus war ein imposantes Gebäude, das innen in üppiger, rotgoldener Pracht erglänzte. Der Zuschauerraum war hufeisenförmig angelegt, und in diesem Hufeisen lagen die Logen in vier Reihen übereinander, über ihnen ein barockes Deckengemälde und in der Mitte ein Kristalllüster, mit einer solchen Vielzahl schimmernder Tropfen, dass sie sich wie ein Wasserfall ergossen. Es war großartiger als das Teatro in Bologna und erinnerte mich ein wenig an das Konzerthaus der Philharmoniker in Berlin.

Fühlte ich mich dort fehl am Platz? Nein. Hatte ich den Eindruck, dass meine Kollegen mich als einzige Frau unter die Lupe nahmen? Ja, aber sie waren zuvorkommend und grenzten mich nicht aus. Vielleicht lag es auch daran, dass Krieg war und sie froh waren, mit mir eine Lücke schließen zu können.

Anders als Vittorio war Molinari ein schlanker Mann, der ausschließlich im Anzug dirigierte, mitunter sogar im Zweireiher. Seine Bewegungen waren zurückgenommen und elegant, doch er schaffte es, seine Wünsche mit den kleinsten Gesten und winzigen Veränderungen seiner Mimik zu bekunden.

Wir probten täglich bis spät in den Abend. Danach ging ich entweder nach Hause oder aß in einem der zahlreichen Straßencafés am Campo de'Fiori noch eine Kleinigkeit und genoss die warme Sommernacht.

Eines Abends entdeckte ich plötzlich Kurt auf dem Weg zu meiner Wohnung. Er stand mit zwei Kameraden zusammen und unterhielt sich mit ihnen. Ich wollte auf ihn zulaufen, doch in dem Moment sah er mich und deutete ein Kopfschütteln an. Ich verharrte und sah ihn fragend an. Er wandte den Blick ab. Ich ging weiter, aber ich ließ mir Zeit, bis ich ihn hinter mir hörte. Dann hatte er mich eingeholt, nahm meine Hand und sagte: »So ganz allein, schöne Frau?«

Wir hatten uns so viel zu erzählen, doch als wir in meiner Wohnung waren, stürzten wir uns in die Arme und taumelten in mein Bett.

Nach der Liebe lagen wir eng umschlungen. »Kannst du heute Nacht bleiben?«, fragte ich.

Kurt küsste mich. »Leider nicht. Ich muss zurück in unsere Unterkunft.«

»Wo seid ihr denn untergebracht?«

»In einem Wohnheim für Studentinnen.«

»Wie bitte?«

»Die Studentinnen sind nicht da, Ada. Es sind Semesterferien.«

»Und wie lange bleibst du in Rom?«

Kurt wusste es nicht. Er hatte lediglich den Auftrag, zur Versorgung der nach Süden rückenden deutschen Truppen beizutragen. »Sizilien soll von der Sechsten Armee Italiens unter General Guzzoni verteidigt werden, wir unterstützen sie mit vier Divisionen. Aber wir werden die Invasion nicht verhindern, Guzzoni ist eine Witzfigur, und die Italiener sind kriegsmüde.« Er streichelte meine Wange. »Irgendwann wird auch in Rom gekämpft werden, vielleicht ist es besser, wenn du die Stadt verlässt und zu deiner Mutter ziehst.«

Ich hielt seine Hand fest und küsste sie. »Du bist derjenige, der dann kämpfen muss und sein Leben verlieren kann. Du solltest viel eher als ich aus der Stadt verschwinden.«

»Als Deserteur würde ich mein Leben dann definitiv verlieren. Ich kann nicht weg.«

»Ich auch nicht, ich bin Molinari und meinen Musikerkollegen verpflichtet. Wie sähe es aus, wenn die erste Frau in diesem Orchester schon nach wenigen Wochen das Weite sucht?«

Kurt seufzte. Doch dann nahm er mich wieder in die Arme, und wir vergaßen die Welt.

*

Lucia di Lammermoor findet vor dem Hintergrund der Kämpfe zwischen Katholiken und Protestanten Ende des 16. Jahrhunderts statt, so dass die Pauken und Röhrenglocken des Orchesters eine große Rolle spielen. Deshalb dachten wir uns im ersten Moment auch nichts, als wir am 19. Juli während einer Aufführung einen Donnerschlag hörten. Nur Molinari ließ den Taktstock sinken und sah uns unruhig an. Dann krachte es wieder, diesmal noch lauter. Im nächsten Augenblick bebten die Wände des Opernhauses, der schwere Kristalllüster über dem Zuschauerraum geriet ins Wanken und klirrte.

Es war der erste große Luftangriff der Alliierten auf Rom. Häuser, Bahngleise und Fabrikhallen wurden zerstört, und es gab zahlreiche Tote. Doch die ersten Bomben waren nicht weit vom Opernhaus entfernt eingeschlagen, das war der Lärm, den wir gehört hatten.

Als wir begriffen, was vor sich ging, sprangen sowohl die Operngäste als auch wir Musiker auf und stürmten kopflos und schreiend zu den Ausgängen. Doch draußen wusste niemand, was zu tun war, wir stoben in blindem Entsetzen auseinander.

Obwohl das Opernhaus nicht getroffen worden war, wurden die restlichen Aufführungen für den Monat Juli abgesagt, und wir wussten nicht, wie es mit uns weitergehen würde.

Am 25. Juli wurde Mussolini abgesetzt und in einer Kaserne der Carabinieri gefangen gehalten. König Viktor Emanuel III. übertrug Mussolinis Amt Marschall Badoglio. Auf den Straßen Roms kam es zu Freudenausbrüchen. Am 28. Juli wurde Mussolini auf der Insel Ponza interniert, dann auf Sardinien und schließlich im abgelegenen Hotel Campo Imperatore in den Abruzzen. Viele Italiener glaubten, die Alliierten würden sich mit Mussolinis Sturz zufriedengeben, und das Schlimmste sei nun vorbei.

Kapitel 61

Pienza, September 2017

Giulia rief an, um zu sagen, dass die angeforderten Grundbücher aus dem Archiv gekommen seien und im Katasteramt zur Einsicht bereitlägen. Darüber hinaus hatte sie mit Alfredo Romitti gesprochen, dem Enkel von Natalias Bruder Matteo. Er wohnte noch immer in dem Haus, in dem schon seine Urgroßmutter Naomi mit ihrer Familie gelebt hatte, und besaß ein Album mit Fotos aus der Zeit seines Großvaters. Er hatte sie eingeladen, sich die Fotos bei ihm anzusehen.

Sie besuchten Alfredo zuerst. Er war ein kräftiger, dunkelhaariger Mann, der sie ins Wohnzimmer bat und ihnen hausgemachte, eisgekühlte Zitronenlimonade servierte. Über ihren Kampf gegen VinCo war er im Bild und bereit, ihnen zu helfen.

»Als meine Frau und ich in dieses Haus zogen, hingen überall Fotos, die mein Großvater aufgenommen hatte«, erzählte er. »Er hatte einen Bauernhof und eine Weinkellerei nahe Montepulciano, doch Fotografieren war sein Hobby.«

»Wir suchen Fotos von Ihrer Urgroßmutter und ihrer Freundin Friede Baumgarten«, erklärte Catherine. »Vielleicht finden wir darauf etwas, das wir vor Gericht verwenden können.«

Alfredo schlug ein schweres Fotoalbum auf und tippte auf das Bild einer rundlichen Frau mit schwarzen Locken. »Das ist meine Urgroßmutter Naomi, die ich aber nie kennengelernt habe. Sie wurde im Jahr neunzehnhundertvierundvierzig zusammen mit meinem Urgroßvater und anderen jüdischen Familien von SS-Truppen ins Durchgangslager Fossoli gebracht. Wir vermuten, dass sie danach nach Auschwitz kamen. Sie kehrten nie mehr zurück.«

»Schrecklich«, murmelte Catherine.

Alberto deutete auf das Foto einer jungen grazilen Frau mit feurigen dunklen Augen. »Das ist meine Großtante Natalia. Sie hat im Zweiten Weltkrieg auf der Seite der italienischen Partisanen gekämpft. Auch sie ist umgekommen, aber wir wissen nicht, wo. Hier sehen Sie meine Urgroßmutter mit ihrer Freundin. Ich vermute, dass es sich bei ihr um Friede Baumgarten handelt.«

Alfredo schlug eine Seite um. »Hier ist ein Gruppenfoto. Vielleicht ist es das, was Sie suchen. Ich erkenne nur meine Urgroßmutter und ihre Freundin. Offenbar hatten sie etwas zu feiern.«

Liam beugte sich tief über das Foto. »Auf dem Tisch liegen Dokumente«, verkündete er zufrieden und sah Alfredo an. »Dürfen wir das Foto herausnehmen und vergrößern lassen? Falls sich die Schrift auf den Dokumenten entziffern lässt, hätten wir einiges gewonnen.«

»Warum nicht?« Vorsichtig löste Alfredo das Foto aus dem Album und überreichte es Liam.

Liam vertiefte sich erneut in den Anblick. »Mein Gott«, sagte er, »die junge Frau zwischen Ihrer Urgroßmutter und Friede Baumgarten, das muss Ada Baumgarten sein.«

»Lass sehen.« Catherine nahm ihm das Foto ab und studierte es. »Wie hübsch sie war. Und so zart. Was für schöne, sanfte Augen.« Sie seufzte schwer und steckte das Foto in ihre Handtasche.

*

Im Katasteramt schlug Giuseppe ihnen die Grundbücher auf und blätterte zu den Seiten, aus denen hervorging, dass VinCo die

Grundstücke mit den Weingärten aller Familien rings um das Land von Gabriella Vincenzo am 21. Mai 1944 erworben hatte.

»Wie eigenartig ist das denn«, sagte Liam.

Giuseppe zuckte mit den Schultern. »Ich weiß nicht mehr als das, was hier steht.«

»Gibt es im Archiv vielleicht Kopien der alten Urkunden?«, fragte Catherine.

Giuseppe schüttelte den Kopf. »Damals hat man noch keine Kopien gemacht. Der Notar hat die Urkunde dem Katasterbeamten vorgelegt, der daraufhin den Eintrag vorgenommen hat.«

»Das bedeutet, wir haben keine Beweise, dass die früheren Eigentümerfamilien VinCo das Land tatsächlich verkauft haben.«

»Doch«, entgegnete Giuseppe. »Die Grundbücher sind der Beweis.«

»Können Sie uns von den relevanten Seiten Kopien anfertigen?«

»Selbstverständlich.«

*

»Es wird immer seltsamer«, erklärte Liam, als sie sich in einem Straßencafé in Siena niederließen und Espressi bestellten. »Am achtzehnten Mai neunzehnhundertvierundvierzig wurde die Firma Quercia gegründet. Und drei Tage später reißt sich VinCo hier die ganzen Grundstücke unter den Nagel.«

»Natürlich ist das seltsam«, antwortete Catherine. »Aber wer sagt, dass es auch unrechtmäßig war? Ich habe selbst schon Fälle gehabt, bei denen ein einzelner Käufer an ein und demselben Tag den Kauf mehrerer Grundstücke abgeschlossen hat und alles seine Ordnung hatte. Was wir brauchen, ist der Beweis, dass VinCo und Quercia ihren Besitz auf illegale Weise erworben haben.«

Giulia runzelte die Stirn. »Ich habe noch etwas, das sonderbar ist: VinCo wurde am selben Tag wie die Firma Quercia gegründet. Wenn man mich fragt, geschah das aus dem einzigen Grund, die Weingärten in die Hand zu bekommen. Der Alleineigentümer war auch in diesen Fall eine deutsche Stiftung. Begünstigte gehen aus den Unternehmensangaben nicht hervor. Die Stiftung trug den deutschen Namen ›Wolfsangel‹.«

»Ich verstehe diese deutsche Verbindung nicht«, sagte Catherine.

»Ich auch nicht«, erwiderte Liam. »Mir scheint, es wird Zeit, Gunther Strauss einen Besuch abzustatten.«

Kapitel 62

Rom, September 1943

Am 3. September unterzeichnete Italien unter Marschall Badoglio ein Abkommen für einen sogenannten »kurzen Waffenstillstand« mit den Alliierten und löste sich damit aus dem Bündnis mit dem Deutschen Reich. Am 8. September wurde der Beschluss im Radio verkündet. Es war das, was sich die meisten Italiener gewünscht hatten, die seit Wochen mit Streiks gegen den Krieg und die Lebensmittelknappheit protestiert hatten. Die Kapitulation Italiens erfolgte Ende des Monats.

Doch die Freude der Italiener war von kurzer Dauer. Die in Italien stationierten Truppen der Wehrmacht begannen umgehend mit der Entwaffnung der italienischen Streitkräfte, internierten sie und besetzten Italien. Ehe wir uns versahen, wurde Rom von der deutschen Sicherheitspolizei kontrolliert, die ihr Hauptquartier in der Via Tasso aufschlug, bald die gefürchtetste Adresse der Stadt. Die Verfolgung von uns Juden war nun nur noch eine Frage der Zeit.

Rom selbst wurde zur offenen Stadt erklärt, was bedeutete, dass die Stadt weder verteidigt noch angegriffen werden durfte. Doch die Außenbezirke und die umliegenden Industriegebiete wurden weiterhin von den Alliierten bombardiert. Die Detonationen waren bis ins Zentrum zu hören.

Molinari hatte sich entschieden, den Spielplan der Oper wiederaufzunehmen. Eines Abends, als ich mit Kurt in einem Café in Trastevere verabredet war, führte mich mein Weg dorthin durch das jüdische Viertel. Überall waren uniformierte Deutsche zu sehen und jüdische Familien, die ihre Kinder an sich drückten und geduckt durch die Gassen huschten. Einen Moment lang blieb ich wie gelähmt stehen und fragte mich, ob Rom nun eine Stadt wie Berlin, Wien und Warschau werden würde, in der jüdisches Leben nichts mehr galt.

Kurt saß bereits an einem Tisch und hatte auch schon Wein bestellt. Er stand auf, um mir einen Stuhl herauszuziehen. Es hatte ein schöner Herbstabend werden sollen, bei dem wir uns Liebesworte ins Ohr geflüstert hätten, doch plötzlich war in mir etwas gekippt. Ich sah Kurts Uniform, die blauen Augen, das blonde Haar und sein Lächeln, das mir mit einem Mal unerträglich selbstbewusst vorkam, und konnte keinen Unterschied zu den Deutschen im jüdischen Viertel mehr erkennen. *Ich liebe ihn doch*, fuhr es mir durch den Sinn, und doch drehte sich mir bei seinem Anblick der Magen um.

»Musst du diese Uniform tragen, wenn wir uns treffen?«, fragte ich gereizt.

»Ich bin gezwungen, sie täglich zu tragen, Ada, das weißt du doch.«

Wir tranken unseren Wein, sprachen jedoch wenig. Kurt spürte, dass mir irgendetwas zu schaffen machte, und schlug mir vor, ein paar Schritte zu laufen. Ich war einverstanden, doch als er nach meiner Hand griff, entzog ich sie ihm. Er war nicht mehr Kurt, den ich liebte, sondern jemand in einer Uniform, die ich hasste, und wie konnte ich mit so jemandem Hand in Hand gehen? Hier und da versuchte er, ein unverfängliches Thema anzuschneiden, doch ich ging auf keines ein.

Wir kamen am Palazzo Venezia vorbei, wo Mussolini seine Reden vom Balkon herunter gehalten hatte. Es war noch nicht lange her, dass die Italiener ihm zugejubelt hatten. Wie konnten sie so verblendet gewesen sein? Am Forum Romanum blieben wir stehen und blickten auf die Ruinen des römischen Imperiums.

»Ein wunderbares Sinnbild«, sagte ich bissig. »So wird es dem Dritten Reich auch ergehen. Es wird zerfallen wie das alte Rom. Ich wünschte, es wäre schon so weit.«

»Ada, was ist mit dir?«, fragte Kurt und sah mich beunruhigt an.

Ich deutete in die Richtung des jüdischen Viertels. »Weißt du, was da hinten liegt?«

»Natürlich, wir sind ja gerade daran vorbeigekommen.«

»Die jüdische Gemeinde Roms existiert seit zweitausend Jahren. Sie zählt zu den ältesten Gemeinden außerhalb Palästinas. Hast du gehört, was die SS dort in der vergangenen Woche getan hat?«

Kurt berührte meinen Arm. »Ada, bitte reg dich nicht auf.«

Ich schüttelte seine Hand ab. »Sie haben fünfzig Kilo Gold als Schutzgeld verlangt.« Ich stieß Kurt fort. »Schutz vor diesen Verbrechern, die sich wie die Mafia aufführen. Was glaubst du, wie viele Juden alles verkaufen mussten, um sich vor ihren Erpressern zu schützen?«

»Ich weiß, Ada.«

Wir gingen weiter und erreichten den Titusbogen. »Sieh dir diesen Triumphbogen an«, rief ich aufgebracht. »Er wurde zu Ehren des Kaisers Titus errichtet, der einen jüdischen Aufstand niedergeworfen und Jerusalem erobert hat. Er hat den Tempel in Jerusalem zerstört und die Tempelschätze geraubt. Da schau, die Menora und die silberne Trompete werden voller Hohn zur Schau gestellt. Die Sklaven, die du siehst, das sind die besiegten Judäer. Und für so etwas kämpfst du, Kurt?«

»Es reicht jetzt«, sagte Kurt ungehalten. »Du weißt, dass ich gegen die Nazis bin.«

Ich sah ihn schweratmend an. »Wie hältst du es dann aus, ihre Uniform zu tragen?«

»Die Wehrmacht ist nicht dasselbe wie die Nationalsozialistische Partei«, erwiderte Kurt scharf.

»Nein, aber sie dient ihren Interessen«, antwortete ich zornig.

»Ada, warum willst du mit mir streiten? Du kennst doch meine Einstellung.«

Als Kurt erneut die Hand nach mir ausstreckte, schlug ich die Hand fort. »Ich kann nicht mehr, Kurt, ich möchte dich nicht mehr sehen.« Ich wandte mich ab und stürzte davon.

Kurt kam mir nicht nach.

In meiner Wohnung kroch ich ins Bett und weinte. Ich war sicher, dass ich mich richtig entschieden hatte, und fühlte mich todunglücklich.

*

Zwei Wochen später klopfte Kurt an meiner Tür. Zuerst wollte ich ihm nicht öffnen, doch er sagte, er müsse mir etwas mitteilen. Ich ließ ihn ein.

Kurt setzte sich auf mein Sofa. »Kleiner ist in Rom, Ada. Er hat einen Posten im Hauptquartier der Sicherheitspolizei. Entweder fungiert er dort als eine Art Verbindungsglied zur Wehrmacht, oder er hat zur Gestapo gewechselt.«

»Ich werde versuchen, ihm aus dem Weg zu gehen.«

»Nein, du musst Rom verlassen, und zwar sofort. Fahr zu deiner Mutter und bring dich in Sicherheit.«

Ich schüttelte den Kopf. »Ich habe dir schon mal gesagt, dass ich meine Verpflichtung im Opernorchester einhalten werde. Ich gehe nicht weg.«

»Du musst.« Kurt senkte die Stimme. »Aus Berlin ist ein Mann namens Dannecker gekommen, seines Zeichens Hauptsturmführer der SS. Er ist das, was man einen ›Judenjäger‹ nennt. Eichmann hat ihn nach Rom beordert, um die Juden zusammenzutreiben und zu deportieren. Und wenn Eichmann etwas anordnet, bedeutet das, dass der Befehl von Himmler kommt. Wenn du bleibst, wird man dich ergreifen, und du wirst mit den anderen in ein Lager transportiert.« Mit einem Mal standen Tränen in seinen Augen. »Ich liebe dich, Ada, ich möchte nicht, dass dir etwas zustößt.«

Ich versuchte, seine Nachricht zu verdauen. »Sie wollen die Juden aus Rom vertreiben?«

»Ja, und du weißt, was das bedeutet.«

»Wann soll das geschehen?«

»Bald. Im Moment will man noch sichergehen, dass der Vatikan sich nicht widersetzt.«

Ich schlug die Hände vors Gesicht. »Ich kann nicht fort. Zumindest für die nächsten drei Konzerte muss ich noch bleiben und Molinari die Zeit geben, einen Ersatz für mich zu finden.«

Kurt seufzte. »Du hast mir immer gesagt, dass dein Vater zu lange gewartet hat. Mach nicht den gleichen Fehler wie er.«

*

Am Sonntag gaben wir in der Matinee Mozarts *Zauberflöte*. Bei den vorherigen Aufführungen am Sonntagvormittag waren stets Familien im Publikum gewesen. Kinder liebten diese Oper, vor allem die Figur des Vogelfängers Papageno, der ein Kostüm aus bunten Federn trägt. Mitunter mussten wir nach seiner Arie »Der Vogelfänger bin ich ja« innehalten, weil Kinder lachten und begeistert anfingen zu klatschen.

An diesem Sonntag bestand unser Publikum überwiegend aus uniformierten Deutschen. Auch unter ihnen gab es welche, die über den Papageno lachten, vielleicht hatten sie die Oper als Kinder gemocht.

Als ich nach der Aufführung nach Hause kam, wartete Kurt auf mich und betrat die Wohnung mit mir. »Gestern Abend fand im jüdischen Ghetto eine Großrazzia statt. Das Ghetto wurde abgeriegelt und Gasse für Gasse durchkämmt und geräumt. Weil Schabat war, hat keiner der Bewohner mit dem Überfall gerechnet. Es gab Juden, die aus den Betten gejagt wurden und in ihrer Nachtkleidung zum Sammelplatz am Portikus der Octavia getrieben wurden«, sagte er. »Du musst ...«

Ich ließ ihn nicht ausreden. »Nur noch eine Aufführung morgen Abend, dann verlasse ich Rom. Ich habe mit Molinari gesprochen, er weiß, wie hoffnungslos die Lage ist.«

»Nein!« Kurt rüttelte an meiner Schulter. »Begreif es doch endlich! Du kannst nicht mehr bis übermorgen warten. Die SS-Einheiten in Rom sind verstärkt worden. In der Via Tasso werden Leute verhört und gefoltert, um die Aufenthaltsorte derjenigen herauszubekommen, die man gestern nicht erwischt hat. Die Nazis räumen in großem Umfang auf, Ada. Die gesamte Belegschaft des Hotels Excelsior wird vernommen, weil in ihren Reihen Widerständler vermutet werden. Willst du warten, bis sich dort jemand an dich erinnert und demjenigen einfällt, dass du jetzt im Opernorchester spielst?«

Ich dachte an meinen letzten Aufenthalt im Hotel Excelsior, und mir wurde übel.

Kurt sah sich um. »Lass alles stehen und liegen und pack ein paar Sachen zusammen. Ich lasse mich nicht mehr vertrösten, wir brechen sofort auf.«

»Wir?«, fragte ich verwirrt. »Hast du vor, mich zu begleiten?«

»Ich komme mit dir.« Kurt nahm mich in die Arme. »Ich muss sichergehen, dass dir nichts geschieht.«

»Aber dann giltst du doch als Deserteur.«

»Das kann ich nicht ändern. Und jetzt fang an zu packen.«

Ich legte meine Stirn an seine. »Was ich neulich gesagt habe, tut mir leid, Kurt. Manchmal halte ich das, was man uns antut, einfach nicht mehr aus. Aber ich hätte dich nicht beleidigen dürfen.«

»Schon gut.« Kurt nahm die Reisetasche oben von meinem Kleiderschrank. »Du hattest nicht ganz unrecht. Ich habe den Nazis gedient, aber jetzt nicht mehr.«

»Kurt.« Ich hielt seinen Arm fest. »Nur noch die Aufführung morgen Abend, ja?«

Kurt sah mich mit zusammengezogenen Brauen an. »Also gut. Aber danach treffen wir uns am Bahnhof Roma Termini und nehmen den Zug, der kurz vor Mitternacht nach Siena geht. Ich werde auf dem Bahnsteig stehen und auf dich warten, bis du kommst.«

Kapitel 63

Rom, Oktober 1943

Am Montag, dem 18. Oktober, spielte ich zum letzten Mal mit dem römischen Opernorchester. Ich nahm meine vollgepackte Reisetasche mit zur Aufführung, um nach dem Ende direkt die kurze Strecke zum Hauptbahnhof zu laufen.

Auf dem Weg zur Oper erfuhr ich, dass das jüdische Ghetto vollständig geräumt war und weit über tausend Juden am Samstagabend in Lastwagen verladen und interniert worden waren. Darüber hinaus hieß es, dass fliegende SS-Kommandos nach Juden suchten, die geflohen waren und sich irgendwo versteckt hielten.

Immer wieder blickte ich mich ängstlich um und war dankbar, dass ich nur noch für wenige Stunden in der Stadt bleiben würde. Seltsamerweise konnte ich mir nicht vorstellen, dass der Wahnsinn der Deutschen sich bis in die heile Welt meiner Mutter ausgedehnt hatte. Darüber hinaus sehnte ich mich danach, sie wiederzusehen. Mein letzter Besuch lag Monate zurück, und wir waren beide keine großen Briefeschreiberinnen.

Ich lief schneller, als ich Militärfahrzeuge sah, die in die Richtung des jüdischen Ghettos fuhren. Wen wollten sie dort noch finden? Aber vielleicht durchsuchten sie noch einmal die leeren Häuser.

Und wie merkwürdig es sich anfühlte, wenig später im Orchester zu sitzen und die heitere Musik der *Zauberflöte* zu spielen, während auf den Straßen Menschen gejagt, gefasst und auf Lastwagen Gott weiß wohin verfrachtet wurden.

»Passen Sie gut auf sich auf«, sagte Molinari zum Abschied. »Und kommen Sie wieder, wenn der Krieg vorbei ist.«

Ich bedankte mich für alles, was er für mich getan hatte, und verließ das Opernhaus eilig durch den Bühnenausgang. Als ich den Opernvorplatz erreichte, stockte mein Schritt. Vor mir stand Kleiner, der nicht in die Gestapo eingetreten war, sondern es inzwischen doch in die SS geschafft haben musste, denn er trug ihre schwarze Uniform und wurde von zwei SS-Männern flankiert.

»So sieht man sich wieder«, sagte er mit hämischem Grinsen. »Doch nun hat das Blatt sich gewendet. Ich bin nicht mehr Opfer Ihrer Intrigen, sondern von höchster Stelle beauftragt, diese wunderbare Stadt von Juden zu befreien. Im Hotel Excelsior gibt es einen Empfangsmitarbeiter, der Sie schön grüßen lässt, Fräulein Baumgarten. Anscheinend haben Sie zu allem Überfluss italienischen Terroristen geholfen.«

Als ich kein Wort hervorbrachte, lachte er schallend. »Hat es Ihnen die Sprache verschlagen?« Er wandte sich zu seinen Begleitern um. »Nehmt sie fest.«

Sie fassten meine Arme, schleiften mich zu einem Lastwagen und stießen mich auf die Ladefläche. Dort saßen bereits andere Menschen, dicht gedrängt und leichenblass. Ich umklammerte meinen Geigenkasten und meine Reisetasche und zwängte mich zwischen sie. »Haben Sie eine Ahnung, wohin wir gebracht werden?«, fragte ich den Mann an meiner Seite.

Er zuckte mit den Schultern. »Zum Collegio Militare.«

Das war eine Militärschule, mehr wusste ich nicht.

Dort angekommen, wurden wir aus dem Lastwagen gescheucht und in eine große Sporthalle getrieben, wo bereits Hunderte eng auf dem Boden zusammensaßen, die Arme um ihren Koffer geschlungen. Viele weinten. Einige riefen den deutschen Wachen Fragen zu, die unbeantwortet blieben, andere wirkten krank oder verletzt.

Ich ließ mich nieder und sah mich um. Es gab Familien, die sich an den Händen hielten, vielleicht um sich Kraft zu spenden. Eltern trösteten ihre Kinder und versprachen ihnen, alles werde gut. Aber Kinder können in den Gesichtern ihrer Eltern lesen, sie erkannten die Angst und Unsicherheit und ließen sich nicht beschwichtigen.

Mein Blick fiel auf ein kleines, blondgelocktes Mädchen, das von einer Gruppe zur anderen irrte und offenbar jemanden suchte. Ich schätzte es auf drei oder vier Jahre. Es trug ein verschmutztes, ehemals weißes Kleid, auf dessen Brustteil ein rosafarbenes Herz gestickt war, und flache rote Riemchenschuhe. Tränen liefen über das Gesicht der Kleinen, doch niemand machte Anstalten, sie zu trösten. Ich winkte das Kind zu mir.

Es kam zögernd und mit gesenktem Blick.

»Hab keine Angst«, sagte ich so freundlich wie möglich.

Keine Reaktion.

»Suchst du jemanden?«

Das Kind war entweder taub oder verstand meine Frage nicht. Es wischte sich über Nase und Augen.

»Komm zu mir.« Ich streckte eine Hand aus.

Die Kleine bewegte sich nicht von der Stelle. Vorsichtig rutschte ich ein Stück näher und nahm sie sacht in die Arme. Zu meinem Erstaunen kuschelte sie sich an mich und weinte an meiner Brust.

Ich traf auf den Blick eines Mannes, der nicht weit entfernt saß, und fragte: »Gehört das Kind zu Ihnen?«

Er schüttelte den Kopf. »Es scheint zu niemandem zu gehören.«

»Aber es muss doch mit Eltern gekommen sein.«

»Die Eltern haben es nicht geschafft«, antwortete er leise.

Ich betrachtete das weinende Mädchen und strich ihm über die Haare. »Wie heißt du?«

»Sie kann kein Italienisch«, antwortete der Mann. »Ich glaube, sie war bei dem Transport aus dem italienischen Teil Frankreichs.«

»*Tu parles français?*«, fragte ich die Kleine.

Sie hob den Kopf, sah mich mit großen blauen Augen an und nickte.

Ich nannte ihr meinen Namen und fragte, wie sie heiße.

»*Je m'appelle Gabrielle*«, flüsterte sie.

Kapitel 64

Rom, Oktober 1943

Wir verbrachten die Nacht im Collegio Militare, und als der Morgen kam, wussten wir noch immer nicht, wie es weitergehen würde. Doch unsere Zahl erhöhte sich kontinuierlich. Die Toiletten durften wir bloß unter Aufsicht aufsuchen und sie immer nur einzeln benutzen, so dass lange Warteschlangen entstanden. Auch konnten wir nur dort an den Waschbecken Wasser trinken. Zu essen gab es nichts.

Gabrielle hatte in der Nacht auf meinem Schoß geschlafen. Als sie am Morgen aufwachte, blieb sie dort und wich nicht von meiner Seite. Sie hielt sich an meinem Rock fest, wenn wir zur Toilette gingen, Wasser tranken oder ich einfach nur ein paar Schritte machte, um mir die Beine zu vertreten.

Am Nachmittag verteilten die Wachen etwas zu essen, doch es war nur eine Scheibe Brot pro Person. Einige Gefangene wollten von ihnen wissen, weshalb wir hier waren, wie lange wir bleiben mussten und wohin wir anschließend gebracht würden. Sie erhielten keine Antwort, vielleicht wussten die Wachen es selbst nicht.

Ich hatte in der Schule Französisch gelernt, inzwischen jedoch viel vergessen. Aber für einfache Sätze reichte es noch aus. »Wo wohnst du?«, fragte ich Gabrielle.

»In einem weißen Haus. Bei den Bergen.«

»Weißt du, wie die Stadt heißt?«

Gabrielle wurde verlegen und schüttelte den Kopf.

»Heißt sie vielleicht Grenoble?«

Sie nickte.

»Ist es dort schön?«

»Ja.« Sie lächelte. »Sehr schön.«

»Und wie heißen deine Eltern?«

Das war die falsche Frage. Gabrielle brach in Tränen aus und barg ihren Kopf an meiner Brust. Der Himmel mochte wissen, was dieses Kind hatte mitansehen müssen. Ich strich ihr beruhigend über den Rücken, versprach ihr, dass ich mich um sie kümmern werde. Und dann sagte auch ich, alles werde gut.

»Bleibst du bei mir?«, fragte sie.

»Ja.«

»Du lässt mich nicht allein?«

»Nein.«

»Versprochen?«

»Versprochen.«

Ich lehnte mich gegen die Wand und dämmerte ein. Gabrielle schlang die Arme um meinen Hals und schmiegte sich an mich.

*

Auch am nächsten Tag erfuhren wir nicht, was aus uns werden sollte. Allerdings verschlimmerte sich die Situation in der Sporthalle zunehmend. Ständig wurden neue Menschen hereingebracht, wir waren hungrig und müde, und die Zustände auf den Toiletten spotteten jeder Beschreibung.

Plötzlich sah ich Kurt. In seiner Wehrmachtuniform kam er herein, in der Hand einen Aktenordner. Sein Blick wanderte über die Menge. Dann entdeckte er mich und trat zu einem Wachmann. Er öffnete die Akte und zeigte ihm etwas. Ich bekam nur einzelne Satzbrocken mit. Offenbar erklärte Kurt, dass er mich zu einem Verhör in der Via Tasso abholen müsse.

Mit zusammengezogenen Brauen studierte der Wachmann ein Dokument. Schließlich nickte er.

Kurt kam zu mir und griff nach meinem Arm. »Sie kommen mit«, befahl er.

Gabrielle sah ihn mit weit aufgerissenen Augen an und begann zu zittern.

»Ich muss das Kind mitnehmen«, flüsterte ich.

Kurt schüttelte den Kopf. »Mein Befehl lautet, dich zum Gestapo-Hauptquartier zu bringen. Du darfst Gepäck mitnehmen, aber keine Person.«

»Ohne das Kind komme ich nicht mit«, antwortete ich leise.

»Sei vernünftig«, zischte Kurt. »Das Mädchen wird von dem Befehl nicht erfasst. Wie soll ich es denn hier herausbekommen?«

»Dann bleibe ich. Ich habe ihr versprochen, sie nicht mehr alleinzulassen.«

»Ada«, flüsterte Kurt. »Ich habe Kopf und Kragen riskiert. Draußen steht ein Wagen, mit dem ich dich zu deiner Mutter fahren kann.«

»Ich danke dir, Kurt, aber ich kann das Kind nicht im Stich lassen.«

»Verdammt noch mal. Also gut, gib mir die Kleine.«

Ich hob Gabrielle hoch und wollte sie Kurt überreichen, doch sie ließ mich nicht los. »Gabrielle«, sagte ich. »Dieser Mann ist mein Freund. Er ist stärker als ich und wird dich nach draußen tragen. Du brauchst keine Angst zu haben, ich komme mit dir.«

Gabrielle nickte, doch sie krallte ihre Hand in den Kragen meiner Jacke.

»Ich nehme das Kind mit«, rief Kurt dem Wachmann zu. »Frau Baumgarten wird uns mehr verraten, wenn wir ihr drohen, dass sie ihre Tochter nicht mehr wiedersieht.«

»Das funktioniert immer«, sagte der Wachmann.

Vor der Militärschule parkte ein grauer Volkswagen. Kurt winkte mich auf den Rücksitz und reichte mir Gabrielle.

»Woher hast du den Wagen?«

»Aus dem Fuhrpark der Wehrmacht, für den ich zuständig bin.«

»Und dann durftest du dir einfach einen Wagen nehmen?«

»Eher nicht, aber noch weiß es keiner.«

Wenig später hatten wir Rom hinter uns gelassen und waren auf dem Weg nach Pienza.

*

Was musste meine Mutter gedacht haben, als mitten in der Nacht ein Wagen vor ihrem Haus hielt und Türen zuschlugen. Mit Gabrielle auf dem Arm eilte ich ins Haus und rief nach ihr.

»Ada?« In Nachthemd und Morgenmantel kam sie aus ihrem Schlafzimmer und sah mich verwirrt an. »Wen hast du bei dir und warum kommst du um diese Uhrzeit?«

Kurt trug meine Reisetasche und den Geigenkasten ins Haus. »Ich bin Kurt König, falls Sie sich noch an mich erinnern.«

»Ja«, sagte meine Mutter, »aber ich wünschte, du hättest keine Uniform der Wehrmacht an.« Ihr Blick glitt zu Gabrielle. »Und was ist das für ein Kind?«

Ich setzte Gabrielle ab. »Sie heißt Gabrielle und ist hungrig und durstig.«

»Na schön, erklär mir den Rest später.« Meine Mutter lächelte und streckte die Hand nach der Kleinen aus, die sie zu meiner Verwunderung anstandslos nahm und mit meiner Mutter in die Küche ging.

»Magst du Spaghetti?«, fragte meine Mutter.

Ich folgte den beiden. »Sie spricht nur Französisch, Mama.«

»Unsinn, das Wort versteht doch jedes Kind. Spaghetti, Gabrielle?«

Gabrielle nickte und kletterte auf einen Küchenstuhl, als wäre sie hier zu Hause.

*

Kurt hatte alle Brücken hinter sich abgebrochen, aber es waren Brücken gewesen, die er nicht mehr betreten wollte. Trotzdem hatte ich Angst um ihn, immerhin war er desertiert, hatte ein Fahrzeug der Wehrmacht gestohlen und zwei Jüdinnen aus dem Collegio Militare befreit. Ich erklärte meiner Mutter, dass keiner ihrer neuen Freunde, Bekannten und Nachbarn etwas von uns erfahren durfte, und wir uns im Keller verstecken mussten, sollte jemand zu Besuch kommen.

Wahrscheinlich hätte ich mir die Worte sparen können, meine Mutter wusste nur zu gut, was es hieß, von Nazis gejagt zu werden. Trotzdem war sie strikt dagegen, dass ich mir mit Kurt und Gabrielle ein Versteck in den toskanischen Hügeln suchte, irgendwo in einem verfallenen Bauernhaus, oder dass ich Natalia bat, uns eine sichere Unterkunft zu besorgen.

»Ich kann mir nicht vorstellen, dass die Gestapo jedes Landhaus in der Toskana auf den Kopf stellt«, sagte sie. »Außerdem werden die Amerikaner bald landen und die Deutschen in Italien Geschichte sein.«

Und so blieben wir. Kurt versteckte seine Uniform und zog die Landarbeiterkleidung an, die meine Mutter ihm auf dem Markt besorgte, ebenso wie sie neue Kleidung für Gabrielle erstand.

Den Wagen fuhr Kurt nach Florenz, ließ ihn dort irgendwo stehen und kehrte mit Bahn und Bus zu uns zurück.

Kapitel 65

Berlin, September 2017

Gunther Strauss' Adresse führte Liam zum Sony Center am Potsdamer Platz in Berlin. Der Architekt Helmut Jahn hatte dieses futuristische Ensemble mit der alles überspannenden Glaskuppel nach dem Mauerfall entworfen. In den einzelnen Gebäuden waren Büros, Geschäfte, Kinos und Restaurants. Strauss holte Liam im Empfang ab und fuhr mit ihm zu seiner Kanzlei im zwölften Stock.

Dort angekommen, trat Liam an die großen Fenster, ließ die beindruckende Aussicht über die grüne Parklandschaft des Tiergartens auf sich wirken und dachte an das Mädchen Ada, das dort vor vielen Jahren mit seinem Hund gespielt hatte und glücklich gewesen war.

Dann ließ er sich mit Strauss in dessen bequemer Sitzgruppe nieder und kam sogleich auf den Grund seines Besuchs zu sprechen. Er schilderte Strauss die zeitgleichen Gründungen der Firmen Quercia und VinCo, den Erwerb mehrerer Grundstücke seitens der Firma VinCo und die dahinterstehende deutsche Familienstiftung, die offenbar im Verborgenen agiert hatte. »Inzwischen haben wir etwas mehr herausbekommen. Sagt Ihnen der Name ›Wolfsangel‹ etwas? So hieß die Stiftung hinter VinCo.«

Strauss zog die Brauen hoch. »Wolfsangel? Sind Sie sicher?«

Liam nickte. »Warum, was bedeutet das?«

»Das Wort ist ziemlich ungebräuchlich, doch soweit ich weiß, ist die Wolfsangel sowohl ein Fanggerät für Wölfe als auch ein Symbol, das die Hitlerjugend früher verwendete. Das Symbol ist in Deutschland mittlerweile verboten, ebenso wie alle anderen NS-Insignien.«

»Ist der Begriff vielleicht auch bei Ihren Recherchen irgendwo aufgetaucht? Möglicherweise für die Stiftung hinter der Firma Quercia.«

Strauss schüttelte den Kopf. »Nein. Wir sind davon ausgegangen, dass diese Stiftung den Namen ›Fruhmann‹ trug. Aber vielleicht wurde der frühere Name unterschlagen, eben weil er nach dem Krieg problematisch war.«

»Können Sie den Namen herausfinden?«

»Dazu bräuchte ich einen guten Grund, dann könnte ich versuchen, einen Gerichtsbeschluss zu erwirken, aber das würde dauern. Wie sind Sie denn an die Wolfsangel geraten?«

»Verdammt«, sagte Liam. »Daran hätte ich auch früher denken können. Eine italienische Anwältin hat den Namen in den Unternehmensunterlagen der VinCo entdeckt. Einen Moment.« Er holte sein Handy hervor und wählte Giulias Nummer. Als sie sich meldete, fragte er, wie schwierig es gewesen sei, den Namen »Wolfsangel« herauszubekommen.

»Gar nicht, der steht im Internet«, antwortete Giulia. »Die Namen der Anteilseigner müssen öffentlich zugänglich sein.«

»Was meinst du, findet sich da auch der Name der Stiftung, die hinter Quercia stand?«

»Natürlich. Wenn du möchtest, schaue ich ihn gleich nach und melde mich wieder.«

Um die Wartezeit zu überbrücken, lud Strauss Liam zum Mittagessen ein und sprach von einem erstklassigen italienischen Restaurant nur wenige Gehminuten entfernt.

»Ich bin zum ersten Mal in Berlin«, sagte Liam. »Könnten wir vielleicht etwas typisch Berlinerisches essen?«

»Wenn es sein muss.« Strauss lachte. »Aber beschweren Sie sich nachher nicht bei mir.«

*

Als sie nach dem Essen zurückkehrten, rief Giulia zurück. Liam stellte sein Handy auf Lautsprecher. »Es war die Totenkopf-Stiftung«, sagte Giulia. »Hilft dir das weiter?«

»Das wird ja immer besser«, bemerkte Strauss. »Offenbar waren in beiden Fällen Nazis involviert.«

»Standen die Namen der Stiftungsmitglieder auch im Internet?«, fragte Liam.

»Nein, aber ich meine, allein der Firmenname könnte zu den Nazis passen. ›*La quercia*‹ heißt ›die Eiche‹.«

»Danke, Giulia, du bist ein Genie.«

»Fehlt nur noch eine Hakenkreuz-Stiftung«, sagte Strauss, als Liam aufgelegt hatte.

»Wofür steht ›Totenkopf‹?«, fragte Liam.

Strauss kniff die Augen zusammen und schien zu überlegen. »Ich glaube mich zu erinnern, dass es der Name einer Frontdivision der Waffen-SS war«, antwortete er schließlich. »Die ›Eiche‹ kann ich allerdings nicht so recht einordnen, sie ist einfach ein typisch deutsches Symbol, das für Stärke und Zuverlässigkeit steht. Kann sein, dass ein Eichenblatt auf dem Kragenspiegel bestimmter SS-Uniformen zu sehen war, aber wenn mich nicht alles täuscht, existiert es auch auf den Uniformen anderer Nationen.«

»Klingt trotzdem, als hätte hinter dem Erwerb des Grundstücks in der Toskana eine Gruppe eingeschworener Nazis gestanden.«

»Den Eindruck muss man haben.« Strauss runzelte die Stirn. »Wenn Sie nachweisen können, dass es SS-Leute waren, die sich die Grundstücke im Jahr vierundvierzig angeeignet haben, dürften Sie Ihren Fall schon halb gewonnen haben. Jedenfalls wäre es in Deutschland so, und ich kann mir kaum vorstellen, dass das in Italien anders gehandhabt wird. Das gälte auch, wenn es Mitglieder der Nationalsozialistischen Partei gewesen wären. Oder deutsche Kriegsgewinnler. Aber natürlich brauchen Sie die Namen der beteiligten Hintermänner, ohne die geht gar nichts.«

»Das ist leichter gesagt, als getan. Wie soll ich denn an die Namen kommen?«

Strauss lächelte. »Ich habe einen Freund bei der Staatsanwaltschaft. Den werde ich bitten, die Unterlagen der beiden Stiftungen zu einer Beweiserhebung anzufordern. Wahrscheinlich finden wir die Namen in den Akten der Anwälte, die den Nachlass der Fruhmanns abgewickelt haben.«

Kapitel 66

Pienza, März 1944

Als sich im März die ersten grünen Blätter und bunten Blumen zeigten, hatten wir über vier Monate im Haus meiner Mutter verbracht und das Grundstück nicht ein einziges Mal verlassen. Natürlich konnten wir unsere Existenz nicht vor jedermann geheim halten. Die Pächterfamilie meiner Mutter wurde als Erste eingeweiht, Enzo war der Nächste. Enzo brauchten wir vor allem, um für Kurt Kleidung, Unterwäsche und Rasierzeug zu kaufen, denn Pienza war ein kleiner Ort, es hätte nicht lang gedauert, bis die Leute sich gefragt hätten, für wen meine Mutter Männersachen erwarb.

Ich mochte Enzo und war froh, dass meine Mutter wieder einen Gefährten gefunden hatte, aber woher sollte ich wissen, wo er politisch stand. Meine Mutter schwor allerdings, dass wir Enzo vertrauen konnten, und sie sollte es wissen, die beiden waren nun doch ein Paar geworden.

Kurz nach unserer Ankunft rief sie Enzo an und sprach in dem gleichen gebieterischen Ton mit ihm, den sie früher bei meinem Vater anschlagen konnte. Sie bat ihn, zwei Hosen, Hemden, Unterwäsche, Socken und feste Schuhe für einen Mann zu kaufen und gab ihm Kurts Größen durch. Als er fragte, für wen sie diese Dinge benötige, antwortete sie knapp: »Das erzähle ich dir, wenn du kommst.« Zudem musste Enzo ihr schwören, niemandem in Pienza etwas von diesem Kauf zu erzählen.

Am selben Abend erschien er bei uns und trug die Taschen mit den Einkäufen in die Küche, wo wir alle saßen. Er warf uns einen kurzen Blick zu und sah meine Mutter fragend an. Sie erklärte ihm die Lage und stellte ihm Kurt und Gabrielle vor.

Einen Teil der Geschichte kannte Enzo bereits. »Sie werden gesucht«, sagte er zu Kurt. »Sie gelten als Deserteur und, da Sie ein Fahrzeug der Wehrmacht gestohlen haben, auch als Dieb.«

Ich sah zuerst Enzo und dann meine Mutter beunruhigt an. Vielleicht war es doch falsch, dass wir uns zu ihr geflüchtet hatten.

»Geht mich aber nichts an«, fuhr Enzo fort. »Ich hoffe nur, Sie haben das Fahrzeug nicht hier auf dem Grundstück versteckt.«

Kurt grinste. »Wenn es niemand gestohlen hat, steht es auf dem Piazzale Michelangelo und genießt die Aussicht auf Florenz. Ich habe es dort mitten in der Nacht abgestellt und bin sicher, dass man mich nicht gesehen hat.«

»Wir sind nur ein kleines Revier, mit mir gerade mal vier Polizisten«, sagte Enzo. »Zu den Bauernhöfen der Gegend fahren wir nur, wenn wir gerufen werden. Demnach dürften Sie hier sicher sein, aber von Pienza sollten Sie und das Kind sich fernhalten.« Er lächelte Gabrielle an. »Wie heißt du denn, mein kleiner Engel?«

Sie musste ihn verstanden haben, denn sie antwortete: »Gabrielle.«

»Gabriella also«, sagte Enzo. »So sagt man in Italien.«

Enzo aß mit uns zu Abend und half, zwei Flaschen Wein der letzten Ernte meiner Mutter mit uns zu leeren. Als er sich verabschiedete, tätschelte er seinen Bauch und zwinkerte uns zu. »Ich hoffe, ich muss mich nicht wegen Trunkenheit am Steuer anzeigen.«

*

Auch ihrer Freundin Naomi hatte meine Mutter sich anvertraut. Wir wussten, dass sie uns niemals verraten würde, doch Naomi legte ihre Hand auch für ihre Familie ins Feuer. Im Dezember waren sie alle zu uns gekommen, um mit uns Chanukka zu feiern. Nur Natalia fehlte; sie verbarg sich mit einer Gruppe Partisanen in den Monti del Chianti, einer Hügelkette der Toskana.

Naomi brachte Gabrielle eine wunderschöne Porzellanpuppe mit und hatte für uns alle Latkes gemacht. Gabrielle strahlte, als wir die Kerzen der Menora anzündeten, wahrscheinlich erinnerte sie sich an die Feier im Kreis ihrer Familie in Grenoble. Ich spielte die Kinderlieder, die man an Chanukka sang, auf der Geige. Mit vor Aufregung geröteten Wangen sang Gabrielle sie auf Französisch mit.

Es tat uns gut, in unserer Tradition vereint zu sein, obwohl wir aus unterschiedlichen Ländern stammten. Das Bedrückende war jedoch, dass wir in diesem Jahr, wie so viele Juden vor uns, heimlich feiern mussten, weil wir erneut verfolgt wurden.

*

Für die Winzer der Toskana war der Winter eine ruhige Zeit. Die Temperatur sank auf zehn Grad, doch die Tage waren meist sonnig. Ich übte täglich auf der Geige. Bei schönem Wetter tat ich es auf der Terrasse, bei schlechtem im Wohnzimmer meiner Mutter, wo die Akustik dank der hohen Decke recht gut war. Abends spielte ich oft ein wenig für Gabrielle, und wenn sie im Bett war, für meine Mutter und Kurt, manchmal auch für Enzo. Enzo liebte neapolitanische Volksweisen und sang mit volltönender Stimme dazu. Einmal tanzte er sogar die Tarantella, den typischen Tanz Neapels. In solchen Momenten konnten wir vergessen, dass sich deutsche und alliierte Truppen in Italien erbitterte Kämpfe lieferten.

Zu meinem Erstaunen war Kurt nie bereit, Geige zu spielen. Vor vielen Jahren hatte sein Vater seine Geige zertreten, wie Kurt erzählte, und es war, als hätte er ihm damit jede Freude an dem Instrument genommen.

Gabrielle dagegen schien interessiert, Geige zu lernen, und ich beschloss, ihr auf einer alten Kindergeige Stunden zu geben, die Naomi uns besorgt hatte. Doch es war nicht so einfach, wie ich es mir vorgestellt hatte. Mir fehlte die endlose Geduld meines Vaters, und Gabrielle war kein Naturtalent. Zuletzt begnügten wir uns mit einfachen Tonleitern und Kinderliedern, die ihre kleinen Finger nicht zu sehr beanspruchten.

Mir schien auch, dass Gabrielle sehr viel lieber bei meiner Mutter in der Küche war, ihr beim Kochen und Backen zusah, etwas rühren durfte und mit ihr in einer Mischung aus Französisch, Italienisch und Deutsch plauderte. Doch sie konnte sich auch selbst beschäftigen, spielte mit ihrer Puppe oder rannte draußen umher, jagte den Enten nach und schaute den Vögeln zu. Oder sie saß bei Kurt auf dem Schoß, ließ sich vorlesen und Geschichten erzählen.

Für Kurt und mich war, trotz der schwierigen Umstände, eine Zeit angebrochen, in der wir endlich einmal in Ruhe miteinander reden konnten, ohne dass er irgendwann wieder fortmusste. Und wenn wir abends zu Bett gingen und aneinandergeschmiegt einschliefen, wussten wir, dass der andere am nächsten Tag noch da sein würde und am übernächsten und immer so weiter.

Tagsüber gingen wir auf dem Land meiner Mutter spazieren und schmiedeten Zukunftspläne, überlegten, wo wir wohnen wollten, wenn der Krieg beendet war, und was wir künftig tun wollten. Unsere Pläne blieben zwangsläufig vage, doch eines stand bereits fest: Wir würden eine Familie gründen, und Gabrielle würde Teil dieser Familie sein.

Ich wusste weder, was Gabrielle erlebt, noch, was sie davon behalten hatte, ich sah nur, wie sie aufblühte und glücklich war, und spürte, wie fest ich dieses entzückende kleine Mädchen ins Herz geschlossen hatte.

*

Anfang Februar war Natalia nachts zu uns gekommen. Wir hatten schon geschlafen. Doch wir wurden wach, als wir jemanden die Haustür schließen hörten. Kurt glitt aus dem Bett, griff nach seiner Pistole und schlich aus unserem Zimmer. Ich folgte ihm.

In der Eingangshalle stand Natalia in schmutziger, abgerissener Kleidung und schien sich vor Erschöpfung kaum noch auf den Beinen halten zu können.

Ich machte sie und Kurt miteinander bekannt und führte sie in die Küche, wo sie wie eine Verdurstende Wasser trank. »Sie haben unser Lager überfallen«, erzählte sie leise. »Ein paar von uns haben sie erwischt, doch die meisten konnten fliehen.«

»Wer sind ›sie‹?«, fragte Kurt.

Natalia ließ sich auf einen Stuhl sinken. »Zuerst dachte ich, es wären italienische Faschisten, aber es waren Deutsche. SS-Leute, um es genau zu sagen.«

»Sind sie dir hierher gefolgt?«

Natalia schüttelte den Kopf. »Unser Lager war weiter im Norden.« Sie sah mich entschuldigend an. »Ich wusste nicht, wohin, Ada. In Pienza kann ich mich nicht blicken lassen, dort könnte ich von Leuten, die mich kennen, denunziert werden. Außerdem suchen die Nazis nun auch in der Toskana nach Juden. In Pitigliano haben sie bereits alle zusammengetrieben und in irgendein Lager geschafft. Pienza werden sie sich auch vornehmen. Ich hoffe, meinen Eltern gelingt es, sich noch rechtzeitig zu meinem Bruder zu retten. Montepulciano scheinen sie im Moment noch zu verschonen.« Sie lehnte sich zurück und schloss die Augen. »Ich habe seit zwei Tagen nicht geschlafen und bin todmüde.«

»Du kannst hierbleiben«, sagte ich. »Bei uns bist du sicher.«

Natalia sah mich schwermütig an. »Kein Jude ist sicher, Ada, egal, wo er sich aufhält. Ich bleibe nur eine Nacht, um zu schlafen, morgen früh ziehe ich weiter. Ich weiß, wo ich die nächste Partisanengruppe finde und werde mich ihr anschließen.« Sie lächelte matt. »Wir werden immer mehr. Frauen und Männer. In Höhlen und verlassenen Bauernhöfen finden wir Unterschlupf. Unsere Waffen und unseren Sprengstoff transportieren wir auf Eselskarren. Wir sprengen Eisenbahnstrecken, auf denen die Deutschen ihren Nachschub transportieren, jagen ihre Waffenlager in die Luft und erschießen sie aus dem Hinterhalt.«

In diesem Moment kam Gabrielle auf bloßen Füßen und im Nachthemd in die Küche getappt und rieb sich schlaftrunken die Augen.

»Wer ist denn diese kleine Maus?«, fragte Natalia.

Gabrielle kletterte auf meinen Schoß.

»Gabrielle irrte in Rom in der Sammelstelle umher, wo wir wie viele andere Juden darauf warteten, in ein Lager geschafft zu werden. Kurt hat uns befreit.«

Natalia starrte Kurt an. »Du bist der Mann, der ins Collegio spaziert ist, zwei Jüdinnen herausgeholt hat und mit ihnen in einem gestohlenen Wehrmachtfahrzeug davongefahren ist?«

Kurt lächelte. »Ich bekenne mich schuldig.«

Natalia drückte seine Hand. »Bravo, das war sensationell. Die

Geschichte hat unter uns Partisanen sofort die Runde gemacht. Du bist ein Held.«

»Unter den Nazis wird sie auch die Runde gemacht haben«, entgegnete Kurt.

»Ja«, sagte Natalia. »Nach euch wird mit Streckbriefen gefahndet. Auf euren Kopf wurde sogar eine Belohnung ausgesetzt.« Sie nickte zu Gabrielle hinüber, die auf meinem Schoß wieder eingeschlafen war. »Was ist mit den Eltern der Kleinen?«

»Das wissen wir nicht«, antwortete ich. »Das Kind war allein, deshalb nehme ich an, dass die Eltern umgekommen sind. Gabrielle spricht nicht darüber, wahrscheinlich, weil das, was sie mitangesehen hat, zu grauenhaft war. Nun bleibt sie bei Kurt und mir.« Ich betrachtete Natalias blasses Gesicht. »Leg dich ins Gästezimmer, Natalia, und schlaf dich aus.«

Natalia stand auf und umarmte mich. »Danke, Ada. Morgen früh bin ich weg. Falls du meine Eltern siehst, sag ihnen, dass sie bei Matteo bleiben müssen. Pienza ist zu gefährlich geworden. Das gilt auch für euch, Ada.« Sie drehte sich zu Kurt um. »Du solltest immer eine geladene Waffe bei dir haben.«

Kapitel 67

Pienza, April 1944

Es dauerte nicht lang, bis die Gestapo und die SS die Toskana systematisch nach Juden durchkämmten. Trotzdem bestand Naomi darauf, dass wir Pessach, ebenso wie in den anderen Jahren, zusammen feierten. Da die Romittis ein Auto hatten, wir jedoch nicht, fand der Seder bei uns statt. Enzo war natürlich auch eingeladen.

Obwohl die Gefahr, in der wir uns befanden, wie eine dunkle Wolke über uns hing, versuchten wir, uns nichts anmerken zu lassen. Naomi und meine Mutter kochten zusammen, ich trug auf der Geige Pessach-Lieder vor, und Gabrielle spielte mit Matteos Kindern. Doch es fiel uns schwer, der Befreiung der Israeliten von dem ägyptischen Joch zu gedenken. Stattdessen kreisten unsere Gespräche um das, was auf uns zukommen konnte.

Enzo versuchte, die Stimmung aufzulockern, und erzählte, dass die Alliierten bereits kurz vor Rom stünden und die Deutschen sich immer weiter nach Norden zurückzögen. »Bald wird Italien befreit sein.«

»Das würde schön zu Pessach passen.« Meine Mutter hob ihr Weinglas und sprach den traditionellen Wunsch am Ende des Sederabends: »Nächstes Jahr in Jerusalem.«

»Und in einem Italien ohne Faschisten, ohne Verfolgung und ohne Krieg«, ergänzte Naomi.

Sie hatte kaum zu Ende gesprochen, als wir die Scheinwerfer eines Wagens erkannten, der sich dem Haus näherte. Wie erstarrt saßen wir da und hörten, dass der Wagen vor dem Haus hielt.

Enzo stand auf. »Ich schaue nach, wer das ist. Ihr bleibt hier. Vielleicht ist es einer meiner Leute.«

Kurt schlüpfte aus dem Zimmer.

An der Haustür wurde geklopft. Enzo ging hinaus, um zu öffnen. Wir hörten, dass er jemanden fragte, was er wünsche.

Eine harte Stimme antwortete: »Geh uns aus dem Weg, alter Mann.« Gleich darauf standen drei Gestapobeamte in unserem Esszimmer. Der Älteste stemmte die Fäuste in die Seiten und grinste. »Volltreffer«, sagte er. »Die Informanten hatten recht. Hier sitzen sie alle zusammen und feiern eins ihrer Rituale. Aufstehen und mitkommen!«

»Ich bin der Chef der hiesigen Polizei«, entgegnete Enzo, »ich habe hier das Sagen, nicht Sie. Und Sie nehmen niemanden mit.«

»Schwing dich wieder auf deinen Esel und hau ab«, antwortete der Deutsche und fasste den Arm meiner Mutter.

Enzo stürzte zu ihm. »Was fällt Ihnen ein? Lassen Sie diese Frau los.« Einer der Deutschen streckte ihn mit einem Faustschlag nieder.

Gabrielle kletterte zitternd auf meinen Schoß und barg den Kopf an meiner Brust. Ihre kleinen Spielgefährten verfolgten das Geschehen mit ängstlichen Blicken.

In dem Moment kehrte Kurt zurück. Er hatte seine Uniform angelegt, eine Hand ruhte auf der Pistole an seinem Koppel. »Heil Hitler«, grüßte er die Deutschen. »Ab hier übernehme ich.«

Für einen Moment gerieten die Gestapobeamten aus dem Konzept und tauschten rasche Blicke. »Inwieweit ist die Wehrmacht involviert?«, fragte der Älteste. »Die Leute werden von der SS abgeholt und nach Fossoli gebracht.«

»Planänderung.« Kurt blieb erstaunlich ruhig. »Das Fahrzeug zum Transport kommt von der Wehrmacht und dürfte bereits auf dem Weg hierher sein. Bis dahin sorge ich dafür, dass keiner der Juden verschwindet.«

Wieder sahen die Deutschen sich an. »Davon hat Obersturmführer Kleiner nichts gesagt.«

»Vielleicht haben Sie nicht richtig zugehört«, entgegnete Kurt ärgerlich. »Aber ich hoffe, Befehl ist für Sie immer noch Befehl.« Er ließ den Arm zum deutschen Gruß hochschnellen. »Heil Hitler!«

Zu meiner Verwunderung verzogen sich die Gestapoleute, aber ich traute dem Frieden nicht.

Meine Mutter half Enzo hoch und betrachtete sein Kinn. »Tut das weh?«

»Mir fehlt nichts, aber ihr müsst schleunigst verschwinden. Die Drecksäcke werden wiederkommen.«

Wir verabschiedeten uns hastig von den Romittis, die auf abgelegenen Wegen nach Montepulciano zurückkehren wollten.

»Lass uns nach Bologna fahren«, schlug ich meiner Mutter vor. »Dort kennen wir genug Leute, die uns weiterhelfen werden.«

»Keine schlechte Idee«, sagte Enzo. »Hauptsache, ihr seid so weit wie möglich von hier fort. Ich fahre euch, aber ihr müsst sofort aufbrechen.«

Eilig packten wir das Nötigste zusammen und stiegen in Enzos Streifenwagen. Wir schafften es bis zum Ende der Einfahrt. Dort wurde der Weg von einem Mercedes und einem Militärfahrzeug blockiert.

»Verdammt«, sagte Kurt, »ich dachte, sie wären weg.« Er verließ den Streifenwagen, trat auf die anderen Fahrzeuge zu und hob den Arm zum Hitlergruß. »Machen Sie den Weg frei!«, rief er. »Wir erwarten ein Transportfahrzeug der Wehrmacht.«

Zu den Männern, die aus dem Mercedes stiegen, gehörte Kleiner. Er zog seine Pistole, grinste Kurt an und sagte: »Der Spaß ist zu Ende, König.« Er winkte uns mit der Waffe und rief: »Los, raus aus dem Wagen!«

Gleich darauf standen wir zusammengedrängt auf der Einfahrt. Gabrielle drückte ihr Gesicht in meinen Rock und wimmerte vor Angst. Enzo baute sich schützend vor meiner Mutter auf.

»Das ist zu schön, um wahr zu sein.« Kleiner lachte. »Drei Jüdinnen und ein Deserteur.« Er schaute hinüber zu den Weingärten, deren Rebstöcke sich schwach in der Dunkelheit abzeichneten. »Mir scheint, ihr habt es euch hier gutgehen lassen. Lecker gegessen, Wein getrunken, den Sonnenschein genossen. Ein Jammer, dass das jetzt vorbei ist.«

Er kam zu mir und setzte mir die Pistole an die Schläfe. »Ada Baumgarten, meine ganz spezielle Freundin.«

Ich machte mich auf das Schlimmste gefasst und zwang mich, Kleiner kalt in die Augen zu sehen.

Kurt stürzte sich auf Kleiner. Im nächsten Augenblick wälzten sich die beiden auf der Erde und droschen aufeinander ein. Gabrielle hatte zu schluchzen begonnen. Ich strich ihr über den Kopf.

Dann löste sich ein Schuss, und Kleiner brüllte vor Wut und Schmerz. Kurt kam auf die Beine und wurde von zwei SS-Männern gepackt und festgehalten.

Kleiner rappelte sich auf und warf einen Blick auf seinen blutenden Schenkel. »Du Schwein«, stieß er hervor. »Du mieser kleiner Deserteur!« Er richtete seine Pistole auf Kurt.

»Wenn du mich erschießt, machst du dich strafbar«, sagte Kurt. »Über mich entscheidet ein Kriegsgericht, du nicht.«

Kleiner schoss ihm in die Brust.

Ich wollte schreien, doch ich brachte keinen Ton hervor, sah nur, dass Kurt sich an die Brust fasste und auf seiner Uniformjacke ein Blutfleck entstand. Unsere Blicke trafen sich, und noch immer kam kein Laut über meine Lippen. Starr vor Entsetzen verfolgte ich, wie sich der Blutfleck vergrößerte und Kurt ins Wanken geriet.

Kleiner schoss noch einmal. Diesmal ging Kurt zu Boden.

Ich hörte ihn stöhnen und wollte zu ihm und ihn in die Arme nehmen, doch Gabrielle klammerte sich an mich und schrie, außer sich vor Angst.

Ich sah, dass Kurts Beine zuckten und er sich noch einmal aufbäumte. Dann lag er still.

Ich drehte mich zu meiner Mutter um, die mich mit kreidebleichem Gesicht anstarrte.

Kleiner wandte sich zu den beiden SS-Männern um. »Schafft die Frauen und das Kind in den Lastwagen.«

Dann richtete er seine Waffe auf Enzo und erschoss auch ihn.

Kapitel 68

Pienza, September 2017

Catherine und Giulia hatten die Gerichtsentscheidungen herausgesucht, die den von den Deutschen requirierten Besitz in Italien betrafen. »Das sieht gut aus«, sagte Catherine. »Wenn man beweisen kann, dass die Nazis sich hier etwas angeeignet haben, muss dies den ursprünglichen Eigentümern zurückgegeben werden. Falls also Nazis hinter der Gründung von Quercia standen, dürfte Gabriella ihren Fall gewonnen haben.«

»Ich frage mich, wie die Nazis an das Land kommen konnten«, sagte Liam.

»Das war einfach«, antwortete Giulia. »Nach der Kapitulation Italiens haben die Deutschen einen großen Teil des Landes besetzt. Die Juden in diesen Gebieten wurden deportiert und ihr Besitz von den Deutschen beschlagnahmt. Aber neunzehnhundertsiebenvierzig hat Italien mit den Siegermächten einen Friedensvertrag geschlossen. Unter anderem wurde darin die Rückerstattung des von den Nazis konfiszierten Besitzes geregelt. Italien hat auch die Theresienstädter Erklärung unterschrieben, bei der es um die Rückerstattung jüdischen Besitzes ging, der während der Shoah geraubt wurde.«

»Das bedeutet, das Land, um das es uns geht, muss den Erben von Friede Baumgarten zurückgegeben werden«, sagte Catherine.

»Falls wir nachweisen können, dass es Deutsche waren, die es sich im Krieg angeeignet haben.«

Catherine verdrehte die Augen. »Wer soll es denn sonst gewesen sein? Quercia wurde vierundvierzig gegründet, und die Stiftung trägt einen Namen, der eng mit den Nationalsozialisten verbunden ist. Ich bin sicher, dass Strauss uns die Beweise liefern kann.«

»Und was ist mit VinCo? Auch die Firma hat ihre Grundstücke vierundvierzig erworben.«

»Für VinCo gilt das Gleiche. Falls Strauss herausfindet, dass die Grundstücke hier während des Zweiten Weltkriegs von Deutschen beschlagnahmt wurden, verfällt das Recht der VinCo an ihnen. Sie müssen dann den Erben der ursprünglichen Eigentümer zurückgegeben werden.«

»Das wird VinCo nicht mitmachen«, sagte Giulia. »Wahrscheinlich haben die Anwälte des Unternehmens längst dafür gesorgt, dass die Hinweise auf die deutschen Hintermänner verschwunden sind.«

»Und dabei gehen sie über Leichen«, ergänzte Catherine.

»Aber bis nach Deutschland reicht der lange Arm der VinCo offenbar nicht«, entgegnete Liam. »Strauss hat es jedenfalls geschafft, dass sich nun ein Berliner Gericht mit dem Fall befasst. Die Unterlagen, die wir brauchen, sind bereits zur Beweiserhebung angefordert worden.«

Er legte das vergrößerte Foto aus dem Album der Familie Romitti auf den Tisch. »Das hat der Fotograf in Pienza mir heute Morgen gebracht. Jetzt ist das Dokument auf dem Tisch besser zu erkennen. Und es sieht ganz nach einem Vertrag aus.«

Giulia beugte sich über das Foto. »Es fällt leider ein Schatten darauf. Die Namen und die Unterschriften sind kaum zu lesen. Es müsste noch einmal vergrößert und analysiert werden.«

Liam studierte das Foto erneut. »Wenn daraus nichts wird, gehen wir noch mal zu Hernandez und bitten ihn, Vanucci und seinen Großvater auf dem Foto zu identifizieren. Dann brauchen wir nur noch die alte Rechnung, die belegt, dass der frühere Hernandez die Transaktionen an jenem Tag beurkundet hat.«

»Wir brauchen mehr«, sagte Catherine. »Aber wir sind doch schon einen großen Schritt weiter.«

Kapitel 69

Durchgangslager Fossoli, April 1944

In einem Lastwagen mit Plane über der Ladefläche wurden wir in der Nacht in das Durchgangslager Fossoli gebracht, das etwa zwanzig Kilometer nördlich von Modena lag. Auf der Fahrt hielten wir zwei Mal an, um noch andere jüdische Familien aufzunehmen, bis schließlich elf Familien zusammengekommen waren. Wir saßen auf Holzbänken und wurden von jedem Erdbuckel, jedem Schlagloch durchgerüttelt. Ich hatte Gabrielle auf dem Schoß, die sich sogar im Schlaf noch an mich klammerte.

Es war sonderbar, doch bisher hatte ich noch nicht weinen können, wahrscheinlich war das Grauen des Erlebten noch nicht richtig zu mir durchgedrungen. Stattdessen kreisten die immer gleichen Gedanken durch meinen Kopf. Alles war meine Schuld, das sagte ich mir ein ums andere Mal. Ich hätte Rom frühzeitiger verlassen müssen, hätte nicht mit Kurt fliehen und nie bei meiner Mutter Zuflucht suchen dürfen.

Ihr Leben war so friedlich gewesen, sie hatte ihr schönes Haus und die Arbeit auf ihrem Land geliebt. Hatte mit Enzo wieder ihr Glück gefunden. Und dann war ich gekommen und hatte Kleiner zu ihr geführt. Ich dachte an meinen Vater, den ich nicht gerettet hatte. An Kurt, der meinetwegen gestorben war. Was für schöne Zukunftsträume wir gehabt hatten! Ich sah ihn wieder als Jungen vor mir, wie er mich im Jugendorchester anlächelte, wie er dort konzentriert und selbstvergessen Geige spielte, dann als jungen Mann, der mich voller Liebe anblickte, und schließlich, wie er mit brechendem Blick zu Boden ging und starb.

Meine Mutter saß an meiner Seite und hatte die Hände vor ihr Gesicht geschlagen. Dann und wann hörte ich sie weinen. Sie hatte meinen Vater verloren und nun auch Enzo, der ihr lieb geworden war. Und von dem Land, das ihr ein neues Zuhause geworden war, hatte man sie vertrieben.

Gabrielle hatte die Augen geöffnet und schaute verstört ins Leere. Was musste in ihrem Köpfchen vorgehen? Wie sollte sich eine Vierjährige dieses Auf und Ab von Glück und Unglück erklären? Ich versuchte, sie zu wiegen, doch ihr Körper war starr und unnachgiebig.

Schließlich erreichten wir das Lager. Von 1942 bis 1943 war Fossoli ein Kriegsgefangenenlager gewesen, in dem alliierte Soldaten inhaftiert wurden, die den Italienern und Deutschen in Nordafrika in die Hände gefallen waren. Auch politische Gegner der Faschisten wurden hier gefangen gehalten. Doch nun war es überwiegend ein Durchgangslager für Juden und andere rassisch Verfolgte, bevor sie in die Deportationszüge zu den Konzentrationslagern in Polen, der Tschechoslowakei und Deutschland kamen.

Wir wurden in Baracken untergebracht und erhielten ein Stück trockenes Brot und einen Becher Wasser. Überall auf den Holzpritschen saßen verwirrte Menschen mit einem Koffer auf dem Schoß und warteten darauf, weitertransportiert zu werden. Wohin man uns bringen würde, vermochte keiner zu sagen. Es hatte geheißen, dass wir in ein Umsiedlungslager kämen. Deshalb gab es welche, die Fossoli so schnell wie möglich verlassen wollten; sie glaubten, dass es ihnen an ihrem nächsten Aufenthaltsort besserginge. Diese Illusion hatte ich nicht.

Dann und wann versuchten meine Mutter und ich, Gabrielle aufzumuntern. Wir erzählten ihr Geschichten, sangen ihr etwas vor und malten ihr aus, wie schön es an dem Ort wäre, in den man uns bringen würde. Dass es dort Kinder gäbe, mit denen sie spielen konnte. Doch sie hörte uns kaum zu, wollte nur, dass wir ihr versprachen, sie nicht alleinzulassen.

Am zweiten Abend – Gabrielle war bereits eingeschlafen – sagte meine Mutter mit Blick auf das Mädchen: »Wie sonderbar die Fügung des Schicksals sein kann. Man hat dich in Rom gefangen genommen, doch wäre das nicht geschehen, hättest du Gabrielle nicht gefunden. Das Kind hat Glück gehabt.«

Glück gehabt? Konnte man davon sprechen, dass eine von uns Glück gehabt hatte? Ich sagte jedoch nichts dazu. Trotzdem wunderte es mich, dass meine Mutter noch immer in der Lage war, dem, was uns zugestoßen war, etwas Positives abzugewinnen. Ich schloss sie in die Arme. »Ich weiß, es ist meine Schuld, dass wir hier sind«, sagte ich leise. »Du kannst dir nicht vorstellen, wie mich das quält.«

»Wie kommst du denn darauf?« Meine Mutter löste sich von mir und sah mich konsterniert an. »Nicht du bist schuld, sondern die Nazis, die nach Juden gesucht und uns gefunden haben. Du hast mir in deinem Leben nur Freude bereitet, Ada.«

»Aber wenn ich nicht zu dir gekommen wäre, sondern einen anderen Ort gesucht hätte, wo wir uns verborgen …«

Meine Mutter unterbrach mich. »Dann hätten sie mich trotzdem entdeckt und mitgenommen.« Sie strich über meine Wange. »Ich hätte immer gewollt, dass du zu mir kommst. Die vergangenen Monate habe ich genossen. Wir waren wieder eine Familie, sogar mit einem hinreißenden kleinen Mädchen. Diese Zeit würde ich gegen nichts in der Welt tauschen wollen.«

*

Am dritten Tag kam eine der SS-Wachen mit einem Klemmbrett zu uns und verteilte weiße Kreide, mit der wir unseren Namen und die Adresse auf unser Gepäck schreiben sollten. »Wenn euer Name aufgerufen wird, nehmt ihr euer Gepäck und folgt mir«, rief er. »Dann geht es zu einem Zug, der euch zu eurem Umsiedlungslager bringt.«

Wir taten wie geheißen. Da jeder von uns nur ein einziges Gepäckstück mitnehmen durfte, entschied ich mich für die Geige meines Vaters. Ich schrieb »Baumgarten« auf den Geigenkasten und fügte die Adresse des Berliner Konzerthauses hinzu.

Wir wurden zu einem Güterzug getrieben und in die Waggons gescheucht. Wenig später saßen wir dicht gedrängt mit anderen zusammen, aber wenigstens hatte man uns drei nicht auseinandergerissen. Wohin genau die Reise ging, sagte man uns nicht, wir bekamen nur mit, dass wir durch die Berge fuhren. Überdies war es so kalt, dass meine Mutter und ich uns aneinanderschmiegten und Gabrielle in meinen Mantel wickelten. Es gab weder etwas zu essen noch zu trinken. Der Eimer im Waggon, um unsere Notdurft zu verrichten, hatte sich rasch gefüllt.

*

Nach einer Weile verloren wir das Gefühl für die Zeit. Als der Zug nach tagelanger Fahrt anhielt, waren wir in Auschwitz-Birkenau angekommen. Die Schiebetür an unserem Waggon öffnete sich, und wir blinzelten im grellen Tageslicht. SS-Wachen brüllten Befehle, Hunde bellten, Kinder weinten, und in der Luft lag ein Gestank, bei dem sich mir der Magen umdrehte.

Unser Gepäck mussten wir abstellen, es hieß, es würde uns später gebracht. Doch das glaubte ich nicht und weigerte mich, die

Geige meines Vaters zurückzulassen. Ich verbarg sie unter meinem Mantel.

Anschließend wurden Männer und Frauen voneinander getrennt. In zwei langen Reihen wurden wir zum Eingang eines langgestreckten Gebäudes getrieben. Dort standen SS-Männer, die ihren Blick über uns wandern ließen. Danach wurden wir Frauen erneut unterteilt und entweder nach links oder rechts befohlen. Der größere Teil musste nach links gehen – das waren die alten Frauen, diejenigen, die krank wirkten, die Mädchen und die Kinder. Die jüngeren und die kräftigen Frauen wurden nach rechts gewinkt. Ich erinnerte mich an die Gerüchte, die in Rom kursiert hatten. Sie hatten besagt, dass die Nazis für Juden Vernichtungslager errichtet hatten und Auschwitz-Birkenau eins von ihnen war.

Langsam näherten wir uns dem Punkt, an dem wir nach rechts oder links geschickt wurden. Ein SS-Mann trat auf mich zu und wollte wissen, was ich unter meinem Mantel verberge.

Ich holte den Geigenkasten hervor.

Er lachte und sagte: »Da, wo du landest, brauchst du keine Geige.« Er nahm mir den Geigenkasten ab und stellte ihn zur Seite.

Als es so weit war, wurden meine Mutter und Gabrielle nach links befohlen, ich nach rechts. Gabrielle hielt sich an meinem Mantel fest.

Ich erklärte, dass ich mich nicht von meiner Mutter und meiner Tochter trennen wolle.

»Keine gute Idee.« Der SS-Mann, der uns sortierte, zuckte mit den Schultern. »Dann gehst du mit ihnen nach links.«

Wir traten durch ein Tor und bildeten eine lange Schlange, die sich einem grauen Steingebäude näherte. Der SS-Mann, der meinen Geigenkasten an sich genommen hatte, kehrte zu uns zurück.

Mit einer herrischen Handbewegung bedeutete er meiner Mutter, Gabrielle und mir, aus der Reihe zu treten, und fragte: »Wer von euch ist Baumgarten?«

»So heißen wir alle drei«, antwortete ich.

»Aber die Geige gehört dir, oder?«

Ich nickte.

»Mitkommen.«

Wir setzten uns in Bewegung, gingen durch das Tor zurück. Der Mann wies auf meine Mutter und Gabrielle. »Ihr nicht, nur die Geigerin.«

»Das sind meine Mutter und meine Tochter«, sagte ich. »Wir bleiben zusammen.«

Er betrachtete mich, als wäre ich nicht mehr bei Trost. »Das entscheidest nicht du.« Sein Blick richtete sich auf meine Mutter. »Nimm das Kind und kehr zu den anderen zurück.«

Ich zog Gabrielle an mich. »Ich lasse meine Tochter nicht zurück.«

Das Gesicht des SS-Manns rötete sich. »Deine Fähigkeiten werden gebraucht, das Kind ist überflüssig.«

Ich schüttelte den Kopf.

Inzwischen war ein zweiter SS-Mann zu uns getreten, der unsere Auseinandersetzung mitbekommen hatte. »Lass sie doch hierbleiben«, sagte er zu dem anderen. »Wir sagen, sie hätte es so gewollt.«

»Der Befehl lautet anders.«

Nun kam ein dritter hinzu, der wissen wollte, was los sei. Er wurde ins Bild gesetzt. »Sie ist lebensmüde«, sagte der Erste. »Wir sollten ihr den Gefallen tun.« Er nickte zu dem Eingang hinüber, durch den die nach links geschickte Reihe Frauen zog.

Der zuletzt Hinzugekommene schien das Sagen zu haben. Er

schüttelte den Kopf. »Sie geht nach Theresienstadt. Das ist ein Befehl von oben.«

»Sie weigert sich, ohne ihre Mutter und Tochter zu gehen.«

»Das Kind kann mit. Kinder sind in Theresienstadt erlaubt.«

Ich sah den Mann fest an. »Ich möchte, dass auch meine Mutter mitkommt.«

»Es reicht jetzt«, antwortete er. »Entweder nimmst du die Kleine mit, oder sie geht mit deiner Mutter.«

Meine Mutter fasste meinen Arm. »Du kannst mich nicht retten«, sagte sie leise. »Rette wenigstens Gabrielle.« Sie drückte meinen Arm. »Das ist mein Ernst, Ada.«

Meine Kehle schnürte sich zu, und Tränen sprangen in meine Augen.

Meine Mutter schloss mich in die Arme und küsste mich mit der gleichen Inbrunst, wie es mein Vater bei seinem Abschied getan hatte. »Kümmere dich um deine Kleine«, flüsterte sie. »Ich liebe dich, mein Kind.« Dann ließ sie mich los und eilte zu den Frauen, die eine nach der anderen durch das große Tor in Richtung Steingebäude verschwanden.

Blind vor Tränen starrte ich ihr nach und wurde von einer solchen Woge des Leids erfasst, dass mir schwindelte. Meine Mutter drehte sich nicht mehr zu uns um, und ich sah zu, wie auch sie durch das Tor verschwand.

Ich hörte mein raues Schluchzen und spürte den Schmerz meines gepeinigten Herzens.

Dann fiel mein Blick auf Gabrielle, die mich furchtsam anblickte und fragte: »Wo ist Großmama hingegangen?«

Ich versuchte mich zu fassen und rang zittrig nach Atem. »Sie wird an einem anderen Ort als wir wohnen. Aber ihr wird es gutgehen.«

Gabrielle und ich wurden in ein Verwaltungsgebäude geführt, wo wir auf einen Lastwagen nach Theresienstadt warteten.

»Sie haben Glück gehabt«, sagte eine der SS-Wachen zu mir. »In Theresienstadt ist ein wichtiges Konzert geplant, und sie brauchen noch Geiger.«

Ja, was für ein Glück! Ich drückte Gabrielle an mich und wiegte sie, bis sie einschlief.

Kapitel 70

Konzentrationslager Theresienstadt, Mai 1944

Es war später Nachmittag, als wir in Theresienstadt ankamen und die dicke Backsteinmauer erblickten, über die sich Stacheldraht zog. Ebenso wie in Auschwitz stand auf dem Eingangstor »Arbeit macht frei«. Doch als wir das Lager betraten, sah ich, dass es hier anders zuging. In Auschwitz trugen die Gefangenen blaugrau gestreifte Häftlingskleidung und Kappen, waren ausgemergelt und schlurften mit krummen Rücken, grauen Gesichtern und gesenkten Köpfen umher. In Theresienstadt hatten sie Zivilkleidung an, einige waren sogar gutgekleidet. Aber auch hier waren die Menschen blass und viel zu dünn.

Die Gebäude dagegen waren frisch verputzt, und es gab einen Gemüsegarten, in dem Häftlinge arbeiteten. Ich glaubte meinen Augen nicht zu trauen, als ich einen Rasen mit einem Kinderspielplatz entdeckte. Rund um den Rasen und entlang der Wege standen Frühlingsblumen in voller Blüte, und überall herrschte Sauberkeit. Schilder wiesen zu einer Bücherei und zum »Kaffeehaus«. Niemand brüllte Befehle, es gab weder bellende Hunde noch den Gestank von Auschwitz.

Gabrielle und ich wurden von Rabbi Murmelstein in Empfang genommen. Er war Mitglied des jüdischen Ältestenrats, von dem es hieß, dass er dieses Lager verwaltete.

»Willkommen in Terezín«, sagte er, indem er den tschechischen Namen für Theresienstadt verwendete. »Wir haben Sie schon ungeduldig erwartet.« Mit der Hand wedelte er über die umliegenden Gebäude hinweg. »Ich werde Sie kurz herumführen. Morgen früh mache ich Sie mit Rafael Schächter, unserem Musikdirektor, bekannt.«

Bei unserem Rundgang entdeckte ich eine Bäckerei, eine Schneiderwerkstatt und einen Schuhmacher. Und die Häftlinge schienen sich frei bewegen zu können, zumindest schleppten sie sich nicht in Reih und Glied dahin, wie ich es in Auschwitz gesehen hatte, und es gab auch keine SS-Männer, die sie mit Gewehren antrieben.

»Ist das einer der jüdischen Umsiedlungsorte?«, fragte ich Murmelstein.

»So soll es aussehen«, antwortete er leise. »Aber es ist ein Konzentrationslager. Es war einmal eine Festungsanlage der Habsburger, deshalb macht es einen besseren Eindruck als die anderen Lager, die die Deutschen errichtet haben. Sie sind hier, weil Schächter nach einer Violinistin gesucht hat und wir demnächst eine internationale Inspektion erwarten. Die Nazi-Oberen möchten, dass wir dann einen guten Eindruck machen.« Er deutete einen Weg hinunter. »Dahinten ist Ihre Baracke.« Dann sah er sich suchend um. »Wo haben Sie Ihr Gepäck gelassen?«

»Ich habe nur die Geige.«

Murmelstein strich Gabrielle über den Kopf. »Dann werde ich Ihnen und dem Kind Kleider besorgen.«

Bei den Baracken handelte es sich um langgestreckte Backsteingebäude, einige zwei-, andere dreistöckig. Alle trugen einen frischen, senffarbenen Verputz.

Murmelstein führte uns in eine von ihnen und wies uns zwei hölzerne Pritschen zu. Als Nächstes gab er mir gelbe Stoffdreiecke, aus denen ich den Davidstern bilden und auf unsere Kleidung nähen musste. Ohne diese Kennzeichnung durften wir unsere Baracke nicht verlassen.

Als das getan war, nahm ich Gabrielle an der Hand und erkundete mit ihr unsere neue Umgebung. Die Kleine hatte seit unserem Aufbruch aus Italien nur wenig gesprochen und ging dicht an mich gepresst.

Zum Abendessen mussten wir uns in einer Schlange anstellen und erhielten jede einen Teller mit Kartoffelsuppe.

Als wir zu Bett gingen, kroch Gabrielle zu mir, so wie sie es danach Abend für Abend halten sollte.

Am Morgen wurde ich geholt, um Schächter kennenzulernen. Gabrielle wich nicht von meiner Seite. Wir trafen ihn auf einem der Plätze.

»Da kommt ja meine Violinistin«, rief Schächter und drückte meine Hand. »Ich habe von Ihnen gehört, aber leider hatte ich nie das Vergnügen, Sie spielen zu hören. Aber Ihren Vater durfte ich einmal bei einem Konzert erleben.« Er warf einen Blick auf Gabrielle. »Ist das Ihre Tochter?«

Ich nickte.

»Sie kann mit den anderen Musikerkindern spielen«, schlug Schächter vor. »Sie malen und basteln während der Proben.«

»In den ersten Tagen möchte ich sie bei mir behalten«, entgegnete ich. »Sie hat viel mitgemacht und erträgt es nicht, ohne mich zu sein.«

»Ausnahmsweise«, sagte Schächter. »Aber bitte vergessen Sie nicht, dass wir alle viel mitgemacht haben, auch die Kinder.« Er winkte mich mit sich. »Wir haben eine Anweisung von oben bekommen, Massenets ›Meditation‹ in unser Programm aufzunehmen, und Sie sollen dieses Stück spielen. Warum, weiß ich allerdings nicht.«

»Ich habe es oft vorgetragen. Unter anderem für Hitler in Florenz. Vielleicht liegt es daran.«

Wir bogen in eine Gasse ein. »Wir haben hervorragende Musiker«, fuhr Schächter fort. »Das müssen wir auch, da wir nie genügend Notenhefte haben und die Leute aus dem Gedächtnis spielen müssen. Heute werden wir uns noch einmal Haydns Symphonie Nr. 101 vornehmen. Doch in erster Linie proben wir Verdis *Messa da Requiem*. Die Noten hatte ich dabei, als ich hierhergebracht wurde. Sind Sie mit dieser Musik vertraut?«

Ich sah ihn ungläubig an. Das *Requiem* zählte zu den schwierigsten Werken, die Verdi komponiert hatte. Wir hatten diese Messe vor zwei Jahren in Bologna aufgeführt, doch selbst die versierten Musiker unseres Orchesters, die Mitglieder des Chors und auch die Gesangssolisten hatten dafür monatelang geprobt. Wie sollten nun die zusammengewürfelten Musiker eines KZ so etwas schaffen?

»Ich kenne die Messe«, antwortete ich. »Aber es wundert mich, dass Sie sich unter den Bedingungen hier daran wagen.«

Schächter zuckte mit den Schultern. »Warum denn nicht?«

Wir betraten eins der Gebäude. »Wir proben seit Monaten hier im Keller«, sprach Schächter weiter. »Da ist es zwar feucht und kalt, aber unsere Musiker sind passionierte Künstler und mit Feuereifer bei der Sache. Bis zum vergangenen Herbst hatten wir einen Chor von über hundert Sängern. Inzwischen sind es nur noch sechzig, die anderen wurden abtransportiert.« Für einen Moment zerfiel seine Miene, dann hatte er sich wieder in der Gewalt. »Wir haben das *Requiem* bereits einmal probeweise im Lager aufgeführt. Es war phantastisch. Sie werden staunen, wenn Sie uns hören. Und im nächsten Monat werden wir vor irgendwelchen NS-Größen mit ihren ausländischen Gästen auftreten.«

Schächter öffnete die Tür zu einem Kellerraum. Die Musiker des Orchesters waren dort bereits versammelt. Ich glaubte, einen von ihnen aus den Reihen der Berliner Philharmoniker wiederzuerkennen, doch er war so dünn und sein Gesicht so eingefallen, dass ich ihn mehrmals verstohlen musterte, um sicher zu sein.

Er nahm es wahr und kam lächelnd zu mir. »Ist das etwa Jakobs kleines Mädchen? Ada war der Name, oder?« Er reichte mir die Hand. »Aaron Spak.«

»Ach, natürlich. Wie schön, Sie zu sehen, Herr Spak.«

»Aaron, nenn mich einfach Aaron. Ich freue mich ebenfalls, dich zu sehen, falls man das in unserer Situation sagen darf. Nach der Probe musst du mir erzählen, wie es dir und deiner Familie bisher ergangen ist.«

Er wandte sich ab und nahm seinen Platz bei den Geigen ein. Ich spielte nicht mit, sondern wollte an diesem ersten Tag nur zuhören.

Haydns Symphonie Nr. 101, die später den Beinamen »Die Uhr« erhielt, hatten wir bereits im Jugendorchester aufgeführt. Ich konnte nicht fassen, wie sicher Schächters Musiker waren, die den ersten Satz, wie Haydn es sich gewünscht hatte, verhalten spielten und dann zum »presto« übergingen, das zum »Uhrenthema« überleitet. Es gab sogar Fagotte und Cellos, die das Ticktack produzierten, das Gabrielle so gut gefiel, dass sie im Takt mit dem Kopf wackelte.

Nach der Probe wartete Aaron auf mich. »Wo ist dein Vater?«, fragte er und schlug den Weg in eine der Gassen ein. »Geht es ihm gut?«

Tränen stiegen in meine Augen. Ich schüttelte den Kopf.

Aaron fasste meinen Arm. »Entschuldige, Ada, ich dachte, er wäre mit deiner Mutter emigriert. Das hatte er doch immer vor.«

»Er wurde während der Novemberpogrome gefangen genommen und starb in Buchenwald.«

Aaron blieb stehen und sah mich erschrocken an. »Das wusste ich nicht.« Er seufzte schwer. »Wie viele wir schon verloren haben.«

»Erzähl mir ein bisschen über Theresienstadt.« Ich schaute mich um. Überall waren SS-Wachen zu sehen, doch sie hielten sich zurück. »Ich hatte es mir schlimmer vorgestellt.«

Wir betraten das Kaffeehaus. Dort konnten wir sogar Tee trinken. Zwar waren die Teeblätter nicht frisch, trotzdem fand ich es erstaunlich.

»Was du im Moment siehst, ist eine Täuschung«, erwiderte Aaron leise. »Soweit ich weiß, wird das Internationale Rote Kreuz hier in den nächsten Wochen zu einer Inspektion erscheinen. Dann wollen die Nazis zeigen, wie gut es uns geht, und Theresienstadt wird als Mustersiedlung dargeboten. Vor ein paar Monaten haben wir angefangen, die Gebäude frisch zu verputzen, die zuvor dreckig, heruntergekommen und rattenverseucht waren. Der Rasen wurde neu angelegt, vorher gab es nur Erde, die nach jedem Regen zum Schlammfeld wurde. Das Lager wurde für sechstausend Insassen geplant, im vergangenen Sommer waren wir nahezu sechzigtausend. Nun werden wir zunehmend deportiert, angeblich in neue Siedlungsgebiete. Doch es geht das Gerücht, dass die Reise in Wahrheit nach Auschwitz in Polen geht und unser Ende bedeutet. Aber sprich mit niemandem darüber. Wir tun es alle nicht. Es ist besser, noch einen Funken Hoffnung zu haben. Komm mit!«

Wir verließen das Kaffeehaus. Aaron führte mich in die Gasse mit den kleinen Geschäften. »Auch das hier ist alles eine einzige Scharade«, sagte er. »Vor einem Jahr haben die Nazis bei uns mit der sogenannten ›Aktion Stadtverschönerung‹ begonnen und unter anderem Geschäfte eingerichtet. Diese Geschäfte sind ein

Witz. Die Kleider im Schaufenster der Schneiderei wurden aus den Koffern der Häftlinge geraubt. Nun werden sie ausgestellt, als könnte man sie kaufen.« Er nickte unauffällig zu einer »Bank« hinüber. »Das Geld dieser Bank ist absolut wertlos. Es ist alles nur Schein. Und natürlich müssen wir alle arbeiten, und gnade Gott denen, die es aus gesundheitlichen Gründen nicht können. Wir machen Musik, andere nähen Uniformen, schreinern Särge, sorgen für die Instandhaltung des KZ, arbeiten bei Bauern und in Kohlegruben. Zwar gibt es auch bei uns Exekutionen, aber wir werden nicht massenweise ermordet. Dazu schafft man uns nach Auschwitz.«

»Ich habe den Spielplatz gesehen«, sagte ich bedrückt. »Die Blumenbeete und den Rasen. Ich dachte, wir hätten es gut getroffen.«

»Für den Moment trifft das zu«, entgegnete Aaron. »Ansonsten verkaufen die Nazis Theresienstadt als Altersghetto für Juden und knöpfen ihnen Geld für die Unterbringung ab. Was für eine Farce!«

»Und jetzt wurde alles nur aufpoliert, weil Abgeordnete des Roten Kreuzes erwartet werden?«

»Ja. Weil sich in der Welt herumgesprochen hat, dass die Nazis Juden töten. Hitler leugnet das und erklärt, dass es dafür keine Beweise gebe. Und um zu demonstrieren, wie recht er hat, darf sich das internationale Rote Kreuz in Theresienstadt umschauen.« Aaron drehte sich zu mir um. »Deshalb bist du hier, Ada. Ebenso wie ich. Als Musiker werden wir zu dem Lügengebilde beitragen und der Welt zeigen, wie nett die Nazis zu uns sind.«

»Seit wann interessiert Hitler sich dafür, was die Welt von ihm hält?«

Aaron lachte. »Weiß jemand, was im Kopf dieses Irrsinnigen vor sich geht? Ich kann dir nur sagen, dass im vergangenen Oktober vierhundertfünfzig dänische Juden hergebracht wurden. Danach erfuhr wohl König Christian von Dänemark, dass Theresienstadt ein Durchgangslager für die Weiterreise nach Auschwitz war. Er hat die Inspektion seitens des Roten Kreuzes gewünscht. Diesem Wunsch hat sich König Gustav von Schweden angeschlossen, und das Ganze hat für internationales Aufsehen gesorgt. Und nun kommt die Perfidie der Nazis ins Spiel, die sich vermutlich einen Spaß daraus machen, den Inspekteuren diese heile Welt vorzugaukeln und die grausame Wahrheit zu vertuschen.«

»Es wundert mich trotzdem. Was kümmern Hitler die Dänen? Das Land haben die Deutschen doch längst besetzt. Und Schweden ist neutral.«

»Aber die Deutschen möchten die Schweden nicht verärgern. Die Schweden liefern der deutschen Rüstungsindustrie dringend benötigtes Eisenerz zur Herstellung von Geschützen, Kanonen, Maschinengewehren und Panzern. Wie dem auch sei, bei der Delegation, die wir im Juni erwarten, werden Schweden, Mitglieder des Roten Kreuzes und der Inspekteur des dänischen Gesundheitswesens sein. Und sie alle werden erkennen, dass es hier keinen Grund zur Klage gibt.«

»Und wir werden für sie musizieren?«

»Nicht nur für sie, die anderen Häftlinge werden auch dabei sein. Das gehört alles dazu. Dass es kulturelle Veranstaltungen gibt – Konzerte und Theateraufführungen. Es wird auch ein Fußballspiel stattfinden.«

»Und wir werden zu dieser Scharade beitragen.«

»Sicher.« Aaron zuckte mit den Schultern. »Aber alles ist besser als Auschwitz.«

Kapitel 71

Konzentrationslager Theresienstadt, Juni 1944

Wir taten unser Bestes, um uns dem Leben in Theresienstadt anzupassen. Aaron hatte allerdings natürlich recht, man konnte zwar alles verschönern, doch es blieb ein Gefangenenlager. Unsere Essensrationen waren zu klein und nicht nahrhaft genug, um uns zu sättigen, die Arbeit der meisten Insassen war hart und dauerte vom Morgen bis zum Abend, wir schliefen auf Holzpritschen in Baracken und durften unseren »Umsiedlungsort« nicht verlassen. Und immer wieder wurden Häftlinge aussortiert und zur Deportation bestimmt.

Ich dagegen musste nur Geige spielen, und Gabrielle durfte sich in meiner Nähe aufhalten.

Allerdings nahm meine Kleine auch an einem Malkurs für Kinder teil und hatte Freunde gefunden. Über das, was mit uns geschehen war, sprach sie nicht, auch nicht über den Verbleib meiner Mutter oder das, was ihren Eltern widerfahren war. Ich versuchte, es ihr nachzutun und alle Gedanken an den Tod meines Vaters, den Mord an Kurt, das Opfer meiner Mutter zu verdrängen, denn sonst hätte ich den Verstand verloren. Es gelang mir, wenn ich mit dem Orchester probte oder mich in mein Geigenspiel vertiefte, doch nachts erschienen die Toten mir im Traum, und ich wachte schweißgebadet auf.

Der Lagerkommandant von Theresienstadt war Karl Rahm, ein SS-Sturmbannführer. Wir sahen ihn nur selten; Aaron sagte, der Mann sei Trinker. Im Grunde regelte der jüdische Ältestenrat unser Leben, allerdings unter Aufsicht der SS. Es war auch die SS, die entschied, wie viele Insassen weitertransportiert wurden, der Ältestenrat legte dann die Namen fest. Die Ältesten waren es auch, die das karge Essen austeilen durften, ein Bethaus eingerichtet hatten und dafür sorgten, dass unser Glaube praktiziert werden konnte.

In meiner Freizeit spielte ich mit Gabrielle, ging mit ihr im Lager spazieren oder half ihr beim Malen und Basteln. Dabei kam mir eines Tages die Idee, meine Erinnerungen aufzuschreiben, denn Papier und Stifte gab es zur Genüge.

*

Als der Besuch des Roten Kreuzes näher rückte, wurde unter den SS-Leuten eine gewisse Anspannung spürbar. Rahm ließ sich nun des Öfteren blicken und kontrollierte die Sauberkeit der Gebäude. Der Weg, den die Inspekteure nehmen sollten, wurde festgelegt. An den Fenstern wurden Gardinen und Vorhänge angebracht, Sitzgelegenheiten geschreinert und so aufgestellt, dass es gemütlich aussah. Auf dem Rasen wurde eine Konzertmuschel errichtet, dort sollte eine Jazzband, die sich »Ghetto Swingers« nannte, spielen.

Eine Woche vor dem hohen Besuch stellte die SS fest, dass das Lager zu voll wirkte und keineswegs den Eindruck erweckte, dass jeder Häftling, wie propagiert, über ausreichend Platz verfügte. Rahm befahl dem Ältestenrat, 7500 Häftlinge für den Transport nach Auschwitz auszusondern. Aaron erzählte mir, dass die Ältesten gezwungen waren, eine Liste mit Alten, Gebrechlichen und Waisen zusammenzustellen.

Waisen! Mein Herz fing an zu rasen. Ich wartete, bis ich mich gefasst hatte, dann zog ich mich mit Gabrielle in eine Ecke des Gartens zurück.

»Gabrielle«, sagte ich, »du weißt, dass du meine Tochter bist, nicht?«

Nach kurzem Zögern nickte sie.

»Und ich bin deine Mutter. Das musst du sagen, wenn dich jemand nach mir fragt.«

Sie sah mich unsicher an. »Wer fragt mich das?«

»Das können alle möglichen Leute sein. Also du bist meine Tochter, und ich bin deine Mutter. Sag mir deinen Namen.«

»Gabrielle.«

»Und weiter? Sag deinen Familiennamen.«

Gabrielle presste die Lippen zusammen, ihre Augen füllten sich mit Tränen.

»Sag deinen Familiennamen, Gabrielle.«

Ihr Kinn fing an zu beben.

Ich nahm ihre Hände. »Baumgarten ist der Name. Sag ihn.«

»Baumgarten.«

»Und wie heißt du?«

»Gabrielle.«

»Sag den ganzen Namen. Vor und Nachnamen.« Ich sah, dass ich ihr Angst machte, aber ich zwang mich, hart zu bleiben.

»Gabrielle Baumgarten«, flüsterte sie.

»Noch mal. Wie heißt du?«

»Gabrielle Baumgarten.«

Sie brach in Tränen aus, und ich streichelte sie, bis sie sich beruhigt hatte.

*

Die jüdischen Ältesten mussten uns zählen, bevor sie die Deportationsliste zusammenstellten. Bei dieser Aktion wurde jedes Kind nach seinem Namen gefragt, und alle Frauen mit Kindern mussten sich auf dem großen Platz einfinden. Rabbi Murmelstein empfing uns, an seiner Seite ein SS-Offizier mit Klemmbrett.

»Wir wissen, dass viele Mütter mit ihren Kindern gekommen sind«, begann Murmelstein. »Und die möchten wir auch nicht voneinander trennen. Doch Kommandant Rahm hat uns befohlen, die Waisenkinder zu identifizieren, die, wie man uns sagte, in ein Kinderlager geschickt werden. Falls also Mütter ein Waisenkind aufgenommen haben, bitten wir sie, sich zu melden.«

Es gab nur wenige Mütter, die es taten. Ich gehörte nicht zu ihnen, ich würde nie zulassen, dass man mir Gabrielle nahm.

Der SS-Mann zog die Brauen zusammen und schüttelte den Kopf. Dann sagte er etwas zu Murmelstein, woraufhin dieser durch die Reihen ging und sowohl Müttern als auch Kindern Fragen stellte.

Auch bei mir und Gabrielle blieb Murmelstein stehen und betrachtete uns, die wir uns nicht im Entferntesten ähnlich sahen. Ich war ein dunkler Typ mit braunen Augen, Gabrielle hellblond und blauäugig. Murmelstein sah mich an und seufzte.

Gabrielle krallte die Hand in meinen Rock. Ich strich ihr beschwichtigend über den Kopf.

Der Rabbi beugte sich zu ihr hinab und fragte sie nach ihrem Namen.

»Gabrielle Baumgarten.«

Murmelstein richtete sich auf und deutete ein Kopfschütteln an.

»Wenn sie geht, gehe ich auch«, flüsterte ich.

Er legte den Kopf schief und schürzte die Lippen. Dann nickte er und ging weiter.

Am Abend hatten 7500 Erwachsene und Kinder ihre Habseligkeiten gepackt, ihren Namen auf ihr Gepäck geschrieben und waren in ordentlichen Reihen zu dem zwei Kilometer entfernten Bahnhof Bauschowitz marschiert. Wir, die Zurückgebliebenen, wurden neu und mit mehr Platz pro Häftling auf die Baracken verteilt.

*

Verdis *Requiem* ist ein zweistündiges Oratorium. Unsere Proben für dieses schwierige und anstrengende Werk dauerten nun täglich länger, doch keiner von uns murrte, und jeder gab sein Bestes. Am meisten aber bewunderte ich die Sänger, für deren Stimmen die feuchtkalte Luft in unserem Probenkeller eigentlich Gift war und die ihre Partien aufgrund der wenigen Notenhefte, die wir besaßen, auswendig gelernt hatten. Doch sie sangen wundervoll und mit ganzer Hingabe. Überhaupt war unsere Arbeit von einem ganz besonderen Gefühl durchdrungen, einer Kraft, die unserer Seele entsprang, denn sie war frei, auch wenn wir körperlich gefangen waren. Wahrscheinlich empfanden alle von uns unsere Kunst als Beweis unseres inneren Widerstands.

Anfangs hatte ich nicht verstanden, warum Schächter sich ausgerechnet für eine katholische Messe auf Latein entschieden hatte, immerhin waren die meisten von uns Juden. Dann aber wurden mir Schächters Beweggründe klar, denn das Libretto enthielt Zeilen, die keiner von uns den SS-Leuten zu sagen wagte. Doch beim Besuch der Inspektoren des Roten Kreuzes würden wir sie ihnen ins Gesicht schmettern.

Welch ein Graus wird sein und Zagen,
Wenn der Richter kommt, mit Fragen
Streng zu prüfen alle Klagen!
Laut wird die Posaune klingen,
Durch der Erde Gräber dringen,
Alle hin zum Throne zwingen.

Schaudernd sehen Tod und Leben
Sich die Kreatur erheben,
Rechenschaft dem Herrn zu geben.
Und ein Buch wird aufgeschlagen,
Treu darin ist eingetragen
Jede Schuld aus Erdentagen.
Sitzt der Richter dann zu richten,
Wird sich das Verborgne lichten;
Nichts kann vor der Strafe flüchten.

Es war brillant. Wir würden auf Latein singen, und kaum einer der SS-Leute würde den Text verstehen. Sie würden Beifall klatschen, wenn von ihrer Verdammnis die Rede war.

Kurz vor dem Besuch entschied Schächter, dass das *Requiem* nur mit Klavierbegleitung aufgeführt werden solle. Es war schlichtweg zu komplex, um von so vielen Musikern ohne Noten gespielt zu werden. Aber wir hatten phantastische Pianisten, unter ihnen Alice Herz Sommer, die vor ihrer Inhaftierung in ganz Europa Konzerte gegeben hatte, und Gideon Klein, der sowohl Pianist als auch Komponist war. Ich gab mich damit zufrieden, bei ihrem Spiel die Seiten des Notenhefts für sie umzuschlagen.

*

Am 23. Juni war der große Tag gekommen. Das Lager glänzte vor Sauberkeit. Wir Insassen waren ordentlich gekleidet und gekämmt. In der angeblichen Bäckerei lagen Brot und Gebäck in den Regalen. In der Küche bereiteten Frauen frisches Gemüse zu. Wir waren angehalten, Frohsinn zu demonstrieren und bei dem Fußballspiel Begeisterung zu mimen.

Die Inspekteure wanderten in Begleitung von SS-Männern umher und schienen beeindruckt. Und keiner von uns wagte, zu ihnen zu laufen und zu schildern, wie es wirklich war.

Dann begann das Konzert. Es war einfach unglaublich und Schächter eindeutig ein Genie. Mir kamen Tränen, weil ich den Stolz der Musiker und Sänger spürte und ihr Gefühl des Triumphes. Die Nazis hatten ihnen die Freiheit geraubt, sie bestohlen, belogen und gedemütigt. Doch ihre Kunst und ihr Talent hatten sie ihnen nicht nehmen können. Ich sagte mir, dass Theresienstadt später zu den Stätten des Grauens zählen würde, zu den Zeugnissen der Unmenschlichkeit der Nationalsozialisten – aber ebenso würde es für die seelische Stärke der dort inhaftierten Künstler stehen.

Ich ließ meinen Blick über das Publikum gleiten. Alle lauschten still. Nur einige der SS-Männer rauchten und wirkten gelangweilt, und mir wurde bewusst, wie stumpfsinnig sie im Grunde waren.

Für die Nazis war dieser Tag ein Erfolg. Die Inspekteure äußerten sich lobend über das Lager und die Art, wie die Insassen behandelt wurden. Das wiederum inspirierte Goebbels dazu, einen Propagandafilm über Theresienstadt drehen zu lassen. Anfänglich trug der Film den Titel *Der Führer schenkt den Juden eine Stadt*, der später zu *Theresienstadt. Ein Dokumentarfilm aus dem jüdischen Siedlungsgebiet* umgewandelt wurde.

Die Deportationen wurden nach dem Besuch des Roten Kreuzes wiederaufgenommen, doch das Orchester und der Chor blieben zunächst noch davon verschont. Wir mussten schließlich in dem Propagandafilm auftreten, der vom 1. bis 12. September gedreht wurde. Auch die »Ghetto Swingers« wurden gefilmt, wie sie im Freien für ein wohlgenährtes, aus Schauspielern bestehendes Publikum spielten. Kinder tummelten sich auf dem Spielplatz, wo sie tobten, schaukelten und kletterten. Zu essen gab man ihnen dick mit Zuckerrübenkraut bestrichene Brotschnitten.

Als die Aufnahmen fertig und die Schauspieler und Filmleute abgereist waren, kehrte Theresienstadt zu seiner wahren Gestalt zurück und wurde wieder zu der heruntergekommenen, verdreckten Zwischenstation, von der aus es in die Todeslager ging.

Im Herbst 1944 war es endlich so weit, dass die Alliierten die deutschen Truppenverbände von allen Seiten bedrängten. Auch der Luftkrieg war für die Deutschen katastrophal ausgegangen, und im Westen wurde bereits auf deutschem Boden gekämpft.

Doch die Deportationen in die Vernichtungslager nahmen zu, gerade als müssten die Nazis, wenn alles verloren war, das Ausmaß ihrer Grausamkeit noch einmal unter Beweis stellen.

In Theresienstadt wurden in den Herbstmonaten 18 400 Häftlinge nach Auschwitz geschafft, unter ihnen auch Rafael Schächter und zahlreiche Musiker des Orchesters. Gleichzeitig wurden immer mehr Menschen nach Theresienstadt gebracht.

Gabrielle und ich blieben vorerst von der Deportation verschont, ohne dass ich hätte sagen können, warum.

Anfang Februar 1945 lud Rabbi Murmelstein mich zu einem Gespräch unter vier Augen ein. Es fand in einem kleinen Büroraum in einem der Verwaltungsgebäude statt.

Murmelstein berichtete von einem Treffen zwischen Himmler und Jean-Marie Musy, dem Schweizer Bundespräsidenten. Danach sollte eine bestimmte Anzahl inhaftierter Juden gegen Geldleistungen freigestellt werden. Der Orthodoxe Rabbinerverband in den USA und Kanada hatte zu dem Zweck fünf Millionen Schweizer Franken bei einer Schweizer Bank hinterlegt.

»Morgen geht ein Zug von hier in die Schweiz«, sagte Murmelstein. »Mit einer Gruppe von tausendzweihundert Inhaftierten.

Sie dürfen mitfahren.« Er reichte mir einen Zettel mit einer Nummer. »Das ist Ihre Fahrkarte in die Freiheit.« Er lächelte freundlich. »Der Ewige segne dich und behüte dich.«

Ich blickte auf den Zettel. »Schließt die Nummer meine Tochter mit ein?«

Murmelsteins Blick wurde mitleidig. »Ada, bitte. Jeder von uns weiß, dass die Kleine nicht Ihre Tochter ist. Wir werden uns hier um sie kümmern, aber mehr kann ich nicht tun.«

Ich bedankte mich und verabschiedete mich. Dann holte ich Gabrielle aus dem Kreis der Kinder, mit denen sie gespielt hatte, und führte sie in unsere Baracke.

»Morgen gehen wir auf eine schöne Reise«, versprach ich ihr flüsternd. »Dafür müssen wir jetzt packen.« Ich streichelte ihre Wange, doch als ich ihren vertrauensvollen Blick sah, brach mir fast das Herz.

»Wir fahren in die Schweiz. Das ist ein Land, wo es hohe Berge gibt. Genauso hoch wie die Berge in Grenoble.«

Gabrielle strahlte und wieselte zu unseren Pritschen, unter denen ein Karton mit dem Wenigen, was wir besaßen, stand. Ich legte ein Tuch zurecht, packte die Sachen darauf und schnürte daraus ein Bündel.

In der Nacht konnte keine von uns beiden schlafen.

*

Am Morgen des 5. Februar standen wir mit den anderen, für die es in die Freiheit ging, vor dem Lager. Ich steckte die Seiten mit meinen Erinnerungen und einen Brief in das Bündel und küsste mein kleines Mädchen zum Abschied.

Meine liebste kleine Gabrielle,

Du bist mein Ein und Alles und das letzte Glied meiner Familie. Deshalb habe ich Dir meine Geschichte aufgeschrieben. Mein Wunsch war, Dir so viel wie möglich über Deine Großeltern, mich und meine Freunde zu erzählen, denn sie gehören nun auch zu Dir.

Mit dieser Geschichte werde ich immer bei Dir sein.

Für immer in Liebe

Deine Mama Ada

Kapitel 72

Pienza, September 2017

»Ist hier etwa Schluss?« Liam ließ die Memoiren sinken. Er hatte Tränen in den Augen. »Bitte, sag, dass du die letzten Seiten an dich genommen hast.«

Catherine schüttelte den Kopf. »So habe ich auch empfunden, aber es gibt keine Seiten mehr. Floria hat es mir bestätigt.«

»Ja, aber warum hat Ada nicht weitergeschrieben?«

Catherine sah ihn mit hochgezogenen Brauen an. »Warum wohl?«

»Also ist Gabrielle in die Freiheit gefahren, und Ada ist umgekommen.« Liam trat an die Terrassentür und blickte hinaus auf die grüne Hügellandschaft.

»Ada hat sich für Gabrielle geopfert, Liam. So etwas würden viele Mütter tun.«

Liam wandte sich zu seiner Frau um. »Es kann nicht das Ende der Geschichte sein. Irgendwie muss sie ja weitergegangen sein, denn nun ist Gabrielle in ihrem Haus in Italien. Wie ist sie denn aus der Schweiz hierhergekommen?«

»Vielleicht beantwortet sie dir das, wenn du sie fragst.«

Liam seufzte. »Ich wünschte, sie würde anfangen, über ihre Vergangenheit zu sprechen.«

Catherine griff nach ihrer Handtasche. »Wenigstens wissen wir jetzt, woher ihr Anspruch auf ihren Besitz rührt.« Sie warf einen Blick auf ihre Uhr. »Und jetzt komm, in einer Stunde telefonieren wir mit Gunther Strauss.«

*

Liam rief Strauss aus Giulias Kanzlei an. »Haben Sie etwas für uns?«, fragte er.

»Ich denke schon«, antwortete Strauss. »Ich habe Informationen über die Stiftungen und die Namen der Hintermänner. Sie müssen mir nur sagen, womit ich anfangen soll.«

Liam lächelte und reckte den Daumen hoch. »Mit den Informationen über Quercia, die sind in unserem Fall die wichtigeren.«

»Das wäre dann die Totenkopf-Stiftung. Meine Leute haben versucht, etwas mehr über diese Elsa Fruhmann herauszufinden. Viel gibt es nicht, aber offenbar war sie in der Nazizeit so eine Art It-Girl. Sie sah nicht schlecht aus. In alten Ausgaben des *Völkischen Beobachter* gibt es Fotos von ihr bei irgendwelchen gesellschaftlichen Anlässen. Sie reichen bis zum Jahr fünfundvierzig. Meistens hat sie sich darauf bei einem SS-Mann untergehakt.«

Liam tauschte einen Blick mit seiner Frau. »Jetzt sagen Sie bloß noch, der Name dieses SS-Manns wäre Herbert Kleiner gewesen.«

Strauss lachte. »Ja. Genauso hieß er. Ein Obersturmführer.«

»Ach«, sagte Catherine. »Ich hatte gehofft, er wäre in den letzten Kriegsmonaten umgekommen.«

»Den Gefallen hat er Ihnen nicht getan. Kleiner hat den Krieg überlebt. Er war verheiratet und hatte ein Verhältnis mit Elsa Fruhmann. Die beiden hatten eine Wohnung in Berlin, für die er aufkam. Ich nehme an, er ist der Vater von Gerda Fruhmann.«

»Der nicht auf der Geburtsurkunde stand.«

»Verständlicherweise, schließlich hatte er bereits eine Frau und zwei Söhne. Aber die Wohnung von Elsa Fruhmann lief auf seinen Namen.«

Giulia, die sich Notizen gemacht hatte, hob den Kopf. »Das bedeutet, er hat die Baumgartens ins Konzentrationslager deportieren lassen und ihren Besitz seiner Geliebten vermacht. Immerhin konnte er davon ausgehen, dass sowohl Eigentümerin als auch Erbin nie mehr zurückkehren würden. Und dann hat er zur Verschleierung seiner Machenschaften eine Stiftung ins Leben gerufen und deren Namen als neue Eigentümerin in das Grundbuch von Siena eingetragen?«

»Ja. Er war eben ein Dreckschwein«, sagte Strauss. »Kommen wir zur Firma VinCo. Die Stiftung Wolfsangel hatte drei Begünstigte. Wollen Sie raten, wer sie waren?«

»Bei einem tippe ich auf Herbert Kleiner«, sagte Liam.

»Bingo. Er und seine beiden Söhne. Der Vater ist inzwischen gestorben, die Söhne profitieren nach wie vor. Es sind ausgesprochen wohlhabende Männer, die sehr zurückgezogen leben. Vielleicht mit gutem Grund.«

Giulia seufzte. »Das Problem ist, dass die italienischen Weinbauern hier ihre Grundstücke VinCo im Jahr vierundvierzig überschrieben haben. Man hat sie ihnen nicht weggenommen. Die Einträge in den alten Grundbüchern lassen daran keine Zweifel.«

»Wer weiß, unter welchen Bedingungen sie unterschrieben haben«, entgegnete Strauss. »Nach unseren Recherchen wurden mindestens vier von ihnen im Mai vierundvierzig von den Deutschen festgenommen und deportiert. Den Rest kann man sich denken.«

»Wie eigenartig«, entgegnete Catherine. »Ich glaube eigentlich nicht, dass sie alle Juden waren.«

»Das mussten sie auch nicht. Die Behauptung, sie wären Gegner der Deutschen oder Sympathisanten der Partisanen gewesen oder hätten sich irgendeiner anderen Sache schuldig gemacht, hätte genügt.«

»Nun wird mir endlich klar, warum VinCo so erpicht auf Signora Vincenzos Land ist«, sagte Catherine. »Sie wollten Kleiners Spuren verwischen. Nichts soll den Blick auf die Vergangenheit lenken und auf die unrechtmäßige Aneignung ihres Besitzes.«

Liam schüttelte den Kopf. »Ich verstehe es noch immer nicht. Hatten VinCo oder die Nachfahren Kleiners Angst, dass man auch bei ihnen anfängt, in der Vergangenheit zu stochern?«

»Offensichtlich.« Giulia lachte. »Sie hätten die Füße ruhig halten und Signora Vincenzo in Ruhe lassen sollen. Kein Mensch hätte sich um sie geschert. Aber sie sind zu gierig geworden und wollten auch noch das letzte fehlende Stück Land besitzen.«

Catherine bat Strauss, sämtliche Unterlagen an Giulia zu mailen und beglaubigte Abschriften per Kurier zu senden. Die Anhörung, bei der die Dokumente vorgelegt werden müssten, war für den übernächsten Tag vorgesehen.

»Ich weiß etwas Besseres«, sagte Strauss vergnügt. »Ich bringe die Originale persönlich vorbei und werde die Echtheit vor Gericht bezeugen.«

»Haben Sie noch immer Sehnsucht nach der Toskana?«, fragte Catherine.

»O ja«, antwortete Strauss. »Siena im September ist ein Traum.«

Kapitel 73

Siena, September 2017

Bei der Anhörung vor Richter Riggioni waren diesmal auch Floria, Gabriella und Gunther Strauss anwesend. Lenzini betrachtete den deutschen Anwalt stirnrunzelnd, dann zuckte er mit den Schultern und setzte ein verächtliches Lächeln auf.

Riggioni begrüßte die Versammelten, skizzierte kurz, worum es bei der Anhörung ging, und erkundigte sich, ob sie anfangen könnten.

Lenzini meldete sich zu Wort. »Diese sogenannte Anhörung, die offensichtlich bar jeder Grundlage ist, kam für mich äußerst überraschend, muss ich gestehen. Ich finde das Vorgehen meiner Kollegin mehr als verwunderlich.«

Riggioni zog die Brauen hoch. »Was genau ist für Sie verwunderlich, Avvocato? Oder anders ausgedrückt, gab es Informationen, die für Sie neu waren? Wussten Sie nicht, in welchem Jahr die Firma VinCo gegründet wurde? Und von wem? Sagt Ihnen der Name Kleiner nichts?«

»Doch, natürlich.«

»Dann verstehe ich Ihre Verwunderung nicht.«

»Ich brauche mehr Zeit«, entgegnete Lenzini verdrießlich. »Ich konnte ja nicht ahnen, dass diese Punkte Gegenstand der Anhörung sein würden.«

»Wahrscheinlich haben Sie auch nicht damit gerechnet, dass das verschwundene Grundbuch eines Tages zum Thema werden könnte oder der Tod von Fabio Lombardo oder ein unauffindbarer Treuhandvertrag. Vielleicht haben Sie sich auch nicht vorstellen können, dass es sogar um die Frage gehen könnte, ob der Besitz von VinCo hier bei uns rechtmäßig ist.«

Lenzinis Gesicht rötete sich. »Nein, das habe ich nicht.«

»Hm.« Riggioni blätterte in seinen Unterlagen. »Dummerweise hat Signora Vincenzo diesmal eine Vertretung, die ihre Verpflichtung ernst nimmt. Avvocato Lenzini, würden Sie sagen, es ist ein Unterschied, ob man Beweise nicht erwartet oder keine Gelegenheit hat, Beweise vorzulegen?«

Lenzini schnaubte. »Natürlich ist das ein Unterschied.«

Riggioni lächelte. »Letzteres wäre unfair, nicht wahr?

»Ja«, antwortete Lenzini widerwillig.

»Doch genau das ist Signora Vincenzo im Juli widerfahren.«

Lenzini schüttelte den Kopf. »Es war anders. Avvocato Santi, der Anwalt von Signora Vincenzo, ist nicht vor Gericht erschienen.«

»Was wiederum ich verwunderlich finde«, entgegnete Riggioni. »Anscheinend hat Ihr Kollege das Interesse an diesem Fall verloren und die Beweise, die mir nun vorliegen, ignoriert. Wissen Sie etwas über die Gründe für dieses Verhalten?«

»Nein.«

»Können Sie, wenn ich Ihnen mehr Zeit gebe, beweisen, dass die Firma VinCo hier bei uns im Jahr neunzehnhundertvierundvierzig rechtmäßig Grundstücke erworben hat?«

Lenzini zuckte die Achseln.

»Haben Sie den Beweis, dass ein Herbert Kleiner oder eine Elsa Fruhmann oder eine Firma Quercia das Grundstück, über das wir heute verhandeln, rechtmäßig erworben hat?«

»Nein.«

»Nach den mir vorliegenden Unterlagen handelte es sich bei

Herbert Kleiner um einen Obersturmführer der SS. Oder können Sie das Gegenteil beweisen?«

»Nein.«

Riggioni hielt das Gruppenfoto hoch, das Liam hatte vergrößern lassen. »Dieses Foto haben wir von einem Experten analysieren lassen. Darauf erkennt man einen Vertrag aus dem Jahr neunzehnhundertneununddreißig. Aus diesem Vertrag geht hervor, dass ein Carlo Vanucci als Strohmann das heutige Land von Signora Vincenzo für eine Jüdin namens Friede Baumgarten erwarb. Sehen Sie das auch so?«

»Nein, aber ich bin im Moment nicht in der Lage, das Gegenteil zu beweisen.«

»Gibt es andere Beweise, die Sie erbringen möchten und für deren Erhebung Sie mehr Zeit brauchen?«

Lenzini ging seine Unterlagen mit hektischen Bewegungen durch. Dann sagte er: »Wir können beweisen, dass Signora Vincenzo weder Haus noch Land gehören. Signor Vanucci agierte als Strohmann für eine Friede Baumgarten. Frau Baumgarten war eine Jüdin, die ihre Eigentümerschaft verheimlichen wollte.«

»Und?« Riggioni furchte die Stirn. »Was ist daran auszusetzen? Soweit ich informiert bin, geschah das damals des Öfteren und mit gutem Grund.«

»Sicher, aber der Vertrag wurde zugunsten Friede Baumgartens geschlossen, nicht zugunsten Gabriella Vincenzos. Also ist er in unserem Fall bedeutungslos.«

»Ach.« Riggioni legte den Kopf zur Seite und betrachtete Lenzini nachdenklich. »Was würden Sie sagen, beinhaltet dieser Vertrag stattdessen, dass die Firma Quercia einen Besitzanspruch hatte?«

Lenzini sah Riggioni verärgert an. »Auch Signora Vincenzo hat diesen Anspruch nicht.«

»Verstehe«, sagte Riggioni und lehnte sich zurück. »Wenn Sie den Fall nicht gewinnen, soll die Gegenpartei es auch nicht tun.«

Lenzini schwieg.

»Nach dem Krieg wäre der Besitz an Friede Baumgarten zurückgegangen«, fuhr Riggioni fort. »Oder an ihre Erben. Warum hatte Signora Vincenzo nicht das Recht zu erben, was meinen Sie?«

»Weil sie nicht die Erbin ist. Sie wurde im Jahr neunzehnhundertneununddreißig in Frankreich geboren und hatte mit den Baumgartens nichts zu tun.« Lenzini warf Giulia einen spöttischen Blick zu. »Wie Sie sehen, kann auch ich recherchieren.«

Gabriella machte Anstalten, sich zu erheben. Liam hielt sie zurück und flüsterte: »Lassen Sie das Giulia regeln.«

Gabriella schüttelte seine Hand ab. »Ich kann selbst für mich sprechen.« Sie stand auf. »Ich bin die Tochter von Ada Baumgarten. Friede Baumgarten war meine Großmutter.«

Liam stöhnte inwendig. Ada hatte Gabrielle zwar als ihre Tochter bezeichnet, doch seines Wissens gab es dafür keine offiziellen Belege.

»Ich wurde adoptiert«, sprach Gabriella weiter und holte ihren Führerschein aus der Handtasche. »Auf dem Führerschein steht mein Name. Gabrielle Baumgarten Vincenzo.«

Lenzini lachte. »Jeder kann auf dem Führerschein einen zweiten Namen eintragen lassen.«

»Wo fand diese Adoption statt?«, fragte Riggioni.

»Ich glaube, es war in Siena«, antwortete Gabriella. »Ich war damals erst zehn Jahre alt und weiß es nicht mehr ganz genau.«

Catherine tauschte einen verstohlenen Blick mit Liam. Beide hatten die Jahreszahlen im Kopf. Friede Baumgarten starb vermutlich 1944 in Auschwitz, Ada im Jahr 1945 in Theresienstadt oder ebenfalls in Auschwitz. Keine von beiden hätte die zehnjährige Gabrielle im Jahr 1949 adoptieren können.

»Ich unterbreche die Anhörung für fünfzehn Minuten«, sagte Riggioni und bat Giulia, ihm in der Zeit die Adoptionsakte von Gabrielle Baumgarten aus der Adoptionsstelle zu besorgen.

Gabriella bestand darauf, Giulia zu begleiten.

Catherine drehte sich zu Floria um. »Wusstest du etwas von der Adoption?«

Floria schüttelte den Kopf. »Davon höre ich heute zum ersten Mal, aber Signora Vincenzo spricht ja nicht gern über die Vergangenheit, und Adas Memoiren habe ich nicht gelesen.«

»In den Memoiren steht davon nichts.«

Es dauerte eine Weile, dann kehrten Giulia und Gabriella zurück. Giulia überreichte Riggioni die Adoptionsakte. »Es hat alles seine Richtigkeit. Signora Vincenzo wurde im September neunundvierzig adoptiert.«

Riggioni vertiefte sich in die Akte. Dann wanderte sein Blick zu Lenzini. »Signora Vincenzo ist also die berechtigte Erbin ihres Hauses und ihres Lands. Möchten Sie dem noch etwas hinzufügen.«

»Nein, danke.« Mit säuerlicher Miene begann Lenzini seine Unterlagen einzusammeln und in seine Aktentasche zu stecken.

»Warten Sie noch einen Moment, Avvocato«, sagte Riggioni. »Ich habe den Staatsanwalt hergebeten.«

Lenzini seufzte übertrieben. »Und wozu soll das gut sein?«

»Dazu komme ich noch.« Riggioni winkte einen Mann näher, der den Saal hinter Giulia und Gabriella betreten hatte. »Nehmen Sie Platz, Herr Staatsanwalt.«

Riggioni richtete seinen Blick auf Giulia. »Aber zunächst komme ich zu folgendem Urteil: Friede Baumgarten war die Eigentümerin der Immobilie, die Gegenstand dieser Anhörung ist. Die Schenkung dieser Immobilie von Carlo Vanucci an die Enkelin von Friede Baumgarten war rechtmäßig. Der Anspruch der Firma Quercia auf diese Immobilie war unrechtmäßig, da er aus einem von den Nationalsozialisten beschlagnahmten Besitz resultierte. Die rechtmäßige Eigentümerin ist heute Gabriella Baumgarten Vincenzo.«

Riggioni sah den Staatsanwalt an. »Nun zu der Firma VinCo. Wie es den Anschein hat, wurden Grundstücke, die heute VinCo gehören, im Jahr neunzehnhundertvierundvierzig von den Nationalsozialisten beschlagnahmt. Zudem scheint es in Deutschland nach wie vor Erben zu geben, die von dieser Beschlagnahmung profitieren. Ich bin dafür, dass wir der Angelegenheit auf den Grund gehen, die Rechtmäßigkeit prüfen und die früheren Eigentümer beziehungsweise ihre Nachfolger zwecks Entschädigung ausfindig machen.«

Lenzini lachte. »Viel Glück bei der Suche.«

»Sie werden bei dieser Suche helfen, Avvocato, indem Sie dem Gericht die entsprechenden Akten der VinCo zur Verfügung stellen«, sagte Riggioni. »Sollten von den früheren Eigentümern keine Nachfolger am Leben sein, gilt, dass der Besitz keine Erben hatte. Sollte sich nachweisen lassen, dass die ursprünglichen Eigentümer in einem Konzentrationslager ums Leben kamen, werden die Grundstücke geschätzt und die Entschädigungssummen möglicherweise einer Organisation der Holocaust-Überlebenden zugutekommen.«

Lenzini schüttelte den Kopf und machte Anstalten aufzustehen.

»Nicht so eilig«, sagte Riggioni. »Sie werden den Herrn Staatsanwalt in sein Büro begleiten. Er möchte sich mit Ihnen über den Mord an Fabio Lombardo, ein verschwundenes Grundbuch und die Bestechung der Anwälte Giangiorgi und Santi unterhalten. Ich rate Ihnen, sich kooperativ zu zeigen.«

Riggioni lächelte Gabriella an. »So, Signora Vincenzo, nun können Sie wieder ruhig schlafen, nehme ich an. Ihr Haus und Ihr Land gehören Ihnen. Der Fall ist abgeschlossen.«

Kapitel 74

Pienza, September 2017

Bevor Catherine und Liam nach Chicago zurückkehrten, gab Gabriella ein Abschiedsessen, zu dem auch Giulia und Gunther Strauss eingeladen waren.

Mit Florias Hilfe bereitete Gabriella eine *Zuppa di ricotta* und ein toskanisches Hühnerfrikassee nach Rezepten zu, die, wie sie sagte, noch von Friede Baumgarten stammten. Dazu gab es einen preisgekrönten Wein aus Adas Weingarten, der den Namen »Meditazione« trug.

»Langsam komme ich wieder zu mir«, sagte Gabriella, als sie mit ihrem Mahl begonnen hatten. Sie tätschelte Liams Hand. »Sie haben sich bestimmt gefragt, warum ich Sie und Ihre Frau gezwungen habe, Adas Erinnerungen zu lesen, anstatt Ihnen die Geschichte selbst zu erzählen.«

»Die Frage hat sich mir gelegentlich gestellt«, entgegnete Liam und schnupperte genüsslich an seinem Wein.

»Ich glaube, als ich erfuhr, ich müsse Haus und Land räumen, bin ich innerlich erstarrt. Die Vorstellung, das Land zu verlieren, für das Jakob Baumgarten so teuer bezahlt, das meiner Mutter und Großmutter so viel bedeutet hatte und wo ich fast mein ganzes Leben verbracht habe, war schrecklich. Ich konnte nicht mehr klar denken. Catherine, Liam und dann Giulia waren meine letzte Hoffnung, doch die Angst, man würde mir alles nehmen, blieb. Ich dachte, vielleicht helfen Ihnen Adas Memoiren, die Verhältnisse und Begebenheiten von damals zu verstehen, mir fällt es noch immer sehr schwer, darüber zu sprechen.«

»Ich bin froh, dass ich die Memoiren gelesen habe.« Catherine legte ihre Gabel ab. »Mich hat Adas Geschichte tief berührt. Auch die von Friede und Jakob Baumgarten. Und von Kurt König. Mitunter war es sogar, als würde ich sie alle vor mir sehen.«

»Ja, nicht wahr?«, sagte Gabriella. »Tony muss die Memoiren ebenfalls lesen. Er wird dieses Haus und das Land schließlich eines Tages erben.«

»Wie ich ihn kenne, wird er es ebenso hegen und pflegen, wie Sie es getan haben.«

Gabriella lächelte. »Tony wird Chicago nicht verlassen. Aber Floria und Franco werden hier sein, das Haus in Stand halten und das Land bewirtschaften.«

Liam hatte seine Suppe gegessen und tupfte sich den Mund mit einer Serviette ab. »Würden Sie uns denn erzählen, wie es in Theresienstadt weiterging? Ada muss ja überlebt haben, wenn Sie von ihr adoptiert wurden. Oder ist darüber zu sprechen, noch immer zu schwierig.«

»Nein, über die Zeit nach Theresienstadt kann ich sprechen.« Gabriella hielt inne und ihr Blick schien sich nach innen zu richten. »Ich dachte, wir würden Theresienstadt gemeinsam verlassen. Doch als Ada mich küsste und mir erklärte, sie käme mit einem späteren Zug nach, muss ich hysterisch geworden sein. Als Kind hatte ich eine panische Angst, alleingelassen zu werden ... aber vielleicht glaubte ich ihr auch nicht. Ich erinnere mich, dass Ada mich trösten wollte und mir versprach, die anderen Fahrgäste würden sich um mich kümmern, aber ich klammerte mich an sie und ließ nicht mit mir reden. Und dann geschah ein Wunder. Einer der Häftlinge, der für die Reise in die Schweiz vorgesehen war, gab seinen

Zettel mit der Nummer Ada. Er hatte es sich anders überlegt und wollte zurück ins Lager, wo er eine kranke Ehefrau zurückgelassen hatte. Ich weiß noch, dass Ada ihn umarmte. Kurz darauf stiegen wir beide in den Zug.« Sie schwieg gedankenversunken.

Floria räumte die Suppentassen ab, Catherine stand auf, um ihr zu helfen.

Gabriella wartete, bis sich jeder am Tisch von dem Hühnerfrikassee genommen hatte, dann sprach sie weiter. »Wir kamen nach Zürich, wo wir eine Zeitlang blieben. Ada verdiente ein bisschen Geld, indem sie in Hotels und Restaurants Geige spielte. Neunzehnhundertsechsundvierzig kehrten wir hierher zurück.«

»Und dann hat Ada das Land allein bewirtschaftet?«

»Zusammen mit der Pächterfamilie, die es auch betreut hatte, als wir in Theresienstadt waren. Ich ging in Pienza zur Schule. Später studierte ich in Siena Weinbau. Dann heiratete ich Angelo Vincenzo, Tonys Onkel. Angelo hatte Betriebswirtschaft studiert und half uns bei dem Management der Landwirtschaft. Wir wohnten zu dritt in diesem Haus. Das waren schöne Jahre.« Gabriella lächelte verträumt. »Ada hat nie geheiratet, ich glaube, nach Kurt hat es für sie keinen Mann mehr gegeben, den sie so lieben konnte wie ihn. Sie starb, als sie achtzig war. Mein Mann starb vor zwölf Jahren.«

»Und in der ganzen Zeit hat nie jemand einen Anspruch auf Ihr Land erhoben?«, fragte Catherine.

Gabriella schüttelte den Kopf. »Das begann erst, als Lenzini im vergangenen Oktober bei mir erschien.«

Liam wandte sich Strauss zu. »Wissen Sie, welche Funktion Kleiner in Italien innehatte und was aus ihm geworden ist?«

»Nach unseren Recherchen war er zunächst in Rom für die Aushebung und Deportation der Juden zuständig. Als die Amerikaner die Stadt besetzten, zog er sich mit den deutschen Truppen nach Norditalien zurück und ließ dort die Juden zusammentreiben und in die Lager schaffen. Offenbar war er auch für das Massaker in den Ardeatinischen Höhlen verantwortlich, bei dem zahllose Juden und Partisanen erschossen wurden. Nach Kriegsende wurde er als Kriegsverbrecher gesucht, schaffte es jedoch, sich mit Wertsachen, die er beschlagnahmt hatte, nach Griechenland abzusetzen. Er ließ sich auf einer griechischen Insel nieder. Von dort aus führte er die Geschäfte von VinCo. Als er entdeckt wurde, floh er erneut, dieses Mal nach Südfrankreich. Aber auch dort wurde er schließlich gefasst und vor ein italienisches Gericht gestellt. Er wurde zu lebenslanger Haft verurteilt und starb im Jahr neunzehnhundertachtundfünfzig im Gefängnis.«

»Und was wurde aus Elsa Fruhmann?«, fragte Catherine.

Strauss zuckte mit den Schultern. »Ich kann nur sagen, dass Kleiner ihr das Land der Baumgartens geschenkt hat. Vielleicht ist man bei VinCo deshalb nach dem Tod von Gerda Fruhmann nervös geworden. Offenbar wollte man auf Biegen und Brechen verhindern, dass sich irgendein Augenmerk auf die Familie Kleiner und die unrechtmäßige Aneignung mehrerer Ländereien in dieser Gegend richtet.«

»Wir haben jetzt genug von Kleiner geredet«, sagte Gabriella und hob ihr Glas. »Lasst uns lieber auf unseren Erfolg trinken.«

»Gute Idee.« Liam prostete ihr zu. »Aber ich möchte wenigstens noch wissen, was aus den Romittis geworden ist.«

»Ada hat jahrelang nach ihnen gesucht«, antwortete Gabriella. »Schließlich hat sie erfahren, dass Natalia kurz vor Kriegsende als Partisanin erschossen wurde. Naomi und ihr Mann kamen in Auschwitz um. Nur Natalias Bruder und seine Familie haben überlebt.«

Nach dem Essen holte Gabriella eine Geige. »Das war die Geige von Jakob Baumgarten. Die hat Ada vor unserer Abreise in die Schweiz noch retten können. Auf ihr spielte mein Großvater mit den Berliner Philharmonikern in allen namhaften Konzerthäusern Europas. Nach seinem Tod tat es Ada in Bologna, den Caracalla-Thermen, der Opera di Roma, Theresienstadt und ich weiß nicht in wie vielen Restaurants und Hotels.«

»Darf ich sie einmal anfassen?«, fragte Catherine.

Gabriella überreichte ihr das Instrument, und Catherine strich andächtig darüber. »Spielen Sie manchmal darauf?«

Gabriella lachte. »Dazu ist sie zu schade. Nachts, wenn ich nicht schlafen kann, spiele ich mitunter auf einer ganz normalen Geige und dann nicht besonders gut.«

»Ich habe Sie gehört«, entgegnete Catherine. »Sie spielen wunderbar.«

Lächelnd schüttelte Gabriella den Kopf. »Wahrscheinlich haben Sie alte Tonbandaufnahmen meiner Mutter gehört.«

»Hat Ada nie wieder in einem Orchester gespielt?«

»Nein. Als junge Frau war es zwar ihr Traum, fest in einem Orchester angestellt zu werden, aber unsere Träume werden ja nicht immer wahr, und manche können sich auch wieder ändern. Als wir nach Italien zurückkehrten, hätte sie erneut in Rom spielen können, doch das wollte sie nicht. Die Erinnerungen an diese Stadt waren für sie zu qualvoll. Hin und wieder trat sie irgendwo auf, aber eigentlich wollte sie hier in Ruhe mit mir leben. Ich hatte aber nie den Eindruck, dass sie sich unerfüllt fühlte. Das hätte auch gar nicht zu ihr gepasst.«

»Ich wünschte, ich hätte sie kennengelernt«, sagte Giulia. »Sie muss eine außergewöhnliche Frau gewesen sein.«

Gabriella stand noch einmal auf. Diesmal holte sie die Seiten, die Ada in Theresienstadt geschrieben hatte. »Das ist das Original ihrer Memoiren und mein wertvollster Schatz.« Sie lächelte versonnen. »Nun bin ich selbst schon so alt, und die Vergangenheit liegt lange zurück, und doch lese ich immer wieder darin.«

»Dann ist Ada wieder bei Ihnen«, sagte Catherine und berührte sanft die Worte »Meditation – ein Stück für Solovioline«, die Ada ihren Memoiren vor so vielen Jahren vorangestellt hatte.

Dank

Ada, das Mädchen aus Berlin ist ein historischer Roman. Die Hauptfiguren sind frei erfunden, ohne Bezug zu lebenden oder toten Personen. Das gilt für Ada, ihre Familie, Freunde und Bekannten. Auch die Musiker sind größtenteils meiner Phantasie entsprungen, ebenso wie Richter Riggioni, die Anwälte und Angestellten. Das Berliner Jugendorchester mit seinem Dirigenten Kritzer hat es ebenfalls nicht gegeben, es steht für ein Jugendorchester in Deutschland in jener Zeit.

Das Teatro Comunale di Bologna ist real und verfügt über ein großartiges, namhaftes Opernorchester, doch den Dirigenten Stefano Vittorio gab es nicht. Ihn habe ich so erschaffen, dass er zu meiner Geschichte passt. Die Berliner Philharmoniker waren und sind eines der besten Orchester der Welt. Wilhelm Furtwängler war von 1922 bis 1934 und von 1952 bis zu seinem Tod im Jahr 1954 Chefdirigent der Philharmoniker. In den Jahren 1935 bis 1945 dirigierte er die Philharmonischen Konzerte dieses Orchesters. Seinen Ruf und seine Leistungen habe ich so akkurat wie möglich wiedergegeben. Es ist wahr, dass er sich Goebbels und Hitler gegenüber behauptete und dem NS-Regime kritisch gegenüberstand. Die Episode des Konzerts in Mannheim, der Fall Hindemith, seine Verhandlungen mit den New Yorker Philharmonikern und seine Begegnungen mit Goebbels – einschließlich seiner Kompromisse – entsprechen der Wirklichkeit. Auch das Novemberpogrom im Jahr 1938 hat Furtwängler tief erschüttert. Er tat sein Bestes, um die jüdischen Mitglieder der Berliner Philharmoniker zu schützen. Ich empfinde es ungerecht, dass ihm nach dem Krieg vorgeworfen wurde, in der NS-Zeit hätte er weder die Berliner noch die Wiener Philharmoniker dirigieren dürfen, sondern hätte dem Deutschen Reich den Rücken kehren müssen.

Schwester Maria Alicia und die Weihnachtskonzerte in Bologna sind fiktiv. Beniamino Gigli, den man als zweiten Caruso bezeichnete, hat jedoch gelebt und war einer der größten Tenöre aller Zeiten. Der Platz vor dem Teatro dell'Opera di Roma wurde nach ihm benannt. Auch Bernado Molinari hat es gegeben; er dirigierte das Orchestra dell'Accademia Nazionale di Santa Cecilia von 1912 bis 1944.

Rafael Schächter war ein tschechoslowakischer Pianist, Komponist, Dirigent und ein Held. Im November 1941 wurde er in das Konzentrationslager Theresienstadt deportiert, wo er musikalische Veranstaltungen organisierte und andere Inhaftierte als Sänger und Musiker ausbildete. Unter den brutalsten Bedingungen übte er mit ihnen Stücke ein. Im Jahr 1944 führte das Orchester unter seiner Leitung bei einer Inspektion des Roten Kreuzes Verdis *Messa da Requiem* auf. Im Herbst 1944 wurde er nach Auschwitz deportiert und starb vermutlich im März 1945 auf dem Todesmarsch.

Reinhard Heydrich war Leiter des von Heinrich Himmler gegründeten Reichssicherheitshauptamts und zählt zu den größten Kriegsverbrechern der Geschichte. Er war Himmler, dem Reichsführer SS, direkt unterstellt und nach der Wannseekonferenz 1942 der Organisator der Vernichtung der europäischen Juden. Davon abgesehen war er Musikliebhaber und ein versierter Violinist. Sein Vater, Richard Bruno Heydrich, war Opernsänger und Komponist. Reinhard Heydrich starb im Mai 1942 an den Folgen eines Attentats.

Karl Rahm hat ebenfalls gelebt; er war der Kommandant des Konzentrationslagers Theresienstadt. Auch Theodor Dannecker hat es gegeben; er war SS-Hauptsturmführer und einer der engsten Mitarbeiter Adolf Eichmanns. Kleiner ist jedoch Fiktion, allerdings beruht die Figur zu einem Teil auf Herbert Kappler, dem Chef der Sicherheitspolizei und des SD in Rom, einem der brutalsten NS-Verbrecher. Er hat der jüdischen Gemeinde Roms fünfzig Kilo Gold abgepresst und leitete die Aushebung der Juden Roms im Oktober 1943. Darüber hinaus war er für das Massaker in den Ardeatinischen Höhlen verantwortlich, bei dem im März 1944 335 Partisanen und Juden erschossen wurden, teilweise durch Genickschuss. Nach dem Krieg wurde er von einem italienischen Militärgericht zu lebenslanger Haft verurteilt. Im Jahr 1977 wurde er aufgrund seiner Krebserkrankung in das *Ospedale Militare Celio*, das zentrale Militärkrankenhaus der italienischen Streitkräfte in Rom, verlegt. Von dort aus gelang ihm die Flucht nach Deutschland. Er starb wenige Monate später.

Die Beurkundung von Grundbesitz wird in Italien anders als in Amerika gehandhabt. Der Erzählung zuliebe habe ich den Prozess vereinfacht dargestellt. Seit dem Jahr 1990 werden die Grundbucheinträge in Italien per Computer vorgenommen und sind im Internet einsehbar. Das wäre auch bei einem Landkauf der VinCo im Jahr 2015 der Fall gewesen. Die Übertragung der archivierten Einträge in digitalisierte Form dauert jedoch noch an. Der Erzählung zuliebe habe ich auf die Digitalisierung sämtlicher Unterlagen verzichtet und den handschriftlichen Einträgen den Vorzug gegeben und der Einfachheit halber auch nur von jeweils einem Grundbuch gesprochen, obwohl die Einträge tatsächlich in mehreren Grundbüchern zu finden sein können.

Während meiner Recherchen und des Verfassens des Romans

hatte ich großartige Hilfsquellen und Helfer. Dabei denke ich an das umfangreiche Material mehrerer Institutionen und die Unterstützung der jeweiligen Mitarbeiter. Zu ihnen zählen das Jüdische Museum Berlin, das Deutsche Historische Museum, die Berliner Philharmonie, das Teatro Comunale di Bologna, das Illinois Holocaust Museum and Educational Center und insbesondere die Internationale Holocaust Gedenkstätte Yad Vashem in Jerusalem, deren Archiv zahllose persönliche Erinnerungen enthält, einschließlich der Berichte italienisch-jüdischer Holocaust-Überlebender.

Darüber hinaus schulde ich den Historikern Dank, die sich die Zeit genommen haben, mich von Ort zu Ort zu führen und ihr Wissen mit mir zu teilen. Zu ihnen zählt Isabel Bahiana Wotzasek, die mir unschätzbare historische Informationen und Einsichten über Deutschland und Berlin zukommen ließ. Trotz des stürmischen Regenwetters führte sie mich unbeirrt zu den historischen Stätten Berlins, die ich besuchen wollte. In Bologna hatte ich das Glück, Micol Mazzeo kennenzulernen, und konnte ihr Wissen über das Ghetto Ebraico und die Portici di Bologna anzapfen.

Darüber hinaus ist es für mich immer wieder erstaunlich, wie groß der Informationsreichtum auf YouTube ist. Dort habe ich Furtwängler erlebt, der Beethoven dirigiert, Molinari, der Paganini dirigiert, und Gigli, der Arien aus den Opern Bizets singt. Dort habe ich an Meisterklassen von Jascha Heifetz teilgenommen.

Auch diesmal danke ich meinen Helfern bei St. Martin's Press: meiner Lektorin Jennifer Weis und dem Presseteam Staci Burt, Brant Janeway und Sylvan Creekmore. Ich danke Martha Cameron für ihre versierte und einfühlsame Redaktion.

Wie immer geht ein herzliches Dankeschön an meine Stammleser, die mir mit ihren Ratschlägen zur Seite standen: Rose McGowan, Cindy Pogrund, David Pogrund, Linda Waldman, Richard Rempler, Katie Lang Lawrence und Benjamin Balson. Zutiefst danke ich Monica, meiner geduldigen und unermüdlichen Frau, die vom ersten Entwurf an jede Seite gelesen hat. Insgesamt dürfte sie den Text tausendmal gelesen und redigiert haben, doch dabei ist sie immer optimistisch, positiv und ermutigend geblieben.

LESEPROBE

Kapitel 1

2. JUNI 1940 | Estella Bissette rollte einen Ballen goldene Seide aus und sah, wie der Stoff zu tanzen begann und quer über den Arbeitstisch einen Cancan hinlegte. Fasziniert strich sie mit der Hand über den Stoff, der sich so zart und sinnlich anfühlte wie Rosenblüten und nackte Haut. »*What's your story, morning glory*«, murmelte sie auf Englisch.

Prompt hörte sie ihre Mutter lachen. »Estella, du klingst amerikanischer als jeder Amerikaner.«

Estella lächelte. Ihr Englischlehrer, der letztes Jahr den Unterricht beendet hatte, um sich dem Exodus aus Europa anzuschließen, hatte genau das Gleiche gesagt. Kurz entschlossen klemmte sie den Stoffballen unter den Arm, drapierte die Seide über die Schulter und schwang sich, ohne auf die warnenden »*Attention!*«-Rufe der anderen Frauen zu achten, in einen wilden Tango. Von den Zwischenrufen angestachelt begann sie zu singen, und stimmte spontan, immer wieder von Lachsalven unterbrochen, Josephine Bakers rasantes *I Love Dancing* an.

Nach einer gekonnten Rückbeuge richtete sie sich zu schnell wieder auf, so dass die goldene Seide über den Arbeitstisch der beiden jungen Näherinnen wischte, Nannettes Kopf knapp verpasste, um schließlich auf Maries Schulter zu landen.

»Estella! *Mon Dieu!*«, schimpfte Marie und fasste sich an die Schulter, als wäre sie verletzt.

Estella küsste sie auf die Wange. »Aber sieh nur, er verdient mindestens einen Tango«, erklärte sie und deutete auf den Stoff, der selbst in der alltäglichen Umgebung des Ateliers leuchtete wie der Mond im Sommer und ganz eindeutig für ein Kleid bestimmt war, das nicht bloß für Aufmerksamkeit sorgen, sondern die Blicke schneller auf sich ziehen würde, als Cole Porters Finger im berüchtigten Jazzclub Bricktop's in Montmartre über die Klaviertasten jagten.

»Der Stoff hat vor allem eines verdient – dass du dich mit ihm hinsetzt und endlich anfängst zu arbeiten«, grummelte Marie.

Angelockt von dem Lärm erschien auch Monsieur Aumont an der Tür, warf einen Blick auf die seidendrapierte Estella und meinte lächelnd: »Was hat *ma petite étoile* sich denn jetzt wieder ausgedacht?«

»Mich mit diesem Stoff zu prügeln!«, beklagte sich Marie.

»Ein Glück, dass du gut gepolstert bist und Estellas Späße aushalten kannst«, neckte sie Monsieur Aumont, und Marie nuschelte etwas vor sich hin, das niemand verstand.

»Was machen wir daraus?«, fragte Estella und strich zärtlich über die goldenen Falten.

»Das hier«, antwortete Monsieur Aumont. Mit einer eleganten Verbeugung reichte er ihr eine Skizze.

Es war ein Lanvin-Kleid, eine Überarbeitung der berühmten La-Cavallini-Robe aus den zwanziger Jahren, aber statt mit Tausenden Perlen und Kristallen war die große Schleife hier mit Hunderten winzigen goldenen Rosenknospen verziert.

»Oh!«, hauchte Estella und berührte behutsam die Zeichnung. Sie wusste, dass die zarten Blumenreihen von Weitem aussehen würden wie ein einziger funkelnder Goldstrudel und ihre wahre Komposition – ein geschwungenes Band von Rosen – erst zu erkennen sein würde, wenn man der Trägerin nahe genug kam. Und es gab bei diesem Kleid keine militärischen Schulterklappen, keine umgehängte Gasmaskentasche, genauso wenig wie es in einem der zahlreichen Blautöne gehalten war – Maginot-Blau, Royal-Air-Force-Blau, gedecktes Stahlblau –, die Estella inzwischen allesamt aus tiefstem Herzen hasste. »Wenn meine Entwürfe eines Tages so aussehen«, sagte sie und betrachtete bewundernd Lanvins exquisite Illustration, »werde ich so glücklich sein, dass ich nie wieder einen Liebhaber brauche.«

»Estella!«, wies Marie sie zurecht, als dürfte eine Zweiundzwanzigjährige dieses Wort nicht kennen und schon gar nicht laut aussprechen.

Grinsend schaute Estella zu Jeanne, ihrer Mutter, hinüber.

Diese hatte, wie es ihre Art war, während des ganzen Geschehens unbeirrt weiter winzige Kirschblüten aus Seide geformt. Sie blickte nicht auf, mischte sich nicht ein, aber Estella sah, dass sie sich ein Grinsen verkneifen musste, denn sie wusste, wie viel Spaß es ihrer Tochter machte, die arme Marie zu schockieren.

»Ein Kleid ist doch kein Ersatz für einen Liebhaber«, meinte Monsieur Aumont ernst und deutete auf die Seide. »Du hast zwei Wochen Zeit, um das hier in ein goldenes Bouquet zu verwandeln.«

»Wird es Reste geben?«, fragte Estella, den Stoffballen noch immer fest an sich gedrückt.

»Wir haben vierzig Meter bekommen, aber nach meinen Berechnungen solltest du nur sechsunddreißig brauchen – wenn du sorgfältig arbeitest.«

»Ich werde so exakt arbeiten wie beim Klöppeln von Calais-Spitze«, erwiderte Estella ehrfürchtig.

Die Seide wurde zum Spannen mit Nägeln auf einem Holzrahmen befestigt, dann, um sie fester zu machen, mit einer Zuckerlösung bestrichen, so dass Marie mit den schweren eisernen Stanzformen Kreise herausstechen konnte.

Als Marie fertig war, legte Estella ein sauberes weißes Stück Stoff über einen Schaumstoffblock, erhitzte ihre Modellierkugel auf niedriger Flamme, überprüfte die Temperatur in einer Schüssel mit Wachs, legte eine der runden goldenen Stoffscheiben auf das weiße Tuch und drückte dann die warme Kugel in die Seide, die sich sofort darumschmiegte und zu einem wunderschönen Blütenblatt formte. Estella legte das Blatt zur Seite, wiederholte den Vorgang mit dem nächsten goldenen Seidenkreis, und bis zum Mittag hatte sie bereits zweihundert Rosenblüten zusammengesetzt.

Wie jeden Tag plauderte und lachte sie bei der Arbeit vergnügt mit Nannette, Marie und ihrer Mutter, doch alle wurden ernst, als Nannette leise sagte: »Ich habe gehört, dass inzwischen mehr französische Soldaten aus dem Norden fliehen als belgische oder niederländische Zivilisten.«

»Wenn die Soldaten fliehen, was steht dann noch zwischen uns und den Deutschen?«, fragte Estella. »Sollen wir Paris mit unseren Nähnadeln verteidigen?«

»Der Wille des französischen Volkes steht zwischen uns und den *Boches*. Frankreich wird sich nicht ergeben«, erklärte Jeanne mit Nachdruck, und Estella seufzte.

Die Diskussion war sinnlos. So gern Estella ihre Mutter in Sicherheit gebracht hätte, so sicher wusste sie, dass sie und ihre Mutter niemals weglaufen, sondern weiterhin im Atelier sitzen und Stoffblumen formen würden, als wäre Mode das Wichtigste auf der Welt. Für sie gab es keinen Ausweg. Sie würden sich nicht den nach Süden strömenden Flüchtlingen aus den Niederlanden, Belgien und Nordfrankreich anschließen, denn sie hatten keine Verwandten auf dem Land, bei denen sie Zuflucht finden konnten.

In Paris hatten sie ein Zuhause und Arbeit, jenseits der Stadt hatten sie nichts. Obwohl der Glaube ihrer Mutter, dass die Franzosen der deutschen Armee Widerstand leisten könnten, ihr Sorgen bereitete, wusste Estella keine Erwiderung darauf. Und war es denn so falsch, solange Couturiers wie Lanvin nach goldenen Stoffblumen verlangten, innerhalb der vier Wände ihres Ateliers wenigstens noch ein paar Tage so zu tun, als könnte alles gut gehen?

In der Mittagspause aßen sie in der Küche des Ateliers Kanincheneintopf. Estella saß etwas abseits und zeichnete. Mit Bleistift skizzierte sie ein Kleid mit bodenlangem, schmal geschnittenem Rock, Flügelärmeln, einer schmalen Schärpe aus goldener Seide um die Taille und einem eleganten V-Ausschnitt, den als unerwartetes Detail ein Revers wie auf einem Herrenhemd zierte, was das Kleid modisch und besonders zugleich machte. Obwohl der Rock eng anlag, würde man darin gut tanzen können; kühn und golden, war dies ein Kleid, um das Leben zu feiern. Und alles, was Leben verhieß, war in Paris im Juni 1940 hochwillkommen.

Als Jeanne mit dem Essen fertig war, ging sie, obwohl die Mittagspause erst in fünfzehn Minuten zu Ende wäre, durchs Atelier zu Monsieur Aumonts Büro. Estella beobachtete die Gesichter der beiden, die leise miteinander tuschelten. Monsieur Aumont hatte im Großen Krieg gekämpft und gehörte zu den *gueules cassées* – so nannte man die Männer, deren Gesicht von einem Artilleriegeschoss, einer Kugel oder was auch immer zerstört worden war. Ihm hatte ein Flammensturm die Lippen verformt und von der Nase kaum etwas gelassen. Ein schrecklicher Anblick, der Estella längst nicht mehr auffiel, den Aumont jedoch außerhalb seines Ateliers unter einer Kupfermaske verbarg. Er machte kein Hehl aus seiner tiefen Abneigung gegen die Deutschen, die *Boches*, wie er und Jeanne sie nannten. In letzter Zeit hatte Estella immer wieder mitbekommen, dass Männer im Atelier aus und ein gingen und sich im Treppenhaus mit Aumont trafen. Angeblich lieferten sie Stoff oder Färbemittel, aber ihre Kartons wurden nur von Monsieur Aumont höchstpersönlich ausgepackt.

Jeanne gehörte zu den 700 000 Kriegswitwen aus dem Großen Krieg – ihr Mann war bald nach der Hochzeit gefallen, sie war damals gerade erst fünfzehn gewesen. Hier tuschelten also zwei Menschen ständig miteinander, die allen Grund hatten, die Deutschen zu hassen, und ihre Ernsthaftigkeit wies keinesfalls auf eine heimliche Romanze hin.

Estella beugte sich wieder über ihre Skizze, als ihre Mutter zurückkam.

»*Très, très belle*«, sagte Jeanne mit einem Blick auf den Entwurf ihrer Tochter.

»Das nähe ich mir heute Abend aus den Stoffresten.«

»Und ziehst es an, wenn du ins La Belle Chance gehst?«, fragte ihre Mutter. Das La Belle Chance war ein Jazzclub in Montmartre, den Estella besuchte, obwohl kaum noch Männer in der Stadt waren, seit die französische Armee vergangenes Jahr mobilgemacht hatte und die Briten bei der Schlacht von Dunkerque im Mai geflohen waren. Eigentlich gab es nur noch Männer, die in der Kriegsindustrie arbeiteten und deshalb vom Wehrdienst freigestellt waren.

»*Oui.*« Estella lächelte ihrer Mutter zu.

»Ich gehe nachher zur Gare du Nord.«

»Dann wirst du morgen müde sein.«

»Genau wie du heute«, erwiderte Jeanne.

Gestern war es Estella gewesen, die auf dem Bahnhof gestanden und Suppe an die Flüchtlinge verteilt hatte, die durch Paris zogen. Manche hatten es geschafft, mit dem Zug hierherzukommen, während andere auf der Flucht vor den Deutschen Hunderte von Kilometern zu Fuß zurückgelegt hatten. Sobald sie sich gestärkt hatten, machten die Flüchtlinge sich von Neuem auf den Weg, um Zuflucht bei Verwandten zu suchen, oder sie schleppten sich, so weit die Füße sie trugen, fort von der Front, auf die andere Seite der Loire, wo man angeblich in Sicherheit war.

Der Tag verging, Rosenknospe um Rosenknospe. Um sechs verließen Estella und ihre Mutter gemeinsam das Atelier. Sie gingen die Rue des Petits-Champs hinter dem Palais-Royal entlang, vorbei an der Place des Victoires und an Les Halles, vor denen anstelle der üblichen Lkw nun von Pferden gezogene Wagen warteten, um Lebensmittel anzuliefern. Die Realität, die Estella mit einem Stoffballen wunderschöner goldener Seide zu verdrängen versucht hatte, machte sich hier mit Nachdruck bemerkbar.

Zuallererst war es die gespenstische Ruhe – es war nicht wirklich still, aber um diese Uhrzeit hätte es hier von Näherinnen, Schneidern, Zuschneidern und Models wimmeln sollen, die nach Feierabend auf dem Heimweg waren. Doch kaum jemand eilte an den leeren Ateliers und Läden vorbei. Wo noch vor einem Monat alles voller Leben gewesen war, herrschte trostlose Leere. Als am 10. Mai der *drôle de guerre* – der »seltsame Krieg«, dann als »Sitzkrieg« bezeichnet – vorbei war und Hitlers Armee in Frankreich einmarschierte, hatten viele Menschen Paris auf schnellstem Wege verlassen. Als Erstes die Amerikaner in ihren schicken Limousinen mit Chauffeur, dann die Familien mit älteren Autos, dann diejenigen, denen es wenigstens gelungen war, Pferd und Wagen aufzutreiben.

Es war ein warmer, milder Juniabend, der Flieder duftete, wie mit Perlenketten behangen blühten die Kastanien, hier und dort gab es noch ein offenes Restaurant, ein Kino oder ein Modehaus, dessen Pforten noch nicht geschlossen waren wie bei der Maison Schiaparelli. Irgendwie ging das Leben weiter. Wenn man nur die Katzen hätte ignorieren können, die, von ihren geflüchteten Besitzern zurückgelassen, durch die Straßen streunten. Die abgedeckten Straßenlaternen, die Fenster mit Verdunkelungsvorhängen. Nichts davon erzählte von einem Pariser Sommer der Liebe.

»Ich habe gesehen, wie du mit Monsieur Aumont geredet hast«, begann Estella unvermittelt, als sie die Rue du Temple überquert hatten und der Marais sie mit seinem vertrauten Geruch nach Abfall und Leder empfing.

»Er begleitet mich heute Abend, wie üblich«, erklärte Jeanne.

»Zur Gare du Nord?«, hakte Estella nach. Sie wurde das Gefühl nicht los, dass sich ihre Mutter in letzter Zeit, wenn sie abends wegging, nicht nur um das Verteilen von Suppe kümmerte.